JAMES PATTERSON

Der 1. Mord

Buch

Es sollte der schönste Tag in ihrem Leben werden – und es ist ihr letzter: In der Hochzeitsnacht wird ein junges Ehepaar in seiner Hotelsuite grausam ermordet. Inspector Lindsay Boxer, der einzige weibliche Detective bei der Mordkommission San Francisco, wird mit den Ermittlungen beauftragt. Und man stellt ihr einen Partner zur Seite: einen Polizisten mit besten politischen Verbindungen ins Büro des Bürgermeisters. Lindsay Boxer aber plagen ganz andere Sorgen. Die Pathologin Claire Washburn entdeckt an den Leichen deutliche Hinweise auf die Identität des Täters. Jeder Mörder versucht seine Spuren zu verwischen, nur ein Serienmörder nicht: der hinterlässt seine Handschrift – und zwar absichtlich! Tatsächlich bewahrheiten sich Lindsays schlimmste Befürchtungen. Weitere »Honeymoon«-Morde folgen, die Spuren häufen sich. Aber wer ist dieser Killer, der so heimtückisch und raffiniert mit der Polizei Katz und Maus spielt? Erst der »Club der Ermittlerinnen« verhilft Lindsay Boxer zum Durchbruch. Auch wenn Lindsay und ihre Freundinnen – die Reporterin Cindy Thomas, die Pathologin Claire Washburn und die Staatsanwältin Jill Bernhardt – dabei gegen alle professionellen Regeln verstoßen: Sie müssen untereinander mit offenen Karten spielen, um den Killer zu entlarven. Dann aber übersieht Lindsay dieses eine kleine und doch so wichtige Detail. Und das kann sie ihr Leben kosten...

Autor

James Patterson, geboren 1947, war Kreativdirektor bei einer großen amerikanischen Werbeagentur. Inzwischen ist er einer der erfolgreichsten Bestsellerautoren der Welt. »Der 1. Mord«, sein neuester Thriller, ist der Auftakt zu einer packenden Romanserie um Inspector Lindsay Boxer und den »Club der Ermittlerinnen«, mit dem Patterson bereits sämtliche Bestsellerlisten erobert hat. James Patterson lebt mit seiner Familie in Palm Beach und Westchester, N. Y.

James Patterson
Der 1. Mord

Roman

Aus dem Amerikanischen
von Edda Petri

blanvalet

Die Originalausgabe erschien 2001 unter dem Titel
»1st to Die« bei Little, Brown and Company, New York.

Verlagsgruppe Random House FSC®N001967

10. Auflage
Taschenbuchausgabe Juli 2007 bei Blanvalet,
einem Unternehmen der Verlagsgruppe Random House GmbH,
Neumarkter Straße 28, 81673 München.
Copyright © by James Patterson 2001
Copyright der deutschsprachigen Ausgabe 2003
by Limes Verlag, München, in der
Verlagsgruppe Random House GmbH.
Umschlaggestaltung: www.buerosued.de, München
Umschlagmotiv: © Hayden Verry/buchcover.com
MD · Herstellung: RF
Satz: Uhl + Massopust, Aalen
Druck und Einband: GGP Media GmbH, Pößneck
Printed in Germany
ISBN 978-3-442-36919-5

www.blanvalet.de

Prolog

Inspector Lindsay Boxer

Es ist ein ungewöhnlich warmer Augustabend, trotzdem zittere ich am ganzen Leib, während ich auf der großen Steinterrasse vor meiner Wohnung stehe. Ich schaue hinaus auf das wunderbare San Francisco und presse meinen Dienstrevolver gegen die Schläfe.

»*Verdammt sollst du sein, Gott!*«, flüstere ich. Was für ein Gefühl, aber meiner Meinung nach passend und gerechtfertigt.

Ich höre Sweet Martha fiepen. Ich drehe mich um. Sie betrachtet mich durch die Glastüren, die auf die Terrasse führen. Sie weiß, dass etwas nicht stimmt. »Alles in Ordnung«, rufe ich ihr durch die Tür zu. »Mach Platz, Mädchen.«

Doch Martha geht nicht ins Körbchen, sie lässt mich nicht aus den Augen. Sie ist eine liebe, loyale Freundin, die mir seit sechs Jahren jeden Abend mit ihrer feuchten Schnauze einen Gute-Nacht-Kuss gibt. Während ich in die Augen der Border-Collie-Hündin schaue, kommt mir der Gedanke, dass ich vielleicht hineingehen und die Mädels anrufen sollte. Claire, Cindy und Jill wären hier, noch ehe ich das Telefon weggelegt hätte. Sie würden mich in die Arme nehmen, streicheln und alles Richtige sagen. *Du bist etwas ganz Besonderes, Lindsay. Alle mögen dich, Lindsay.*

Allerdings bin ich ziemlich sicher, dass ich morgen Abend wieder hier draußen stehen werde – oder übermorgen. Ich sehe einfach keinen Ausweg aus diesem Schlamassel. Hundertmal habe ich alles durchdacht. Ich kann verteufelt logisch sein, aber offensichtlich bin ich auch äußerst gefühlsbetont. Das war meine Stärke als Inspector bei der Polizei von San Francisco. Es ist eine seltene Kombination, und ich glaube, dass ich deshalb erfolgreicher war als sämtliche männliche Kollegen in der Mordkommission. Von ihnen würde natürlich auch keiner jetzt hier stehen, um sich mit der Dienstwaffe das Gehirn wegzupusten.

Ich streiche mit dem Pistolenlauf über meine Wange, dann hebe ich ihn wieder an die Schläfe. O Gott, o Gott, o Gott! Ich muss an *sanfte Hände* denken, an Chris, und das bringt mich zum Weinen.

Viele Bilder stürmen zu schnell auf mich ein, als dass ich damit fertig werden könnte.

Diese schrecklichen Honeymoon-Morde, die unsere Stadt in Angst und Schrecken versetzt haben, vermischt mit Großaufnahmen meiner Mutter und sogar ein paar Momentaufnahmen meines Vaters. Meine besten Freundinnen – Claire, Cindy und Jill – unser verrückter Club. Ich kann sogar mich selbst sehen – jedenfalls so, wie ich mal war. Niemand hatte *jemals* gedacht, dass ich wie eine Beamtin der Mordkommission aussah, wie der einzige weibliche Inspector der gesamten Polizei von San Francisco. Meine Freunde meinten immer, ich ähnele mehr Helen Hunt, die in *Mad About You* mit Paul Reiser verheiratet war. Ich war auch einmal verheiratet. Aber ich war nicht Helen Hunt, und er bestimmt nicht Paul Reiser.

Das hier ist so schwierig, so schlimm, so falsch. Es ist so völlig gegen meine Natur. Immer noch sehe ich David und Melanie Brandt vor mir, das erste Paar, das in der Mandarin Suite des Grand Hyatt Hotels getötet wurde. Ich sehe dieses grauenvolle Hotelzimmer, in dem sie so völlig sinnlos gestorben sind.

Damit hat alles angefangen.

Erster Teil

David und Melanie

1

Wunderschöne, langstielige rote Rosen füllten die Hotel-Suite – wirklich die perfekten Geschenke. *Alles* war perfekt.

Irgendwo auf diesem Planeten mag es vielleicht einen noch glücklicheren Menschen geben, dachte David Brandt, als er die Arme um seine frisch angetraute Ehefrau Melanie schloss. Vielleicht irgendwo im Jemen – irgendeinen Allah preisenden Bauern mit einer zweiten Ziege. Aber auf keinen Fall in San Francisco.

Das Paar blickte aus dem Fenster des Wohnzimmers in der Mandarin Suite des Grand Hyatt Hotels. In der Ferne sahen sie die Lichter von Berkeley, Alcatraz, die anmutige Silhouette der hell beleuchteten Golden Gate Bridge.

»Es ist unglaublich«, sagte Melanie strahlend. »An diesem Tag würde ich nicht eine einzige Kleinigkeit ändern.«

»Ich auch nicht«, flüsterte er. »Na ja, vielleicht hätte ich meine Eltern nicht eingeladen.« Beide lachten.

Vor wenigen Momenten hatten sie sich im Ballsaal des Hotels von den letzten der dreihundert Gäste verabschiedet. Endlich war die Hochzeitsfeier zu Ende: die Reden, das Tanzen, die fotografierten Küsse über der Torte. Jetzt waren die beiden endlich allein und hatten den Rest ihres gemeinsamen Lebens vor sich.

David ergriff die zwei mit Champagner gefüllten Gläser, die er auf einem Lacktisch abgestellt hatte. »Ein Toast«, verkündete er, »auf den zweitglücklichsten Mann der Welt.«

»Der zweitglücklichste?«, fragte sie und lächelte mit gespieltem Schock. »Wer ist denn der glücklichste?«

Sie hakten einander unter und tranken genüsslich einen großen Schluck des köstlichen Getränks aus den Kristallgläsern. »Der Bauer mit den zwei Ziegen. Das erkläre ich dir später«, antwortete er.

»Ich habe noch etwas für dich«, erinnerte sich David plötzlich. Er hatte ihr bereits den lupenreinen fünfkarätigen Diamanten an ihrem Finger geschenkt, den sie, wie er wusste, nur trug, um seinen Eltern eine Freude zu machen. Er ging zu seiner Smokingjacke, die er im Wohnzimmer über eine Stuhllehne gehängt hatte, und kam mit einem Schmuckkästchen von Bulgari zurück.

»Nein, David«, protestierte Melanie. »*Du* bist mein Geschenk.«

»Mach's trotzdem auf«, sagte er. »Das gefällt dir bestimmt.«

Sie nahm den Deckel ab. Auf Samt lagen zwei Ohrringe: Große Silberringe umschlossen zwei winzige mit Brillanten besetzte Monde.

»Die zeigen, wie ich dich sehe«, meinte er.

Melanie hielt sich die Monde an die Ohrläppchen. Sie waren vollkommen – genau wie sie.

Sie küssten sich, und er zog den Reißverschluss ihres Kleides auf, bis der Ausschnitt über ihre Schultern herabglitt. Er küsste ihren Hals, dann den Busenansatz.

Jemand klopfte an die Tür der Suite.

»Champagner«, rief eine Stimme draußen.

Einen Moment lang erwog David zurückzurufen: »Stellen Sie ihn einfach ab!« Den ganzen Abend hatte er sich schon danach gesehnt, das Brautkleid von den weichen weißen Schultern seiner Frau zu ziehen.

»Ach, mach schnell auf«, sagte Melanie und ließ die Ohrringe vor seinem Gesicht baumeln. »Ich lege die inzwischen an.«

Sie entwand sich seiner Umarmung und ging zum Badezimmer der Mandarin-Suite. In ihren schönen braunen Augen strahlte ein Lächeln. *O Gott, wie sehr liebte er diese Augen!*

Als David zur Tür ging, dachte er, dass er mit niemandem auf der Welt tauschen wollte. Nicht einmal für eine zweite Ziege.

2

Phillip Campbell hatte sich diesen Moment, diese fantastische Szene unzählige Male ausgemalt. Er war sicher, dass der Bräutigam ihm die Tür öffnen würde. Und so war es auch. Er betrat die Suite.

»Herzlichen Glückwunsch«, sagte Campbell und überreichte den Champagner. Er starrte den Mann im offenen Smokinghemd und der lose baumelnden schwarzen Schleife an.

David Brandt würdigte ihn kaum eines Blickes, als er die mit einer bunten Schleife geschmückte Schachtel inspizierte. Krug. Clos du Mesnil, 1989.

»Was ist das Schlimmste, was je ein Mensch verbrochen hat?«, murmelte Campbell vor sich hin. »Bin ich dazu imstande? Habe ich genügend Mut?«

»War eine Karte dabei?«, fragte der Bräutigam und wühlte in der Tasche nach dem Trinkgeld.

»Nur das hier, Sir.«

Campbell trat vor und stieß dem Bräutigam ein Messer tief in die Brust, zwischen die dritte und vierte Rippe, der kürzeste Weg zum Herzen.

»Für den Mann, der alles hat«, sagte Campbell. Mit einem Fußtritt schloss er schnell die Tür. Dann drehte er David Brandt herum, drückte ihn gegen die Tür und trieb die Klinge noch tiefer hinein.

Der Bräutigam verkrampfte sich in einer Zuckung aus Schock und Schmerz. Aus seiner Brust drangen gurgelnde Geräusche, keuchende Atemzüge. Ungläubig traten seine Augen aus dem Kopf.

Das ist verblüffend, dachte Campbell. Er konnte spüren, wie die Kraft aus dem Opfer herausfloss. Der Mann hatte soeben einen der glücklichsten Augenblicke seines Lebens erlebt, und jetzt – nur Minuten später – starb er.

Warum?

Campbell trat zurück, und der Körper des Bräutigams sank auf dem Boden zusammen. Der Raum legte sich wie ein Schiff auf die Seite. Dann drehte sich alles um ihn und wurde undeutlich. Er hatte das Gefühl, als sähe er eine alte Wochenschau mit zuckenden Bildern. Beeindruckend. Gar nicht so wie er es erwartet hatte.

Campbell hörte die Stimme der frisch gebackenen Ehefrau und war so geistesgegenwärtig, die Klinge aus David Brandts Brust zu ziehen.

Dann ging er ihr rasch entgegen, um sie abzufangen, als sie, immer noch in ihrem langen Spitzenkleid, aus dem Badezimmer kam.

»David?«, fragte sie. Bei Campbells Anblick verwandelte sich ihr erwartungsvolles Lächeln in einen Ausdruck des Schocks. »Wo ist David? Wer sind Sie?«

Ihre Augen wanderten voll Entsetzen über ihn und blieben auf seinem Gesicht und der Messerklinge haften. Dann sah sie ihren Mann auf dem Boden.

»*O mein Gott! David!*«, schrie sie. »*David, o David!*«

Campbell wollte sich immer so an sie erinnern. Dieser erstarrte Blick aus weit aufgerissenen Augen. Die Hoffnung und die Verheißung, die soeben noch darin geglänzt hatten, waren jetzt erloschen.

Die Worte strömten aus seinem Mund. »Sie wollen wissen, warum? Nun, *ich auch*.«

»Was haben Sie getan?«, fragte Melanie heiser. Sie bemühte sich, dies alles zu begreifen. Ihre verschreckten Augen huschten hin und her und suchten nach einem Fluchtweg.

Unvermittelt stürzte sie zur Tür. Campbell erwischte sie am Handgelenk und setzte ihr das Messer an die Kehle.

»Bitte«, wimmerte sie mit starrem Blick. »Bitte, bringen Sie mich nicht um.«

»In Wahrheit, Melanie, bin ich hier, um Sie zu retten.« Er lächelte in ihr zitterndes Gesicht.

Campbell senkte die Klinge und stach zu. Mit einem Aufschrei bäumte sich ihr zierlicher Körper auf. Ihre Augen flackerten wie schwache Glühbirnen. Ein Todesröcheln entrang sich ihrer Kehle. *Warum?*, flehten ihre Augen. *Warum?*

Er brauchte eine volle Minute, um wieder atmen zu können. Der Geruch von Melanie Brandts Blut war tief in seiner Nase. Beinahe konnte er nicht fassen, was er getan hatte.

Warum?

Er trug die tote Braut zurück ins Schlafzimmer und legte sie aufs Bett. Sie war wunderschön, mit feinen Gesichtszügen. Und so jung. Er erinnerte sich daran, wie er sie zum ersten Mal gesehen hatte und wie sehr sie ihn damals fasziniert hatte. Sie hatte geglaubt, die ganze Welt läge ihr zu Füßen.

Er rieb die Handfläche gegen die weiche Oberfläche ihrer Wange und umschloss einen Ohrring mit den Fingern – einen lächelnden Mond.

»Was ist das Schlimmste, das jemals jemand getan hat?«, fragte sich Phillip Campbell wieder. Das Herz hämmerte in seiner Brust.

Dies hier? Hatte er es soeben vollbracht?

»Noch nicht«, antwortete ihm eine innere Stimme. »Noch nicht ganz.«

Langsam hob er das wunderschöne weiße Brautkleid hoch.

3

Es war kurz vor halb neun an einem Montagmorgen im Juni, einem jener kühlen, grauen Sommermorgen, für die San Francisco berühmt ist. Diese Woche fing für mich nicht gut an. Ich blätterte alte Ausgaben des *New Yorker* durch, während ich darauf wartete, dass mein Hausarzt, Dr. Roy Orenthaler, mich hereinrief.

Ich ging zu Dr. Roy, wie ich ihn manchmal nannte, seit ich an der San Francisco University Soziologie studiert hatte. Jedes Jahr kam ich gehorsam zur Untersuchung. Das war am vergangenen Dienstag gewesen. Überraschenderweise hatte er mich am Ende der Woche angerufen und mich gebeten, heute vor Dienstbeginn vorbeizukommen.

Vor mir lag ein arbeitsreicher Tag: zwei offene Fälle und eine schriftliche Zeugenaussage vor dem Bezirksgericht. Ich hoffte, um neun Uhr an meinem Schreibtisch zu sein.

»Ms. Boxer«, sagte endlich die Sprechstundenhilfe. »Der Doktor hat jetzt Zeit für Sie.«

Ich folgte ihr in sein Büro.

Üblicherweise begrüßte Dr. Orenthaler mich mit einem fröhlichen, gut gemeinten Seitenhieb auf meine Polizeiarbeit, wie »Also, wenn Sie hier sind, wer jagt dann die Verbrecher auf den Straßen?« Ich war jetzt vierunddreißig und seit zwei Jahren Inspector bei der Mordkommission im Justizpalast.

Heute jedoch erhob er sich steif und sagte nur mit ernster Miene: »*Guten Morgen.*«

Dann bat er mich, auf dem Stuhl ihm gegenüber Platz zu nehmen. O-o!

Bis dahin war meine Philosophie über Ärzte recht einfach: Wenn einer von ihnen einen mit diesem tiefen, besorgten Blick bat, Platz zu nehmen, konnten drei Dinge passieren. Nur eines davon war schlimm. Entweder wollten sie mit einem ausgehen, einem eine schlimme Nachricht schonend beibringen oder sie hatten gerade ein Vermögen dafür ausgegeben, die Couch neu beziehen zu lassen.

»Ich möchte Ihnen etwas zeigen«, begann Orenthaler. Er hielt ein Dia gegen das Licht und deutete auf Ansammlungen winziger, schemenhafter Kugeln in einem Strom kleinerer Kügelchen. »Das ist eine Vergrößerung des Blutabstrichs, den wir von Ihnen genommen haben. Die größeren Kugeln sind Erythrozyten. Rote Blutkörperchen.«

»Die sehen recht zufrieden aus«, scherzte ich nervös.

»Die schon, Lindsay«, erwiderte der Arzt ohne die Spur eines Lächelns. »Das Problem ist, dass Sie nicht viele davon haben.«

Ich hing wie gebannt an seinen Augen und hoffte, sie würden sich entspannen und wir könnten zu Trivialerem übergehen, wie »Sie sollten lieber anfangen, die langen Überstunden abzubauen.«

»Diesen Zustand nennt man aplastische Anämie«, fuhr Orenthaler fort. »Das ist sehr selten. Im Grunde handelt es sich darum, dass der Körper nicht mehr genügend rote Blutkörperchen produziert.« Er hielt ein Foto hoch. »So sieht ein normales Blutbild aus.«

Auf dem Bild sah der dunkle Hintergrund aus wie die Kreuzung von Market und Powell Street um siebzehn Uhr: Ein Verkehrsstau komprimierter Energiekügelchen. Eilboten, die alle Sauerstoff in die Körperteile eines anderen Menschen schafften. Mein Bild dagegen sah so belebt aus wie das Hauptquartier einer Partei zwei Stunden, nachdem der Kandidat das Handtuch geworfen hatte.

»Das kann doch aber behandelt werden, richtig?«, fragte ich ihn. Eigentlich befahl ich es ihm.

»Man kann es behandeln«, antwortete Orenthaler nach einer Pause. »Aber es ist sehr ernst.«

Vor einer Woche war ich nur zu ihm gekommen, weil meine Augen trieften und verschwollen waren und ich in meinem Slip Blut entdeckt hatte. Außerdem überfiel mich jeden Tag gegen drei Uhr nachmittags bleierne Müdigkeit, als würde irgendein an Eisenmangel leidender Zwerg mir Energie aussaugen. Und das mir, die ich regelmäßig zwei Schichten und vierzehn Stunden am Tag arbeitete. Sechs Wochen Urlaub hatte ich schon angesammelt.

»Und wie ernst ist mein Zustand genau?«, fragte ich mit unsicherer Stimme.

»Rote Blutkörperchen sind für den Prozess der Oxygenierung lebenswichtig«, fing Orenthaler an. »Hämatopoese, die Bildung roter Blutkörperchen im Rückenmark.«

»Dr. Roy, das hier ist keine medizinische Tagung. Bitte, sagen Sie mir, wie ernst es ist.«

»Was wollen Sie hören? Diagnose oder Chancen?«

»Ich möchte die Wahrheit hören.«

Orenthaler nickte. Er stand auf, kam um den Schreibtisch herum und nahm meine Hand. »Also, dann die Wahrheit, meine Liebe. Was Sie haben, ist lebensbedrohlich.«

»Lebensbedrohlich?« Mir stockte das Herz. Meine Kehle war so trocken wie Pergament.

»Tödlich, Lindsay.«

4

Der kalte, stumpfe Klang des Wortes traf mich wie ein Hohlgeschoss mitten zwischen die Augen.

Tödlich.

Ich wartete darauf, dass Dr. Roy mir erklärte, dass dies alles nur ein schlechter Scherz sei. Dass er meine Testergebnisse mit denen einer anderen Patientin verwechselt hätte.

»Ich möchte Sie zu einem Hämatologen schicken«, fuhr er

fort. »Wie bei vielen Krankheiten gibt es mehrere Stadien. Im ersten Stadium findet man einen geringen Substanzverlust an Blutkörperchen. Diesen kann man mit monatlichen Bluttransfusionen bekämpfen. Im zweiten Stadium besteht ein systemischer Mangel an roten Blutkörperchen. Bei Stadium Drei ist ein stationärer Krankenhausaufenthalt erforderlich. Eine Knochenmarktransplantation. Möglicherweise die Entfernung der Milz.«

»Und in welchem Stadium bin *ich*?«, fragte ich und sog Luft in meine verkrampfte Lunge.

»Ihre Erythrozyten-Zählung hat kaum zweihundert pro Kubikzentimeter Blut ergeben. Damit befinden Sie sich am Scheitelpunkt.«

»Am Scheitelpunkt?«

»Auf dem Scheitelpunkt zwischen Stadium Zwei und Drei.«

Im Leben eines jeden Menschen kommt der Punkt, an dem einem klar wird, dass sich die Chancen grundlegend geändert haben. Die sorglose Lebensfahrt endet plötzlich an einer Betonmauer. Alle diese Jahre, in denen man lediglich dahingehüpft ist und das Leben einen dorthin führt, wohin man will, nehmen ein abruptes Ende. In meiner Arbeit erlebe ich ständig, wie anderen Menschen dieser Moment aufgezwungen wird.

Glückwunsch, jetzt war meiner da.

»Und was heißt das jetzt?«, fragte ich leise. Der Raum drehte sich ein wenig um mich.

»Das heißt, meine Liebe, dass Sie sich einer langwierigen und anstrengenden Behandlung unterziehen müssen.«

Ich schüttelte den Kopf. »Und was bedeutet das für meine Arbeit?«

Seit sechs Jahren war ich bei der Mordkommission, die letzten zwei Jahre in leitender Stellung. Mit etwas Glück würde ich Lieutenant werden, wenn mein jetziger Vorgesetzter befördert würde. Das Dezernat brauchte starke Frauen. Sie konnten es weit bringen. Bis zu diesem Moment hatte ich geglaubt, dass ich es weit bringen würde.

»Im Augenblick bedeutet es meiner Meinung nach gar nichts. Solange Sie sich während der Behandlung stark genug fühlen, können Sie weiterarbeiten. Das könnte sogar eine gute Therapie sein.«

Unvermittelt hatte ich das Gefühl zu ersticken. Die Wände des Zimmers schienen sich immer dichter heranzudrängen.

»Ich gebe Ihnen jetzt den Namen des Hämatologen«, sagte Orenthaler.

Er zählte die beruflichen Qualifikationen des Arztes auf, doch ich hörte ihn nicht mehr. Ich dachte nur: Wem kann ich das erzählen? Mom war vor zehn Jahren an Brustkrebs gestorben. Dad war verschwunden, als ich dreizehn war. Ich hatte eine Schwester, Cat, aber sie führte ein nettes, geordnetes Leben unten in Newport Beach. Für sie bedeutete schon ein falsches Abbiegen bei Rot eine Krise.

Der Arzt schob mir die Überweisungsformulare zu. »Ich kenne Sie, Lindsay. Sie tun so, als sei das etwas, das sie aus der Welt schaffen können, indem sie noch härter arbeiten – aber das können Sie nicht. Das hier ist todernst. Ich möchte, dass Sie Dr. Medved noch *heute* anrufen.«

Plötzlich ließ sich mein Pieper vernehmen. Ich holte ihn aus der Handtasche und schaute auf die Nummer. Es war das Büro – Jacobi.

»Ich brauche ein Telefon«, sagte ich.

Orenthaler warf mir einen missbilligenden Blick zu, ein Blick, der besagt: *Ich hab's Ihnen doch gesagt, Lindsay*.

»Wie Sie sagten…« Ich zwang mir ein nervöses Lächeln ab. »Therapie.«

Er nickte zum Telefon auf seinem Schreibtisch und verließ das Zimmer. Wie im Traum wählte ich die Nummer meines Partners.

»Der Spaß ist vorbei, Boxer«, ertönte Jacobis mürrische Stimme. »Wir haben einen Doppel-Eins-Acht-Null. Im Grand Hyatt.«

In meinem Kopf drehten sich immer noch die Worte des Arz-

tes. Ich fühlte mich wie im Nebel. Offenbar hatte ich nicht geantwortet.

»Hören Sie mich, Boxer?«, fragte Jacobi. »Die Arbeit wartet.
Kommen Sie?«

»Ja«, sagte ich schließlich.

»Und ziehen Sie sich was Hübsches an«, fügte mein Partner
hinzu. »Was Passendes für 'ne Hochzeit.«

5

Ich vermag mich beim besten
Willen nicht zu erinnern, wie ich
von Dr. Orenthalers Praxis draußen im Noe Valley bis zum Hyatt
am Union Square kam. Immer und
immer wieder dröhnten die Worte des Arztes in meinem Kopf.
In schweren Fällen kann aplastische Anämie tödlich sein.

Ich weiß nur, dass ich knapp zwölf Minuten nach Jacobis Anruf mit meinem zehn Jahre alten Bronco quietschend vor dem
Eingang des Hotels anhielt.

Auf der Straße wimmelte es von Polizisten. Was zum Teufel
war passiert? Der gesamte Block zwischen Sutter und Union
Square war mit einer Barrikade aus Streifenwagen abgesperrt.
Am Eingang überprüfte eine Gruppe Uniformierter die Leute,
die hinein- und hinausgingen, und scheuchten Gaffer fort.

Mit Hilfe meiner Marke bahnte ich mir einen Weg in die Hotelhalle. Zwei Streifenpolizisten standen ganz vorn. Ich kannte
sie. Murray mit dem Spitzbauch war im letzten Dienstjahr, der
andere war sein jüngerer Partner Vasquez. Ich bat Murray, mich
schnell aufs Laufende zu bringen.

»Mir hat man nur gesagt, dass im dreißigsten Stock zwei VIPs
ermordet wurden. Jetzt ist die geballte Intelligenz oben.«

»Wer leitet die Ermittlungen?«, fragte ich und spürte, wie meine Energie zurückkehrte.

»Ich nehme an, im Augenblick Sie, Inspector.«

»In dem Fall möchte ich, dass sofort sämtliche Ausgänge des Hotels geschlossen werden. Und besorgen Sie vom Manager eine Liste sämtlicher Gäste und Mitarbeiter. Niemand geht rein oder raus, wenn er nicht auf der Liste steht.«

Sekunden später fuhr ich mit dem Aufzug in den dreißigsten Stock hinauf.

Die Spur aus Polizisten führte mich den Korridor hinab zu offenen Doppeltüren, auf denen *Mandarin Suite* stand. Dort stieß ich auf Charlie Clapper, den Leiter der Spurensicherung, der mit zwei Mitarbeitern seine schweren Koffer schleppte. Die Tatsache, dass Clapper höchstpersönlich anwesend war, bedeutete, dass es sich hier um eine *große* Sache handelte.

Durch die offenen Türen sah ich als Erstes Rosen – sie waren überall. Dann entdeckte ich Jacobi.

»Passen Sie auf, wo Sie hintreten, Inspector«, rief er laut durchs Zimmer.

Mein Partner war siebenundvierzig, sah jedoch zehn Jahre älter aus. Sein Haar war weiß, und eine beginnende Glatze zeichnete sich darunter ab. Sein Gesichtsausdruck schien ständig an der Schwelle zu einem Grinsen über irgendeine geschmacklose Bemerkung zu sein. Seit zweieinhalb Jahren arbeiteten wir zusammen. Ich war die Vorgesetzte – Inspector vor Sergeant –, obgleich er mir im Dienstalter um sieben Jahre voraus war.

Als ich eintrat, stolperte ich beinahe über die Beine der ersten Leiche, der des Bräutigams. Der Mann lag zusammengesunken gleich hinter der Tür. Er trug ein offenes Smokinghemd. Blut verklebte das Haar auf seiner Brust. Ich holte tief Luft.

»Darf ich Ihnen Mr. David Brandt vorstellen«, sagte Jacobi mit schiefem Lächeln. »Mrs. David Brandt ist da drinnen.« Er deutete auf die Tür zum Schlafzimmer. »Ich schätze, diese Ehe war von kürzerer Dauer als bei den meisten anderen Paaren.«

Ich kniete mich hin und sah mir den toten Bräutigam lange und genau an. Mit dem kurzen, krausen dunklen Haar und dem weichen Kinn sah er wirklich gut aus, doch die großen starren Augen und das Blutgerinnsel am Kinn verunstalteten seine Gesichtszüge. Hinter ihm lag seine Smokingjacke auf dem Boden.

»Wer hat sie gefunden?«, wollte ich wissen und sah in der Tasche nach, ob er eine Brieftasche bei sich hatte.

»Der stellvertretende Manager. Sie sollten heute Morgen nach Bali fliegen. Auf die Insel, nicht zu dem Casino, Boxer. Ein Paar wie diese beiden werden vom stellvertretenden Hotelmanager geweckt.«

Ich öffnete die Brieftasche: ein Führerschein aus New York mit dem lächelnden Gesicht des Bräutigams. Platin-Kreditkarten, mehrere Hundertdollarscheine.

Ich stand auf und sah mich in der Suite um. Sie glich einem Museum für Asiatische Kunst: Celadon-Drachen, Sessel und Couchen mit Szenen des Kaiserhofs. Und natürlich die Rosen. Ich war ja eher der gemütliche Pensions-Typ, aber wenn man Eindruck schinden wollte, war diese Suite genau das Richtige.

»Machen wir uns mit der Braut bekannt«, sagte Jacobi.

Ich folgte ihm durch Doppeltüren in das große Schlafzimmer und blieb wie angewurzelt stehen. Die Braut lag auf dem Rücken auf dem breiten Himmelbett.

Ich hatte schon hundert Mordschauplätze gesehen und konnte mein Radar ebenso rasch auf die Leiche einstellen wie jeder andere, doch auf das hier war ich nicht vorbereitet. Eine Woge des Mitgefühls durchströmte mich.

Die Braut trug noch immer ihr Hochzeitskleid.

6

Man kann gar nicht so viele Mordopfer sehen, als dass sie einen nicht mehr berühren; bei dieser Leiche jedoch fiel es mir besonders schwer, sie anzuschauen.

Sie war so jung und so schön: ruhig und ungestört, abgesehen von den drei karmesinroten Blutblumen, die sich auf ihrer weißen Brust entfaltet hatten. Sie sah aus wie eine schlafende Prinzessin, die auf ihren Prinzen wartete, nur lag ihr Prinz im anderen Zimmer und war tot.

»Was kann man für dreitausendfünfhundert Mäuse pro Nacht schon verlangen?« Jacobi zuckte mit den Schultern. »Das ganze Märchen?«

Ich musste mich mit aller Kraft zusammenreißen, um mich auf das zu konzentrieren, was getan werden musste. Als könne ich ihn mit einem einzigen wütenden Blick zum Schweigen bringen, funkelte ich Jacobi böse an.

»Herrgott, Boxer, was ist denn los? War doch bloß ein Scherz.« Er zog die Mundwinkel nach unten.

Was auch immer es gewesen war, seine kindlich-reuige Miene brachte mich in die Wirklichkeit zurück. An der rechten Hand trug die Braut einen großen Diamanten, außerdem kostbare Ohrringe. Was auch immer der Mörder für ein Motiv gehabt hatte, Raub war es jedenfalls nicht gewesen.

Ein Mitarbeiter der Gerichtsmedizin begann eine erste Untersuchung. »Sieht nach Stichwunden aus«, sagte er. »Sie muss ziemlich mutig gewesen sein. Den Bräutigam hat er mit einem einzigen Stich erledigt.«

Mir schoss durch den Kopf, dass es bei neunzig Prozent aller Morde um Geld oder Sex ging.

»Wann hat jemand sie zum letzten Mal gesehen?«, erkundigte ich mich.

»Gestern Abend, kurz nach zweiundzwanzig Uhr. Da ging unten der Massenempfang zu Ende.«

»Und danach niemand mehr?«

»Ich weiß, das hier ist nicht gerade Ihr Spezialgebiet, Boxer«, meinte Jacobi und grinste wieder. »Aber im Allgemeinen kriegen die Leute nach der Party das Brautpaar eine Weile nicht zu sehen.«

Ich lächelte gezwungen und betrachtete erneut die Suite. »Überraschen Sie mich, Jacobi. Wer bezahlt für ein solches Zimmer?«

»Der Vater des Bräutigams ist irgendein hohes Tier an der Wall Street. Er und seine Frau bewohnen Zimmer im elften Stock. Man hat mir gesagt, da unten wär's auch purer Luxus. So wie hier. Schauen Sie sich nur mal die vielen verdammten Rosen an.«

Ich ging zurück zu dem Bräutigam und sah auf einer Marmorkonsole neben der Tür eine Schachtel mit einer Champagnerflasche. Sie war über und über mit Blut bespritzt.

»Ist dem stellvertretenden Manager auch schon aufgefallen«, bemerkte Jacobi. »Ich schätze, der Mörder hat das mitgebracht.«

»Hat man irgendjemanden gesehen?«

»Ja, jede Menge Leute im Smoking. Schließlich war es eine Hochzeit.«

Ich las das Etikett der Champagner-Flasche. »Krug. Clos du Mesnil, 1989.«

»Sagt Ihnen das was?«, fragte Jacobi.

»Nur dass der Mörder einen sehr guten Geschmack hat.«

Ich betrachtete die mit Blut verschmierte Smokingjacke. Auf der Seite war ein Riss, wo der tödliche Messerstich hindurchgedrungen war.

»Ich schätze, der Mörder hat ihm die Jacke ausgezogen, nachdem er ihn erstochen hat«, meinte Jacobi.

»Warum zum Teufel sollte er das getan haben?«, fragte ich.

»Keine Ahnung. Das müssen wir ihn fragen.«

Charlie Clapper schaute mich fragend an. Er wollte wissen,

ob er anfangen könne. Ich nickte ihm zu. Dann ging ich wieder zu der Braut.

Bei ihr hatte ich ein sehr, sehr ungutes Gefühl. Wenn es nicht um Geld geht, geht… es… um… Sex.

Ich hob den eleganten Tüllrock an. Eiskalte Gewissheit schnitt mir ins Herz.

Der Slip der Braut war heruntergezogen worden und hing an einem Fuß.

Wut stieg in mir auf. Ich blickte in die Augen der jungen Frau. Das ganze Leben hatte vor ihr gelegen, Hoffnungen und Träume. Jetzt war sie eine abgeschlachtete Leiche, war in ihrer Hochzeitsnacht geschändet und wahrscheinlich vergewaltigt worden.

Während ich so dastand und sie betrachtete, merkte ich plötzlich, dass ich weinte.

»Warren, ich möchte, dass Sie mit den Eltern des Bräutigams sprechen«, sagte ich und atmete tief durch. »Ich möchte, dass jeder befragt wird, der letzte Nacht auf dieser Etage war. Wenn jemand das Hotel bereits verlassen hat, will ich, dass er gefunden wird. Und eine Liste des gesamten Personals, das in der vergangenen Nacht Dienst gehabt hat.«

Ich wusste, wenn ich jetzt nicht sofort wegging, würde ich die Flut nicht länger zurückhalten können. »Gleich, Warren. Bitte… sofort.«

Ich vermied es, ihm in die Augen zu schauen, als ich an ihm vorbei aus der Suite ging.

»Was zum Teufel ist denn mit Boxer los?«, fragte Charlie Clapper.

»Sie wissen doch, Frauen«, hörte ich Jacobi antworten. »Bei Hochzeiten fangen sie immer an zu weinen.«

7

Phillip Campbell ging die Powell Street zum Union Square und dem Hyatt hinunter. Die Polizei hatte tatsächlich die Straße abgesperrt, und die Menge vor dem Hotel wurde schnell größer. Die Sirenen der Polizei- und Krankenwagen füllten die Luft. Dies hier war so ganz und gar nicht das zivilisierte und achtbare San Francisco. Er genoss es in vollen Zügen.

Campbell konnte es kaum fassen, dass er wirklich zum Tatort zurückkehrte. Doch er konnte nicht anders. Wieder hier zu sein half ihm, die vergangene Nacht nochmals zu durchleben. Während er auf der Powell Street immer näher kam, stieg sein Adrenalinspiegel gewaltig, sein Herz raste fast außer Kontrolle.

Behutsam schob er sich durch die Menschenmenge, die sich vor dem letzten Block vor dem Hyatt angesammelt hatte. Er hörte die Gerüchte, die durch die Menge schwirrten – hauptsächlich gut gekleidete Geschäftsleute, auf deren Gesichtern Schmerz und Entsetzen standen. Es gab Gerüchte über ein Feuer, einen Sprung vom Dach, einen Mord, einen Selbstmord, aber nichts, was auch nur im Mindesten an das tatsächliche Grauen heranreichte.

Schließlich war er so nahe, dass er der Polizei von San Francisco bei der Arbeit zuschauen konnte. Einige Polizisten musterten die Menge. *Sie suchten nach ihm!* Doch er machte sich keine Sorgen, dass sie ihn entdeckten, überhaupt keine. Das würde schlichtweg nicht passieren. Er war viel zu unscheinbar und gehörte wohl zu den letzten fünf Prozent der Menschen, die die Polizei verdächtigen könnte. Das tröstete ihn; eigentlich erregte es ihn.

Gott, er hatte es getan! Er hatte das alles hier verursacht, und dabei hatte er gerade erst angefangen. Noch nie hatte er etwas gespürt, was sich mit diesem Gefühl vergleichen ließ – und die Stadt San Francisco ebenso wenig.

Ein Geschäftsmann kam aus dem Hyatt. Reporter und andere stellten ihm Fragen, als sei er ein Prominenter. Der Mann war Anfang dreißig und lächelte wissend. Er hatte das, was sie alle wollten, und er wusste es. Er genoss seinen armseligen Moment des Ruhms und fühlte sich allen überlegen.

»Es war ein Paar – im Penthouse ermordet«, hörte er den Mann sagen. »In der Hochzeitsnacht. Traurig, nicht wahr?«

Die Menschen um Phillip Campbell schnappten nach Luft, und sein Herz jubilierte.

8 Was für eine Szene! Cindy Thomas bahnte sich einen Weg durch die murmelnde Menge der Gaffer, die das Grand Hyatt umringten. Als sie die Polizisten und die Absperrung sah, stöhnte sie laut auf.

Mindestens hundert Schaulustige drängten sich vor dem Eingang: Touristen mit Kameras, Geschäftsleute auf dem Weg zur Arbeit; einige wedelten mit Presseausweisen und versuchten sich damit Zugang zu verschaffen. Auf der gegenüberliegenden Straßenseite parkte ein Übertragungswagen des Fernsehens und hatte die Kamera auf die Hotelfassade als Hintergrund gerichtet.

Nach zwei Jahren in der Lokalredaktion des *Chronicle* hatte Cindy ein Gespür für Storys, die ihrer Karriere auf die Sprünge helfen könnten. Bei dieser hier stellten sich ihr die Nackenhaare auf.

»Mord im Grand Hyatt«, hatte ihr der Lokalredakteur Sid Glass mitgeteilt, nachdem ein Mitarbeiter die Meldung im Polizeifunk mitgehört hatte. Suzie Fitzpatrick und Tom Stone, die eigentlichen Polizeireporter, waren mit einem anderen Auftrag außer Haus. »Fahren Sie sofort hin!«, hatte ihr Chef zu ihrer Verblüffung gebrüllt. Das musste er nicht zweimal sagen.

Jetzt jedoch, hier draußen vor dem Hyatt, hatte Cindy das Gefühl, das ihre kurze Glückssträhne schon zu Ende war.

Die Straße war abgesperrt, und ständig trafen neue Reporter ein. Wenn sie sich nicht schnell etwas einfallen ließ, würden Fitzpatrick oder Stone die Story schreiben. Was sie brauchte, befand sich im Innern des Hotels. Und sie stand immer noch hier auf dem Bürgersteig.

Dann erblickte sie die Reihe der Limousinen und ging zur ersten hinüber – beige und endlos lang. Sie klopfte ans Fenster. Der Fahrer schaute von seiner Zeitung auf, selbstverständlich der *Chronicle*, und ließ das Fenster herunter, als er ihren Blick auffing.

»Warten Sie auf Steadman?«, fragte Cindy.

»Nee, auf Eddleson«, antwortete der Fahrer.

»Tut mir Leid.« Sie winkte und strahlte innerlich. *Das war ihre Eintrittskarte.*

Mit den Ellbogen bahnte sie sich einen Weg durch die Menge nach vorn. Ein junger Polizist hielt sie auf. »Entschuldigung, ich habe eine Besprechung im Hotel«, erklärte Cindy.

»Mit wem?«

»Eddleson. Er erwartet mich.«

Der Polizist schaute auf dem Computerausdruck nach, den er auf einem Klemmbrett hatte. »Haben Sie seine Zimmernummer?«

Cindy schüttelte den Kopf. »Er hat gesagt, ich soll ihn um elf im Grill Room treffen.« Der Grill Room im Hyatt war der Schauplatz einiger der wichtigsten Frühstücksbesprechungen in San Francisco.

Der Polizist musterte sie scharf von Kopf bis Fuß. In ihrer schwarzen Lederjacke, Jeans und den Sandalen von Earthsake sah sie wohl nicht gerade aus wie jemand, der zu einer hochkarätigen Geschäftsbesprechung verabredet war.

»Meine Besprechung«, wiederholte Cindy und tippte auf ihre Uhr. »Eddleson.«

Der Polizist winkte sie durch.

Sie war drin. Das hohe Glasatrium umgab sie, goldene Säulen reichten bis in die zweite Etage. Innerlich musste sie darüber kichern, dass alle diese hoch bezahlten Talente und bekannten Gesichter der Presse noch draußen auf der Straße standen.

Cindy Thomas war als Erste hineingekommen. Jetzt brauchte sie sich nur noch zu überlegen, was sie als Nächstes tun sollte.

Im Hotel herrschte ein Treiben wie in einem Bienenstock: Polizisten, Geschäftsleute, Reisegruppen, Hotelangestellte in karmesinroten Uniformen. Der Chef hatte gesagt, es handele sich um einen Mord. In Anbetracht des Rufs des Hotels eine gewagte Sache. Doch sie wusste nicht, auf welcher Etage oder wann der Mord stattgefunden hatte. Sie wusste nicht einmal, ob ein Gast beteiligt war.

Cindy war zwar drinnen, aber sie hatte keinen blassen Schimmer.

Dann erblickte sie eine Ansammlung von Gepäckstücken am anderen Ende der Halle. Sie schienen zu einer großen Reisegruppe zu gehören. Ein Page schleppte sie nach draußen. Sie schlenderte hinüber und kniete neben einem Koffer nieder, als wollte sie etwas herausholen.

Ein zweiter Page kam vorbei. »Brauchen Sie ein Taxi?«

Cindy schüttelte den Kopf. »Nein, ich werde abgeholt.« Dann ließ sie den Blick über das Chaos ringsum schweifen und verdrehte die Augen. »Ich bin gerade erst aufgewacht. Habe ich etwas verpasst?«

»Was, Sie haben es noch nicht gehört? Da sind Sie bestimmt die Einzige. Vorige Nacht hatten wir ein Riesenfeuerwerk im Hotel.«

Cindy riss die Augen weit auf.

»Zwei Morde. Im Penthouse.« Er senkte die Stimme, als teile er ihr das wichtigste Geheimnis ihres Lebens mit. »Haben Sie zufällig die Riesenhochzeit gestern Abend mitgekriegt? Braut und Bräutigam. Jemand ist in die Mandarin Suite eingebrochen und hat sie ermordet.«

»O mein Gott!« Cindy prallte zurück.

»Sind Sie sicher, dass ich Ihren Koffer nicht zum Eingang bringen soll?«, fragte der Page.

Cindy rang sich ein Lächeln ab. »Nein, danke. Ich warte hier.«

Auf der anderen Seite des Atriums bemerkte sie einen Pagen, der einen Wagen mit Gepäck aus einem Aufzug schob. Das musste der Lastenaufzug sein. Soweit sie sehen konnte, hatten die Polizisten ihn nicht gesperrt.

Sie schob sich durch das Gedränge zum Aufzug, drückte auf den Knopf – und die glänzenden goldenen Türen öffneten sich. Gott sei Dank, er war leer. Schnell trat Cindy hinein, und die Türen schlossen sich. Sie konnte es nicht fassen. Sie konnte einfach nicht fassen, was sie da tat. Dann drückte sie auf die 30.

Die Mandarin Suite.

Ein Doppelmord.

Ihre Story.

9

Als der Aufzug stehen blieb, hielt Cindy die Luft an. Ihr Herz pumpte wie eine Turbine. Sie war im Penthouse. Sie hatte es geschafft. Ja, sie tat das hier wirklich.

Die Türen öffneten sich an einem entlegenen Teil des Korridors dieser Etage. Sie dankte ihrem Schöpfer, dass kein Polizist davor wartete. Am anderen Ende des Flurs hörte sie Stimmengewirr. Sie brauchte nur dem Lärm zu folgen.

Sie lief den Gang hinab, die Stimmen wurden lauter. Zwei

Männer in gelben Jacken gingen an ihr vorbei. Die schwarzen Buchstaben hinten auf den Jacken wiesen sie als Mitarbeiter der Spurensicherung aus. Am Ende des Korridors stand eine Gruppe Polizisten und Kriminalbeamter in Zivil vor einer offenen Doppeltür mit der Aufschrift *Mandarin Suite*.

Sie war nicht nur im Hotel, sie war sogar am Tatort.

Cindy gab sich einen Ruck und ging entschlossen auf die Doppeltür zu. Die Polizisten schauten nicht einmal in ihre Richtung, sondern ließen die Beamten hinein, die mit den Personenaufzügen gekommen waren.

Sie hatte es geschafft. Die Mandarin Suite. Sie konnte hineinsehen. Das Zimmer war riesig und luxuriös. Überall waren Rosen. Dann blieb ihr fast das Herz stehen. Ihr war, als müsse sie sich gleich übergeben.

Der Bräutigam, in einem mit Blut befleckten Smokinghemd, lag reglos auf dem Boden.

Cindys Beine knickten ein. Sie hatte noch nie ein Mordopfer gesehen. Sie wollte sich vorbeugen, damit ihre Augen sich jede Einzelheit einprägen konnten, doch ihr Körper gehorchte ihr nicht.

»Wer zum Teufel sind Sie denn?«, wollte eine barsche Stimme plötzlich wissen. Ein großer und sehr wütender Polizist starrte ihr direkt ins Gesicht.

Unvermittelt packte jemand Cindy und drückte sie hart gegen die Wand. Es tat weh. In Panik deutete Cindy auf ihre Tasche und ihr Portemonnaie, wo ihr Presseausweis steckte.

Der aufgebrachte Polizist blätterte ihre Kreditkarten und Ausweise durch, als seien sie Reklamewurfsendungen.

»Herrgott, eine Reporterin!« Der stiernackige Polizist verzog das Gesicht und starrte sie an wie ein hechelnder Dobermann.

»Wie zum Teufel sind Sie hier raufgekommen?«, wollte sein Partner, der herübergekommen war, wissen.

»Verdammt noch mal, schafft sie hier weg!«, fuhr der Dobermann ihn an. »Kassier den Ausweis ein. Die nächsten zwölf

Monate kommt die nicht mal auf eine Meile an eine Polizeibesprechung ran.«

Als sein Partner Cindy am Arm zum Hauptaufzug zerrte, erhaschte sie über die Schulter einen letzten Blick auf die ausgestreckten Beine des Toten bei der Tür. Es war grauenvoll, schrecklich – und traurig. Sie zitterte.

»Zeigen Sie dieser *Reporterin*, wo die Tür ist«, befahl der Polizist einem weiteren Kollegen, der den Aufzug bewachte. Er hielt ihren Presseausweis wie eine Spielkarte hoch. »Ich hoffe, Ihr Ausflug hierher war's wert, den hier zu verlieren.«

Als sich die Türen schlossen, rief jemand: »*Halt!*«

Eine große Frau in hellblaum T-Shirt und einer Brokatweste, an der ein Polizeischild befestigt war, trat ein. Sie sah hübsch aus und hatte blondes Haar, war aber offensichtlich aufgebracht. Sie seufzte tief, dann schlossen sich die Türen wieder.

»Schlimm, Inspector?«, erkundigte sich der Polizist, der Cindy begleitete.

»Ja«, antwortete die Frau nur, ohne sich umzudrehen.

Das Wort »Inspector« fuhr wie ein Blitz durch Cindys Kopf. Sie konnte es nicht fassen. Der Tatort musste mehr als grauenvoll sein, wenn diese Polizistin derartig aufgewühlt war. Während der ganzen Fahrt, sämtliche dreißig Etagen hinab, schaute sie nur starr geradeaus.

Als sich die Türen in der Eingangshalle öffneten, eilte die Frau im blauen T-Shirt hinaus.

»Sehen Sie die Eingangstür?«, fragte der Polizist Cindy. »Da gehen Sie jetzt durch – und kommen Sie ja nicht zurück.«

Kaum war der Aufzug geschlossen, drehte Cindy sich um und sah sich in der riesigen Halle nach der Polizistin um. Im letzten Moment sah sie, wie die Frau in der Damentoilette verschwand.

Schnell folgte Cindy ihr. Die Toilette war leer, abgesehen von ihnen beiden.

Die Polizistin stand vor dem Spiegel. Sie war fast einen Meter achtzig groß, schlank und beeindruckend. Verblüfft stellte

Cindy fest, dass sie geweint hatte. Mein Gott! Wieder war sie auf den Spuren ihrer Story. Was hatte diese Frau am Tatort gesehen, dass sie so durcheinander war?

»Alles in Ordnung?«, fragte Cindy schließlich leise.

Die Frau verspannte sich, als ihr klar wurde, dass sie nicht mehr allein war. Doch ihr Gesichtsausdruck verriet, dass sie drauf und dran war, alles herauszulassen. »Sie sind doch diese Reporterin, die bis nach oben gekommen ist.«

Cindy atmete aus und nickte.

»Wie haben Sie das geschafft?«

»Weiß ich nicht. Vielleicht Glück gehabt.«

Die Frau zog ein Papiertaschentuch aus der Tasche und betupfte sich die Augen. »Ich fürchte, Ihre Glückssträhne ist jetzt vorbei, falls Sie damit rechnen, von mir etwas zu erfahren.«

»So habe ich das nicht gemeint«, widersprach Cindy. »Ist mit Ihnen wirklich alles in Ordnung?«

Die Polizistin drehte sich um. Ihre Augen schrien: *Ich habe Ihnen nichts zu sagen!* Doch sie logen. Es war, als brauchte sie jetzt mehr als alles andere auf der Welt jemanden, mit dem sie sprechen konnte.

Es war einer dieser seltsamen Augenblicke, in denen Cindy genau wusste, dass da etwas unter der Oberfläche war. Es war, als hätten sie die Rollen getauscht und könnten sogar Freundinnen werden.

Cindy holte eine Visitenkarte aus der Tasche und legte sie vor der Polizistin aufs Waschbecken. »Wenn Sie mal mit jemandem reden wollen…«

In das hübsche Gesicht der Polizistin kam wieder Farbe. Sie zögerte, schenkte Cindy dann jedoch die Andeutung eines Lächelns.

Cindy lächelte zurück. »Wo ich schon mal hier bin…« Sie trat zu einem Spiegel und nahm ihre Kosmetiktasche heraus. Dann fing sie den Blick der Polizistin im Spiegel auf.

»Hübsche Weste«, bemerkte sie.

10

Ich arbeite in der Hall of Justice, dem Justizpalast. Wir nannten den grauen, zehn Stockwerke hohen Granitbau einfach die Halle. Er stand nur ein kleines Stück westlich der Schnellstraße an der Ecke von Sixth und Bryant. Wenn das Gebäude mit seinen ausgeblichenen, sterilen Korridoren nicht schon verdeutlichte, dass dem Polizeiwesen jeglicher Stil fehlte, so tat das auf alle Fälle die Nachbarschaft. Bruchbuden der Kautionshaie, Läden mit Autoersatzteilen, Parkplätze und schmierige Cafés.

Für jedes Anliegen gab es in der Halle die richtige Anlaufstelle: Autodiebstahl, Sexualverbrechen, Raub. Die Staatsanwaltschaft befand sich im siebten Stock, in winzigen Büros mit gescheiten jungen Staatsanwälten. In der neunten Etage war ein Zellentrakt. Nur ein einziges Stockwerk zwischen Festnahme und Anklage. Nebenan hatten wir sogar die Leichenhalle.

Nach einer hastigen, knappen Pressekonferenz hatten Jacobi und ich uns oben verabredet, um noch einmal durchzugehen, was wir bisher hatten.

Wir zwölf waren für die Morde in der gesamten Stadt zuständig. Wir teilten uns ein sieben mal zehn Meter großes Büro, das von grellen Neonröhren erhellt wurde. Mein Schreibtisch war erste Wahl, direkt am Fenster, von wo aus man einen schönen Blick auf die Auffahrtsrampe zur Schnellstraße hatte. Immer lagen Stapel von Akten, Fotos und offiziellen Verlautbarungen darauf. Der einzige wirklich persönliche Gegenstand war ein Plexiglaswürfel, den mir mein erster Partner geschenkt hatte. Darauf standen die Worte: *Du kannst nicht wissen, in welche Richtung der Zug gefahren ist, wenn du nur die Schienen betrachtest.*

Ich machte mir eine Tasse Tee und traf mich mit Jacobi im Vernehmungsraum Eins. Auf eine frei stehende Tafel zeichnete ich zwei Spalten: eine für das, was wir wussten, und eine für das, was wir überprüfen mussten.

Jacobis erste Befragung der Eltern des Bräutigams hatte nichts erbracht. Der Vater war ein hohes Tier an der Wall Street; er leitete ein Unternehmen, das internationale Firmen aufkaufte. Er hatte ausgesagt, dass er und seine Frau geblieben seien, bis die letzten Gäste gegangen waren. Danach hätten sie »die Kinder nach oben begleitet«. Die beiden hätten keine Feinde gehabt. Keine Schulden, keine Süchte, keine Drohungen. Nichts, was eine so grauenvolle, undenkbare Tat ausgelöst haben könnte.

Die Überprüfung der Gäste im dreißigsten Stock war nur wenig erfolgreicher. Einem Paar aus Chicago war ein Mann aufgefallen, der in der Nähe der Mandarin Suite auf dem Korridor herumgestanden hatte. Sie beschrieben ihn als mittelgroß, mit kurzem schwarzen Haar. Er hatte einen dunklen Anzug oder vielleicht einen Smoking getragen und einen Karton, vielleicht mit alkoholischen Getränken, in der Hand gehalten.

Später bezeugten zwei gebrauchte Teebeutel und die angebrochene Packung Maaloxan auf dem Tisch deutlich, dass wir uns mit diesen Fragen schon seit etlichen Stunden herumschlugen. Es war Viertel nach sieben. Dienstschluss war um fünf Uhr nachmittags gewesen.

»Keine Verabredung heute, Lindsay?«, fragte Jacobi schließlich.

»Ich habe mehr Verabredungen, als ich brauche, Warren.«

»Stimmt, wie ich schon sagte: Heute Abend keine.«

Ohne anzuklopfen steckte unser Lieutenant, Sam Roth, den Kopf herein. Wir nannten ihn ›Cheery‹, Frohnatur. Er warf die Nachmittagsausgabe des *Chronicle* auf den Tisch. »Haben Sie das schon gesehen?«

Die fette Schlagzeile lautete: HOCHZEITSNACHTS-MASSAKER IM HYATT. Ich las den Artikel laut vor. »Vor einer atemberaubenden Aussicht auf die Bay, in einer Welt, die nur die Reichen kennen, lag der Leichnam des neunundzwanzigjährigen Bräutigams zusammengekrümmt neben der Tür.« Roth runzelte die Stirn. »Haben wir diese Reporterin vielleicht zu einer Privatbesichtigung des Tatorts eingeladen? Sie kennt die Namen und Örtlichkeiten genau.«

Gezeichnet war der Artikel mit *Cindy Thomas*. Ich dachte an die Karte in meiner Handtasche. *Cindy Thomas*. »Vielleicht sollte ich anrufen und *sie* fragen, ob wir irgendwelche Hinweise haben«, fuhr Roth sarkastisch fort.

»Wollen Sie nicht hereinkommen?«, fragte ich. »Schauen Sie auf die Tafel. Wir könnten Hilfe gebrauchen.«

Roth stand nur da und kaute auf seiner dicken Unterlippe. Er wollte schon die Tür schließen, besann sich dann jedoch. »Lindsay, kommen Sie morgen früh Viertel vor neun in mein Büro. Wir müssen diese Sache sorgfältig angehen. Fürs Erste ist es Ihr Fall.« Dann machte er die Tür zu.

Ich lehnte mich zurück. Eine schwere Last schien mich in den Boden zu drücken. Der ganze Tag war vorbei. Ich hatte nicht einen einzigen freien Moment gehabt, um über meine Probleme nachzudenken.

»Alles in Ordnung?«, erkundigte sich Jacobi.

Ich schaute ihn an. Ich war kurz davor, alles zu erzählen, vielleicht noch mal zu weinen.

»Das war ein ziemlich heftiger Tatort«, sagte er an der Tür. »Sie sollten nach Hause gehen und ein Bad nehmen oder so.«

Ich lächelte ihn an und war für seine plötzliche Sensibilität dankbar, die ganz im Gegensatz zu seinem sonstigen Verhalten stand.

Nachdem er gegangen war, starrte ich die leeren Spalten auf der Tafel an. Ich fühlte mich so schwach und leer, dass ich kaum aufstehen konnte. Langsam stiegen die Ereignisse dieses Tages, mein Gespräch mit Orenthaler, wieder vor meinem geistigen Auge auf. In meinem Kopf schwirrte seine Warnung herum: »Tödlich, Lindsay.«

Dann traf mich die niederschmetternde Erkenntnis wie ein Blitz. Es war fast zwanzig Uhr, und ich hatte Orenthalers Spezialisten nicht angerufen.

11

Als ich an diesem Abend nach Hause kam, beherzigte ich Jacobis gut gemeinten Rat.

Zuerst ging ich mit meinem Hund Sweet Martha spazieren. Tagsüber kümmern sich zwei Nachbarn um Martha, aber abends wartet sie immer sehnsüchtig auf unseren Spaziergang. Danach streifte ich meine Schuhe ab, warf meine Waffe und die Kleider aufs Bett und duschte lange und heiß. Ein Killians hatte ich mitgenommen.

Das Bild von David und Melanie Brandt verblasste für heute Abend. Sie konnten schlafen. Doch da waren immer noch Orenthaler und die Anämie. Und der Anruf bei dem Hämatologen, vor dem ich mich den ganzen Tag über gefürchtet hatte und den ich nie gemacht hatte.

Wie oft ich auch das Gesicht in den heißen Strahl hob, ich konnte den langen Tag nicht wegspülen. Mein Leben hatte sich verändert. Ich kämpfte nicht mehr nur gegen Mörder auf den Straßen, sondern um mein Leben.

Nach der Dusche bürstete ich mein Haar und betrachtete mich lange im Spiegel. Mir kam ein Gedanke, der mir selten kam: Ich war hübsch. Keine Schönheit, aber hübsch. Groß, einsfünfundsiebzig, gute Figur für jemanden, der ab und zu wahre Torten-, Eis- oder Bierorgien feierte. Ich hatte lebhafte, strahlende braune Augen. Ich gab nie klein bei.

Wie konnte es sein, dass ich sterben würde?

Heute Abend jedoch waren meine Augen anders. Voller Angst. Alles schien anders zu sein. »Schmettere es ab«, sagte eine innere Stimme. »Steh es durch. Du stehst immer alles durch.«

Obwohl ich die Frage verdrängen wollte, kam sie immer wieder: *Warum ich?*

Ich zog einen Jogginganzug an, band mein Haar zu einem kurzen Pferdeschwanz zusammen und ging in die Küche, um Wasser für die Nudeln aufzusetzen und die Soße aufzuwärmen, die ich vor einigen Abenden in den Kühlschrank gestellt hatte. Während alles warm wurde, legte ich eine CD von Sarah McLachlan auf und setzte mich mit einem einen Tag alten Glas Bianco auf die Arbeitsplatte. Die Musik spielte, und ich tätschelte Sweet Martha.

Seit meine Scheidung vor zwei Jahren rechtskräftig geworden war, hatte ich allein gelebt. *Ich hasse es, allein zu leben!* Ich mag Menschen, Freunde. Früher habe ich meinen Mann Tom mehr geliebt als mein Leben – bis er mich mit den dürren Worten verließ: »Lindsay, ich kann es nicht erklären. Ich liebe dich, aber ich muss weg. Ich muss jemand anderes finden. Weiter gibt's nichts zu sagen.«

Ich nehme an, er war ehrlich, doch das waren die dümmsten und traurigsten Worte, die ich je gehört habe. Sie haben mein Herz in eine Million Stücke zerspringen lassen. Es ist immer noch gebrochen. Doch obwohl ich es hasse, allein zu leben – abgesehen von Sweet Martha –, habe ich Angst vor einer neuen Beziehung. Was ist, wenn wieder jemand aufhört, mich zu lieben? Das könnte ich nicht verkraften. Daher gebe ich jedem Mann, der sich auch nur in meine Nähe wagt, einen Korb oder schieße ihn nach kurzer Zeit ab.

Mein Gott, ich hasse es, allein zu sein.

Besonders heute Abend.

Meine Mutter war an Brustkrebs gestorben, als ich gerade die Universität beendet hatte. Ich war von Berkeley zurück in die Stadt gekommen, um ihr mit meiner jüngeren Schwester Cat zu helfen. Wie meistens im Leben, sogar auch damals, als Dad sie verließ, hatte Mom sich mit ihrer Krankheit erst befasst, als es zu spät war, um etwas dagegen zu unternehmen.

Seit meinem dreizehnten Lebensjahr hatte ich meinen Vater nur zweimal gesehen. Er ging zwanzig Jahre lang auf Streife und galt als ziemlich guter Polizist. Nach dem Dienst pflegte er in seine Lieblingsbar zu gehen, ins Alibi, und sich dort das Spiel der Giants anzusehen. Manchmal nahm er mich mit, als sein »kleines Maskottchen«, das die Männer bewundern sollten.

Als die Soße heiß war, goss ich sie über die Fusilli und trug den Teller und einen Salat hinaus auf meine Terrasse. Martha trottete hinterher. Seit ich sie vom Verein zur Rettung der Border Collies adoptiert habe, ist sie mein Schatten. Ich wohne auf dem Potrero Hill in einem renovierten blauen Haus mit Blick auf die Bay. Allerdings ist die Aussicht nicht so großartig wie von der Mandarin Suite aus.

Ich legte die Beine auf einen Sessel und balancierte den Teller auf dem Schoß. Auf der gegenüberliegenden Seite der Bucht leuchteten die Lichter Oaklands wie tausend teilnahmslose Augen.

Ich blickte auf die Galaxie funkelnder Lichter. Meine Augen wurden feucht. Zum zweiten Mal an diesem Tag weinte ich. Martha stupste mich liebevoll mit der Schnauze an und vertilgte dann den Rest meiner Fusilli.

12

Am nächsten Morgen klopfte ich um Viertel vor neun an die beschlagene Scheibe von Lieutenant Roths Büro. Roth mag mich – ich bin wie eine Tochter für ihn, sagt er. Er hat keine Ahnung, wie herablassend er sein kann. Am liebsten würde ich Roth sagen, dass ich ihn auch mag – *wie einen Großvater.*

Ich hatte einen Haufen Leute erwartet, zumindest ein paar Typen von der Dienstaufsichtsbehörde oder Captain Welding, den Leiter der Kriminalpolizei. Doch als er mich hereinwinkte, war nur ein Fremder anwesend.

Der Mann sah gut aus; trug ein Chambray-Hemd, eine gestreifte Krawatte und hatte kurze dunkle Haare und kräftige Schultern. Sein intelligentes Gesicht schien sich zu beleben, als ich hereinkam, doch das signalisierte mir nur eins:

Ein Vorzeige-Schreibtischhengst. Jemand von der Pressestelle der Polizei oder vom Rathaus.

Ich hatte das ungute Gefühl, dass die Männer über mich gesprochen hatten.

Unterwegs hatte ich ein überzeugendes Plädoyer geprobt, weil ich die Presse nicht vom Tatort fern gehalten hatte. Ich hatte mir Erklärungen zurechtgelegt – dass ich spät am Tatort eingetroffen war, dass es doch eigentlich nur um das Verbrechen ging. Doch Roth überraschte mich. »Hochzeitsglocken-Blues‹ nennen sie das Ganze«, sagte er und warf mir die Morgenausgabe des *Chronicle* hin.

»Ich hab's gesehen«, antwortete ich und war froh, dass wir uns auf den Fall konzentrierten.

Roth schaute Mr. Rathaus an. »Wir werden über jeden Schritt in diesem Fall in der Zeitung lesen. Das Brautpaar war reich, Elite-Universitäten, ungemein beliebt. So ungefähr wie der junge Kennedy und seine blonde Frau – eine Tragödie.«

»Wer sie waren, spielt für mich keine Rolle«, erklärte ich. »Hören Sie, Sam, wegen gestern…«

Er unterbrach mich mit einer Handbewegung. »Vergessen Sie gestern. Chief Mercer hat mich bereits angerufen. Dieser Fall hat seine volle Aufmerksamkeit.« Er schaute wieder den schicken Politik-Typen in der Ecke an. »Wie auch immer, er will bei diesem Fall jegliche Schlamperei vermeiden. Außerdem hat er noch zu mir gesagt: ›Bei diesem Fall ändern wir die Spielregeln.‹«

Plötzlich wurde die Luft im Raum sehr dick. Ich hatte das unangenehme Gefühl, in eine abgekartete Sache hineingeraten zu sein.

Dann trat Mr. Rathaus vor. Seine Augen verrieten mir, dass

er über beträchtliche Erfahrung verfügte. »Der Bürgermeister und Chief Mercer sind der Meinung, dass wir diese Ermittlung abteilungsübergreifend durchführen sollten. Das heißt, wenn Sie nichts dagegen haben, mit jemandem zusammenzuarbeiten, der neu für Sie ist.«

»Neu?« Ich blickte von einem Mann auf den anderen, blieb dann bei Roth hängen.

»Das hier ist Ihr neuer Partner«, erklärte Roth.

Ich werde hier ganz übel gelinkt, warnte meine innere Stimme. Bei einem Mann hätten sie sich das nie getraut.

»Chris Raleigh«, sagte Mr. Rathaus und streckte mir die Hand entgegen.

Ich ergriff sie nicht.

»Während der letzten Jahre hat Inspector Raleigh als Verbindungsmann im Büro des Bürgermeisters gearbeitet«, sagte Roth. »Er ist darauf spezialisiert, potenziell heikle Fälle abzuwickeln.«

»Abzuwickeln?«

Raleigh verdrehte die Augen und gab sich Mühe, bescheiden zu wirken. »Na ja… Schadensbegrenzung … hinterher etwaige Wunden in der Stadt heilen.«

»Ach ja?«, schoss ich zurück. »Verstehe, Sie sind eine Art Marketing-Mann.«

Er lächelte. Aus jeder Pore verströmte er die gelassene, zuversichtliche Art, die ich mit jenen Typen verband, die an großen Tischen im Rathaus saßen.

»Davor war Chris Bezirksleiter drüben im Norden«, fuhr Roth fort.

»Die Botschaftsmeile«, sagte ich wegwerfend. Alle rissen Witze über diesen vornehmen Bezirk, der sich von Nob Hill bis zu den Pacific Heights erstreckte. Als heißes Verbrechen galt dort, wenn Damen der feinen Gesellschaft nachts Geräusche hörten und Touristen, die spät nach Hause kamen, vor den verschlossenen Türen ihrer Pensionen standen.

»Wir haben uns auch um Verkehrsprobleme am Presidio ge-kümmert«, erklärte Raleigh und lächelte wieder.

Ich beachtete ihn nicht, sondern wandte mich an Roth. »Was ist mit Warren?«

Seit zwei Jahren hatte ich jeden Fall mit ihm bearbeitet.

»Jacobi wird anderweitig eingesetzt. Ich habe eine Superauf-gabe für ihn und seine große Klappe.«

Es gefiel mir überhaupt nicht, von meinem Partner getrennt zu werden, trotz seiner blöden Bemerkungen. Doch Jacobi war sich selbst der schlimmste Feind. Zu meiner Überraschung fragte Raleigh: »Ist Ihnen das recht, Inspector?«

Ich hatte im Grunde keine Wahl, deshalb nickte ich. »Wenn Sie mir nicht in die Quere kommen. Außerdem tragen Sie viel hübschere Krawatten als Jacobi.«

»Geschenk zum Vatertag.« Er strahlte. Ich konnte es nicht fassen, dass ich einen Stich von Enttäuschung spürte. Herrgott noch mal, Lindsay. Ich hatte keinen Ring gesehen. *Lindsay!*

»Ich entbinde Sie von allen anderen Aufgaben«, erklärte Roth. »Keinerlei Verpflichtungen, die einen Konflikt bedeuten könnten. Jacobi kann bei der Organisation mitmachen, wenn er an diesem Fall dranbleiben will.«

»Und wer führt das Kommando?«, fragte ich Roth. Mein Rang war höher als der Jacobis. Ich war gewohnt, selbstständig zu ermitteln.

Roth lachte kurz. »Er arbeitet für den Bürgermeister und ist ein Ex-Captain. Wer glauben Sie, führt das Kommando?«

»Wie wär's, wenn Sie die Ermittlungen leiten und ich mich darum kümmere, was wir mit den Ergebnissen tun?«

Ich zögerte und blickte ihn forschend an. Mein Gott, war der Kerl aalglatt.

Roth schaute mich an. »Soll ich Jacobi fragen, ob er ähnliche Bedenken hat?«

Raleigh fing meinen Blick auf. »Hören Sie, ich lasse es Sie wissen, wenn wir nicht klarkommen sollten.«

Viel mehr konnte ich bei dieser Verhandlung nicht herausschlagen. Zumindest hatte ich meinen Fall behalten. »Und wie soll ich Sie anreden? Captain?«

Raleigh hängte sich lässig ein hellbraunes Sportjackett über die Schulter und ging zur Tür. »Versuchen Sie's mal mit meinem Namen. Ich bin seit fünf Jahren Zivilist.«

»Okay, Raleigh«, sagte ich und lächelte. »Haben Sie während Ihres Dienstes im Norden schon mal eine Leiche gesehen?«

13

Bei der Mordkommission hieß es immer über die Gerichtsmedizin, dass sie trotz der miesen Umstände hervorragend fürs Geschäft sei. Es geht doch nichts über den beißenden Geruch von Formaldehyd oder den deprimierenden Glanz der gekachelten Korridore, um einem die Plackerei bei der Verfolgung von Hinweisen, die ins Nichts führen, als inspirierende Arbeit erscheinen zu lassen.

Aber dort liegen nun mal die Leichen.

Und dort konnte ich meine Freundin Claire antreffen.

Über Claire Washburne gab es eigentlich nur zu sagen, dass sie brillant, extrem effizient und meine absolut beste Freundin war. Seit sechs Jahren war sie die leitende Gerichtsmedizinerin der Stadt. Wie alle beim Morddezernat wussten, war dieser Titel viel zu wenig, da sie praktisch das Amt für Anthony Righetti führte. Righetti ist ihr aufgeblasener Chef, der sämtliche Verdienste für sich beansprucht, aber Claire beklagt sich selten.

Unserer Meinung nach *ist* Claire die Gerichtsmedizin. Doch vielleicht passte die Vorstellung von einer Frau in diesem Amt nicht einmal in San Francisco ins Bild.

Und noch dazu von einer schwarzen Frau.

Als Raleigh und ich kamen, wurden wir in Claires Büro geleitet. Sie trug ihren weißen Arztkittel; der Spitzname *Schmetterling* war auf der oberen linken Tasche eingestickt.

Als Erstes fiel einem bei Claire auf, dass sie fünfzig Pfund mehr mit sich herumtrug, als nötig gewesen wären. Das war schon seit unserer ersten Begegnung so. »Ich bin in Form«, erklärte sie immer lachend. »Rund ist schließlich auch eine Form.«

Das Zweite, was an ihr auffiel, war ihr fröhliches, zuversichtliches Benehmen. Sie scherte sich keinen Deut um die Meinung anderer. Sie hatte den Körper einer Brahmanin, den Verstand eines Falken *und* die zarte Seele eines Schmetterlings.

Als wir eintraten, lächelte sie mich müde, aber zufrieden an, als hätte sie den Großteil der Nacht durchgearbeitet. Ich stellte Raleigh vor, und Claire gab mir durch ein Augenzeichen zu verstehen, wie beeindruckt sie von ihm war.

Alles, was ich in vielen Jahren auf den Straßen gelernt hatte, übertrumpfte sie mit angeborener Weisheit. Wie sie die Anforderungen ihrer Arbeit, die ständige Profilierungssucht ihres Chefs und die Erziehung zweier Teenager bewältigte, war ein Wunder. Und ihre Ehe mit Edmund, der im San Francisco Symphony Orchestra die Pauke spielte, ließ mich daran glauben, dass diese Institution durchaus noch berechtigt war.

»Ich habe dich schon erwartet«, sagte sie, als wir uns umarmten. »Ich habe dich gestern Abend von hier aus angerufen. Hast du meine Nachricht nicht bekommen?«

Als sich ihre tröstlichen Arme um mich legten, stieg in mir eine Flut von Gefühlen auf. Ich wollte ihr alles erzählen. Wäre Raleigh nicht dabei gewesen, hätte ich wohl gleich mit allem herausgeplatzt: Orenthaler und aplastische Anämie.

»Ich war total geschafft«, erklärte ich. »Ein langer, harter Tag.«

»Offensichtlich kennen sich die Damen«, sagte Raleigh und lachte leise.

»Standardvorbereitung einer Obduktion«, erwiderte Claire lächelnd. »Sagen Sie bloß nicht, dass man Ihnen das im Rathaus nicht beibringt.«

Er breitete die Arme aus.

»Von wegen. Das muss man sich verdienen«, erklärte Claire. Dann wurde sie ernst. »Ich habe die ersten Untersuchungen heute Morgen abgeschlossen. Wollt Ihr die Leichen sehen?«

Ich nickte.

»Ich warne euch, die beiden sind nicht gerade eine Reklame für die *Moderne Braut*.«

Sie führte uns durch mehrere Türen zu dem großen Kühlraum, wo die Leichen gelagert wurden.

Ich ging mit Claire voraus. Sie zog mich an sich und flüsterte: »Lass mich raten. Du hast Jacobi auf die Nase geküsst, und schwuppdiwupp ist dieser Märchenprinz erschienen.«

»Er arbeitet für den Bürgermeister, Claire«, entgegnete ich lächelnd. »Sie haben ihn abkommandiert, um sicherzugehen, dass ich nicht beim ersten Tropfen Blut in Ohnmacht falle.«

»Na, in dem Fall solltest du den Mann festhalten«, sagte sie und stieß die dicke Tür zum Kühlraum auf.

14

Seit sechs Jahren ging ich nun häufig mit Leichen um. Doch was ich jetzt sah, ließ mich vor Ekel schaudern.

Die grauenvoll zugerichteten Leichen der Braut und des Bräutigams lagen Seite an Seite. Sie waren auf ausziehbare Bahren gebettet, die Gesichter im entsetzlichen Moment ihres Todes erstarrt.

David und Melanie Brandt.

Ihr starrer, unheimlicher Gesichtsausdruck war der nachdrücklichste Beweis, den ich je gesehen hatte, dass das Leben nicht von Fairness oder Milde gelenkt wurde. Meine Augen hafteten auf Melanies Gesicht. Gestern hatte sie in ihrem Brautkleid irgendwie tragisch und still ausgesehen. Heute, gnadenlos nackt, wirkte ihre Leiche grotesk und entsetzlich. Alles, was ich gestern verdrängt hatte, kam an die Oberfläche.

Sechs Jahre bei der Mordkommission, und ich hatte mich noch nie abgewendet. Doch jetzt musste ich mich umdrehen.

Claire hielt mich am Arm fest. Ich stützte mich auf sie, doch dann stellte ich verblüfft fest, dass es Raleigh und nicht Claire war, bei dem ich Halt suchte. Mit einer Mischung aus Ärger und Scham richtete ich mich auf. »Danke, es geht schon«, sagte ich.

»Ich mache diese Arbeit jetzt seit acht Jahren, aber hier hätte ich mich auch am liebsten weggedreht«, meinte Claire leise.

Sie nahm einen Aktenordner von dem Tisch gegenüber von David Brandt und deutete auf die tiefe, klaffende Stichwunde auf seiner linken Brustseite. »Ein Stich ging direkt in die rechte Herzkammer. Hier kann man sehen, wie die Messerklinge die Verbindung zwischen der vierten Rippe und dem Brustbein durchtrennt hat. Dabei ist der AV-Knoten zerstört worden, der das Herz mit elektrischen Impulsen versorgt. Technisch gesehen war es ein Herzstillstand.«

»Er ist an einem Herzstillstand gestorben?«, fragte Raleigh.

Claire zog enge Gummihandschuhe über ihre Hände mit den rot lackierten Nägeln. »Elektromechanische Dissoziation. Eine blumige Umschreibung dessen, was passiert, wenn man ins Herz gestochen wird.«

»Was ist mit der Tatwaffe?«, wollte ich wissen.

»Im Augenblick weiß ich nur, dass es eine Standardklinge war. Keine auffälligen Abweichungen oder Eintrittsmuster. Ich kann nur sagen, dass der Mörder etwa mittelgroß war – irgendwo zwischen einssiebzig und einsfünfundsiebzig – und dem Einstichwinkel nach Rechtshänder. Hier kann man sehen, wie der Einstichkanal nach rechts oben verläuft.« Sie stocherte in der Wunde herum. »Der Bräutigam war einsachtzig. Bei seiner Frau, die einsdreiundsechzig groß war, verläuft der Einstichkanal leicht nach unten.«

Ich untersuchte die Hände und Arme des Bräutigams nach Abschürfungen. »Irgendwelche Anzeichen für einen Kampf?«

»Nein, der arme Kerl hatte entsetzliche Angst.«

Ich nickte und betrachtete das Gesicht des Bräutigams.

Claire schüttelte den Kopf. »Das habe ich eigentlich nicht gemeint. Charlie Clappers Jungs haben aus den Schuhen des Bräutigams und vom Parkett, wo er gefunden wurde, Flüssigkeitsproben genommen.« Sie hielt ein Reagenzglas mit einer trüben Flüssigkeit hoch.

Verständnislos schauten Raleigh und ich sie an.

»Urin«, erklärte Claire. »Offenbar hat der arme Mann sich in die Hosen gemacht. Und zwar ganz schön.« Sie zog das weiße Tuch über David Brandts Gesicht und schüttelte den Kopf. »Ich schätze, das ist ein Geheimnis, das wir für uns behalten können.«

»Unglücklicherweise ist es bei der Braut nicht so schnell gegangen.« Sie führte uns zur Braut. »Vielleicht hat sie den Täter überrascht. An ihren Händen und Handgelenken sind Spuren, die auf einen Kampf hinweisen.« Sie seufzte. »Ich habe nach Hautfetzen unter ihren Nägeln gesucht, mal sehen, was die Untersuchungen ergeben. Die erste Wunde war im Oberbauch und reichte bis in die Lunge. Bei dem Blutverlust wäre sie über kurz oder lang daran gestorben.«

Sie zeigte auf eine zweite und dritte hässliche Stichwunde unter der linken Brust, fast an der gleichen Stelle wie bei dem Bräutigam. »Ihr Perikard war so voll Blut, dass man es wie einen Waschlappen hätte auswringen können.«

»Du wirst schon wieder so technisch«, warf ich ein.

»Der Herzbeutel. Wenn sich dort Blut sammelt, drückt er den Muskel ab, dann kann sich das Herz nicht mehr füllen. Letztendlich erdrückt es sich selbst.«

Das Bild, wie das Herz der Braut am eigenen Blut erstickte, jagte mir einen kalten Schauer über den Rücken. »Es ist fast so, als wollte er die Wunden duplizieren«, sagte ich und betrachtete die Einstiche.

»Das habe ich auch gedacht«, meinte Claire. »Direkt ins Herz.«

»Dann könnte der Mörder ein Profi sein?«, fragte Raleigh.

Claire zuckte mit den Schultern. »Aufgrund des Musters der Wunden oder der Technik – vielleicht. Aber ich glaube es nicht.«

In ihrer Stimme war ein Zögern. Ich schaute sie an. »Ich muss wissen, ob sie sexuell missbraucht wurde.«

Claire schluckte. »Es gibt eindeutige Anzeichen, dass post mortem eine Penetration stattgefunden hat. Die Schleimhaut der Vagina ist stark gedehnt, außerdem habe ich mehrere Einrisse am Introitus gefunden.«

Vor Empörung verkrampfte sich mein ganzer Körper. »*Sie wurde vergewaltigt.*«

»*Falls* sie vergewaltigt wurde, war es sehr schlimm«, erklärte Claire. »Die Vagina war so weit, wie ich es noch nie gesehen habe. Ehrlich gesagt, sprechen wir nicht über eine Penispenetration.«

»Stumpfer Gegenstand?«, fragte Raleigh.

»Möglich… aber an den Scheidenwänden sind Verletzungen, die auf eine Art Ring hinweisen.« Claire holte Luft. »Meiner Meinung nach hat es sich um eine Faust gehandelt.«

Die schockierende und empörende Art von Melanie Brandts Tod ließ mich erneut erschauern. Eine Faust. Das klang so grauenvoll endgültig. Ihr Mörder hatte nicht nur seinen Albtraum in die Tat umsetzen wollen, sondern sie zusätzlich schänden wollen. Warum?

»Wenn ihr noch einen Hammer vertragen könnt, kommt mit«, sagte Claire.

Sie führte uns durch eine Schwingtür in das Labor dahinter. Auf einer sterilen Papierschürze lag das mit Blut beschmierte Smokingjackett, das wir neben dem Bräutigam gefunden hatten.

Claire hob es am Kragen hoch. »Clapper hat es mir geliehen. Selbstverständlich ging es darum, zu bestätigen, wessen Blut drauf war.«

Das linke Revers war bei dem tödlichen Stoß durchstochen worden. Um den Einstich herum waren dunkle Blutflecke zu sehen. »Und jetzt wird's richtig interessant«, teilte Claire uns mit. »Ich habe nämlich nicht nur David Brandts Blut auf dem Jackett gefunden.«

Raleigh und ich machten vor Überraschung große Augen.

»Das des Mörders?«, fragte er.

Claire schüttelte den Kopf. »Nein, das der Braut.«

Ich vergegenwärtigte mir nochmals schnell den Tatort. Der Bräutigam war bei der Tür getötet worden, seine Frau zehn Meter weiter weg im Schlafzimmer.

»Wie kommt das Blut der Braut auf das Jackett?«, fragte ich verwirrt.

»Darüber habe ich mir auch den Kopf zerbrochen. Also habe ich das Jackett auf den Leichnam des Bräutigams gelegt. Der Schnitt im Stoff passt nicht genau zu seiner Wunde. Die war hier, an der vierten Rippe. Der Schnitt im Jackett ist sieben Zentimeter höher. Bei genauerer Überprüfung hat sich herausgestellt, dass das verdammte Jackett nicht mal vom gleichen Hersteller ist wie die Hose. Es ist von Joseph Abboud.«

Claire zwinkerte mir zu, als sie sah, wie die kleinen Rädchen in meinem Gehirn sich drehten.

»Das Jackett hat also nicht dem Bräutigam gehört, sondern dem Mann, der ihn umgebracht hat.«

»Und ich kenne keinen Profi, der so etwas zurücklassen würde«, fügte Claire hinzu.

»Vielleicht hat er die Hochzeit als Deckmantel benutzt«, sagte Raleigh.

Mir war eine noch schlimmere Möglichkeit eingefallen.

»Er könnte auch ein Gast gewesen sein.«

15

In den Büros des *San Francisco Chronicle* waren Cindy Thomas' hektische Gedanken ihren Fingern nur wenig voraus.

Der Abgabetermin für den Nachmittag war in knapp einer Stunde.

Von dem Pagen des Hyatt Hotels hatte sie die Namen zweier Gäste erfahren, die an der Brandt-Hochzeit teilgenommen hatten und noch im Hotel waren. Gestern Abend war sie noch mal hingegangen und hatte danach einen herzerweichenden tragischen Bericht über die letzten Stunden im Leben des Brautpaars schreiben können, inklusive Eheversprechen, Reden und einem romantischen letzten Tanz.

Alle anderen Reporter mühten sich immer noch ab, die spärlichen Details zusammenzustückeln, die die Polizei herausgegeben hatte. Bis jetzt hatte sie einen guten Vorsprung. Sie lag vorn, und das war ein tolles Gefühl. Sie war auch ganz sicher, dass dies ihr bester Artikel war, seit sie zum *Chronicle* gekommen war, vielleicht sogar seit dem Studium in Michigan.

Bei der Zeitung war Cindy durch ihr Bravourstück im Hyatt schlagartig berühmt geworden. Leute, die sie kaum kannte, blieben plötzlich stehen und gratulierten ihr. Sogar der Herausgeber, den sie sonst nur selten in der Lokalredaktion sah, kam vorbei, um sie kennen zu lernen.

Die Lokalredaktion berichtete gerade über eine Demonstration in Mill Valley, wo eine Straßenverlegung den Verkehr beruhigen sollte, der sich bei einer Schule staute.

Cindy schrieb für die Titelseite.

Ihr Lokalredakteur Sidney Glass kam zu ihrem Schreibtisch. Bei der Zeitung nannte man Glass El Sid. Seufzend ließ er sich auf den Stuhl ihr gegenüber sinken. »Wir müssen uns mal unterhalten.«

Langsam hörten ihre Finger auf zu tippen. Sie sah ihn an.

»Ich habe zwei stinksaure langjährige Gerichtsreporter,

denen es in den Fingern juckt, diesen Fall zu kriegen. Suzy ist im Rathaus und wartet auf Erklärungen vom Polizeipräsidenten und vom Bürgermeister. Stone stellt Profile der beiden Familien zusammen. Sie haben zwanzig Jahre und zwei Pulitzerpreise auf dem Buckel. Außerdem ist es ihr Ressort.«

Cindy spürte, wie ihr Herz fast aufhörte zu schlagen. »Was haben Sie ihnen gesagt?«

In El Sids Augen sah sie die gierigen langjährigen Gerichtsreporter mit eigenen Nachforschungshilfskräften, die ihr knallhart die Story wegnehmen wollten. *Ihre* Story.

»Zeigen Sie mal her, was Sie bisher haben«, sagte der Lokalredakteur. Er stand auf, kam zu ihr und schaute ihr über die Schulter. Er las mehrere Zeilen auf dem Monitor. »Scheint im Großen und Ganzen in Ordnung zu sein. Das wissen Sie wohl. ›Schmerzerfüllt‹ gehört aber dorthin.« Er deutete mit dem Finger. »Zum Vater der Braut. Ida Morris hasst nichts mehr als falsch platzierte Adjektive und Inversionen.«

Cindy spürte, wie sie rot wurde. »Ich weiß, ich weiß. Ich muss fertig werden. Abgabetermin ist…«

»Ich weiß, wann Abgabe ist«, fauchte sie der Lokalredakteur an. »Aber trotzdem sollten Sie das dort einfügen.«

Er schaute Cindy eine kleine Ewigkeit lang an. Unter seinem abschätzenden Blick wurde sie nervös.

»Besonders wenn Sie vorhaben, diesen Fall zu behalten.« Glass' undurchdringliche Miene änderte sich, *beinahe* hätte er gelächelt. »Ich habe ihnen gesagt, dass es Ihr Fall ist, Thomas.«

Cindy unterdrückte den Wunsch, dem launischen, rechthaberischen Kerl um den Hals zu fallen. »Sie wollen, dass ich ins Rathaus fahre?«

»Die echte Story hat sich in dieser Suite abgespielt. Fahren Sie noch mal ins Hyatt.«

El Sid ging, wie immer die Hände in den Hosentaschen vergraben.

Doch dann drehte er sich um. »Wenn Sie diese Story behalten wollen, sollten Sie sich eine Informationsquelle in der Polizei suchen – und zwar schnellstens.«

16

Nachdem wir die Gerichtsmedizin verlassen hatten, gingen Raleigh und ich fast stumm zurück ins Büro. Mich störten bei diesen Morden viele Details. Weshalb sollte der Mörder das Jackett des Opfers mitnehmen? Warum die Flasche Champagner dalassen? Das ergab keinen Sinn.

»Jetzt haben wir ein Sexualverbrechen, ein schlimmes«, sagte ich auf dem asphaltierten Gehweg zur Halle. »Ich möchte die Obduktionsergebnisse bei Milt Fanning überprüfen und durch die FBI-Computer laufen lassen. Wir müssen auch mit den Eltern der Braut sprechen. Wir brauchen alles über die Männer, mit denen sie vielleicht vor David eine Beziehung hatte, und außerdem eine Gästeliste von der Hochzeit.«

»Warum warten wir nicht noch auf eine Bestätigung, ehe wir dieser Vermutung nachgehen«, sagte mein neuer Partner.

Ich blieb stehen und schaute ihn an. »Wollen Sie etwa abwarten, bis jemand sich beim Fundbüro nach einem Jackett mit Blutflecken erkundigt? Ich verstehe Ihre Bedenken nicht.«

»Ich habe Bedenken, wenn die Polizei mit einem Haufen hypothetischer Mutmaßungen die Trauer der Hinterbliebenen stört, solange wir nicht mehr haben«, erklärte er. »Möglich, dass wir das Jackett des Mörders haben, vielleicht aber auch nicht. Vielleicht war er ein Gast, vielleicht aber auch nicht.«

»Wem hat es wohl gehört – dem Rabbi?«

Er lächelte. »Es könnte dort zurückgelassen worden sein, um uns auf eine falsche Fährte zu locken.«

Seine Stimme klang anders. »Machen Sie einen Rückzieher?«

»Nein, keinen Rückzieher«, erklärte er. »Aber solange wir keine konkreten Hinweise haben, könnte jeder ehemalige Freund der Braut oder jeder, dem Gerald Brandt je geschäftlich geschadet hat, ein möglicher Verdächtiger sein. Mir ist es lieber, wenn diese Menschen nicht ins Scheinwerferlicht geraten, ehe wir etwas Handfestes haben.«

Jetzt war mir alles klar. Das alte Spiel. Brandt und Chancellor Weil waren VIPs. Finden Sie den bösen Buben, Lindsay, aber bringen Sie dabei die Polizei nicht in Schwierigkeiten.

»Ich dachte, die Möglichkeit, dass der Mörder ein Gast bei der Hochzeit hätte sein können, wäre genau das, wovon wir ausgehen müssten«, fuhr ich ihn an.

»Ich meine doch nur, dass wir irgendeine Bestätigung haben sollten, ehe wir das Sexualleben des Trauzeugen auseinander nehmen, Lindsay.«

Ich nickte, schaute ihm dabei jedoch in die Augen. »In der Zwischenzeit, *Chris*, gehen wir sämtlichen *anderen* stichhaltigen Beweisen nach, die wir haben.«

Stumm und wütend standen wir da.

»Schon gut, also, warum hat der Mörder Ihrer Meinung nach mit dem Bräutigam die Jacketts getauscht?«, fragte ich ihn.

Raleigh lehnte sich gegen eine Mauer. »Ich vermute, er hat es getragen, als er ihn umgebracht hat. Es war mit Blut befleckt. Er musste aber unerkannt abhauen. Das Jackett des Bräutigams lag da, also hat er das genommen.«

»Sie glauben also, dass er sich all die Mühe mit den Stichen und all dem gemacht und geglaubt hat, dass niemand etwas merkt? Andere Größe, anderer Hersteller. Und das würde niemand bemerken? *Raleigh, warum hat er es zurückgelassen?* Warum hat er das blutige Jackett nicht einfach in eine Tasche gestopft? Oder unter sein neues Jackett?«

»Okay«, sagte Raleigh. »Ich weiß es nicht. Und was vermuten Sie?«

Ich hatte auch keine Ahnung, weshalb er das Jackett zurückgelassen hatte, aber langsam formte sich in meinem Kopf eine grässliche Vorstellung. »Möglichkeit eins: Er ist in Panik geraten«, antwortete ich. »Vielleicht hat das Telefon geklingelt, oder jemand hat an die Tür geklopft.«

»In der Hochzeitsnacht?«

»Langsam hören Sie sich an wie mein *Ex*-Partner.«

Ich ging weiter, doch er holte mich ein und hielt mir die Glastüren auf. Beim Hineingehen nahm er meinen Arm. »Und Möglichkeit zwei?«

Ich stand da, blickte ihm in die Augen und versuchte zu ergründen, wie weit ich mit ihm gehen könne. »Weshalb halten Sie sich eigentlich in dieser Hinsicht für einen Experten?«

Er lächelte und wirkte sehr selbstsicher. »Ich war mal verheiratet.«

Ich antwortete nicht. Möglichkeit zwei war, dass der Mörder seine Morde signierte. Er spielte mit uns und hinterließ absichtlich Anhaltspunkte. Einmal-Täter ließen keine Hinweise wie das Jackett zurück. Profis auch nicht.

Serienmörder hinterließen solche Spuren.

17 Von dem Fenster aus, durch das Philipp Campbell schaute, hatte man einen atemberaubenden Blick auf die Bucht, doch er beachtete die grandiose Aussicht nicht. Er war tief in Gedanken versunken.

Endlich hatte es angefangen. Alles spielt mit, dachte er. Die Stadt an der Bay wird nie wieder so sein wie früher, richtig? Ja, es wird nie wieder wie vorher sein. Es war kompliziert, nicht so, wie es auf den ersten Blick zu sein schien, aber in seiner eigenen Art wunderschön.

Er hatte die Tür zum Arbeitszimmer geschlossen, wie immer, wenn er sich in die Forschung vertiefte. In letzter Zeit hatte er aufgehört, mit den anderen Mitarbeitern zum Lunch zu gehen. Sie langweilten ihn. Ihre Leben waren mit läppischen Sorgen gefüllt. Die Börse, die Spiele der Giants und der Forty-Niners. Wohin in den Urlaub. Sie hatten so seichte, schlicht gestrickte Mittelklassenträume. Seine eigenen besaßen Flügel. Er glich den Bonzen, die sich im Silicon Valley ihre Erfindungen ausdachten.

Wie auch immer, das war alles Vergangenheit. Jetzt hatte er ein Geheimnis. Das größte Geheimnis der Welt.

Er schob Geschäftsunterlagen auf eine Schreibtischecke. Das ist die alte Welt, dachte er. Mein altes Ich. Der Langweiler. Die Arbeitsbiene.

Er schloss die oberste Schreibtischschublade auf. Unter dem üblichen persönlichen Kram war eine kleine, graue, verschließbare Kassette, kaum groß genug, um ein Paket Spielkarten aufzubewahren.

Dies ist jetzt meine Welt.

Er dachte ans Hyatt zurück. Das wunderschöne Porzellangesicht der Braut, die Bluttropfen auf ihrer Brust. Er konnte immer noch nicht fassen, was sich dort ereignet hatte. Das kurze *Knack*, als das Messer durch die Knorpel drang. Ihr letzter Atemzug. Und natürlich seiner.

Wie hießen sie doch gleich wieder? Herrgott, er hatte es vergessen. Nein, doch nicht. Brandt. Sie waren ja ständig in den Zeitungen und in den Fernsehnachrichten.

Mit einem Schlüssel an seinem Schlüsselbund öffnete er die kleine Kassette. Was sich daraus ins Zimmer ergoss, war der berauschende Zauber seiner Träume.

Ein Stapel Karteikarten. Feinsäuberlich alphabetisch geordnet. Er blätterte sie durch, eine nach der anderen. Neue

Namen… *De George… King… Merced… Passeneau… Peterson*.

All die Bräute und Bräutigame.

18

Mehrere dringende Nachrichten lagen auf meinem Schreibtisch, als ich von der Gerichtsmedizin zurückkam. Gut – dringend war das richtige Wort.

Charlie Clapper, vorläufiger Bericht. Etliche Reporter von der AP und örtlichen Fernsehanstalten. Sogar die Frau vom *Chronicle*, die mir ihre Visitenkarte gegeben hatte.

Ich aß ein Stück Grillhähnchen und ein wenig von dem Birnensalat, die ich mir mitgebracht hatte, während ich Clapper zurückrief. »Bitte nur gute Nachrichten«, scherzte ich, als er sich meldete.

»In dem Fall kann ich Ihnen eine Null-Hundertneunzig-Nummer geben. Für zwei Dollar pro Minute sagen die Ihnen alles, was Sie hören wollen.«

»Sie haben also nichts?« Ich hatte es aus seiner Stimme herausgehört.

»Tonnenweise Material, Lindsay«, sagte der Leiter der Spurensicherung und seufzte. Das hieß, seine Leute hatten nur Fingerabdrücke gefunden, die uns nicht weiterhalfen. »Die Abdrücke von der Braut, vom Bräutigam, vom stellvertretenden Manager, vom Zimmermädchen.«

»Und die Leichen haben Sie auch untersucht?«, bohrte ich nach. Der Mörder hatte Melanie Brandt vom Fußboden hochgehoben. »Und der Karton mit dem Champagner?«

»Natürlich. Nichts. Da war jemand sehr vorsichtig.«

»Was ist mit dem Fußboden? Fasern, Schuhabdrücke?«

»Abgesehen von dem Urin?« Clapper lachte. »Sie glauben, ich verheimliche Ihnen etwas? Sie machen mir Spaß, Lindsay. Inzwischen lasse ich die Smokingjacke unter dem Mikroskop untersuchen. Ich lasse Sie wissen, was rauskommt. Alles klar?«

»Danke, Charlie«, sagte ich enttäuscht.

Ich blätterte weiter die Nachrichten durch. Cindy Thomas legte ich oben hin. Normalerweise rufe ich Reporter mitten in einem laufenden Verfahren nicht zurück; diese Journalistin jedoch hatte sich so geschickt Zugang zum Tatort verschafft, aber dann in der Toilette viel Zartgefühl bewiesen.

Sie war im Büro. »Danke, dass Sie mich zurückrufen, Inspector«, sagte sie. Sie klang auch wirklich dankbar.

»Das war ich Ihnen schuldig. Danke, dass Sie im Hotel so verständnisvoll waren.«

»Ach, das passiert uns doch allen mal. Aber ich muss Sie fragen, ob Sie bei einem Tatort immer so persönlich reagieren? Sie sind doch bei der Mordkommission, richtig?«

Ich hatte weder Zeit noch Lust, mir eine besonders witzige Antwort auszudenken, deshalb benutzte ich Jacobis blöden Spruch. »Auf Hochzeiten weine ich immer. Was kann ich für Sie tun, Ms. Thomas?«

»Bitte nennen Sie mich Cindy. Eigentlich wollte ich Ihnen einen Gefallen tun. Wenn ich fünf beisammen habe, könnten Sie sich ja revanchieren.«

»Wir haben es mit einem ganz üblen Mord zu tun und spielen hier nicht ›Es geht ums Ganze‹. Und wenn wir uns wiedersehen, werden Sie feststellen, dass ich nicht gerade überschäumend fröhlich bin, wenn ich das Gefühl habe, jemandem einen Gefallen schuldig zu sein.«

»Das ist mehr, als ich gehofft habe«, sagte sie. »Ich würde gern Ihre Meinung über Braut und Bräutigam hören.«

»Schreibt nicht Tom Stone beim *Chronicle* über Morde?«

Ich hörte, wie sie Luft holte. »Ich will Sie nicht anlügen. Normalerweise bin ich für interessante Ereignisse in der Lokalredaktion zuständig.«

»Na, jetzt haben Sie aber eine Topstory. IM HIMMEL GESCHLOSSENE EHE ENDET IN DER HÖLLE. Sie waren blitzschnell.«

»Ehrlich gesagt, Inspector,« – ihre Stimme wurde weicher – »ich habe so etwas noch nie gesehen. So wie David Brandt in seiner Hochzeitsnacht dagelegen hat... Ich weiß, was Sie denken müssen, aber es geht mir nicht nur um die Story. Ich möchte helfen, wenn ich kann.«

»Dafür bin ich Ihnen sehr dankbar, aber da wir hier all diese eifrigen Leute mit Polizeimarken herumlaufen haben, sollten wir doch denen eine Chance geben, finden Sie nicht? Aber Sie sollten wissen, dass Ihr kleiner unerlaubter Ausflug in den dreißigsten Stock mir nicht gerade eine Einladung zum Brunch beim Polizeipräsidenten eingebracht hat. Ich war taktisch für den Tatort verantwortlich.«

»Ich habe nie geglaubt, dass ich damit durchkommen würde.«

»Also wissen wir nicht, wer wem was schuldet. Aber da das Telefonat auf meine Kosten geht...«

»Ich habe angerufen, um Ihre Reaktion auf einen Artikel zu hören, den wir nachher bringen.« Die Stimme der Reporterin klang jetzt ganz geschäftsmäßig. »Sie wissen doch, dass der Brautvater eine Aufkäuferfirma leitet. Unser Wirtschaftsredakteur hat von Bloomberg herausbekommen, dass die Firma in letzter Minute aus einer Verhandlung über die Übernahme des drittgrößten russischen Autoherstellers, Kolja-Nowgorod, ausgestiegen ist. Brandt hatte bis zu zweihundert Millionen Dollar für einen beträchtlichen Anteil geboten. Kolja ist eines dieser russischen Unternehmen, die von den neuen Schwarzmarkt-Kapitalisten übernommen wurde. Ohne die Dollar ist es praktisch pleite. Meine Quelle hat mir gesagt, dass die Stimmung sehr gereizt wurde.«

Ich lachte. »Gereizt, Ms. Thomas? Ich werde auch leicht gereizt.«

»Offenbar standen ein paar der Russen danach ziemlich im Regen.«

Wieder lächelte ich. »Verschwörung zum Mord ist ein Bundesverbrechen«, klärte ich sie auf. »Falls da was dran ist, sollten Sie lieber das Justizministerium anrufen.«

»Ich wollte es Ihnen nur mitteilen. Wollen Sie mir nicht eine Bemerkung über irgendwelche anderen Möglichkeiten zukommen lassen, die Sie untersuchen?«

»Klar. Ich denke, ich kann guten Gewissens sagen, dass die Ermittlungen ›laufen‹.«

»Danke. Haben Sie schon irgendwelche Verdächtige?«

»Haben Sie beim *Chronicle* nicht gelernt, solche Fragen nicht zu stellen? Sie wissen, dass ich mich dazu nicht äußern kann.«

»Und ganz inoffiziell? Als Freundin?«

Während ich ihr zuhörte, erinnerte ich mich daran, wie ich mich als Anfängerin durchkämpfen musste. Wie vernagelt die Polizeiwelt gewesen war, bis jemand einen winzigen Spalt geöffnet hatte, durch den ich kriechen konnte. »Wie gesagt, Ms. Thomas, keine Versprechen.« Mein Ton war nicht mehr streng.

»Cindy«, sagte die Reporterin. »Nennen Sie mich wenigstens Cindy, falls Sie noch mal in einer Toilette gestellt werden, wenn Sie es am wenigsten erwarten.«

»Okay, *Cindy*. Ich werde an Sie denken.«

19

Ich wollte nicht nach Hause gehen. Und ich wusste, dass ich nicht länger im Büro bleiben konnte. Ich packte meine Handtasche, lief in die Tiefgarage und startete meinen guten alten Bronco, ohne genau zu wissen, wohin ich fahren wollte. Ich fuhr einfach drauflos – Fourth, Third, Mission Street, vorbei am Moscone Center, an Cafés, geschlossenen Geschäften. Bis ganz runter zum Embarcadero.

Dann umrundete ich die Battery und fuhr weiter auf der Straße, die von der Bucht wegführt. Ich hatte kein bestimmtes Ziel, doch meine Hände schienen eigenständig zu arbeiten und mich irgendwohin zu führen. Bilder des ermordeten Paars zuckten mir immer wieder durch den Kopf. Das Echo von Orenthalers Worten. Schließlich hatte ich Dr. Medved doch angerufen und einen Termin vereinbart.

Ich näherte mich Sutter und bog ab. Plötzlich wusste ich, wohin ich fuhr. Auf die Powell Street in der Nähe vom Union Square. Ohne dass es mir recht bewusst wurde, fand ich mich plötzlich vor dem hell erleuchteten Eingang des Hyatt wieder.

Ich zeigte dem Manager meine Dienstmarke und fuhr mit dem Aufzug in den dreißigsten Stock.

Vor der Mandarin Suite saß ein uniformierter Polizist. Ich kannte ihn. Es war David Hale. Als ich näher kam, stand er auf. »Noch so spät unterwegs, Inspector?«

Die Tür der Suite war mit gelbem Plastikband gesichert. Hale gab mir den Schlüssel. Ich entfernte zwei Klebestreifen und kletterte unter den anderen durch. Dann schloss ich auf und trat ein.

Wenn man noch nie allein am Tatort eines erst kürzlich begangenen Mordes umhergewandert ist, kennt man das Gefühl rastlosen Unbehagens nicht. In den Räumen schienen die dunklen Geister von David und Melanie Brandt zu flüstern.

Ich war mir sicher, dass ich irgendetwas übersehen hatte. Und ich war mir sicher, dass es hier war. *Aber was*?

Die Suite war eigentlich noch genauso, wie ich sie vor zwei Tagen verlassen hatte. Der Orientteppich aus dem Wohnzimmer war in Clappers Labor gewandert, aber die Umrisse der Leichen und der Blutflecke waren mit blauer Kreide aufgezeichnet.

Ich betrachtete die Stelle, wo David Brandt gestorben war und rekonstruierte geistig den möglichen Tatverlauf.

Sie prosten sich zu. Das wusste ich aufgrund der halb geleerten Champagnergläser auf dem Tisch bei der Terrasse. Vielleicht hat er ihr gerade die Ohrringe geschenkt. Die offene Schachtel lag im Badezimmer.

Es klopft. David Brandt geht zur Tür. Es war, als surrten die Geheimnisse in der dicken Luft, die vor leisem Geflüster vibrierte.

Der Mörder kommt herein, bringt den Champagner. Vielleicht kennt David ihn – vielleicht hat er ihn erst vor einer Stunde beim Empfang zurückgelassen. Das Messer wird gezogen. Nur ein einziger Stoß. Der Bräutigam wird sterbend gegen die Tür gedrückt. Alles geht so schnell, dass er nicht schreien kann. »Der arme Mann hat sich in die Hosen gemacht«, hatte Claire gesagt.

Wo ist die Braut? Vielleicht im Badezimmer. (Die Schachtel vom Juwelier.) Vielleicht legt sie gerade die Ohrringe an.

Der Mörder durchsucht die Suite. Er hält die Braut auf, die überraschend auftaucht.

Ich sehe Melanie Brandt vor mir: strahlend, überglücklich. Das sieht der Mörder auch. Kannte sie ihn? Hatte sie ihn soeben verlassen? Kannte Melanie ihren Mörder?

Die Navajo haben ein Sprichwort: »Selbst der stille Wind hat eine Stimme.« Ich lauschte in dem stillen Hotelzimmer.

Sag es mir, Melanie. Ich bin hier, bin für dich da. Ich höre dir zu.

Mir läuft es eiskalt über den Rücken, während ich jede Einzelheit des Mordes heraufbeschwöre. Sie wehrt sich, versucht wegzulaufen. (Die blauen Flecke und Abschürfungen an ihren Armen und am Hals.) Der Mörder ersticht sie am Fußende des Betts. Er ist entsetzt, aber auch freudig erregt über seine Tat. Sie stirbt nicht gleich. Er hat keine Wahl. Er muss wieder zustechen. Und dann noch mal.

Dann trägt er sie aufs Bett. Trägt sie, schleift sie nicht. Keinerlei Blutspuren auf dem Boden. Das ist wichtig. Er geht behutsam mit ihr um. Deshalb glaube ich, dass er sie kennt.

Vielleicht hat er Melanie einmal geliebt? Er faltet ihre Hände über dem Leib. Eine schlafende Prinzessin. Vielleicht tut er, als sei alles, was geschehen ist, nur ein schlechter Traum.

Nirgends in diesen Räumen spüre ich die sterile Vorgehensweise von Profis oder gedungenen Mördern. Oder von jemandem, der schon einmal getötet hat.

Ich lausche.

In seinem Blut steigt wilde Wut auf. Ihm wird bewusst, dass er sie nie wiedersehen wird. Seine Prinzessin…

Er ist so wütend. Er möchte nur einmal neben ihr liegen. Sie berühren. Doch das kann er nicht – es würde sie besudeln. Aber er muss sie haben! Er hebt ihr Kleid hoch, benutzt die Faust.

Alles schreit auf mich ein, aber ich bin mir sicher, dass da etwas ist, was ich nicht sehe. Was übersehe ich? Was hat bisher jeder übersehen?

Ich trete ans Bett. Ich rufe mir Melanie ins Gedächtnis. Ihre grässlichen Stichwunden. Aber ihr Gesicht ist ruhig, ohne Anklage. So verlässt er sie. Er nimmt die Ohrringe nicht mit. Er nimmt den großen Diamantring nicht mit.

Dann traf es mich wie ein Zug, der aus einem dunklen Tunnel hervorschießt. Etwas fehlte. Was ich übersehen hatte. Großer Gott, Lindsay.

Ringe!

Ich rief mir noch einmal das Bild ins Gedächtnis, wie sie dalag. Ihre zarten, mit Blut beschmierten Hände. *Der Diamantring war noch da, aber… Herrgott! War das möglich?*

Ich lief zur Tür und vergegenwärtigte mir den zusammengekrümmten Leichnam des Bräutigams.

Sie hatten erst vor wenigen Stunden geheiratet. Gerade erst ihre Ehegelöbnisse abgelegt. Aber sie trugen keine goldenen Ringe.

Eheringe.

Der Mörder nimmt nicht die Ohrringe, begriff ich.

Er nimmt die Eheringe.

20

Am nächsten Morgen um neun Uhr saß ich in der Praxis von Dr. Victor Medved, einem netten, eher kleinen Mann mit einem schmalen, fein gemeißelten Gesicht und dem Hauch eines osteuropäischen Akzents. Er jagte mir grauenvolle Angst ein.

»Aplastische Anämie ist tödlich«, erklärte er mir ungerührt. »Es raubt dem Körper die Fähigkeit, den Sauerstoff zu transportieren. Anfangs sind die Symptome Lustlosigkeit, eine Schwächung des Immunsystems und leichter Schwindel. Gegen Ende verspüren Sie vielleicht ähnliche Ausfälle wie bei einem Gehirnschlag, und Sie verlieren auch die geistigen Fähigkeiten.«

Er stand auf und nahm mein Gesicht in seine sanften Hände. Durch dicke Brillengläser musterte er mich. »Sie sehen ziemlich blass aus«, sagte er und drückte mir die Daumen in die Wangen.

»Ich brauche immer eine Zeit lang, bis morgens das Blut so richtig zirkuliert«, sagte ich mit einem Lächeln, um die Furcht in meinem Herzen zu verbergen.

»Wenn es uns nicht gelingt, den Verlauf umzukehren, werden Sie wie ein Gespenst aussehen«, sagte Dr. Medved. »Ein hübsches Gespenst, aber trotzdem wie ein Gespenst.« Er ging zurück zu seinem Schreibtisch und nahm mein Krankenblatt in die Hand. »Wie ich sehe, sind Sie bei der Kriminalpolizei.«

»Mordkommission«, sagte ich.

»Dann können wir wohl ganz offen sprechen, ohne Illusionen. Ich will Sie nicht ängstigen – aplastische Anämie *kann* rückgängig gemacht werden. Bis zu dreißig Prozent der Patienten reagieren hervorragend auf eine Transfusion roter Blutkörperchen zweimal die Woche. Von denen, die nicht reagieren, kann ein ähnlich hoher Prozentsatz mit einer Knochenmarkstransplantation gerettet werden. Aber dazu gehört zuerst eine schmerzhafte Chemotherapie, um die weißen Blutkörperchen anzukurbeln.«

Ich verkrampfte mich. Orenthalers albtraumhafte Voraussagen erfüllten sich. »Kann man irgendwie feststellen, bei wem die Behandlung anschlägt?«

Medved legte die Hände zusammen und schüttelte den Kopf. »Die einzige Möglichkeit ist anzufangen. Dann sehen wir weiter.«

»Ich arbeite gerade an einem sehr wichtigen Fall. Dr. Orenthaler hat gesagt, ich könne weiterarbeiten.«

Medved schürzte skeptisch die Lippen. »Sie können weiterarbeiten, solange Sie sich kräftig genug fühlen.«

Einen Moment lang war ich verzweifelt. Wie lange konnte ich diese Krankheit verbergen? Mit wem konnte ich darüber reden? »Und wenn es wirkt, werde ich dann schnell wieder gesund?«, fragte ich mit ein bisschen Hoffnung.

Er seufzte. »Das ist nicht, als ob man bei Kopfschmerzen ein Aspirin schluckt. Ich fürchte, es wird eine lange Durststrecke werden.«

Eine lange Durststrecke. Ich dachte an Roths Reaktion und an meine Beförderung zum Lieutenant.

Das ist es, Lindsay. Die größte Herausforderung deines Lebens.

»Und wenn die Behandlung nicht anschlägt? Wie lange, bis ...?«

»Es schlimmer wird? Gehen wir das Ganze doch mit Optimismus an. Darüber können wir uns später unterhalten.«

Jetzt stand alles auf dem Spiel: der Fall, meine Karriere, alle meine Lebensziele. Doch die Vorzeichen hatten sich geändert. Jetzt lief ich mit einer tickenden Zeitbombe herum, die scharf gemacht worden war und jederzeit losgehen konnte.

Ich schloss die Augen. »Wann fangen wir an?«

Er schrieb mir eine Praxis im selben Gebäude auf. Im zweiten Stock. Moffet Ambulante Behandlung. Kein Datum.

»Wenn es Ihnen recht ist, würde ich gern gleich anfangen«, sagte er.

21

Die Geschichte von Gerald Brandts abgebrochenen Verhandlungen mit dem russischen Autohersteller war öffentlich bekannt geworden. Man konnte sie an jedem Zeitungskiosk lesen, in dicken Schlagzeilen. HAT VATER DES BRÄUTIGAMS DEN HASS DER RUSSEN AUF SICH GEZOGEN?

Der *Chronicle* meldete, dass das FBI der Sache nachging. *Großartig.*

Als ich gegen halb elf endlich meinen Schreibtisch erreichte, flossen zwei Halbliterbeutel mit Hämoglobin angereicherten Blutes durch meinen Körper. Mit letzter Kraft bemühte ich mich das Bild zu verdrängen, wie das dicke rote Blut langsam in meine Adern tropfte.

Als Roth meinen Namen rief, war seine Miene so mürrisch wie üblich. »Der *Chronicle* behauptet, es wären die Russen gewesen. Das FBI scheint derselben Meinung zu sein.« Er beugte sich über meinen Schreibtisch und knallte mir die Morgenausgabe hin.

»Ich habe es gelesen. Halten Sie das FBI da raus«, sagte ich.

»Das ist unser Fall.«

Ich berichtete ihm vom gestrigen Abend, als ich noch einmal zum Tatort gefahren war, und erklärte ihm, warum für mich der sexuelle Missbrauch der Leiche, das mit Blut befleckte Jackett und die fehlenden Ringe auf einen einzigen, psychisch gestörten Mörder hindeuteten.

»Das ist kein russischer Profikiller. Er hat ihr die Faust hineingerammt«, erinnerte ich ihn. »Und das in ihrer Hochzeitsnacht.«

»Sie wollen, dass ich dem FBI sage, es soll sich raushalten?«, sagte Roth. »Weil Sie bei diesem Fall so ein *deutliches Gefühl* haben?«

»Es ist ein *Mord*fall. Ein widerliches, abartiges Sexualverbrechen, nicht irgendeine internationale Verschwörung.«

»Vielleicht brauchte der russische Killer Beweise. Vielleicht war er auch ein Sexfreak.«

»Beweise wofür? Jede Zeitung und Fernsehanstalt im ganzen Land hat darüber berichtet. Übrigens, schneiden die Russkis nicht üblicherweise auch den Finger ab?«

Roth stieß einen frustrierten Seufzer aus. Sein Gesicht zeigte mehr als die übliche Verstimmung.

»Ich muss los«, sagte ich und reckte die Faust hoch, in der Hoffnung, Roth würde den Scherz kapieren.

Gerald Brandt war immer noch im Hyatt und wartete darauf, dass die Leiche seines Sohnes freigegeben wurde. Ich ging in seine Suite und traf ihn allein an.

»Sie haben die Zeitungen gelesen?«, fragte ich, als wir uns an den Tisch unter dem Sonnenschirm setzten.

»Die Zeitungen, Bloomberg, irgendeine Reporterin vom *Chronicle,* die gestern Abend ständig angerufen hat. Alles, was sie behaupten, ist absoluter Schwachsinn«, erklärte er.

»Der Tod Ihres Sohnes war die Tat eines Wahnsinnigen, Mr. Brandt. Soll ich ganz offen über unsere Ermittlungen sprechen?«

»Was wollen Sie damit sagen, Inspector Boxer?«

»Neulich hat man Sie gefragt, ob sie irgendjemanden kennen, der Ihnen Schaden zufügen ...«

»Und ich habe Ihrem Beamten erklärt, *nicht so*«, antwortete er ruhig.

»Sie halten es nicht für möglich, dass gewisse Personen in Russland etwas verärgert sind, weil sie den Handel haben platzen lassen?«

»Wir verhandeln nicht mit gewissen Personen, Ms. Boxer. Zu Koljas Aktionären gehören einige der einflussreichsten Männer in diesem Land. Sie tun so, als sei ich ein Verdächtiger. Es war ein Geschäft. Mit so etwas haben wir es jede Woche zu tun. Davids Tod hat nichts mit Kolja zu tun.«

»Wie können Sie da so sicher sein, Mr. Brandt? Ihr Sohn und seine Frau sind tot.«

»Weil die Verhandlungen *nie abgebrochen wurden*, Inspector. Das war ein Ablenkungsmanöver für die Medien. Wir haben uns gestern Abend geeinigt.«

Er stand auf, und mir war klar, dass meine Befragung beendet war.

Als Nächstes rief ich Claire an. Ich sehnte mich danach, mit ihr zu sprechen. Ich brauchte meine tägliche Claire-Dosis und außerdem Hilfe bei dem Fall.

Ihre Sekretärin erklärte mir, dass Claire gerade in einer Besprechung sei, ich aber bitte nicht auflegen solle.

»Forensische Spezialisten«, sagte Claire wütend, als sie abhob. »Hör dir das mal an: Ein Typ rast mit neunzig Sachen durch eine Gegend, wo nur fünfzig erlaubt sind, und rammt einen Mann in einem Lexus, der in zweiter Reihe parkte, weil er auf seine Frau gewartet hat. Sofort tot. Jetzt versucht der Fahrer, den Toten zu verklagen, weil er in zweiter Reihe geparkt hat. Nur weil der Mann ein Riesengrundstück besessen hat. Alle, die Gutachterin eingeschlossen, wollen sich ein Stück davon unter den Nagel reißen. Righetti macht mir Druck, weil eine Fachzeitschrift über den Fall berichtet. Wenn du diesen Scheißkerlen einen Penny für ihre Gedanken gibst, bekommst du was?«

»Kleingeld«, antwortete ich und musste lächeln. Claire war wirklich komisch.

»Genau! Ich habe ungefähr einunddreißig Sekunden Zeit. Wie geht's dir?«, fragte sie. »Ich hab dich lieb, Süße, und du fehlst mir. Was willst du, Lindsay?«

Ich zögerte. Einerseits hätte ich am liebsten alles ausgespuckt, doch dann fragte ich nur, ob die Brandts bei der Einlieferung Trauringe getragen hätten.

»Meines Wissens nach nicht«, antwortete sie. »Wir haben Ohrringe registriert und einen Diamanten, so groß wie ein Augapfel. Aber keine Trauringe. Das ist mir auch aufgefallen. Deshalb habe ich dich gestern sogar angerufen.«

»Große Geister denken eben gleich«, sagte ich.

»Zumindest beschäftigte Geister«, erwiderte sie. »Wie läuft dein grässlicher, grauenvoller Fall?«

Ich seufzte. »Ich weiß nicht. Als Nächstes müssen wir dreihundert Gäste überprüfen; ob einer davon irgendwelchen besonderen Groll gehegt hat. Du hast ja gesehen, wie die Presse den Fall hochspielt. Russische Rache. Das FBI schleicht umher, und Chief Mercer brüllt Roth ins Ohr, er soll einen *richtigen* Detective auf den Fall ansetzen. Übrigens habe ich Jacobi losgeschickt, um herauszufinden, woher das Jackett stammt. Ansonsten läuft alles glatt.«

Claire lachte. »Bleib dran, Süße. Wenn jemand diese Morde aufklären kann, dann du.«

»Ich wünschte nur, dass…« Ich beendete den Satz nicht.

»Ist alles in Ordnung?«, fragte Claire. »Du klingst nicht so fröhlich wie sonst.«

»Eigentlich muss ich dringend mit dir reden. Vielleicht können wir uns später treffen?«

»Klar«, sagte Claire. »Ach, verdammt… heute muss ich um vier unterrichten. Und abends haben wir Reggies Abschlussfeier. Kann es bis morgen warten? Am Sonntag könnte ich zum Brunch reinkommen.«

»Selbstverständlich«, sagte ich und schluckte die Enttäuschung hinunter. »Sonntag ist super. Passt mir prima.«

Lächelnd legte ich auf. Einen Moment lang fühlte ich mich tatsächlich besser. Allein die Verabredung mit Claire gab mir das Gefühl, als hätte man mir eine Last von den Schultern genommen. Bis Sonntag hatte ich auch noch Zeit, mir zu überlegen, wie ich mit der Behandlung und meiner Arbeit fertig werden würde.

Raleigh schlenderte herbei. »Wie wär's mit einem Kaffee?«

Ich hielt seine Bemerkung für eine boshafte Spitze, weil ich so spät zum Dienst gekommen war. Offenbar spürte er meine Ablehnung.

Er schwenkte einen großen Umschlag. »Die Hochzeitsliste der Brandts. Ich dachte, Sie würden gern sehen, wer den Stich gemacht hat.«

22

Wir gingen ins Roma, eines dieser mit Stuck verzierten Cafés mit europäischem Flair, gegenüber vom Justizpalast. Mir ist Peet's lieber, aber das Roma ist näher.

Ich bestellte Tee, Raleigh kam mit einem Cappuccino und einer Scheibe Kürbisbrot zurück, das er zu mir herüberschob.

»Haben Sie sich je gefragt, wie diese Läden Geld verdienen?«, fragte er mich.

»Was?« Ich sah ihn an.

»An jeder Ecke steht einer. Alle servieren das Gleiche, und der durchschnittliche Umsatz pro Gast dürfte… zwei Dollar und fünfunddreißig Cent betragen.«

»Wir sind hier nicht zu einem Plauderstündchen verabredet, Raleigh«, fuhr ich ihn an. »Lassen Sie uns die Liste durchgehen.«

»Vielleicht eher drei oder drei Dollar fünfzig. So ein Café hat Glück, wenn es vierhunderttausend Umsatz macht.«

»Raleigh, bitte!«, sagte ich und verlor langsam die Geduld.

Er schob mir den Umschlag zu.

Ich machte ihn auf und breitete neun Seiten mit Namen und Adressen aus. Alle mit dem Dienstsiegel von Chancellor Weils Büro versehen. Einige Gäste auf der Seite des Bräutigams erkannte ich auf Anhieb. Bert Rosen, ehemaliger Finanzminister der Vereinigten Staaten. Sumner Smith, ein Millionär, der sein Geld in den achtziger Jahren in großem Stil mit erzwungenen Firmenübernahmen gemacht hatte. Chip Stein von E-flix, ein Busenfreund Spielbergs, Maggie Sontero, die heiße SoHo-Modeschöpferin aus New York. Viele große Namen und großer Ärger.

Auf der Seite der Braut gab es auch mehrere Namen Prominenter aus San Francisco und Umgebung. Bürgermeister Fernandez war einer davon. Arthur Abrams, der Promi-Anwalt. Gegen seine Kanzlei hatte ich mehrmals als Zeugin bei Mordprozessen ausgesagt. Willie Upton, Superintendent der Öffentlichen Schulen.

Raleigh zog seinen Stuhl zu mir herüber. Seite an Seite gingen wir die Listen durch, bei denen jede Menge Namen einen beeindruckenden Doktortitel oder den Ehrentitel »Honorable« führten.

Es war eine lange, unergiebige und scheinbar undurchdringliche Liste.

Ich weiß nicht, was ich erwartete – eigentlich, dass mir *irgendetwas* ins Auge fiel. Ein Name, ein möglicher Verdächtiger, auch wenn die Familie ihn nicht dafür hielt.

Raleigh stöhnte laut. »Diese Liste kann einem Angst machen. Nehmen Sie die ersten fünfzig, ich die zweiten, den Rest geben wir Jacobi. Dann treffen wir uns alle in zwei Wochen wieder und sehen, was wir haben.«

Die Aussicht, diese Leute zu befragen, von denen jeder über unsere Fragen entsetzt und empört sein würde, erfüllte mich nicht gerade mit Hoffnung oder Freude.

»Halten Sie Bürgermeister Fernandez für einen Sexmörder?«, fragte ich. »Ich schon.«

Was ich als Nächstes sagte, verblüffte mich. »Sie haben gesagt, Sie seien verheiratet?«

Wenn man uns schon zusammengespannt hatte, sollten wir das klären. Und ehrlich gesagt war ich neugierig.

Nach einer kurzen Pause nickte Raleigh. Ich hatte den Eindruck, als läge Schmerz in seinen Augen. »Ja, unsere Scheidung geht nächsten Monat durch. Siebzehn Jahre.«

Ich warf ihm einen mitfühlenden Blick zu. »Tut mir Leid. Hören wir mit diesen Frage-und-Antwort-Spielen auf.«

»Schon gut. Wie das Leben so spielt. Plötzlich hatten wir das Gefühl, uns einfach in verschiedenen Kreisen zu bewegen. Genauer gesagt, hat sich Marion in den Kerl verliebt, dem das Immobilienmaklerbüro gehörte, wo sie gearbeitet hat. Eine alte Geschichte. Ich schätze, ich habe nie gelernt, die richtige Gabel zu benutzen.«

»Ich hätte Ihnen einiges ersparen können. Immer von außen nach innen«, sagte ich. »Kinder?«

»Zwei tolle Jungs. Vierzehn und zwölf. Jason ist der Sportler, Teddy das Gehirn. Hat für seine sechste Klasse eine Homepage eingerichtet. Ich habe sie jedes zweite Wochenende. Die Lichtpunkte meines Lebens, Lindsay.«

Ich konnte mir Raleigh richtig als Supervater vorstellen.

Samstags mit dem Ball herumbolzen, den Computer im Arbeitszimmer programmieren. Auf alle Fälle hatte der Kerl unheimlich gefühlvolle Augen. Langsam dämmerte mir die Erkenntnis, dass er keineswegs der Feind war.

»Ich glaube, die richtige Gabel zu kennen hat Ihnen auch nicht viel geholfen. Sie sind doch auch geschieden, richtig?« Er grinste.

»Oho. Jemand hat rumgeschnüffelt. Ich hatte gerade die Polizeiakademie beendet. Tom war im zweiten Jahr Jura in Berkeley. Zuerst wollte er ins Strafrecht. Wir haben so eine Art Perry Mason gespielt. Ich im Zeugenstand und Tom, der mich scharf ins Kreuzverhör nimmt. Aber schließlich hat er sich doch für Handelsrecht entschieden.«

»Und?«

»Das war sein Idealbild, nicht meins. Ich war noch nicht bereit für den Country Club. Die alte Geschichte, nicht wahr?« Ich lächelte. »Ehrlich gesagt, hat er mich verlassen und mir das Herz in tausend Stücke gebrochen.«

»Klingt, als hätten wir einiges gemeinsam«, meinte Raleigh leise. Er hatte schöne Augen. *Hör auf, Lindsay!*

»Wenn Sie es denn genau wissen müssen, seit sechs Monaten habe ich eine heiße Affäre mit Warren Jacobi«, erklärte ich mit undurchdringlichem Pokergesicht.

Raleigh lachte und bemühte sich, überrascht auszusehen. »Mann, Jacobi schien mir gar nicht Ihr Typ zu sein. Worauf beruht denn diese teuflische Anziehung?«

Ich dachte an meinen Ex-Mann Tom, dann an den anderen Mann, mit dem ich eine einigermaßen ernste Beziehung gehabt hatte. Was hatte mich immer angezogen? »Sanfte Hände. Und ich glaube, ein weiches Herz.«

»Also, was meinen Sie?«, fragte Raleigh. »Man stellt ein paar Gläser selbst gemachte Marmelade in die Regale und gibt den Kaffees sexy Namen: Arabische Brise, Schirocco. Glauben Sie, dass wir damit den Umsatz steigern könnten?«

»Was soll die Nummer, Raleigh?«

Er lächelte ein bisschen verlegen, doch seine klaren blauen Augen strahlten. »Ich mache seit sechzehn Jahren Polizeidienst. Da kommt einem so manchmal der Gedanke... Ich habe einen Lieblingsort. Oben in Tahoe. Vielleicht könnte man dort eine Filiale...«

»Tut mir Leid, aber ich kann mir Sie nicht hinter der Theke vorstellen, wie Sie Muffins verkaufen.«

»Das ist das Netteste, was Sie bisher zu mir gesagt haben.«

Ich stand auf, klemmte den Umschlag unter den Arm und ging zur Tür. »Also, wenn ich es mir recht überlege, wären Sie vielleicht doch als Bäcker besser als als Bulle.«

»So ist es recht!«, sagte er. »Eine schlagfertige Antwort auf alles. Lassen Sie Ihre Deckung immer schön oben.«

Beim Verlassen des Cafés wurde ich weich. »Ich habe auch einen Lieblingsplatz«, vertraute ich ihm an.

»Vielleicht zeigen Sie ihn mir mal.«

»Vielleicht.«

Raleigh hatte mich überrascht. Man lernt im Leben nie aus. Eigentlich war er ein netter Kerl. Ich fragte mich, ob er wohl sanfte Hände hatte.

23

Als Rebecca Passeneau sich in der ganzen Pracht ihres Brautkleides betrachtete, wusste sie, dass sie nicht mehr Mamas kleines Mädchen war. *Du bist mein Baby.* Diese Worte hatte sie seit ihren ersten Tagen auf diesem Planeten gehört.

Bei drei älteren Brüdern konnte man sich leicht vorstellen, weshalb. Ihre Mutter hatte sich immer ein Mädchen gewünscht

– Daddy auch –, doch dann waren die Jahre dahingegangen, und sie hatten die Hoffnung schon aufgegeben. Der Älteste, Ben, der Waghalsige, war ums Leben gekommen, ehe sie geboren wurde. Ihre Eltern waren am Boden zerstört gewesen. An weitere Kinder hatten sie überhaupt nicht mehr gedacht. Aber dann war wie ein Wunder Becky gekommen.

»*Mein Baby!*«, hörte Becky ihre Mutter rufen, die hinter ihr stand.

»Ach, Mom.« Die Tochter seufzte, lächelte aber auch.

Sie betrachtete sich weiter. Sie war wunderschön. In dem langen, weißen, schulterfreien Kleid, einer Lawine aus Tüll, leuchtete sie wie das schönste Wesen dieser Welt. Michael würde sehr glücklich sein. Nach so vielen Vorbereitungen – das Hotel in Napa, die Blumen, die letzte Änderung am Brautkleid – hatte sie schon nicht mehr geglaubt, dass der Tag wirklich kommen würde. Doch jetzt war er fast da. *Samstag.*

Ms. Perkins, die Geschäftsführerin von Saks, stand da und bewunderte sie. »Sie werden sie alle umhauen, Schätzchen.«

Becky wirbelte herum und betrachtete sich in dem großen dreifachen Spiegel. »Ja, nicht wahr?« Sie lächelte.

»Dein Vater und ich wollen dir etwas schenken«, sagte ihre Mutter.

Sie holte ein schmales Schmucketui aus der Handtasche. Es war ihr Brillantanhänger, ein ovaler Vierkaräter an einer Perlenschnur, den sie von ihrer Mutter bekommen hatte. Sie legte Becky die Kette um den Hals.

»Das ist ja Wahnsinn«, stieß Becky hervor. »Ach, Mom.«

»Meine Mutter hat sie mir an meinem Hochzeitstag geschenkt«, sagte ihre Mutter. »Sie hat mir ein herrliches Leben beschert. Jetzt ist sie für dich.«

Wie gebannt stand Becky Passeneau vor den Spiegeln. Das herrliche Kleid, der Diamant an ihrem Hals.

Schließlich umarmte sie ihre Mutter. »Ich hab dich lieb, Mom. Du bist die Beste.«

»Jetzt ist alles perfekt«, erklärte ihre Mutter mit Tränen in den Augen.

»Nein, noch nicht ganz«, widersprach Ms. Perkins. Sie lief in den hinteren Teil des Ladens und kam mit einem Blumenstrauß zurück. Ein künstlicher Brautstrauß, doch in diesem Moment sah er wie der schönste Strauß der Welt aus.

Sie reichte ihn Becky, die ihn an die Brust presste. In drei Spiegeln sah sie ihr strahlendes Lächeln. Alle bewunderten sie.

»Jetzt ist alles vollständig«, erklärte Ms. Perkins.

Phillip Campbell, der in der Nähe stand und zugeschaut hatte, wie Becky ihr Brautkleid anprobierte, stimmte aus vollem Herzen zu.

»Dein großer Tag ist beinahe gekommen«, flüsterte er leise. »Du siehst wunderschön aus.«

24

Am nächsten Morgen meldete sich Milt Fanning von der Abteilung für Sexualverbrechen beim FBI. Sein Computer hatte eine Hand voll ähnlicher Verbrechen ausgespuckt, doch er warnte mich, keines davon stelle eine stichhaltige Spur dar.

Angefangen hatten sie damit, wenn Fäuste bei sexueller Misshandlung im Spiel waren. Das hatte zu mehreren Funden geführt, hauptsächlich im Schwulenmilieu. Eines der Verbrechen stand in Verbindung mit zwei Prostituierten, die 1992 in Compton ermordet worden waren, doch Nicholas Chito saß fünfundzwanzig Jahre in San Quentin ab.

In Ohio hatte es mehrere Hotelmorde gegeben, sogar einen an einem frisch verheirateten Paar, bei dem der Bräutigam den

Schoß seiner Liebsten mit einer 30-30 aufgerissen hatte, als er feststellte, dass er nicht der Erste war. Doch es war kein Fall hier aus der Gegend dabei, oder ein noch nicht aufgeklärter. Nichts, was uns weiterhelfen konnte.

Ich war enttäuscht, aber nicht überrascht. Alles, was wir bisher aufgedeckt hatten, überzeugte mich, dass David und Melanie Brandt ihrem Mörder im Hyatt nicht zum ersten Mal begegnet waren.

Ich sah, wie Jacobi hereinkam. Seit zwei Tagen ging er mir aus dem Weg, damit beschäftigt, die Herkunft des Jacketts und des Champagners herauszufinden. Nach zwei Jahren wusste ich, dass es bedeutete, dass er nicht glücklich war, wenn Jacobi mich nicht mit blöden Bemerkungen nervte.

»Wie läuft die Suche?«, fragte ich.

Er schenkte mir ein schmallippiges Lächeln. »Chin und Murphy haben jede beschissene Weinhandlung im Umkreis von vierzig Meilen angerufen. Glauben Sie bloß nicht, dass diese Typen über so was Buch führen. Alle haben erklärt, dass die Flasche überall im Land bestellt worden sein könnte. Per Post. Übers Internet. Verdammt!«

Ich wusste, die Suche war mühsam. Aber wie viele Leute bezahlten zweihundert Dollar für eine Flasche Champagner?

»Aber schließlich haben wir doch ein paar Namen zusammengekriegt«, meinte er.

Um mich zu foltern, blätterte Jacobi in seinem Notizblock bis mindestens Seite dreißig. Dann kniff er die Augen zusammen, räusperte sich und meinte: »Ach ja, hier… Golden State Wine Shop, auf der Crescent Street. *Krug. Clos du Mesnil.*« Er sprach es in schlechtem Französisch aus. »Neunzehnhundertneunundachtzig. Jemand hat im vergangenen März eine Kiste von dem Zeug bestellt, heißt Roy C. Shoen.«

»Haben Sie ihn überprüft?«

Er nickte. »Hat noch nie von einem Brandt gehört. Er ist Zahnarzt. Ich schätze, reiche Zahnärzte schätzen auch erstklassige Weine.« Er blätterte um. »Dann ist da noch Vineyard Wines in Mill Valley. Murphy hat sich darum gekümmert.« Zum ersten Mal seit Tagen lächelte er mich an. »Der Kerl, der den Champagner gekauft hat, heißt auch Murphy. Stammkunde. Hat für seine Frau eine Geburtstagsparty geschmissen. Wenn Sie mich einen Vormittag freistellen, kann ich selbst hingehen, aber ich würde lieber Murphy schicken. Bloß so aus Spaß.«

»Hatten Sie Glück mit dem Smokingjackett?«

»Wir haben den Hersteller angerufen. Fünfzehn Geschäfte hier in der Gegend verkaufen diese Marke, falls es von hier stammt. Wir sprechen mit dem Distriktvertreter, um den Besitzer festzustellen. Aber das wird nicht leicht.«

»Vielleicht können Sie sich eine ordentliche Krawatte besorgen, wenn Sie schon mal dabei sind«, neckte ich ihn.

»Ha, ha. Und wie kommen Sie ohne mich zurecht?«, fragte Jacobi. Ich sah die Enttäuschung auf seinem Gesicht und hatte ein schlechtes Gewissen.

»Ich schlage mich so durch«, antwortete ich. »Es tut mir Leid, Warren. Sie wissen, dass ich nicht um diesen Typen gebeten habe«, fügte ich ernst hinzu.

Er nickte. »Wollen Sie, dass wir jeden ausgraben, der gern diesen teuren Champagner trinkt?«

Ich schüttelte den Kopf und stand auf. Dann legte ich eine Kopie der Hochzeitsliste der Brandts auf seinen Schreibtisch. »Schauen Sie nach, ob einer der Namen mit einem auf der Liste übereinstimmt.«

Er blätterte die Liste durch und pfiff bei einigen Namen Prominenter. »Schade, Boxer. Kein Shoen oder Murphy. Vielleicht müssen wir einfach warten und haben beim zweiten Paar mehr Glück.«

Mir lief es kalt über den Rücken. »Warum sagen Sie das?«, fragte ich. Jacobi war eine Nervensäge, doch er war ein guter Polizist mit einer ausgeprägten Spürnase für Verbrechensmuster.

»Wir suchen doch nach einem Kerl, der gern elegante Klamotten trägt und sich an toten Bräuten vergreift, richtig?«

Ich nickte und erinnerte mich an etwas, das mein erster Partner mir gesagt hatte: »*Lass dich nie auf einen Ringkampf mit einem Schwein ein, Lindsay. Ihr werdet beide dreckig, und dem Schwein gefällt das.*«

»Ich schätze, so ein Kerl hat große Schwierigkeiten, ein Rendezvous zu kriegen«, meinte Jacobi.

25

Die erste Woche der Ermittlungen der Morde an dem Brautpaar war verstrichen. Unglaublich.

Jacobis Mannschaft lief sich auf der Suche nach dem Champagner und dem Jackett die Hacken ab, stand jedoch immer noch mit leeren Händen da. Raleigh und ich hatten mit zwanzig Gästen gesprochen, vom Bürgermeister bis zum besten Freund des Bräutigams. Alle waren wie betäubt und völlig fertig, aber nicht in der Lage, uns einen Fingerzeig zu geben, der uns weiterführte.

Mir war bewusst, dass wir etwas Stichhaltiges finden mussten – und zwar bald –, ehe dieser Kerl, der die Trauringe mitgehen ließ, erneut tötete.

Ich bekam meine zweite Transfusion. Während ich zuschaute, wie das Blut in meine Venen tropfte, betete ich, dass es mich kräftiger machen möge, aber tat es das? Die Tropfen waren wie das langsame, stete Ticken einer Uhr.

Und die Uhr tickte in der Tat. Meine und Chief Mercers.

Am Samstag klappte Jacobi um sechs Uhr abends sein Notizbuch zu, zog sein Sportjackett an und steckte seine Waffe in den Gürtel. »Man sieht sich, Boxer«, sagte er.

Raleigh kam vorbei, ehe er das Gebäude verließ. »Ich schulde Ihnen ein Bier. Wollen Sie kassieren?«

Ein Bier wäre schön, dachte ich. Ich gewöhnte mich an Raleighs Gesellschaft. Doch eine innere Stimme warnte mich, dass alles aus mir heraussprudeln würde – Anämie, meine Behandlung, die Angst in meinem Herzen –, wenn ich heute mit ihm ausging.

Ich schüttelte den Kopf. »Ich glaube, ich bleibe noch ein Weilchen.«

»Haben Sie für morgen schon Pläne?«

»Ja, ich treffe mich mit Claire, dann komm ich hierher. Und Sie?«

»Jason hat ein Fußballturnier in Palo Alto. Ich fahre mit den Jungs hin.«

»Klingt gut.« Es klang wirklich gut. Es klang nach etwas, das ich vielleicht nie kennen lernen würde.

»Ich komme morgen Abend zurück.« Er hatte mir schon am ersten Tag unserer Zusammenarbeit seine Piepsernummer gegeben. »Ich bin eine Stunde weit weg. Rufen Sie an, wenn es etwas Neues gibt.«

Nachdem Raleigh gegangen war, senkte sich Stille über meine Ecke im Büro. Die Ermittlungen waren für heute Abend eingestellt. Nur ein paar Leute von der Nachtschicht unterhielten sich draußen auf dem Korridor.

Noch nie hatte ich mich so einsam gefühlt. Doch irgendwie wusste ich, dass ich irgendeine lebenswichtige Verbindung zu dem Fall, zu Melanie verlieren würde, wenn ich jetzt nach Hause fuhr. Ich würde ein unausgesprochenes Versprechen brechen. Noch einen Blick, sagte ich mir. Noch einen letzten Versuch.

Warum hat der Mörder die Ringe mitgenommen?

Eine Welle der Erschöpfung rauschte durch mich hindurch. Meine neuen kämpfenden Zellen raubten mir die Kraft, während sie mich verteidigten und sich vervielfachten. Die Kavallerie galoppiert zur Rettung. Hoffnung greift Zweifel an. Es kam mir alles so verrückt vor.

Für heute Nacht musste ich David und Melanie schlafen lassen. Ich zog das Gummiband um die dicke Akte und legte sie in die graue Schale mit der Aufschrift *Unerledigte Fälle*. Gleich neben die Schalen mit ähnlichen Akten und ähnlichen Namen.

Dann blieb ich noch ein paar Minuten im abgedunkelten Büro an meinem Schreibtisch sitzen und weinte.

Zweiter Teil

Der Club der Ermittlerinnen

26

Becky DeGeorge sonnte sich im Glanz ihres ersten Tages als Michaels Frau, als sie die Hotelhalle verließ. Sie hielt die Hand ihres Mannes fest und atmete die kühle Abendluft ein, der erste frische Luftzug, den sie heute verspürt hatte.

In der kurzen Zeit ihrer Ehe hatten sie und Michael sich mehrmals geliebt und zweimal zusammen geduscht. Dann hatten sie sich kurz zum obligatorischen letzten Brunch mit den Familien gezeigt. Vor dem Ausflug nach Opus One drückten sie sich mit einer Entschuldigung und liefen schnell noch einmal nach oben, wo sie die letzte Flasche Champagner tranken. Michael legte ein Sex-Video ein, und beide spielten einige ungewöhnliche und aufregende Rollen, während sie den Film anschauten. Michael schien mehrere Fantasien über das Tragen von Frauenkleidern zu haben.

Morgen wollten sie nach Mazatlan fliegen, um noch eine himmlische Woche lang all die sensiblen Stellen an seinem Körper zu finden, die sie noch nicht kannte. Wer weiß, vielleicht würden sie sogar ein oder zwei Mal das Zimmer verlassen, um sich die Delfine anzuschauen.

Bis jetzt lief ihrer Meinung nach alles einfach großartig.

Sie waren auf dem Weg zum French Laundry, dem besten Restaurant in Napa. Alle behaupteten, es sei der angesagteste Laden zum Essen, und sie hatten bereits vor sechs Monaten reserviert. Becky lief schon das Wasser im Mund zusammen, wenn sie an die fantastischen Delikatessen dachte: Gänseleberpastete, Wildente, und alles mit teurem Champagner hinuntergespült.

Auf dem kurzen Weg zum Auto hielt eine schwarze Limousine neben ihnen. Das Beifahrerfenster öffnete sich und ein Chauffeur in Uniform streckte den Kopf heraus. »Mr. und Mrs. DeGeorge?«

Erstaunt schauten sie sich an, dann lächelten sie. »Ja, das sind wir.«

»Ich stehe Ihnen zu Diensten«, erklärte der Chauffeur. »Eine kleine Aufmerksamkeit des Hotels.«

Becky war begeistert. »Für uns?« Sie war erst ein einziges Mal in einer dieser irren Limousinen gefahren, während ihrer Tätigkeit als Anwaltssekretärin anlässlich eines großen Abschlusses. Damals allerdings auf dem Rücksitz, mit vier Anwälten, die sie keines Blickes würdigten.

»Gebucht und bezahlt für den ganzen Abend«, sagte der Fahrer und zwinkerte ihnen zu.

Die frisch Vermählten schauten sich vielsagend an.

»Davon hat mir niemand etwas gesagt«, meinte Michael, doch schien er von der Vorstellung, dass man ihn als VIP betrachtete, offensichtlich sehr angetan zu sein.

Becky riskierte einen Blick in die Limousine. »Oh, Michael!« Ledersitze, eine glänzende Mahagoni-Bar mit Kristallgläsern, das Licht romantisch gedämpft. Sogar eine Flasche Chardonnay stand auf Eis. Becky stellte sich vor, wie sie mit diesem Luxusauto vor dem elegantesten Restaurant von Napa vorfuhren.

»Komm schon, Schatz!« Lachend zog sie ihn hinein. »Das wird himmlisch.«

»Ich kann vor dem Restaurant warten, bis Sie wieder herauskommen«, sagte der Chauffeur. »Und rein zufällig haben Sie jemanden gefunden, der die landschaftlich schönsten Strecken von Napa kennt.«

Becky sah, wie Michaels Bedenken sich auflösten. »Willst du deine Prinzessin nicht im großen Stil ausführen?«

Es war genauso, wie es beim ersten Mal gewesen war, als sie ihn in der Kanzlei angelächelt hatte, und wie auch in der vorigen Nacht im Bett – er schmolz dahin. Manchmal war er ein bisschen übervorsichtig. Das war bei Steuerberatern so. Aber sie hatte immer eine Möglichkeit gefunden, ihn rumzukriegen.

»Was immer Becky möchte«, sagte Michael schließlich.

27

»Frisch verheiratet?«, fragte Phillip Campbell. Sein Herz hüpfte. Die grellen Lichter der Scheinwerfer der entgegenkommenden Autos durchleuchteten ihn wie Röntgenstrahlen, legten seine geheimsten Wünsche offen.

»Sechsundzwanzig Stunden, elf Minuten und … fünfundvierzig Sekunden«, zwitscherte Becky.

Campbells Herz schlug laut. Sie war perfekt. Sie waren beide perfekt. *Sogar noch besser, als er es sich erhofft hatte.*

Die Straße war leer und schien ins Nichts zu führen, doch er wusste genau, wohin er fuhr. »Bedienen Sie sich doch bitte«, lud er sie ein. »Im Eimer steht ein Palmeyer. Manche Leute halten ihn für den Besten im ganzen Tal.«

Während er fuhr, waren die Nerven des Mörders angespannt. Er war erregt. *Was war das Schlimmste, das jemand je getan hatte? Kann ich es noch einmal tun? Eigentlich noch wichtiger ist, kann ich jemals damit aufhören?*

Er warf einen Blick nach hinten. Becky und Michael schenkten den Palmeyer-Wein ein. Er hörte die Gläser klingeln, als sie anstießen. Dann etwas von ›viele glückliche Jahre‹. Ein Eispanzer legte sich um sein Herz, als er sah, wie sie sich küssten. Er hasste jede selbstzufriedene, verlogene Pore ihrer Körper. *Willst du deine Prinzessin nicht in großem Stil ausführen?* Ha! Er befühlte die Waffe auf dem Schoß. Er hatte die Mordwaffe gewechselt.

Nach einiger Zeit lenkte Campbell die Limousine eine steile Seitenstraße hinauf.

»Wohin fahren wir, Chauffeur?«, ertönte die Stimme des Ehemanns von hinten.

Er schaute in den Spiegel und lächelte die DeGeorges beruhigend an. »Ich dachte, ich zeige Ihnen die landschaftlich schönste Strecke mit der herrlichsten Aussicht aufs Tal. Trotzdem werde ich Sie pünktlich um acht beim Restaurant abliefern.«

»Wir wollen nicht zu spät kommen«, warnte Michael ein wenig verlegen. »Die Reservierung dort war schwieriger zu bekommen als die im verdammten Hotel.«

»Ach, komm schon, Liebling«, beschwichtigte Becky genau im richtigen Moment.

»Gleich da vorn kommt freies Gelände«, sagte Campbell. »Entspannen Sie sich bis dahin. Hören Sie doch ein bisschen Musik. Ich zeige Ihnen die schönste Aussicht... sehr romantisch.«

Er drückte auf einen Knopf, und im hinteren Teil der Limousine blinkte eine verführerische Lichterkette auf.

»Oohh, das ist einfach riesig«, sagte Becky.

»Ich lasse die Trennscheibe hochfahren. Schließlich sind Sie nur einmal frisch verheiratet. Fühlen Sie sich ganz wie zu Hause. Betrachten Sie dies hier als Ihre Nacht.«

Er ließ einen Spalt der Trennwand offen, damit er weiterhin alles sehen und hören konnte, während er tiefer in die Berge fuhr. Jetzt schmusten sie und küssten sich. Michaels Hand glitt Beckys Schenkel hinauf. Sie hob ihm ihr Becken entgegen.

Die Straße wurde holprig, dann hörte die Asphaltierung auf.

Es ging auf einem Schotterweg weiter. Zu beiden Seiten standen Rebstöcke.

Beckys aufreizendes Lachen ging in rhythmisches, tiefes Seufzen über. Phillip Campbell atmete ebenfalls schneller. Aus unmittelbarer Nähe hörte er ihr Stöhnen. Ein warmes, samtenes Gefühl stieg in seinen Lenden auf, so wie vor einer Woche im Hyatt. Michael drang in Becky ein, sie stöhnte auf.

Was ist das Schlimmste?

Auf einer Lichtung hielt er an und schaltete die Scheinwerfer aus. Er nahm die Pistole und entsicherte sie.

Dann ließ er die Trennwand herunterfahren.

Im schummrigen Licht sah er Becky. Ihr schwarzes Cocktailkleid war bis über die Taille hochgeschoben.

»Bravo!«, rief er.

Beide schauten ihn erschrocken an.

Er sah Angst in den Augen der Braut aufflackern. Sie versuchte, ihre Blöße zu bedecken.

Erst jetzt wurde dem Mörder klar, dass die warme Flut an seinen Beinen und Knien sein eigener Urin war.

Er feuerte das Magazin auf Becky und Michael DeGeorge leer.

28

Am Sonntagmorgen wachte ich zum ersten Mal in dieser Woche mit einem Gefühl der Hoffnung auf. So bin – oder *war* – ich nun mal.

Draußen war es klar und schön. Die Bucht schimmerte, als freute sie sich auch über das schöne Wetter. Und es war der Tag meines Brunchs mit Claire. Meine Beichte bei ihr.

Sonntagmorgen fuhr ich immer zu meinem Lieblingsplatz, von dem ich Raleigh erzählt hatte.

Erst fuhr ich ins Zentrum zur Marina Green, wo ich im Schatten der Brücke joggte. An Morgen wie diesem erfüllte mich die Freude über alles, was schön daran ist, in San Francisco zu leben. Die braune Küste von Marin, die Geräusche der Bucht, sogar Alcatraz, das Wache hält.

Ich trabte meine üblichen gut drei Meilen südlich vom Hafen und lief dann die zweihundertzwölf Steinstufen zum Fort Mason Park hinauf. Selbst mit Anämie konnte ich das noch. An diesem Morgen schien die Krankheit mich frei zu lassen.

Ich joggte an frei laufenden, bellenden Hunden vorbei, an Liebespaaren beim Morgenspaziergang, kahlköpfigen alten Chinesen in grauer Kleidung, die über Mah-Jongg stritten. Ich lief immer zur selben Stelle, hoch oben auf den Klippen, mit dem Blick nach Osten über die Bay. Es war sieben Uhr fünfundvierzig.

Niemand wusste, dass ich hierher kam. Oder weshalb. Wie an jedem Sonntag sah ich eine kleine Gruppe, die ihr Tai Chi übten. Es waren hauptsächlich Chinesen, wie immer angeleitet von demselben alten Mann mit einer grauen Strickkappe und Pullover. Keuchend blieb ich stehen und gesellte mich zu ihnen, wie jeden Sonntag seit zehn Jahren, seit meine Mutter gestorben war. Die Menschen hier kannten mich nicht, wussten nicht, was ich tat oder wer ich war. Ich kannte sie auch nicht. Der alte Mann nickte mir ebenso freundlich zu wie immer.

Bei Thoreau steht geschrieben: »Die Zeit ist nur der Fluss, in dem ich fische. Ich trinke aus ihm, aber während ich trinke, sehe ich den sandigen Grund und stelle fest, wie seicht er ist. Seine Strömung fließt dahin, doch die Ewigkeit bleibt. Ich möchte aus tieferem Wasser trinken, im Himmel fischen, dessen Grund mit Sternen statt mit Kieseln ausgelegt ist.«

Ich glaube, ich habe das hundertmal gelesen. So fühle ich mich hier oben. Teil des Flusses.

Keine aplastische Anämie.

Keine Verbrechen, keine im Tod verzerrten Gesichter.

Keine Brautpaarmorde.

Ich machte den Morgenschwan, den Drachen und fühlte mich so beschwingt und frei wie in der Zeit, ehe mir Orenthaler die Diagnose mitgeteilt hatte.

Der Lehrer nickte. Niemand fragte mich, ob ich mich wohl fühlte. Oder wie die Woche gewesen war. Ich hieß einfach den Tag willkommen und wusste, dass ich Glück hatte, ihn zu erleben.

Mein Lieblingsplatz.

Kurz vor elf war ich wieder zu Hause, mit einer halben Tasse Kaffee in der Hand und der Sonntagsausgabe des *Chronicle* unterm Arm. Ich wollte die Lokalseiten durchsehen, ob meine Busenfreundin Cindy Thomas etwas über den Fall geschrieben hatte. Danach wollte ich duschen und mich fertig machen, um mittags Claire zu treffen.

Es war elf Uhr fünfundzwanzig, als das Telefon klingelte. Überraschenderweise war es Raleigh.

»Sind Sie angezogen?«, fragte er.

»Gewissermaßen ja. Warum? Ich habe etwas vor.«

»Streichen Sie's. Ich hole Sie ab. Wir fahren nach Napa.«

»Napa?« Seine Stimme klang überhaupt nicht fröhlich oder unternehmungslustig. »Was ist denn los?«

»Ich bin heute Morgen noch mal schnell im Büro gewesen. Während ich dort war, kam ein Anruf von einem Lieutenant Hartwig aus Napa. Er hat eine Vermisstenanzeige. Ein junges Paar. Frisch verheiratet, im Honeymoon.«

29

Schnell rief ich Claire an, um ihr abzusagen, duschte, stopfte meine nassen Haare unter eine Baseballmütze der Giants und zog mich an. Da hupte Raleigh vorm Haus auch schon in seinem weißen Explorer.

Als ich unten auftauchte, entging mir nicht, wie er mich von Kopf bis Fuß musterte: nasse Haare, Jeans, schwarze Lederjacke. »Sie sehen hübsch aus, Boxer.« Er lächelte, als er losfuhr.

Auch er war leger gekleidet, in Khakihosen und einem verblichenen blauen Polo-Hemd. Er sah auch gut aus, doch ich würde es ihm nicht sagen.

»Das hier ist kein Rendezvous, Raleigh«, erinnerte ich ihn.

»Das sagen Sie wohl immer«, meinte er achselzuckend und trat aufs Gaspedal.

Eine Stunde und fünfzehn Minuten später hielten wir vor dem Napa Highland Inn, genau um die Zeit, als ich bei Claire mein Herz ausschütten wollte.

Das Hotel war eine dieser Luxusherbergen für die Reichen, von denen ich immer schon geträumt hatte. Es lag etwas versteckt an der Stag's Leap Road. Das Haupthaus war aus dicken Redwoodstämmen erbaut und hatte Bogenfenster mit getönten Scheiben. Die Gäste hier waren nicht gerade Asketen.

Zwei grünweiße Einsatzwagen parkten in der Rotunde vor dem Hoteleingang. In der Halle führte man uns ins Büro des Managers, wo ein nervöser rothaariger Typ, der aussah, als hätte er erst vor wenigen Tagen die Hotelfachschule absolviert, mit einigen Polizisten stand.

»Ich bin Hartwig«, stellte sich ein großer, schlaksiger Mann in Zivil vor. Er hielt einen Pappbecher mit Kaffee in der Hand. »Tut mir Leid, dass ich Ihnen Ihr Wochenende versaue«, entschuldigte er sich freundlich lächelnd.

Er reichte uns ein Hochzeitsbild des vermissten Paares. Es war in eines dieser »Schüttelspielzeuge« aus Plexiglas eingeschweißt, mit der Golden Gate Bridge im Vordergrund. »Gastgeschenk.« Er seufzte. »Mr. und Mrs. Michael DeGeorge. Aus Ihrer Gegend. Beide haben in der Stadt in einer großen Steuerkanzlei gearbeitet. Geheiratet haben sie am Freitagabend.«

Das Foto war süß. Sie mit strahlenden Augen, dichtem braunen Haar. Er rötliches Haar, ernste Miene, Goldrandbrille.

»Wann wurden sie zuletzt gesehen?«, fragte ich.

»Um neunzehn Uhr fünfundvierzig gestern Abend. Das Hotelpersonal hat sie herunterkommen sehen. Sie wollten im French Laundry zu Abend essen«, sagte Hartwig. »Die Empfangsdame hat ihnen den Weg aufgezeichnet, aber sie sind dort nie aufgetaucht.«

»Sie sind zum Abendessen weggefahren, und dann hat man nie wieder von ihnen gehört?«

Hartwig rieb sich die eine Gesichtshälfte. »Der Manager hat gesagt, sie seien am Vortag in einem goldenen Lexus angekommen. Der Portier hat bestätigt, dass sie am Nachmittag kurz damit gefahren sind.«

»Und?« Ich nickte ihm zu, weiterzusprechen.

»Der Wagen steht noch auf dem Parkplatz.«

»Irgendwelche Nachrichten von draußen, die wir kennen sollten?«, fragte ich.

Hartwig ging zu einem Schreibtisch und holte einen kleinen Stapel Zettel. Ich blätterte sie durch. *Mom. Dad. Julie und Sam. Vicki und Don. Gute Reise.*

»Wir haben das Gelände um das Hotel genau abgesucht. Dann haben wir die Suche ausgedehnt. Das Ganze ist irgendwie so wie Ihr Mord da unten. Große Hochzeitsfeier. Dann *peng* – und weg sind sie.«

»Ja, so ähnlich wie unser Fall«, pflichtete ich ihm bei. »Allerdings hatten wir Leichen.«

Das Gesicht des Polizisten aus Napa wurde hart. »Glauben Sie mir, ich hätte Sie bestimmt nicht hergerufen, um uns nur bei einer Vermisstenanzeige zu helfen.«

»Wieso sind Sie so sicher?«, fragte Raleigh.

»Weil die Empfangsdame gestern Abend einen Anruf für sie entgegengenommen hat. Vom Restaurant, eine Bestätigung der Reservierung.«

»Na und?«

Hartwig trank einen Schluck Kaffee, ehe er uns in die Augen schaute. »Niemand vom French Laundry hat die beiden angerufen.«

30

Die Flitterwöchner hatten keine ungewöhnlichen Besucher gehabt, auch keine Ausflüge gemacht. Die Reservierung im French Laundry war nur für zwei Personen gewesen. Erschwerend kam hinzu, dass sie ihren planmäßigen Flug nach Mexiko versäumt hatten.

Während sich Raleigh draußen umschaute, warf ich einen Blick in ihr Zimmer. Ein riesiges Bett aus Redwood, ein Koffer, zusammengelegte Kleidung, Toilettenartikel. Jede Menge Blumen – vor allem Rosen. Vielleicht hatte Becky DeGeorge sie vom Empfang mit heraufgebracht.

Nichts wies darauf hin, dass die DeGeorges nicht am nächsten Morgen ihr Flugzeug hatten besteigen wollen.

Ich traf mich draußen mit Raleigh. Er unterhielt sich mit einem Pagen, der offenbar der Letzte war, der die DeGeorges hatte weggehen sehen.

Als wir allein waren, sagte Raleigh: »Ein paar von den Kollegen von hier und ich haben ein paar hundert Meter den Wald abgesucht.« Er schüttelte den Kopf. »Nicht mal ein Fußabdruck. Ich habe mir auch das Auto angesehen. Abgeschlossen.

Kein Blut, keine Kampfspuren. Aber irgendetwas *ist* ihnen da draußen zugestoßen. Jemand hat sie angesprochen. Zwanzig oder knapp dreißig Meter vorm Hotel.«

Frustriert warf ich einen Rundumblick auf die Zufahrt und den nahen Parkplatz. Vor dem Portal zum Hotelgelände parkte ein Streifenwagen. »Nicht angesprochen. Zu riskant – alles überschaubar. Vielleicht hat jemand sie mitgenommen.«

»Die Reservierung war nur für zwei«, erwiderte er. »Und der Typ am Eingang hat ausdrücklich erklärt, dass sie in Richtung Auto gegangen sind.«

»Und dann haben sie sich *in Luft aufgelöst*?«

Unsere Aufmerksamkeit wurde von einer langen schwarzen Limousine abgelenkt, die auf den Kiesweg des Hotels einbog und direkt unter dem Schutzdach aus Redwoodschindeln über dem Eingang stehen blieb.

Raleigh und ich sahen zu, wie sich die Hoteltür öffnete und der Portier mit einem Wagen voll Gepäck herauskam. Der Chauffeur der Limousine sprang heraus und riss den Kofferraum auf.

Der Gedanke traf uns beide gleichzeitig.

Raleigh fing meinen Blick auf. »Ziemlich weit hergeholt.«

»Vielleicht«, stimmte ich ihm zu. »Aber das würde erklären, wie jemand hereinkommen konnte, ohne Aufmerksamkeit zu erregen. Ich glaube, wir sollten überprüfen, ob in letzter Zeit in der Umgebung der Bay Limousinen gestohlen wurden.«

Noch ein Auto fuhr vor, ein silberfarbener Mazda. Er parkte am anderen Ende der kreisförmigen Auffahrt. Zu meinem Entsetzen stieg eine Frau in Cargohosen und einem Sweatshirt der University of Michigan aus.

»Raleigh, Sie haben doch behauptet, eine ihrer hervorstechendsten Fähigkeiten sei es, ungebührliche Medienaufmerksamkeit zu vermeiden, nicht wahr?«

Er schaute mich an, als hätte ich Dr. Kevorkian gefragt: »Sie sind doch ganz gut im Mischen von Chemikalien, nicht wahr?«

»Okay«, sagte ich und betrachtete die näher kommende Gestalt. »Dann vermeiden Sie mal.«

Cindy Thomas kam auf uns zu.

31

»Entweder haben Sie die beste Spürnase für eine Geschichte, die ich je erlebt habe, oder ich könnte langsam auf den Gedanken kommen, Sie für eine Mordverdächtige zu halten«, begrüßte ich Cindy Thomas verärgert.

Es war das zweite Mal, dass sie an einem möglichen Tatort aufgetaucht war.

»Jetzt sagen Sie bloß nicht, ich störe bei einer Romanze am Arbeitsplatz«, entgegnete sie schnippisch.

Jetzt wurde ich richtig wütend. Wir standen am Anfang schwieriger Ermittlungen. Wenn irgendetwas nach draußen drang, würde es die Chance gefährden, dass unser Dezernat mit dem Fall betraut würde. Ich konnte mir schon die albtraumhaften Schlagzeilen vorstellen: BRAUTPAAR-MÖRDER SCHLÄGT ERNEUT ZU. Roth würde toben. Das wäre das zweite Mal, dass ich nicht in der Lage war, dieselbe Reporterin an einem Tatort abzuwimmeln.

»Wer ist denn Ihre Freundin?«, fragte Raleigh.

»Cindy Thomas«, sagte sie und streckte die Hand aus. »Und Sie?«

»Cindy arbeitet beim *Chronicle*«, warnte ich ihn.

Raleigh erstarrte, als sei er ein gefeuerter Arbeiter, der seinem Nachfolger die Hand schütteln sollte.

»Hören Sie genau zu, Ms. Thomas«, sagte ich entschlossen. »Ich weiß nicht, ob Sie schon lange genug dabei sind, um zu wissen, wie so was abzulaufen hat, aber falls Sie planen, irgendetwas anderes zu tun, außer mir zu sagen, weshalb Sie hier sind, dann nehmen Sie Ihre Reportersachen und verschwinden Sie. Sie sind auf dem besten Weg, blitzschnell auf die schwarze Liste des Dezernats zu kommen.«

»*Cindy*«, erinnerte sie mich. »Aber die viel interessantere Frage ist doch, wieso ich Sie hier draußen treffe?«

Raleigh und ich musterten sie mit wachsender Ungeduld. »Beantworten Sie meine Frage!«, beharrte ich.

»Na gut.« Sie holte Luft. »Sie beide rasen an einem Sonntag hierher. Captain Raleigh stöbert im Wald und auf dem Parkplatz rum. Sie befragen das Hotelpersonal. Ich brauche jetzt nur alles zusammenzuzählen. Zum Beispiel bedeutet die Tatsache, dass das Gelände ums Hotel nicht abgesperrt ist, dass kein Verbrechen begangen wurde. Da wir alle wissen, woran Sie arbeiten, liegt die Vermutung nahe, dass es sich wieder um ein frisch verheiratetes Paar handelt. Durchaus möglich, dass unser Mörder Brautpaar Nummer zwei gefunden hat.«

Meine Augen waren groß und besorgt.

»Entweder das.« Sie lächelte. »Oder ich habe mich gründlich geirrt, und Sie sind nur hier, um Wein für die Vorräte des Dezernats zu kosten.«

»Und das haben Sie alles herausgefunden, indem Sie uns beobachtet haben?«, fragte ich.

»Ehrliche Antwort? Nein.« Sie nickte zum Eingang. »Das meiste habe ich von dem redseligen Polizisten, mit dem ich ein bisschen geplaudert habe.«

Unwillkürlich musste ich lächeln.

»Im Ernst, hier gibt's keine Story für Sie«, erklärte Raleigh.

»Noch ein Mord an einem Brautpaar? Die gleiche Methode?«, sagte Cindy. »Das ist 'ne Story, verlassen Sie sich drauf.«

Ich konnte zusehen, wie die Situation auf kürzestem Wege den Bach hinunterging. »Wenn ich *Sie* wäre, würde ich mich ins Auto setzen und zurück in die Stadt fahren«, sagte ich.

»Würden Sie das auch zu Fitzpatrick oder Stone sagen?«

»Wenn Sie in die Stadt zurückfahren, würde ich Ihnen tatsächlich einen Gefallen schulden.«

Sie lächelte zaghaft. »Sie machen Witze, oder? Sie wollen mich doch bloß loswerden.«

»Ja, bitte hauen Sie ab.«

Cindy schüttelte den Kopf. »Tut mir Leid. Erstens würde ich wohl rausgeschmissen werden, und zweitens lasse ich mir diese Chance um nichts in der Welt entgehen.«

Ich hatte plötzlich eine Erleuchtung. »Und was wäre, wenn ich mit Ihnen zurückfahre?«, fragte ich. »Sie würden mehr oder weniger das bekommen, worauf Sie aus sind. Sie wären dabei, könnten aber auch gleichzeitig auf mich Rücksicht nehmen.«

Raleigh fielen fast die Augen aus dem Kopf. Ich warf ihm meinen Lassen-Sie-mich-nur-machen-Blick zu.

»Wenn diese Story rauskommt, wird sie so groß, dass wir alle drei damit nicht fertig werden,« beharrte Cindy.

»Und dann gehört sie *Ihnen*.«

Ihre Augen wurden schmal. Sie überlegte, ob sie mir trauen konnte. »Sie meinen – von Ihnen, exklusiv?«

Ich wartete auf Raleighs Protest, doch zu meiner Überraschung spielte er mit.

»Sie haben doch gesagt, Chief Mercer würde alle Presseerklärungen herausgeben«, sagte Cindy.

»Ja, alle *offiziellen*.«

Meine Nerven vibrierten wie mexikanische Springbohnen, als ich Raleigh anschaute. Wenn ich mich nicht auf ihn verlassen konnte, stand mir in San Francisco ein Riesenärger bevor. Wahrscheinlich würde ich Roth vor meinem Schreibtisch vorfinden, – oder – was noch schlimmer war – Mercer. Aber inzwischen hatte ich das Gefühl, dass ich ihm trauen konnte.

»Gut, dann fahre ich mit Ms. Thomas zurück in die Stadt«, sagte ich und wartete auf seine Reaktion.

»*Cindy*«, wiederholte die Reporterin erneut entschlossen.

Raleigh nickte langsam. »Ich bespreche noch alles Übrige mit Hartwig. Bis bald, Lindsay. Ms. Thomas, es war mir ein unerwartetes Vergnügen.«

Ich warf ihm ein dankbares Lächeln zu. Dann nahm ich die Reporterin am Arm und sagte: »Kommen Sie, Cindy. Ich erkläre Ihnen unterwegs die Regeln.«

32

Ich weiß nicht, warum ich das tat. Es war riskant und unüberlegt, genau das Gegenteil von dem, was mich dorthin gebracht hatte, wo ich jetzt war. Vielleicht wollte ich der Obrigkeit nur mal sagen: *Ihr könnt mich mal!* Roth und Mercer. Die Sache auf meine Art durchziehen. Vielleicht zog der Fall immer weitere Kreise, und ich wollte mir die Illusion erhalten, dass ich ihn dennoch unter Kontrolle hatte.

Oder vielleicht wollte ich nur noch jemanden einweihen.

»Ehe wir irgendwohin fahren, muss ich eins wissen.« Ich hielt Cindy am Handgelenk fest, als sie den Motor anlassen wollte. »Wie haben Sie herausgefunden, dass ich hierher gefahren bin?«

Sie holte tief Luft. »Bis jetzt habe ich nur erreicht, dass Sie mich von der größten Story meiner bisherigen Karriere fern gehalten haben. Muss ich jetzt auch noch meine Quellen preisgeben?«

»Alles, was wir von jetzt an sagen, hängt davon ab.«

»Mir wäre es lieber, wenn Sie weiter auf Vermutungen angewiesen wären«, sagte Cindy.

»Wenn das hier funktionieren soll, muss es auf Vertrauen basieren.«

»Dann gilt Vertrauen für beide, Inspector.«

Wir saßen in dem glühend heißen Mazda, inmitten leerer Plastikbecher und Tüten, und bemühten uns um eine Einigung.

»Okay«, erklärte ich schließlich und teilte ihr das Wenige mit, was wir darüber wussten, weshalb wir heute Nachmittag in Napa waren. Die DeGeorges waren verschwunden. Dass sie am Freitagabend geheiratet hatten. Die Möglichkeit, dass sie Paar Nummer zwei waren. »Aber davon geht nichts in Druck, bis wir die Bestätigung haben«, sagte ich eindringlich. »Dann gebe ich Ihnen grünes Licht.«

Ihre Augen glänzten, als ich ihre Vermutungen bestätigte.

»Jetzt sind Sie dran. Es war keine Presse in Napa, nicht mal die Lokalpresse. Wie sind Sie uns auf die Spur gekommen?«

Cindy legte den Gang ein. »Ich habe Ihnen doch gesagt, dass ich von der Lokalredaktion bin«, sagte sie, als der Wagen auf die Hauptstraße rollte. »Und dass ich darum kämpfe, diese Story zu behalten. Mein Chef hat mir das Wochenende Zeit gegeben, um etwas Solides über diesen Knüller zu bringen. Sie hatten mich ja deutlich abgeschmettert, deshalb habe ich seit gestern auf Ihrer Straße geparkt und gewartet, dass sich etwas tut.«

»Sie sind mir gefolgt?«

»Ziemlich verzweifelt, nicht wahr? Aber effektiv.«

Ich ging im Geist die letzten beide Tage durch. »Zum Kino. Heute Morgen zur Marina?«

Sie errötete. »Ich wollte schon aufhören, als Ihr Partner auftauchte. Aber dann bin ich doch hinterhergefahren. Nur so.«

Ich lehnte mich zurück und fing an zu lachen. »So verzweifelt auch nicht«, meinte ich. »Verbrecher tun das andauernd.« Es war mir peinlich, doch ich war gleichzeitig auch erleichtert.

Auf der Rückfahrt in die Stadt erklärte ich ihr die Regeln für unsere Übereinkunft. Ich hatte das schon früher getan, wenn ein Journalist zu weit vorgedrungen war und die Ermittlungen in einem Fall gefährdete. Cindy durfte die Geschichte nicht bringen, bis wir die Bestätigung hatten. Dann würde ich dafür sorgen, dass sie als Erste informiert wurde. Ich würde ihr bei diesem Fall einen Vorsprung gewähren, aber nur einen kleinen.

»Da gibt es einen Haken«, sagte ich entschieden. »Im Augenblick haben wir eine Vorzugsbeziehung. Ja, so könnte man es nennen. Das ist ganz anders als jede andere Beziehung, die Sie mit Ihrem Freund oder Kollegen haben. Sogar mit Ihrem Chef. Alles, was ich Ihnen gebe, ist nur für Sie und muss absolut unter uns bleiben, bis ich Ihnen grünes Licht gebe, es zu drucken.«

Cindy nickte. Aber ich wollte sichergehen, dass sie mich verstanden hatte.

»Wenn Ihr Chef Sie fragt, woher Sie etwas haben, zucken Sie nur mit den Schultern. Wenn irgendein hohes Tier bei der Polizei... mir egal, auch wenn's Chief Mercer persönlich ist... Sie bittet, in seine dicke Limousine zu steigen, und Sie nach der undichten Stelle fragt, dann lächeln Sie nur und sagen: ›Danke für's Mitnehmen.‹ Wenn die Staatsanwaltschaft bei Ihnen anruft und Sie vor Geschworenen auffordert, Ihre Quellen preiszugeben, und ein Richter Sie einbuchtet – kein Wort! Nehmen Sie sich nur genug zu lesen mit, um die Zeit zu überbrücken.«

»Ich verstehe«, sagte Cindy. Ich sah in ihren Augen, dass das stimmte.

Den Rest der Fahrt plauderten wir über uns, über unsere Arbeit und unsere Hobbys. Eine ungewöhnliche Entwicklung bahnte sich an: Ich begann Cindy zu mögen.

Sie fragte mich, wie lange ich schon Polizistin sei, und ich erzählte ihr mehr, als ich vorgehabt hatte. Dass mein Vater Polizist gewesen war und dass er uns verlassen hatte, als ich dreizehn war. Dass ich an der Universität von San Francisco Soziologie studiert hatte. Dass ich beweisen wollte, dass ich mich in einer Männerwelt durchsetzen konnte. Dass viel von dem, was ich war und was ich tat, schlichtweg dazu diente, zu beweisen, dass ich dazu gehörte.

Sie revanchierte sich. Sie hatte auch Soziologie studiert, in

Michigan. Und noch ehe wir Marin erreichten, hatten wir noch einige verblüffende Gemeinsamkeiten entdeckt.

Ihr jüngster Bruder war an meinem Geburtstag geboren, am 5. Oktober. Sie machte auch Yoga, und die Frau, die vor Jahren meine Lehrerin gewesen war, unterrichtete sie jetzt in Corte Madera. Wir lasen beide gern Reiseberichte und Krimis – Sue Grafton, Patricia Cornwell, Elizabeth George. Wir *liebten* Gordons *House of Fine Eats*.

Cindys Vater war früh verstorben, vor siebzehn Jahren. Unheimlich, auch sie war damals dreizehn gewesen.

Er war an Leukämie gestorben. Dieser Zufall jagte mir einen eiskalten Schauer über den Rücken. Diese Krankheit war eng mit der verwandt, die in meinem Körper ihr Unwesen trieb.

Ich dachte kurz daran, ihr mein Geheimnis zu verraten, ließ es aber. Das sollte Claire zuerst hören. Aber als wir uns der Golden Gate näherten, hatte ich das komische Gefühl, mit jemandem zu fahren, den mir das Schicksal gesandt hatte. Und ich war gern mit Cindy zusammen.

Kurz vor der Stadt rief ich Claire an. Unsere ursprüngliche Verabredung lag Stunden zurück, doch sie schien immer noch ganz wild darauf zu sein, sich mit mir zu treffen – und ich hatte ihr viel zu sagen. Wir verabredeten uns bei Susie's, diesmal für ein frühes Abendessen statt des Brunchs. Als sie mich bedrängte, ihr etwas über die Ergebnisse dieses Tages zu sagen, meinte ich: »Das erzähle ich dir, wenn ich komme.«

Dann überraschte ich mich selbst zum zweiten Mal an diesem Tag.

Ich fragte: »Macht es dir was aus, wenn ich eine Bekannte mitbringe?«

33

Cindy und ich waren bereits bei unserer zweiten Margarita, als Claire hereinkam. Aus drei Metern Entfernung schien ihr Lächeln den ganzen Raum zu erhellen. Ich stand auf und umarmte sie.

»Ihr konntet wohl nicht auf Mama warten, wie?«, meinte sie und betrachtete unsere leeren Gläser.

»Es war ein langer Tag.« Ich seufzte. »Das ist Cindy.«

»Freut mich«, sagte Claire strahlend und schüttelte Cindy die Hand, obwohl eigentlich nur wir beide uns hatten treffen wollen. Claire war ein Mensch, der sich locker auf alles einzustellen vermochte.

»Lindsay hat mir alles über Sie erzählt«, sagte Cindy.

»Das meiste dürfte stimmen, es sei denn, sie hat behauptet, ich sei eine Spitzenpathologin in der Gerichtsmedizin«, meinte Claire grinsend.

»Eigentlich hat sie nur gesagt, Sie wären eine wirklich gute Freundin.«

Susie's war ein helles, schickes Bistro mit ziemlich guter karibischer Küche. Sie spielten ein bisschen Reggae, ein bisschen Jazz. Hier konnte man sich entspannen, plaudern, brüllen und sogar eine Partie Billard spielen.

Unsere Stammbedienung Loretta kam zum Tisch. Wir überredeten Claire zu einer Margarita und einer zweiten Runde scharf gewürzter Hähnchenflügel.

»Erzähl mal von Reggies Abschlussfeier«, sagte ich.

Claire stibitzte einen Flügel aus unserer Schüssel und schüttelte wehmütig den Kopf. »Es ist schön zu wissen, dass sie nach all den Jahren in der Schule noch ein paar Worte mehr als ›tierisch‹ und ›cool‹ sagen können. Ausgesehen haben sie wie ein Haufen großmäuliger Möchtegernmusiker auf dem Weg zur Grammy-Verleihung, aber der Direktor hat geschworen, sie würden irgendwann wieder normal sein.«

»Wenn nicht, gibt's ja immer noch die Polizeiakademie.« Ich grinste und fühlte mich ein wenig beschwipst.

Claire lächelte. »Ich bin froh, dass *du* wieder fröhlicher in die Welt schaust. Neulich hast du am Telefon geklungen, als ob Cheery mit seinen großen hässlichen Schuhen über deine Zehen trampelt.«

»Cheery?«, fragte Cindy.

»Mein Chef. Wir nennen ihn Cheery, weil er uns mit seiner humanistischen Sorge für seine Untergebenen so inspiriert.«

»Oh, ich dachte, Sie meinten meinen Lokalredakteur«, sagte Cindy lachend. »Der Kerl ist nur richtig glücklich, wenn er jemandem drohen kann, Vergünstigungen zu streichen. Er hat *keinen blassen Schimmer*, wie herablassend und erniedrigend er sich benimmt.«

»Cindy ist beim *Chronicle*«, sagte ich zu Claire. Sie war überrascht. Zwischen der Polizei und der Presse gab es ein undeklariertes Sperrgebiet. Wenn man es als Reporter überwinden wollte, musste man sich das verdienen.

»Schreibst du deine Memoiren, Kind?«, fragte Claire mich mit vorsichtigem Lächeln.

»Vielleicht.« Die Kurzversion. Aber da gab's viel zu erzählen.

Claires Margarita kam, und wir hoben die Gläser.

»Auf höhere Gewalten«, lautete mein Trinkspruch.

Cindy lachte. »Auf aufgeblasene höhere Gewalten, auf Gewalten, die arrogante Arschlöcher sind, und Gewalten, die dich knechten wollen.«

Claire pflichtete ihr laut lachend bei. Dann stießen wir an, als seien wir alte Freundinnen.

»Als ich bei der Zeitung angefangen habe«, sagte Cindy und knabberte an einem Hähnchenflügel, »hat einer der älteren Kollegen mir gesagt, der zuständige Redakteur hätte Geburtstag. Ich schicke ihm also per E-mail einen Geburtstagsglückwunsch. Ich dachte, da er mein Chef ist, wäre das eine gute Methode, das Eis zu brechen und ihm vielleicht ein Lächeln zu entlocken.

Später am Tag ruft mich der Kerl zu sich. Ganz höflich und lächelnd. Brauen so buschig wie ein Eichhörnchenschwanz. Er deutet auf den Stuhl ihm gegenüber. Ich setze mich und denke. He, der Typ ist ja ein Mensch wie alle anderen.«

Claire lächelte. Begeistert leerte ich meinen zweiten Cocktail.

»Dann kneift der Mistkerl die Augen zusammen und sagt: ›Thomas, in den nächsten anderthalb Stunden brechen sich hier sechzig Reporter einen ab, alles, was in dieser Scheißwelt keinen Sinn ergibt, in vierzig Seiten zu pressen. Aber es ist wirklich aufbauend zu wissen, dass Sie genügend Zeit haben, einen glücklichen kleinen Smiley auf meinen Tag zu kleben, während alle anderen wie wahnsinnig gegen die Zeit kämpfen.‹ Danach hat er mich beauftragt, innerhalb einer Woche den Gewinner eines Aufsatzwettbewerbs von Fünftklässlern herauszusuchen, mit dem Thema: *Warum ich einen Tag lang Redakteur sein möchte.*«

Ich lachte so sehr, dass ich mich an meinem Drink verschluckte und husten musste. »Steht unter dem Motto: Keine gute Tat bleibt ungestraft. Was haben Sie gemacht?«

Cindy grinste. »E-mail an alle in der Abteilung, dass der Chef Geburtstag hatte. Den ganzen Tag lang sind die Idioten leichenblass aus seinem Büro gestürmt.«

Loretta kam, und wir bestellten unser Essen: Huhn in scharfer Soße, Fajitas und einen großen Salat, den wir uns teilten. Dazu drei Dos Equis. Dann schütteten wir diese teuflisch scharfe Soße aus Jamaika, Toasty Lady, auf unsere Hähnchenflügel und schauten zu, wie Cindys Augen sich beim ersten Feuerstoß verschleierten.

»Das Aufnahmeritual«, erklärte ich grinsend. »Jetzt gehören Sie zu den Mädels.«

»Entweder die scharfe Soße oder eine Tätowierung«, fügte Claire mit ernster Miene hinzu.

Cindy kniff abschätzend die Augen zusammen, dann rollte sie den Ärmel ihres T-Shirts hoch. Zwei kleine Notenschlüssel, die auf ihrem Schulterblatt eintätowiert waren, kamen zum Vorschein. »Die Kehrseite klassischer Ausbildung«, sagte sie.

Ich schaute Claire an, dann johlten wir beide vor Begeisterung.

Claire schob ihr Hemd hoch. Sie wurde ein bisschen rot, als sie uns die Umrisse eines kleinen Schmetterlings dicht unterhalb ihrer üppigen braunen Taille zeigte.

»Lindsay hat mich eines Tages herausgefordert«, erklärte sie Cindy. »Nachdem du mit diesem Staatsanwalt aus San Jose Schluss gemacht hattest, erinnerst du dich, Schätzchen? Wir sind über Nacht nach Big Sur gefahren, nur wir beide, um etwas Dampf abzulassen. Zurückgekommen sind wir damit.«

»Und wo ist Ihrs?« Cindy sah mich an.

»Kann ich nicht zeigen.« Ich schüttelte den Kopf.

»Los doch!«, protestierte sie. »Raus damit.«

Seufzend verlagerte ich mein Gewicht auf die linke Pobacke und klatschte auf die rechte. »Ein drei Zentimeter großer Gecko, mit einem wirklich niedlichen Schwänzchen. Wenn mir ein Verdächtiger Schwierigkeiten macht, drücke ich ihn gegen die Wand und warne ihn, dass ich ihm den Gecko so ins Gesicht ramme, dass er ihm so groß vorkommt wie Godzilla.«

Warmes Schweigen breitete sich aus. Einen Moment lang schienen die Gesichter von David und Melanie Brandt, ja sogar die aplastische Anämie eine Million Meilen weit entfernt zu sein. Wir amüsierten uns einfach.

Ich spürte, dass etwas passierte, das seit langem nicht geschehen war und das ich verzweifelt brauchte.

Ich fühlte mich mit anderen verbunden.

34

»So, nun sind wir also Freunde. Ich schlage vor, dass wir uns duzen«, erklärte Claire, nachdem wir gegessen hatten. »Wie habt ihr beiden euch eigentlich kennen gelernt? Als Letztes habe ich gehört, dass du nach Napa fahren wolltest wegen irgendwelcher vermisster Flitterwöchner.«

Michael und Becky DeGeorge, die noch vor einem Moment so weit entfernt gewesen waren, kamen mit einem Knall zurück.

Ich hatte ihr so viel zu erzählen, doch der Tag hatte sich fast unmerklich von dem entfernt, was ich geplant hatte. Ich kam mir beinahe hinterhältig vor, weil ich ihr genau berichtete, was sich in Napa abgespielt hatte, ihr jedoch die wichtige Entwicklung in meinem Inneren vorenthielt.

Claire hörte sich alles an und nahm es mit ihrem scharfen Verstand auf. Sie hatte uns bei mehreren Serienmorden beraten, sowohl als führende Gerichtsmedizinerin als auch als Gutachterin.

Eine Idee rollte mir durch den Kopf. In meinem geschwächten Zustand fand ich es nicht gerade verlockend, eine medienintensive Ermittlung in mehrfachen Morden durchzuführen. Meine nächsten Worte jedoch verblüfften sogar mich selbst.

»Wie wär's, wenn du mir ein bisschen hilfst?«

»Helfen?« Claire blinzelte überrascht. »Wie denn?«

»Der Fall ist im Begriff, uns um die Ohren zu fliegen, Claire«, antwortete ich. »Wenn sich da draußen ein Honeymoon-Mörder herumtreibt, wird das landesweites Aufsehen erregen. Wir sind alle an diesem Fall interessiert. Vielleicht könnten wir uns treffen, so wie heute. Nur wir drei ... ganz inoffiziell.«

Claire beäugte mich argwöhnisch. »Du schlägst vor, dass wir auf eigene Faust ermitteln?«

»Wir haben an diesem Tisch die Spitzenkräfte der Gerichtsmedizin, der Mordkommission und sogar der Presse bei Margaritas versammelt.« Je länger ich darüber nachdachte, desto sicherer war ich mir, dass es klappen würde.

Immer wenn sich bei der offiziellen Ermittlung neue Hinweise ergaben, könnten wir uns treffen, unsere Ergebnisse austauschen und die Bürokraten und das politische Halte-dich-bedeckt umgehen. Drei Frauen, denen es einen Heidenspaß machen würde, der männlichen Rechthaberei ein Schnippchen zu schlagen. Am wichtigsten war jedoch, dass wir im Herzen aufrichtiges Mitgefühl für die Opfer empfanden.

Plötzlich erschien mir die Idee so brillant, dass sie leuchtete.

Claire schüttelte ungläubig den Kopf.

»Komm schon«, drängte ich. »Glaubst du nicht, dass es funktioniert? Glaubst du nicht, dass wir gut wären?«

»Das ist es ja gar nicht«, meinte sie. »Es ist nur, ich kenne dich seit zehn Jahren, aber nie – nicht einziges Mal – habe ich gehört, dass du um Hilfe gebeten hast.«

»Dann sei jetzt ruhig überrascht«, entgegnete ich und schaute ihr in die Augen. »Denn jetzt bitte ich dich um Hilfe.«

Ich wollte sie sehen lassen, dass ich sehr bedrückt war, dass ich mir wegen etwas Größerem als diesem Fall Sorgen machte. Dass ich nicht sicher war, damit allein fertig zu werden. Dass ich Hilfe gut gebrauchen konnte. Dass an der Sache mehr dran war.

Langsam begann Claire zu lächeln. »In Margaritas veritas. Ich bin dabei.«

Dankbar strahlte ich sie an. Dann blickte ich zu Cindy hinüber. »Wie steht's mit dir? Machst du mit?«

»Ich habe keine Ahnung, was Sid Glass dazu sagen würde«, stammelte sie. »Aber – scheiß auf ihn! Ich bin dabei.«

Wir stießen an.

Der Club der Ermittlerinnen war geboren.

35

Tags darauf ging ich direkt nach einer Infusion um acht Uhr ins Büro. Mir war ein bisschen schwindlig. Als erstes überflog ich die Morgenausgabe des *Chronicle*. Zu meiner Erleichterung stand nichts auf der Titelseite, was irgendwie mit der Vermisstensuche in Napa zu tun hatte. Cindy hatte ihr Wort gehalten.

Ich sah Raleigh aus Roths Büro kommen. Er hatte die Ärmel hochgerollt, sodass man seine kräftigen Unterarme sah. Vorsichtig lächelte er mir zu – ihm war wegen meiner gestrigen Absprache mit Cindy nicht wohl. Mit einem Wink seiner braunen Augen forderte er mich auf, auf den Korridor zu kommen.

»Wir müssen reden«, sagte er, als wir in eine Ecke bei der Treppe traten.

»Hören Sie, Raleigh, es tut mir Leid wegen gestern«, sagte ich. »Aber ich hatte gehofft, uns damit etwas Zeit zu erkaufen.«

Seine dunklen Augen glühten. »Vielleicht sollten Sie mir verraten, warum sie es wert war, die Kontrolle über diesen Fall aufs Spiel zu setzen.«

»Haben Sie irgendetwas über diese Geschichte in Napa in den Morgenzeitungen gelesen?«

»Sie haben sich einer direkten Anordnung des Polizeipräsidenten widersetzt. Wenn Sie nicht in das Loch fallen, ich bestimmt.«

»Dann hätten Sie sich lieber aus einer Story über einen Serienmörder im *Chronicle* herausgegraben?«

Er lehnte sich an die Wand. »Das ist Mercers Sache.«

Ein Polizist, den ich kannte, ging an uns vorbei die Treppe hinauf und murmelte Hallo. Ich nickte ihm nur zu.

»Okay«, sagte ich. »Wie wollen Sie es spielen? Wollen Sie, dass ich hineingehe und Sam Roth alles haarklein berichte? Wenn ja, dann tue ich es.«

Er zögerte. Ich sah, dass er schwankte und die Konsequenzen durchdachte. Nach ungefähr einer Minute schüttelte er den Kopf. »Was würde das jetzt nützen?«

Ich verspürte eine Woge der Erleichterung. Zaghaft berührte ich seinen Arm und lächelte ihn an. »Danke.«

»Lindsay, ich habe mich bei der State Highway Patrol erkundigt. In der vergangenen Woche wurden keine Limousinen als gestohlen gemeldet.«

Diese Nachricht bedeutete eine Sackgasse. Das entmutigte mich.

Aus dem Dienstraum ertönte eine Stimme. »Boxer, sind Sie da draußen?«

»Ich bin hier«, brüllte ich zurück.

Es war Paul Chin, einer der gescheiten jungen Beamten, die unserem Team zugeteilt waren. »Ein Lieutenant Frank Hartwig ist am Telefon. Er sagt, Sie kennen ihn.«

Ich lief zu ihm und riss der Sekretärin das Telefon aus der Hand. »Hier Lindsay Boxer.«

»Wir haben sie gefunden, Inspector«, sagte Hartwig.

36

»Ein Verwalter hat sie gefunden«, sagte Hartwig verkniffen und schüttelte den Kopf. Er führte uns einen Feldweg entlang, der zu einem kleinen Weingut in Napa führte. »Ich hoffe, Sie sind vorbereitet. Das ist das Schlimmste, was ich je gesehen habe. Man hat sie umgebracht, während sie sich geliebt haben.«

Raleigh und ich waren nach St. Helena heraufgerast, von der 29th nach Osten abgebogen, auf der »Weinstraße« zur Hawk Crest Road und hoch hinauf in die Berge gefahren, wo die

Straße nicht mehr asphaltiert war. Schließlich erreichten wir ein unauffälliges Holzschild: Sparrow Ridge.

»Zweimal die Woche kommt der Verwalter herauf. Hat sie heute Morgen um sieben gefunden. Die Kellerei wird nicht mehr regelmäßig benutzt«, erklärte Hartwig. Ich sah, dass er nervös und zutiefst erschüttert war.

Die Kellerei war kaum mehr als ein großer verkommener Schuppen, aber drinnen standen die neuesten, glänzenden Geräte: Zerkleinerer, Gärtanks und Stapel mit Fässern alternden Weins.

»Sie sind wahrscheinlich an derartige Morde gewöhnt«, sagte Hartwig, als wir eintraten. Der beißende, widerliche Geruch stieg uns in die Nase. Mein Magen rebellierte. Nein, hätte ich Hartwig am liebsten gesagt, an Mordschauplätze gewöhnt man sich nie.

Man hat sie ermordet, während sie sich geliebt haben.

Mehrere Leute der örtlichen Spurensicherung beugten sich über die Öffnung einer großen stählernen Traubenpresse. Sie betrachteten zwei mit Blut bespritzte Klumpen. Es waren die Leichen von Michael und Becky DeGeorge.

»Scheiße, Lindsay«, stieß Raleigh hervor.

Der Mann in Khakihosen und Blazer starrte zu uns herauf. In der Mitte seiner Stirn klaffte ein pfenniggroßes Loch. Seine junge Frau hatte man auf ihn geworfen. Sie trug ein schwarzes Kleid, das bis zum Hals hinaufgeschoben war. In ihren weit aufgerissenen Augen stand blanke Furcht. Ihr Büstenhalter war bis zur Taille herabgezogen. Ich sah die Blutflecken auf ihren Brüsten. Ihr Slip hing ihr in den Kniekehlen.

Es war ein hässlicher, Ekel erregender Anblick. »Haben Sie einen ungefähren Todeszeitpunkt?«, fragte ich Hartwig. Er sah aus, als würde er sich gleich übergeben.

»Aus der Veränderung der Wunden schließt der Polizeiarzt, dass sie zwischen vierundzwanzig und sechsunddreißig Stunden tot sind. Sie wurden am selben Abend umgebracht, an dem

111

sie verschwunden sind. Mein Gott, es waren doch fast noch Kinder.«

Ich starrte auf die mit Blut verschmierte Leiche der frisch gebackenen Ehefrau. Mein Blick fiel auf ihre Hände.

Nichts. Kein Trauring.

»Sie haben gesagt, sie seien ermordet worden, während sie Verkehr hatten«, sagte ich leise. »Sind Sie da sicher?«

Hartwig nickte dem Assistenten des Polizeiarztes zu. Dieser rollte Becky DeGeorges Leiche behutsam von der ihres Mannes herab.

Aus Michael DeGeorges offenen Khakis ragte das perfekt erhaltene Überbleibsel seiner letzten Erektion hervor.

Heiße Wut stieg in mir auf. Die DeGeorges waren wirklich fast noch Kinder. Beide Mitte zwanzig, wie die Brandts. Wer war zu einem so scheußlichen Verbrechen fähig?

»Dort drüben können Sie sehen, dass man sie hergeschleift hat«, sagte Hartwig und deutete auf die eingetrockneten verschmierten Blutflecken auf dem Betonboden. Die Spuren führten zu Reifenspuren, die sich in den wenig befahrenen Boden deutlich eingeprägt hatten. Mehrere Männer vom Büro des Sheriffs sperrten die Spuren mit gelbem Band ab.

Raleigh beugte sich hinunter und studierte sie. »Breitfelgen, Vierzehn-Zoll-Reifen. Das Profil ist gut. Ein Geländewagen hätte sechzehn Zoll. Ich schätze, es war ein Luxusschlitten.«

»Ich dachte, Sie wären nur ein Schreibtischbulle«, sagte ich zu ihm.

Er grinste. »Ich habe während des Studiums einen Sommer im Rennstall der NASCAR-Strecke verbracht. Ich kann einen Reifen schneller wechseln als ein Barkeeper einen Zwanzigdollarschein. Ich tippe auf einen Cadillac oder einen Lincoln.« Seine Augen sagten *Limousine!*

Ich überdachte blitzschnell, was Claire gestern Abend gesagt hatte: *Verknüpfe die Verbrechen miteinander.*

Es war ungewöhnlich, dass ein Serienmörder die Methode

änderte. Sexualmörder wollen den Opfern möglichst nahe sein: Erwürgen, Schlag auf den Kopf, Messer. Sie wollen spüren, wie ihr Opfer sich wehrt, seinen letzten Atem aushaucht. Sie dringen gern in die Wohnung des Opfers ein. Schießen dagegen war so distanziert, so steril. Es war nicht spannend.

Einen Moment lang fragte ich mich, ob es sich um zwei getrennte Verbrechen handelte. Ein Trittbrettfahrer. Nein, das konnte nicht sein.

Niemand wusste etwas von den Trauringen.

Ich ging zu Becky DeGeorge hinüber, als der Arzt den Leichensack zuzog. Ich blickte ihr in die Augen. Sie hatten sich geliebt. Hatte er sie dazu gezwungen? Hatte er sie überrascht?

Ein abartiger Sexualverbrecher, der seine Methode änderte. Ein Mörder, der Hinweise zurückließ.

Was hatte er hier zurückgelassen?

Was hatten wir übersehen?

37

Frische Luft füllte meine Lunge, als wir ins Freie traten. Chris Raleigh, Hartwig und ich gingen den staubigen Weg hinunter. Unter uns breitete sich das Tal aus. Braungelbe Rebstöcke zu beiden Seiten. Wir schwiegen, noch ganz betäubt von dem Schock.

Unvermittelt schoss mir ein beängstigender Gedanke durch den Kopf. Wir befanden uns hier in über dreihundert Metern Höhe, in totaler Einsamkeit. Irgendetwas passte nicht. »Warum hier, Hartwig?«

»Na, vielleicht, weil es hier so abgelegen ist und nie jemand herkommt.«

»Ich meinte, weshalb gerade *hier* – ausgerechnet an diesem Ort«, erklärte ich. »Wer kennt diese Kellerei?«

»In diesen Bergen gibt es überall abgelegene Grundstücke. Die Konsortien haben die gesamte Talsohle in Beschlag genommen. Für die Grundstücke hier braucht man mehr als nur Kapital. Sie sind das Ergebnis liebevoller Arbeit. Schauen Sie sich mal die Grundbucheintragungen ein. Dutzende gehen jeden Sommer ein. Jeder in der Gegend kennt solche Orte.«

»Die ersten Morde haben sich in der Stadt ereignet. Trotzdem hat er genau gewusst, wohin er fahren musste. Wem gehört das Grundstück?«

Hartwig schüttelte den Kopf. »Keine Ahnung.«

»Ich würde es an Ihrer Stelle herausfinden. Und ich würde mir auch noch mal ihr Zimmer ansehen. Jemand kannte ihre Pläne genau. Sehen Sie sich ihre Reiseprospekte an, Visitenkarten – vielleicht finden Sie etwas über Mietlimousinen.«

Ich hörte von unten, wie ein großes Fahrzeug die Schotterstraße heraufkletterte. Dann erblickte ich einen weißen Bronco der Gerichtsmedizin von San Francisco. Er hielt an.

Hinter dem Lenkrad saß Claire Washburn. Ich hatte sie hergebeten, in der Hoffnung auf Indizien, welche die beiden Verbrechen miteinander verknüpften.

Claire schüttelte mit ernster Miene den Kopf. »Ich wünschte, sie wären anders gefunden worden. So einen Anruf bekomme ich nie gern.« Sie schob sich angesichts ihrer Körperfülle mit verblüffender Anmut aus dem Wagen. »Ich habe nachher eine Besprechung in der Stadt, aber ich dachte, ich fahre her und schaue mir den Tatort mal an und mache mich mit den Verantwortlichen bekannt.«

Ich stellte Claire Frank Hartwig vor.

»Ihr Gerichtsmediziner ist Bill Toll, nicht wahr?«, fragte sie.

Hartwig musterte sie sichtlich nervös. Erst hatte er mich und Raleigh hier als Berater, aber uns hatte er angefordert. Jetzt kam auch noch die Pathologin aus San Francisco.

»Bleiben Sie ganz locker. Ich habe ihn schon übers Handy angerufen«, sagte Claire. »Er erwartet mich.« Sie sah die Mannschaft der Gerichtsmedizin bei den gelben Leichensäcken stehen. »Ich geh mal rüber und schau mir alles an.«

Hartwig bemühte sich, irgendwie die Ordnung zu wahren und folgte ihr auf den Fersen.

Raleigh kam zu mir. Er war blass und wirkte angespannt.

»Alles okay?«, fragte ich.

Er schüttelte den Kopf. Seine Augen hingen wie gebannt an dem Schuppen, wo die Leichen abgeladen worden waren.

Ich erinnerte mich, wie er mich in der Pathologie gestützt hatte. »Ist wohl eine Weile her, seit Sie einen wirklich schlimmen Fall gesehen haben?«

»Das ist es nicht«, erklärte er. »Ich möchte Ihnen nur sagen, dass es keinerlei Einmischung vom Rathaus oder irgendwelche Rücksichten geben wird, ganz gleich, wohin dieser Fall führt. Lindsay, ich will dieses Schwein haben.«

So weit war ich innerlich auch schon. Hier ging es nicht um irgendeine Renommier-Verhaftung, oder darum, Lieutenant zu werden, ja, nicht einmal darum, die Anämie zu bekämpfen.

Eine Zeit lang standen wir stumm Seite an Seite.

»Nicht dass einer von uns beiden so recht in der Position wäre, als letztes Bollwerk für die Ehe herzuhalten«, brach Raleigh endlich das Schweigen.

38

Phillip Campbell war seit dem Morgengrauen in der langen Luxuslimousine umhergefahren. Er war nervös und überdreht – und er genoss dieses Gefühl ungemein.

Stetig und zielbewusst legte er Meile um Meile zurück, über die Bay Bridge dann weiter nach Osten auf der 80. Bei Vallejo löste er sich endlich aus dem morgendlichen Verkehrsstrom und fuhr gewissenhaft mit genau sechzig Meilen auf dem Tacho weiter nach Osten.

Er wollte nicht angehalten werden.

Die Zeitungen nannten ihn ein Monster. Einen Psycho- und Soziopathen. Experten analysierten im Fernsehen seine Motive, seine Vergangenheit, seine möglichen zukünftigen Morde.

Sie alle haben keine Ahnung. Sie irren sich. Sie finden nur das, was ich sie finden lassen will. Sie sehen nur das, was ich sie sehen lasse.

Von der Grenze zu Nevada war es nur noch eine kurze Fahrt nach Reno, seiner Meinung nach eine vulgäre, altersschwache Cowboystadt. Er blieb auf dem Highway und vermied den Strip mit den Bruchbuden zu beiden Seiten, den Tankstellen, Waffenläden und Pfandhäusern. Hier konnte man alles bekommen, ohne dass viel Fragen gestellt wurden. Es war der richtige Platz, eine Waffe zu kaufen oder einen Wagen loszuwerden, oder beides.

Draußen beim Convention Center bog er auf den Hof von Lumpy's ab. Er parkte den Wagen auf einem freien Platz, holte die zusammengefalteten Papiere aus dem Handschuhfach und atmete erleichtert durch.

Die Limousine war makellos sauber. Gestern hatte er sie den ganzen Tag lang gereinigt und poliert, die Blutflecken so lange geschrubbt, bis auch die letzte Spur eines Beweises verschwunden war. Es war, als hätten Michael und Becky DeGeorge nie existiert.

Minuten später hatte er die Wagenmiete bezahlt und ein Taxi zum Flughafen bestellt.

Im Flughafen checkte er ein und überflog an einem Kiosk die Zeitungen aus San Francisco. Nichts über Michael und Becky. Er ging zum Flugsteig und kaufte sich unterwegs in einem Schnellimbiss eine Flasche Aprikosensaft und einen vegetarischen Hamburger.

Er checkte am Flugsteig 31 für den Reno-Air-Flug nach San Francisco ein, setzte sich und aß.

Eine attraktive junge Frau saß neben ihm. Blond, knackiger Arsch, gerade flittchenmäßig genug, dass sie ihm auffiel. Um den Hals trug sie eine Goldkette mit Namensschild – *Brandee* – und am Finger einen Ring mit einem winzigen Diamanten.

Er lächelte ihr schnell und nachlässig zu.

Sie holte eine Plastikflasche mit Wasser aus ihrer Tasche, trank einen Schluck und kramte ein Taschenbuch hervor: *Geisha*. Am meisten faszinierte ihn, dass sie ein Buch über eine Frau in Knechtschaft las. Das waren viel versprechende Zeichen.

»Gutes Buch?« Er lächelte sie an.

»Wird jedenfalls behauptet«, antwortete sie. »Ich habe gerade erst angefangen.«

Er beugte sich etwas zu ihr hinüber und sog den billigen Zitrusduft ihres Parfüms ein.

»Kaum zu glauben, dass ein Mann das geschrieben hat«, fuhr er fort.

»Ich sag Ihnen meine Meinung später«, meinte sie. Sie blätterte ein paar Seiten um und fügte hinzu: »Mein Verlobter hat es mir geschenkt.«

Phillip Campbell spürte, wie sich die Härchen auf seinen Armen aufstellten.

Sein Herz begann heftiger zu pochen. Mit zitterndem Finger strich er sich über den Rand seines Spitzbarts.

»Ach – wann ist denn der große Tag?«

39

Raleigh fuhr in unserem Wagen zurück in die Stadt. Ich blieb noch, um mit Claire zu fahren. Ich musste ihr sagen, was mit mir los war. Claire und ich waren seit Jahren Busenfreundinnen. Wir sprechen mindestens einmal pro Tag miteinander. Ich wusste genau, weshalb es mir so schwer fiel, ihr von meiner Krankheit zu erzählen – ich wollte ihr nicht wehtun. Oder Claire mit meinen Problemen belasten. Dazu hatte ich sie zu lieb.

Als ihr Dienstwagen über die Straße hinabholperte, fragte ich, ob ihr am Tatort irgendetwas aufgefallen sei.

»Ehe sie ermordet wurden, waren sie eindeutig sexuell aktiv«, antwortete sie entschieden. »Ich habe labiale Dehnungen um die Vagina festgestellt. Sekrete auf ihren Schenkeln. Ich vermute es zwar nur – ich hatte nur ein paar Minuten –, aber ich glaube, dass der Mann zuerst erschossen wurde, Lindsay. Die eine saubere Stirnwunde deutet darauf hin, dass er ohne Gegenwehr erledigt wurde. Rebeccas Wunden besagen etwas anderes. Sie wurde von hinten erschossen – zwischen die Schulterblätter, in den Nacken. Meiner Schätzung nach aus einer Entfernung von einem bis anderthalb Metern. Wenn das Sperma mit dem ihres Mannes identisch ist und sie beim Mord tatsächlich sexuell aktiv waren, scheint sie oben gewesen zu sein. Das bedeutet, dass jemand unbemerkt sehr nahe an sie herangekommen sein musste, während sie es getrieben haben. Und zwar von hinten. Du hast gesagt, sie hätten an dem Abend nicht ihren eigenen Wagen benutzt, aber sie wollten offensichtlich ausgehen. Ich stimme deiner Theorie zu, dass sie in irgendeinem Fahrzeug waren, als sich das alles abgespielt hat. Mit dem Mörder auf dem Vordersitz. Weshalb also nicht eine Limousine?«

»Das ist alles?« Ich schüttelte den Kopf und lächelte Claire an.

»Wie ich schon sagte, ich hatte nur ein paar Minuten Zeit.

Und es war ja deine Theorie. Wenn sie sich als richtig erweist, habe ich nur die Linien zwischen den Punkten gezogen.«

Wir fuhren ein Stück. Ich suchte immer noch nach den richtigen Worten.

»Wie ist dein neuer Partner?«, erkundigte sich Claire.

»Scheint ganz in Ordnung zu sein«, antwortete ich. »Bei Roth und Mercer hat er mir Rückendeckung gegeben.«

»Und du warst dir so sicher, dass er nur ein Wachhund aus dem Büro des Bürgermeisters ist.«

»Na schön, ich habe mich eben geirrt.«

»Nicht das erste Mal, dass du dich in einem Kerl geirrt hast«, meinte Claire.

Ich verzog in gespielter Empörung das Gesicht und ignorierte ihr spöttisches Lächeln.

»Wachhund oder nicht«, fuhr Claire fort. »Er sieht verdammt gut aus, auf alle Fälle besser als Jacobi.«

»Hat auch mehr auf dem Kasten. Als wir gestern nach Napa gefahren sind, habe ich das Radio in seinem Explorer eingeschaltet. Da war eine Kassette von *Schiffsmeldungen* drin.«

»Und sonst?« Claire schaute mich forschend an. »Hast du sonst noch was auf dem Herzen?«

»Du meinst, abgesehen davon, dass vier unschuldige Menschen ermordet wurden?«

»Ich meine mit Chris Raleigh, Lindsay! Er arbeitet für den Bürgermeister, sieht blendend aus, und dein privater Terminkalender sieht nicht gerade aus wie der von Gwyneth Paltrow. Du kannst mir doch nicht weismachen, dass er nicht dein Typ ist.«

»Wir arbeiten zusammen an diesem Fall, Claire.«

»Klar«, schnaubte sie. »Er ist nicht verheiratet, richtig?«

»Hör auf«, flehte ich sie an. »Ich bin noch nicht so weit.«

Als sie mir zublinzelte, dachte ich plötzlich über eine Beziehung mit Raleigh nach. Wenn ich mit *ihm* von Napa zurückgefahren wäre statt mit Cindy. Wenn ich ihn noch hereingebeten hätte – es war doch nur ein einsamer Sonntag gewesen, mit irgendwas aus dem Kühlschrank. Wir hätten auf der Terrasse ein Bier trinken und zuschauen können, wie die Sonne in der Bucht dahinschmolz. In Gedanken sah ich ihn vor mir, wie er mich musterte. *Sie sehen hübsch aus, Boxer.* Es war ihm aufgefallen. Ehrlich gesagt, war mir bei ihm auch einiges aufgefallen. Etwa seine geduldigen, sensiblen Augen.

Während ich dasaß und mit der Möglichkeit spielte, mich zu verlieben, brach der Tagtraum jäh in sich zusammen. Das Leben rann langsam aus mir heraus.

Eine Beziehung mit Raleigh oder irgendjemand anderem war jetzt nicht möglich.

Ich streifte Claire mit einem Blick. Sie bog auf die 101 ein. Ich holte tief Luft.

»Hast du schon mal etwas von aplastischer Anämie gehört?«

40

Es kam dermaßen aus heiterem Himmel, so unerwartet, dass Claire nicht gleich kapierte, was ich gesagt hatte.

Sie antwortete, als hätte ihr jemand im Labor eine medizinische Frage gestellt. »Blutkrankheit. Sehr selten, ernste Sache. Der Körper hört auf, Erythrozyten zu produzieren.«

»Rote Blutkörperchen«, sagte ich.

Claire schaute mich an. »Warum? Doch nicht etwa Cat?« Sie meinte meine Schwester.

Ich schüttelte den Kopf. Kerzengerade saß ich da und schaute geradeaus. Meine Augen waren glasig. Es war wohl die lange Pause, die sie schließlich begreifen ließ.

»Du doch nicht!«, flüsterte Claire.

Eine schreckliche Stille breitete sich im Wagen aus.

»Ach, Lindsay.« Claire fuhr den Bronco an den Straßenrand und nahm mich in die Arme. »Was sagt dein Arzt?«

»Dass es ernst ist und dass es tödlich ausgehen kann.«

Die Tragweite dieser Tatsache legte sich wie ein Schatten auf ihr Gesicht. Ich sah den Schmerz darin. Claire war Ärztin, sogar Pathologin. Sie hatte verstanden, worum es ging, noch ehe ich ihr in die Augen schaute.

Ich sagte ihr, dass ich bereits behandelt wurde und zweimal die Woche Transfusionen mit einem Konzentrat roter Blutkörperchen bekam.

»Deshalb wolltest du dich also neulich mit mir treffen«, sagte sie. »Ach, Lindsay, warum hast du es mir nicht einfach erzählt?«

Keine meiner ursprünglichen Überlegungen schien mir jetzt klar. »Ich wollte es ja, aber ich hatte Angst. Vielleicht noch mehr, es mir selbst einzugestehen. Dann habe ich mich bewusst in diesen Fall vergraben.«

»Weiß es jemand? Jacobi? Roth?«

Ich schüttelte den Kopf.

»Raleigh?«

Ich holte tief Luft. »Glaubst du immer noch, dass ich bereit für Mr. Right bin?«

»Armes Baby«, sagte Claire leise. »Ach, Lindsay, Lindsay, Lindsay.«

Sie zitterte am ganzen Leib. Ich spürte es. Ich hatte sie doch verletzt.

Unvermittelt brach alles aus mir heraus. Angst, Scham und Unsicherheit übermannten mich.

Ich klammerte mich an Claire fest, und es war mir bewusst, dass sie allein mich davor bewahrte, völlig die Kontrolle zu verlieren. Ich begann zu weinen. Dann weinten wir beide. Doch es tat gut. Jetzt war ich nicht mehr allein.

»Ich bin für dich da, Schätzchen«, flüsterte Claire. »Ich hab dich lieb, Süße.«

41

Die Morde in Napa änderten alles. Es gab scharfe Attacken wegen der Art und Weise, wie die Polizei San Franciscos versuchte, diesen Fall zu lösen. Von allen Seiten wurden wir heftig angegriffen.

Sensationsschlagzeilen verkündeten das Werk eines sadistischen, geisteskranken, völlig neuartigen Killers. In der Halle schwirrten Fernsehteams aus dem ganzen Land umher. Tragische Hochzeitsfotos und Familienbilder für die Tränendrüsen dienten in sämtlichen Nachrichtensendungen als Aufmacher.

Die Sonderkommission, die ich leitete, traf sich zweimal täglich. Zwei weitere Beamte von der Spurensicherung und ein forensischer Psychologe waren hinzugekommen. Wir mussten unsere Akten für das FBI vorbereiten. Die Ermittlungen beschränkten sich nicht länger auf irgendeine verbitterte Figur aus David oder Melanie Brandts Vergangenheit. Der Fall war größer und tragischer geworden und verhieß nichts Gutes für die Zukunft.

Jacobis Leute hatten bei der Überprüfung der Weinhandlungen einige wenige Namen ausgegraben, mehr nicht.

Auch das blutige Jackett führte zu nichts. Das Problem war, dass der Smoking ein Modell war, das vor vier oder fünf Jahren in Mode gewesen war. Von den fünfzehn Fachgeschäften in der Gegend führte kein einziges Buch über die Stile der Hersteller, daher war es praktisch unmöglich, die Spur zurückzuverfolgen. Wir mussten jede einzelne Rechnung durchsehen.

Mercer verdreifachte unser Ermittlerteam.

Der Mörder wählte seine Opfer äußerst sorgfältig und präzise. Beide Morde wurden innerhalb des ersten Tages der Ehe begangen. Beide zeugten von genauer Kenntnis der Opfer, ihrer Unterkunft und ihrer Terminplanung. Beide Paare hatten alle ihre Wertgegenstände noch bei sich: Uhren, Brieftaschen, Schmuck. Einzig die Trauringe fehlten.

Die DeGeorges hatte der Mörder an einem scheinbar verlassenen Ort abgeladen, allerdings an einem Ort, wo sie mit Sicherheit gefunden werden würden. Er hatte uns Hinweise zurückgelassen, denen wir nachgehen konnten. Das ergab alles keinen Sinn.

Der Mörder wusste genau, was er tat, dachte ich. Er weiß auch, was du tust. *Verknüpfe die Verbrechen.*

Ich musste den gemeinsamen Nenner finden. Woher kannte er seine Opfer? Wieso wusste er so viel über sie?

Raleigh und ich teilten uns die Ermittlungen. Er übernahm die Überprüfung sämtlicher Buchungen der Brandts und DeGeorges: Reisebüros, Mietlimousinen, Hotels. Ich nahm mir die Gäste beider Hochzeiten vor. Letztendlich mussten wir eine Verbindung zwischen den Verbrechen finden.

»Wenn wir nicht bald Fortschritte machen, haben bald jede Menge Priester und Rabbis in der Stadt scheißviel Freizeit«, sagte Raleigh verärgert. »Was will dieser Irre?«

Ich sagte nichts, glaubte es jedoch zu wissen. Er war auf Glück aus, auf Träume, auf Erwartungen. Er wollte das eine zerstören, das uns alle am Leben erhielt: Hoffnung.

42

An diesem Abend nahm Claire Washburn eine Tasse Tee mit ins Schlafzimmer. Leise machte sie die Tür zu und brach erneut in Tränen aus. »Verdammt noch mal, Lindsay«, stammelte sie. »Du hättest mir vertrauen können.«

Sie musste allein sein. Den ganzen Abend war sie übellaunig und unkonzentriert gewesen. Das sah ihr gar nicht ähnlich. Montags, wenn das Symphonieorchester nicht spielte, kochte immer Edmund. Es war eines ihrer Rituale, ein Familienabend – Dad in der Küche, die Jungs machten hinterher sauber. Heute hatte er ihr Lieblingsessen zubereitet: Huhn mit Kapern und Essig. Aber alles war schief gegangen, und es war ihre Schuld.

Ein Gedanke hämmerte in ihr. Sie war Ärztin, eine Ärztin, die sich nur mit dem Tod befasste. Niemals hatte sie ein Leben gerettet. Sie war eine Ärztin, die nicht heilte.

Claire machte den Schrank auf, zog den Flanellschlafanzug an und ging ins Bad. Sorgfältig reinigte sie ihr weiches braunes Gesicht und betrachtete sich im Spiegel.

Sie war keine Schönheit, jedenfalls keine, die dem landläufigen gesellschaftlichen Ideal entsprach. Sie war füllig, weich und rund, ohne sichtbare Taille. Sogar ihre Hände – hervorragend geschulte Hände, die den ganzen Tag über mit komplizierten Instrumenten umgingen – waren rundlich.

Nur auf dem Tanzboden war sie leicht wie eine Feder. Das behauptete zumindest ihr Mann.

Doch in ihren Augen fühlte sie sich immer gesegnet und strahlend, weil sie es geschafft hatte, trotz ihrer Herkunft aus einem ziemlich üblen, vorwiegend schwarzen Wohnviertel San Franciscos heraus Ärztin zu werden. Weil man sie liebte. Weil man sie gelehrt hatte, Liebe zu geben. Weil sie alles hatte, was sie sich je im Leben gewünscht hatte.

Es war einfach nicht fair. Lindsay packte das Leben entschlossen an, und jetzt rann es langsam aus ihr heraus. Claire schaffte es nicht, diese gnadenlose Krankheit als Medizinerin mit professionellem Abstand zu betrachten.

Die Ärztin, die nicht heilen konnte.

Nachdem Edmund den Jungs beim Abwasch geholfen hatte, kam er herein und setzte sich neben Claire aufs Bett.

»Du bist krank, Kätzchen«, sagte er und massierte ihre Schultern. »Immer wenn du dich vor neun Uhr ins Bett verkriechst, bist du krank. Das weiß ich.«

Sie schüttelte den Kopf. »Ich bin nicht krank, Edmund.«

»Was ist es dann? Dieser groteske Fall?«

Claire hob die Hand. »Es ist Lindsay. Gestern bin ich mit ihr von Napa zurückgefahren. Sie hat mir etwas Grässliches erzählt. Sie hat eine seltene Krankheit, eine Art Anämie. Man nennt sie aplastische Anämie.«

»Ist das schlimm?«

Claire nickte mit feuchten Augen. »Verdammt schlimm.«

»O mein Gott«, stammelte Edmund. »Arme Lindsay.« Er nahm Claires Hand. Einen Moment lang saßen sie in betroffenem Schweigen da.

»Ich bin Ärztin«, sagte Claire schließlich. »Ich sehe jeden Tag den Tod. Ich kenne die Ursachen und Symptome, die ganze medizinische Wissenschaft. *Aber ich kann nicht heilen!*«

»Du heilst uns ständig«, versicherte ihr Edmund leise. »Du heilst mich jeden Tag meines Lebens. Aber es gibt Zeiten, wo sogar deine Liebe und deine verblüffende Intelligenz die Dinge nicht ändern können.«

Sie schmiegte sich in seine starken Arme und lächelte. »Für einen Kerl, der auf die Trommeln haut, bist du ziemlich gescheit. Aber was zum Teufel *können* wir tun?«

»Nur das hier.« Er schlang die Arme um sie.

Er hielt Claire lange an sich gepresst. Sie wusste, dass er sie für die schönste Frau der Welt hielt. Das half.

43

Am folgenden Nachmittag erhaschte ich den ersten flüchtigen Blick auf das Gesicht des Mörders.

Chris Raleigh hatte sich mit den Leuten unterhalten, die für beide Paare die Reisen arrangiert hatten, während ich nachforschte, wer ihre Hochzeiten geplant hatte.

Es waren zwei verschiedene Firmen. Für die DeGeorges war die Agentur White Lace zuständig, für die Brandts eine exklusive Beraterin, Miriam Campbell. Keine Verbindung.

Ich saß an meinem Schreibtisch, als der Dienst habende Beamte einen Anruf durchstellte. Es war Claire, sie rief aus dem Labor an. Sie hatte gerade mit dem Gerichtsmediziner in Napa die Leichen untersucht. Sie klang ganz aufgeregt.

»Komm her«, befahl sie. »Beeil dich!«

»Du hast eine Verbindung gefunden«, sagte ich schnell. »Wurde Rebecca DeGeorge sexuell missbraucht?«

»Lindsay, wir haben es hier mit einem wirklich abartigen, kranken Typen zu tun.«

Wenige Minuten später war ich bei Claire im Labor. »Sie hatten *eindeutig* Geschlechtsverkehr, als sie ermordet wurden. Die Spermaspuren, die ich in Rebecca DeGeorge gefunden habe, waren mit denen, die ich von ihrem Mann abgekratzt habe, identisch. Und die Einschusswinkel der Wunden bestätigten meine Vermutung. Sie wurde von hinten erschossen. Rebeccas Blut war überall auf der Kleidung ihres Mannes. Sie hat rittlings auf ihm gesessen… aber deshalb habe ich dich nicht hergebeten«, sagte sie.

Sie heftete ihre großen schönen Augen auf mich. Ich wusste, dass es um etwas Wichtiges ging.

»Ich habe es für das Beste gehalten, diese Information noch zurückzuhalten«, sagte sie. »Nur der örtliche Polizeiarzt und ich wissen Bescheid.«

»Was wisst ihr? Nun rede schon, um Gottes willen.« Ich erblickte ein Mikroskop und eine dieser luftdichten Petrischalen auf einem Tisch im Labor, wie ich sie aus dem Chemieunterricht an der High School kannte.

»Wie bei den ersten Opfern kam es wieder zu sexuellem Missbrauch der weiblichen Leiche«, erklärte Claire. »Aber diesmal war es nicht so auffällig. Die Labia waren normal, wie man es nach dem Geschlechtsverkehr erwarten kann. Es gab auch keine inneren Abschürfungen wie bei der ersten Braut. Bill Toll hat es übersehen, aber ich habe nach Anzeichen für zusätzlichen Missbrauch *gesucht*. Und da war's, in der Vagina, als schrie es förmlich: ›Krieg mich doch, Claire!‹«

Sie ergriff die Petrischale und eine Pinzette. Vorsichtig entfernte sie den Deckel und holte aus der durchsichtigen Glasschale ein einziges, knapp zwei Zentimeter langes, rötlichgraues Haar.

»Das stammt nicht von dem Ehemann?«

Claire schüttelte den Kopf. »Schau es dir selbst an.«

Sie schaltete das Mikroskop ein. Ich blickte hinein. Vor dem grellweißen Hintergrund sah ich zwei Haare: eins dünn, glänzend und braunschwarz, das andere kurz, gekräuselt, sichelförmig.

»Du betrachtest zwei Teile von Michael DeGeorge«, erklärte sie. »Das lange Haar stammt von seinem Kopf, das andere aus dem Genitalbereich.«

Dann legte sie das Haar aus der Petrischale auf einen Objektträger und schob ihn unters Mikroskop, Seite an Seite mit dem vorigen. Mein Puls begann zu rasen. Ich glaubte zu wissen, worauf sie hinauswollte.

Das neue Haar war rötlichgrau und doppelt so dick. Um den Kortex waren winzige Fädchen gewickelt. Es stammte eindeutig von einem anderen Menschen.

»Das ist weder ein Kopf- noch ein Schamhaar. Es stammt von einem Bart!«, verkündete Claire und beugte sich über mich.

Schockiert richtete ich mich auf und sah sie an.

Ein Gesichtshaar des Mörders war in Becky DeGeorges Scheide aufgetaucht.

»Post mortem«, sagte sie, damit auch wirklich keine Zweifel blieben.

44

Genau wie Claire es gesagt hatte, setzten wir unseren Mörder schrittweise Teilchen um Teilchen zusammen. Seine Größe, sein Gesicht, seine Fetische. Die Art, wie er seine Opfer tötete und sich an ihnen verging.

Jetzt musste ich noch herausfinden, wie er seine Opfer fand und ihnen nachstellte.

Raleigh und ich stürzten uns mit voller Kraft auf die Hochzeits- und Reisevorbereitungen. Wir hatten fünfzehn Detectives ausgeschickt, um sämtlichen Hinweisen nachzugehen. Nachdem wir jetzt ein Gesichtsmerkmal besaßen, gingen wir noch einmal die Gäste durch und suchten nach einem Mann mit einem Bart, der sich vielleicht bei den Hochzeiten herumgetrieben hatte.

Ich war zuversichtlich, dass ein Aspekt dieser ausgeweiteten Suche zu Ergebnissen führen würde. Irgendein Gast musste jemanden bemerkt haben. Oder es gab ein gemeinsames Reisebüro, irgendwo eine Verbindung. Oder Jacobis Ermittlungen würden eine Übereinstimmung ergeben.

Am nächsten Morgen rief Hartwig an. »Sparrow Ridge Vineyards… gehört einer Gruppe, die hier als Black Hawk Partner bekannt ist. Ein hiesiger Anwalt, Ed Lester, bringt Immobilien-Partnerschaften zusammen.«

»Wissen Sie, wo er am Wochenende war?«

»Ja, das habe ich überprüft. Portland. Er ist dort beim Marathon mitgelaufen. Ich habe ihn getroffen, als er gerade ins Büro zurückkam. Er war definitiv in Portland.«

Ich war mir immer noch sicher, dass derjenige, der die Leichen in die abgelegene Kellerei geschafft hatte, nicht rein zufällig dorthin gefahren war. Der Ort hatte für den Mörder irgendeine Bedeutung. »Und ihm gehört das alles?«

»Nein. Die Black Hawks bringen Kunden zusammen. Sie schaffen das Geld reicher Typen aus ihrer Stadt hierher, die ins Weingeschäft einsteigen wollen. Lester verhandelt dann die Verträge, als Partner.«

»Und wen hat er als Partner für diese Kellerei rangeschafft?«

»Das weiß ich nicht. Investoren.«

Ich sog die Luft ein und bemühte mich, geduldig zu bleiben. »*Was für* Investoren?«

»Im Allgemeinen Investoren, die anonym bleiben wollen. Hören Sie, Inspector, ich weiß, worauf Sie hinauswollen, aber dieser Kerl befasst sich nur mit ziemlich seriösen Leuten. Glauben Sie mir, jeder hatte diesen Schuppen finden können. Immobilienmakler oder jemand aus der Gegend, der sich die Kellerei ansehen wollte. Ich muss mit diesen Leuten leben, wenn Sie schon längst wieder weg sind.«

Ich klemmte den Hörer unters Kinn und drehte mich mit meinem Stuhl herum, sodass ich aus dem Fenster schauen konnte. »Wir haben es hier mit einem mehrfachen Mord zu tun, Lieutenant, dem schlimmsten Fall, den ich je gesehen habe. Der Fundort der Leichen liegt drei Meilen von der Straße entfernt an einem verlassenen Feldweg. Jeder, der mit den Leichen umhergefahren ist, hätte sie jederzeit vorher abladen können. Nein, wer das getan hat, wusste, dass die Kellerei dort war. Und ich glaube nicht, dass es ein Einheimischer war. Ich glaube nicht, dass er so nahe an seinem Zuhause Aufmerksamkeit erregen wollte.«

Ich machte eine Pause, damit meine Worte einsickern konnten. »Sagen Sie mir Bescheid, wenn Sie wissen, wer Lesters Partner waren.« Ich beendete das Gespräch.

Ein Teil meines Optimismus begann sich aufzulösen.

Raleigh kam mit leeren Händen von den Reisebüros zurück. Die Brandts hatten bei Travel Ventures gebucht, einer Agentur für reiche Prominente. Die DeGeorges hatten Journeytime benutzt, in Los Altos, wo Michael DeGeorge arbeitete.

Wir ließen die Personalunterlagen durchkämmen. Keine Verbindung zwischen den beiden Firmen. Keine Arrangements für Zusammenarbeit, kein einziger Angestellter hatte für beide gearbeitet. Der Manager von Journeytime meinte, es sei möglich, dass jemand ihre Systeme angezapft habe. Das festzustellen war jedoch nahezu unmöglich.

Mein Ermittlungsergebnis war ebenso enttäuschend. Ich hatte die Unterlagen beider Hochzeitsausrichter bekommen. Graveure, Musiker, Fotografen, Party-Service, Floristen. Nirgends eine Übereinstimmung. Die Brandts und die DeGeorges lebten in zwei getrennten Welten. Es blieb ein Rätsel, wie der Mörder seine Opfer identifizierte. Bis jetzt hatte ich nicht einen einzigen Anhaltspunkt gefunden.

45

Ich rief Claire und Cindy für das nächste »Weibertreffen« zusammen. Diesmal war die Stimmung ganz anders. Kein Gelächter. Keine festlichen Margaritas. Zwei weitere Menschen waren tot. Wir hatten keine Verdächtigen, nur einen Fall, der immer größere Kreise zog. Hinweise, die sehr schnell in einer Sackgasse endeten. Enormer Druck, der auf uns alle ausgeübt wurde.

Claire traf als Erste ein. Sie umarmte mich und fragte mich, wie ich mich fühlte.

»Ich weiß es nicht«, gestand ich. Ich hatte drei Behandlungen hinter mir. Manchmal fühlte ich mich kräftig, dann wieder – besonders nachmittags – wie ein Geist meines eigenen Ichs. »Medved hat gesagt, nächste Woche will er meine roten Blutkörperchen zählen.«

Cindy kam als Nächste. Sie trug ein kariertes Männerhemd und bestickte Jeans. Sie sah sehr hübsch aus, sehr cool. Ich hatte seit Montag nicht mehr mit ihr gesprochen, als ich ihr erlaubt hatte, die Story mit dem zweiten Doppelmord zu bringen. Obwohl sie den Artikel einen Tag lang zurückgehalten hatte, sorgte er in der Stadt für Aufsehen.

»Ich schätze, heute zahle ich«, sagte sie und warf uns eine neue Visitenkarte auf den Tisch, mit dem leuchtend roten Logo des *Chronicle* darauf. Ich las die Karte: *Cindy Thomas, Gerichtsreporterin, Lokalredaktion.*

Wir gratulierten ihr herzlich, dann ließen wir sie ein bisschen schmoren, nur um ihr Ego im Gleichgewicht zu halten. Wozu hat man schließlich Freunde?

Ich teilte den beiden mit, dass die Reisebüros und Hochzeitsausrichter nichts gebracht hatten. »Ein paar Dinge liegen mir schwer im Magen«, sagte ich. »Zum Beispiel die Waffe… Sexualmörder wechseln für gewöhnlich nicht die Methode. Diese Methoden sind Teil ihres sexuellen Lustgefühls.«

»Es ist eine seltsame Kombination«, stimmte mir Claire zu. »Er ist so beherrscht, wenn er seine Taten plant. Er scheint alles zu wissen. Wo sie heiraten, welches Hotelzimmer, den Terminplan ihres Honeymoons. Wie er ungesehen entkommen kann. Aber wenn er tötet, ist er dem Wahnsinn nahe. Es reicht ihm nicht, sie lediglich zu töten. Er muss sie *besudeln*.«

Ich nickte. »Das ist der Schlüssel. Er schlägt bei Hochzeiten zu, irgendetwas daran ist für ihn unerträglich. Ich glaube, seine Besessenheit gilt den Bräuten. Beide frisch getrauten Ehemänner wurden schnell erledigt. Als spielten sie für ihn keine Rolle. Aber die Bräute ... da liegt seine wahre Faszination.«

Ich dachte kurz nach. »Und wohin könnte der Kerl gehen, um potenzielle Opfer auszuspähen? Wo würdet ihr anfangen, wenn ihr Bräute umbringen wolltet?«

»Sie mussten Ringe aussuchen«, schlug Claire vor. »Ein Juwelier?«

»Oder das Rathaus«, meinte Cindy. »Sie brauchten eine Ehelizenz.«

Ich schaute sie an und lachte. »Es würde super passen, wenn irgendein Regierungsangestellter dahinter steckt.«

»Einer bei der Post«, sagten Cindy und Claire gleichzeitig.

»Fotografen«, meinte Claire.

Ich konnte mir vorstellen, dass sich ein abartiger Dreckskerl hinter der Kamera versteckte. Das waren alles brauchbare Möglichkeiten. Man brauchte nur Beine und genügend Personal, um alles zu überprüfen, ehe der Mörder erneut zuschlug.

»Für Bräute bin ich nicht gerade Expertin«, sagte ich. »Deshalb bist du hier.«

»Was ist mit all diesem Scheiß von wegen drei Superhirne?« Sie lachte. »Und damit, dass ich eine Spitzenpathologin bin?«

Wir lachten frustriert und tranken noch einen Schluck Bier. Der Club der Ermittlerinnen. Es war schön. Für Männer kein Zutritt.

»Wo ist die gottverdammte Verbindung?«, fragte ich. »Er *will*, dass wir sie finden. Deshalb lässt er Hinweise zurück. Er will, dass wir die Verbindung aufdecken.«

Alle schwiegen tief in Gedanken versunken.

»Ich kann es spüren«, fuhr ich fort. »An der Zeremonie, an der Feier ist etwas dran, das ihn in psychopathische Wut versetzt. Etwas, das er auslöschen muss. Ist es Hoffnung, Unschuld? Wie ich schon sagte, er bringt die Männer sofort um. Aber die Bräute? Wie findet er die Bräute?«

»Wenn er in dieser verschrobenen Traumwelt lebt, würde er

dorthin gehen, wo diese Fantasie am stärksten, am lebendigsten ist«, dachte Claire laut. »Vielleicht baut er seine Wut auf, indem er sie beobachtet, wenn sie völlig arglos sind.«

Und dann schaute Claire uns an. Ihre Augen sprühten. »Ich glaube, ich würde dorthin gehen, wo sie ihre Brautkleider kaufen. Dort würde ich mir meine Opfer aussuchen.«

46

Als ich am nächsten Morgen zum Dienst kam, lag ein Fax von Hartwig mit einer Liste der Partner von Sparrow Ridge auf meinem Schreibtisch. Ich gab sie Jacobi zur Überprüfung. Dann rief ich meine Kontakte bei den beiden Hochzeitsausrichtern an, bei White Lace und Miriam Campbell.

Ich machte mir keine großen Hoffnungen. Bis jetzt hatte sich nie etwas Greifbares ergeben. Doch dann bestätigten beide Firmen meine Anfrage. Es war ein richtiger Schock.

Melanie Brandt und Becky DeGeorge hatten ihre Brautkleider *im selben* Geschäft gekauft.

In der Braut-Boutique von Saks.

Es war die erste greifbare Verbindung zwischen den beiden Fällen. Vielleicht führte diese Spur nirgendwohin, doch ich spürte es in den Knochen, dass ich endlich etwas Vielversprechendes hatte.

Ich war bei Saks, als das Geschäft um zehn Uhr öffnete. Die Braut-Boutique befand sich im zweiten Stock, in einer Ecke neben Geschenken und feinem Porzellan.

Ich erwischte Maryanne Perkins, als sie den Tag mit einer dampfenden Tasse Kaffee begann. Die Geschäftsführerin war eine elegante, freundliche Frau um die fünfzig, genau der Typ, der seit zwanzig Jahren Bräute betreute. Sie ließ sich von einer Assistentin vertreten und setzte sich mit mir in ein Hinterzimmer, in dem überall Illustrierte mit Fotos von Bräuten herumlagen.

»Ich war am Boden zerstört, als ich davon erfahren habe.« Ms. Perkins schüttelte den Kopf. Sie war leichenblass. »Melanie war gerade erst hier, vor zwei Wochen.« Sie schaute mich mit entsetzten Augen an. »Sie war so wunderschön… meine Bräute sind für mich wie meine Kinder, Inspector. Es ist, als hätte ich ein eigenes Kind verloren.«

»Eins?« Ich blickte sie scharf an. »Dann haben Sie es noch nicht gehört?«

»Was?«

Ich erzählte Maryanne Perkins von Rebecca Passeneau, der verstorbenen Mrs. DeGeorge.

Schock und Entsetzen zeichneten sich auf ihrem Gesicht ab. Ihre grünen Augen traten hervor, und ein Tränenschwall ergoss sich über ihre Wangen. Sie blickte durch mich hindurch, als betrachtete sie die Wand. »O mein Gott…« Sie holte tief Luft. »Ich war mit meinem Mann ein paar Tage in unserem Wochenendhaus in Modesto. Becky war mit ihrer Mutter hier. O mein Gott, was geht da vor, Inspector?«

Sofort fiel mir eine Flut von Fragen ein. Wer wusste über die Kunden Bescheid? Andere Verkäuferinnen? Manager? Der Mörder war nachweislich ein Mann. Arbeiteten auch Männer in der Abteilung?

Auf jede Frage folgte eine ungläubige negative Antwort von Maryanne Perkins. Das Personal war seit mindestens acht Jahren zusammen. Keine Männer. *Genau wie bei unserem Club der Ermittlerinnen.*

Sie lehnte sich in dem Sessel zurück und zermarterte sich das Hirn, um sich an irgendwelche Details zu erinnern. »Wir haben Becky so bewundert. Sie sah hinreißend aus. Es war, als hätte sie sich noch nie so gesehen, doch jetzt, als sie sich im Brautkleid sah, wurde ihr plötzlich klar, dass sie schön war. Ihre Mutter hatte ihr die Kette mit dem Anhänger gegeben – Perlen und Diamanten. Ich bin ins Büro gegangen, um Blumen zu holen. Da ist mir jemand aufgefallen. Dort drüben hat er gestanden.« Sie deutete mit dem Finger. »Er hat in Beckys Richtung gestarrt. Ich erinnere mich, dass ich dachte: Siehst du, der findet dich auch schön. Daran erinnere ich mich jetzt genau.«

Hektisch notierte ich die Personenbeschreibung: Ende vierzig, vielleicht jünger. »So genau habe ich ihn nicht angeschaut«, sagte Ms. Perkins. »Aber er hatte einen Bart.«

Ich war mir sicher, dass das unser Mann gewesen war! Es bestätigte, dass Claire Recht hatte. Offenbar hatte er seine Opfer bei Saks ausgekundschaftet und sie danach verfolgt.

Ich bedrängte sie. »Wie kann jemand Einzelheiten über eine Hochzeit erfahren? Datum, Örtlichkeit – wo das Paar den Honeymoon verbringen will?«

»Wir sammeln diese Informationen«, antwortete sie. »Wenn die jungen Damen ihr Brautkleid auswählen. Manches müssen wir für unsere Dienstleistungen wissen, Datum und Termine. Und es hilft uns, ein Gefühl für die Braut zu entwickeln. Die meisten lassen sich bei uns registrieren.«

Ein Gefühl für die Braut.

»Wer hat Zugang zu diesen Informationen?«

Sie schüttelte den Kopf. »Nur wir… meine Assistentinnen und ich. Es ist eine kleine Abteilung. Manchmal teilen wir sie mit den Abteilungen Porzellan und Geschenke.«

Ich hatte das Gefühl, endlich einen Schritt weiter zu sein. Mein Herz schlug wie verrückt. »Ich brauche Kopien von allem, was Sie über Melanie Brandt und Becky DeGeorge haben – und von sämtlichen Kunden, die zur Zeit Ihre Dienste in Anspruch nehmen.« *Hier hatte er seine potenziellen Opfer ausspioniert!* Die Chancen standen gut, dass er hierher zurückkommen würde. Jemand auf der Kundenliste des Geschäfts konnte sein nächstes Opfer sein.

Ich sah den entsetzten Ausdruck auf Ms. Perkins' Gesicht. Sie schien etwas Grauenvolles zu sehen. »Da gibt es noch etwas, das Sie wissen sollten.«

»Was?«

»Ungefähr vor einem Monat haben wir bei der Inventur festgestellt, dass unser Ordner über die Bräute fehlt.«

47

Sobald ich wieder in der Halle war, tat ich zwei Dinge: Ich rief Claire und Cindy an und erzählte ihnen ausführlich, was ich bei Saks herausgefunden hatte. Dann machte ich mich auf die Suche nach Raleigh.

Ich berichtete Chris alles, was ich wusste, und wir beschlossen, eine Beamtin vom Dezernat für Sexualverbrechen in das Geschäft einzuschleusen. Ich schickte eine Zeichnerin zu Maryanne Perkins bei Saks.

Dann teilte Chris mir etwas Wichtiges mit. Roth und Mercer hatten unsere Ermittlungsakten dem FBI übergeben.

Plötzlich fühlte ich einen messerscharfen Schmerz in der Brust. Ich rannte auf die Toilette, schloss die Tür hinter mir und drückte den Rücken gegen die kalten, teilweise gesprungenen Kacheln. *Gottverdammt noch mal! Diese Scheißkerle! Diese Machos mit Macht! Roth und Mercer, ihr verdammten Schweine!*

Ich starrte mein Gesicht im Spiegel an. Meine Wangen waren hochrot. Meine Haut brannte.

Das FBI! Es war mein Fall – und Claires, Cindys und Raleighs. Er bedeutete mir mehr als jeder andere Fall, den ich je bearbeitet hatte.

Unvermittelt wurden mir die Knie weich. Anämie? Der Arzt hatte gesagt, dass ich mit Schwindelanfällen rechnen müsse. Für halb sechs Uhr abends war meine vierte Transfusion in der Hämatologie anberaumt.

Eine überwältigende Leere zerrte an mir, dann wechselten Wut und Furcht. Gerade fing ich an, den Fall zu knacken. Ich brauchte keine Außenstehenden mit dunklen Anzügen und Krawattennadeln und ihre tollpatschigen alternativen Ermittlungen.

Ich warf noch einen Blick in den Spiegel. Meine Haut war – abgesehen von den roten Wangen – blass und leblos. Meine Augen waren wässrig und grau. Aus meinem ganzen Körper schien die Farbe gewichen zu sein.

Ich starrte mich so lange an, bis eine vertraute Stimme in mir laut wurde. *Los, Lindsay. Reiß dich zusammen. Du wirst gewinnen – du gewinnst immer.*

Ich spritzte mir kaltes Wasser ins Gesicht. Die Schweißperlen am Hals versiegten.

Einmal kannst du dir so was leisten, ermahnte ich mich mit gequältem Lächeln. *Aber mach das nicht noch mal.*

Allmählich erwachte in meinen Augen ein vertrautes Glitzern zum Leben, und normale Farbe kehrte in meine Wangen zurück. Ich schaute auf die Uhr. Es war sechzehn Uhr zwanzig. Ich musste um fünf in der Klinik sein. Mit den Namen würde ich morgen anfangen. Ich frischte mein Make-up ein bisschen auf und ging zurück zu meinem Schreibtisch. Zu meinem Ärger kam Raleigh herüber.

»Jetzt können Sie *deren* Schnitzer managen«, fuhr ich ihn völlig überflüssigerweise an. Ich meinte das FBI.

»Ich hatte keine Ahnung davon«, sagte er freundlich. »Sobald ich es erfahren habe, habe ich es Ihnen gesagt.«

»Ja, ich weiß.« Ich nickte.

Raleigh setzte sich auf die Kante meines Schreibtischs und blickte mich forschend an. »Irgendetwas stimmt doch nicht?

Bitte sagen Sie es mir.« Woher wusste er das? Vielleicht war er ein viel besserer Detective, als ich ihm zugetraut hatte.

Einen Moment lang wollte ich mich ihm tatsächlich anvertrauen. O Gott, ich wollte, dass alles rauskam.

Dann tat Raleigh etwas völlig Unerwartetes. Er schenkte mir eines dieser vertrauensvollen Lächeln, bei dem ich einfach dahinschmolz. Er zog mich vom Stuhl hoch und nahm mich in die Arme.

Ich war so verblüfft, dass ich mich überhaupt nicht wehrte. In seinen Armen war ich wie zitternde Götterspeise. Es war eigentlich keine sexuelle Handlung, doch kein Ausbruch der Leidenschaft hatte mich je tiefer erschüttert.

Raleigh hielt mich fest, bis meine Unruhe sich langsam gelegt hatte. Direkt hier, mitten im Dienstzimmer. Ich wusste nicht, was ich tun sollte, aber ich wollte mich nicht von ihm lösen – oder, dass er mich losließ.

»Dafür könnte ich Ihnen einen Vermerk in der Personalakte verpassen«, sagte ich schließlich dicht an seiner Schulter.

Er rührte sich nicht. »Brauchen Sie einen Stift?«

Langsam löste ich mich aus seinen Armen. Jeder Nerv in meinem Körper fühlte sich an, als hätte er soeben die Spannung eines Großalarms überstanden. »Danke«, sagte ich leise.

»Sie waren ja gar nicht mehr Sie selbst«, sagte er sanft. »Der Dienst ist fast zu Ende. Wollen wir bei einer Tasse Kaffee darüber reden? Nur Kaffee, Lindsay. *Kein Rendezvous.*«

Wieder schaute ich auf die Uhr. Es war schon fast fünf Uhr. Ich kam zu spät zu meinem Termin.

Ich schaute ihn an und hoffte, er möge in meinem Blick lesen: *Fragen Sie mich ein andermal.* Doch ich sagte nur: »Ich kann nicht. Muss weg.«

48

Die hübsche, freundlich lächelnde Rezeptionistin nickte dem nächsten Gast zu. »Willkommen im Lakefront Hilton, Sir.«

Phillip Campbell trat vor. Er las ihren Namen: Kaylin. Putzmunter, mit strahlenden Augen. Er lächelte zurück. Dann reichte er ihr seine Reservierung.

»Sind Sie zum ersten Mal bei uns, Mr. Campbell?«, fragte die Empfangsdame mit hoher Stimme.

Er lächelte und bejahte ihre Frage.

Als sie seine Reservierung eingab, verfolgte er ihre Bewegungen genau, dabei strich er sich durch die borstigen Barthaare. Er wollte, dass er ihr auffiel. Sie sollte sich an sein Gesicht erinnern und vielleicht an etwas, das er gesagt hatte. Falls eines Tages ein diensteifriger FBI-Agent mit seinem Foto oder einer Phantomzeichnung vorbeikam, sollte sich dieses quiekende Eichhörnchen genau und voll eiskalter Angst an diesen Moment erinnern. Er wollte, dass sie sich an alles erinnerte.

Ebenso wie die Verkäuferin in der Braut-Boutique bei Saks.

»Sind Sie hier, um das Museum zu besuchen, Mr. Campbell?«, fragte Kaylin, während sie tippte.

»Zur Hochzeit der Voskuhls«, erklärte er.

»Das sagen alle«, meinte sie lächelnd.

Er verfolgte das Klicken ihrer pfirsichfarben lackierten Nägel auf den Tasten, als sie seine Reservierung eingab. »Ich habe für Sie ein Deluxe-Zimmer mit herrlicher Aussicht«, sagte sie und reichte ihm den Schlüssel. »Viel Spaß bei der Hochzeit und einen angenehmen Aufenthalt«, fügte sie hinzu.

»Werde ich haben«, erwiderte Campbell lächelnd. Ehe er ging, fing er ihren Blick auf und sagte: »Apropos Hochzeit – mir gefällt Ihr Ring.«

Oben zog er die Vorhänge beiseite. Und tatsächlich, der Blick war prächtig – wie sie versprochen hatte.

Der Blick auf Cleveland, Ohio.

49

Ich sah ihn, diesen Dreckskerl. Was tat er dort?

In einer großen, wimmelnden Menge auf der Lower Market Street. Nur einen kurzen Moment lang, zwischen den Leuten, die sich zur Fähre durchkämpften.

Bei seinem Anblick erstarrte mein Blut zu Eis.

Er trug ein offenes blaues Hemd und ein braunes Cordjackett. Es sah aus wie ein Universitätsprofessor. An jedem anderen Tag wäre ich an ihm vorbeigegangen, ohne ihn zu bemerken. Er war dünn, hager und – abgesehen von einer einzigen Ausnahme – völlig unauffällig.

Es war sein rötlich grauer Bart.

Sein Kopf tauchte aus der dahinhastenden Menge auf und verschwand wieder. Ich folgte ihm, war jedoch nicht imstande, die Entfernung zwischen uns zu verkürzen.

»Polizei!«, rief ich, doch mein Schrei ging im Stimmengewirr des Menschengewühls unter. Jeden Augenblick konnte ich ihn verlieren.

Seinen Namen kannte ich nicht, nur die seiner Opfer: Melanie Brandt. Rebecca DeGeorge.

Unvermittelt blieb er stehen. Er trotzte der Menge, kehrte um und kam direkt auf mich zu. Sein Gesicht schien erleuchtet zu sein, vor einem dunklen Hintergrund zu strahlen, wie eine dieser alten russischen Ikonen. Inmitten der vielen Menschen trafen sich unsere Blicke.

Es war ein Moment der Erleuchtung, des Erkennens, losgelöst vom Chaos der Menge. Er wusste, dass ich es war. Dass ich diejenige war, die ihn verfolgte.

Entsetzt sah ich, wie er floh. Die Menge hüllte ihn ein und riss ihn mit.

»Halt, stehen bleiben, oder ich schieße!«, schrie ich. Kalter Schweiß brach in meinem Nacken aus. Ich zückte meine Waffe. »Alle hinlegen!«, schrie ich, doch die Menge drängte

weiter und schirmte ihn ab. Ich würde ihn verlieren. Der Mör-
der entkam.

Ich hob die Waffe und zielte auf seinen rötlichen Bart. Er
drehte sich um und grinste mich unverschämt an, weil er mich
so total überlistet hatte. Ich holte Luft und zielte ruhig. Dann
wandten sich sämtliche Gesichter der Menge wie in Zeitlupe
mir zu.

Ich wich zurück und ließ entsetzt die Waffe sinken.

Jedes Gesicht in der Menge hatte einen rötlichen Bart.

Offenbar hatte ich geträumt, denn ich saß in meiner Küche
und blinzelte in die wirbelnden Kreise meines Chardonnays. In
meiner Wohnung herrschte die vertraute Ruhe. Keine drän-
gelnde Menschenmenge. Keine fliehenden Gesichter. Nur
Sweet Martha lag auf ihrem Futon.

Auf dem Herd dampfte kochendes Wasser. Ich war dabei,
meine Lieblingssoße zuzubereiten: Ricotta, Zucchini und Basi-
likum. Eine CD lief, Tori Amos.

Erst vor einer Stunde hatten noch Schläuche und Nadeln in
meinem Körper gesteckt. Mein Herzt hatte im metronomarti-
gen regelmäßigen Rhythmus des piependen Monitors gepocht.

Verdammt, ich wollte mein altes Leben zurückhaben. Meine
alten Lieblingsträume. Ich sehnte mich nach Jacobis Sarkasmus, Sam Roths Wut, dem Jogging auf der Marina Green. Ich
wollte auch Kinder – selbst wenn das bedeutete, noch mal heiraten zu müssen.

Plötzlich klingelte es unten an der Tür. Wer konnte das jetzt
sein? Ich schlurfte zur Sprechanlage und fragte: »Wer ist da?«

»Ich dachte, Sie hätten eine Verabredung?«, sagte die knis-
ternde Stimme.

Es war Raleigh.

50

»Was machen Sie denn hier?«, fragte ich verblüfft zurück.

Ich freute mich, aber plötzlich kribbelten meine Nerven. Ich hatte das Haar hinten hochgebunden, trug ein altes Berkeley-T-Shirt, in dem ich auch gelegentlich schlief, und fühlte mich ausgelaugt und rastlos von der Transfusion. Meine kleine Wohnung war ein Saustall.

»Darf ich raufkommen?«, fragte Raleigh.

»Dienstlich oder privat?«, fragte ich. »Wir müssen doch nicht nach Napa fahren, oder?«

»Heute Abend nicht.« Er lachte. »Diesmal habe ich selbst etwas mitgebracht.«

Das verstand ich nicht so ganz, drückte jedoch auf den Knopf und ließ ihn herein. Dann rannte ich in die Küche und drehte die Platte für die Pasta niedriger, fast gleichzeitig warf ich Kissen vom Fußboden auf die Couch und verfrachtete einen Stapel Illustrierte auf einen Stuhl in der Küche.

Ich legte gerade ein bisschen Lippenstift auf und schüttelte mein Haar aus, als es an der Tür klingelte.

Raleigh trug ein Hemd mit offenem Kragen und ausgebeulte Khakihosen. Er hielt eine Flasche Wein in der Hand. Sehr schön. Er lächelte mich um Entschuldigung heischend an. »Ich hoffe, es macht Ihnen nichts aus, dass ich Sie so überfalle.«

»Niemand hat mich überfallen, ich habe Sie reingelassen«, sagte ich. »Was tun Sie eigentlich hier?«

Er lachte. »Ich war gerade in der Gegend.«

»In der Gegend, ach ja? Sie wohnen doch auf der anderen Seite der Bucht.«

Er nickte und ließ sein Alibi ohne viel Widerstand fallen. »Ich wollte nur sehen, ob Sie in Ordnung sind. Auf dem Revier schienen Sie gar nicht Sie selbst zu sein.«

»Das ist nett, Raleigh«, sagte ich und schaute in seine Augen. »Und, wie geht's Ihnen?«

»Na ja, ich fühlte mich irgendwie überfordert. Roth. Diese FBI-Sache. Jetzt geht's mir prima. Ehrlich.«

»Freut mich zu hören«, sagte er. »He, irgendwas duftet hier herrlich.«

»Ich mache gerade Pasta.« Ich machte eine Pause und dachte darüber nach, was ich als Nächstes sagen sollte. »Haben Sie schon zu Abend gegessen?«

Er schüttelte den Kopf. »Nein, aber ich will nicht stören.«

»Deshalb sind Sie mit Wein gekommen?«

Er schenkte mir eines seiner unwiderstehlichen Lächeln. »Wären Sie nicht zu Hause gewesen, hätte ich mir in einer Imbissbude etwas geholt, wie immer.«

Ich lächelte zurück und bat ihn endlich herein.

Als Raleigh meine Wohnung betrat, schaute er sich um und nickte beeindruckt. Er betrachtete die Keramiken, die schwarzgoldene Baseballjacke von Willie Mays, meine Terrasse mit der Aussicht auf die Bucht. Dann streckte er mir die Flasche entgegen.

»Auf dem Tresen steht schon eine offene«, sagte ich. »Schenken Sie sich ein Glas ein. Ich sehe mal nach dem Essen.«

Ich ging in die Küche und hielt mir vor Augen, dass ich gerade von einer ambulanten Behandlung wegen einer ernsten Krankheit aus der Klinik zurückgekommen war – und außerdem waren wir Partner. Mit mühsam unterdrückbarer Aufregung holte ich ein zweites Gedeck heraus.

»Nummer vierundzwanzig, Giants?«, rief er mir zu. »Diese Sportjacke ist echt, oder?«

»Ja, von Willie Mays. Mein Vater hat sie mir zu meinem zehnten Geburtstag geschenkt. Er wollte einen Jungen. Ich habe sie all die Jahre lang aufbewahrt.«

Er kam in die Küche und drehte einen Stuhl vor dem Tresen herum. Während ich die Penne umrührte, goss er sich ein Glas Wein ein. »Kochen Sie immer so für sich?«

»Alte Gewohnheit«, meinte ich. »Früher hat meine Mutter

abends lange gearbeitet. Ich habe eine sechs Jahre jüngere Schwester. Manchmal kam meine Mutter erst um acht Uhr nach Hause. Ich hab das Abendessen kochen müssen, seit ich denken kann.«

»Wo war Ihr Vater?«

»Hat uns verlassen«, sagte ich und mischte Senf, Traubenkernöl, Balsamico und Zitrone zu einer Vinaigrette für den Salat. »Als ich dreizehn war.«

»Dann hat Ihre Mutter Sie aufgezogen?«

»Könnte man sagen. Manchmal habe ich allerdings das Gefühl, ich habe mich selbst aufgezogen.«

»Bis Sie geheiratet haben.«

»Ja, dann habe ich sozusagen meinen Mann auch noch großgezogen.« Ich lächelte. »Sie sind ziemlich neugierig, Raleigh.«

»Bullen sind das normalerweise. Wussten Sie das nicht?«

»Ja, richtige Bullen.«

Raleigh tat so, als sei er beleidigt.

»Kann ich Ihnen helfen?«, erkundigte er sich.

»Sie können reiben«, antwortete ich lächelnd und schob ihm ein Stück Parmesankäse und eine Reibe hin.

Wir saßen da und warteten, dass die Pasta gar wurde. Er rieb den Käse. Sweet Martha kam in die Küche und ließ sich bereitwillig von Raleigh streicheln.

»Heute Nachmittag schienen Sie völlig durch den Wind zu sein«, sagte er und kraulte Marthas Kopf. »Für gewöhnlich lassen Sie doch Roths Scheiß an sich ablaufen wie Wasser an einer Ente. Ich hatte den Eindruck, dass irgendetwas nicht in Ordnung war.«

»Alles ist bestens«, log ich. »Zumindest jetzt, falls Sie das beruhigt.«

Ich lehnte mich an den Tresen und sah ihn an. Er war mein Partner, doch es war noch mehr. Er schien mir der Mensch zu sein, dem ich vertrauen konnte. Es war lange her, seit ich geglaubt hatte, jemandem trauen zu können. Es war eine lange und harte Zeit gewesen, seit ich einem Wesen vertraut hatte, dessen Geschlecht mit M begann. Vielleicht in einer anderen Zeit... dachte ich.

Tori Amos hinreißende Stimme hing in der Luft.

»Möchten Sie tanzen?«, fragte Raleigh plötzlich.

Ich starrte ihn ehrlich überrascht an. »Ich tanze nicht, ich koche.«

»Sie tanzen nicht... Sie kochen?«, wiederholte Raleigh und zog die Brauen hoch.

»Ja, Sie wissen doch, was man übers Kochen sagt.«

Er schaute umher. »*Ich* würde sagen, es scheint nicht zu funktionieren. Vielleicht sollten Sie es mit Tanzen probieren.«

Die Musik war weich und einschmeichelnd. Und obwohl ich es heftig bestreiten wollte, sehnte sich ein Teil von mir danach, in seinen Armen zu sein.

Ohne dass ich ja gesagt hatte, nahm mein Partner meine Hand und zog mich vom Tresen weg. Ich wollte protestieren, doch eine leise Stimme in mir sagte: »Mach schon, Lindsay. Er ist in Ordnung. Du weißt, dass du ihm vertrauen kannst.«

Also gab ich nach. Es war schön, in Raleighs Armen gehalten zu werden.

Anfangs standen wir nur da und wiegten uns steif hin und her. Dann legte ich den Kopf an seine Schulter und hatte das Gefühl, als könnte nichts mir etwas anhaben – zumindest eine Zeit lang nicht.

»Das ist kein Rendezvous«, sagte ich leise und ließ mich davontragen, an einen wirklich schönen Ort, wo ich Liebe und Hoffnung spürte und wo es Träume gab, nach denen ich streben konnte.

»Ehrlich gesagt bin ich froh, dass Sie vorbeigekommen sind«, sagte ich zu Raleigh.

»Ich auch.«

Dann spürte ich, wie er mich enger in die Arme schloss. Ein Kribbeln lief mir über den Rücken, das ich kaum noch kannte.

»Sie haben sie auch, nicht wahr, Raleigh?«, murmelte ich verträumt.

»Was, Lindsay?«

Sanfte Hände.

51

Kathy und James Voskuhl waren gerade beim ersten Tanz – entgegen aller Tradition war es ein Rock'n'Roll.

Die laute, mitreißende Musik von »La Bamba« füllte das hell erleuchtete Atrium der Rock and Roll Hall of Fame in Cleveland.

»Jetzt alle!«, rief der Bräutigam. »Rock and Roll. Macht mit!«

Junge Mädchen mit gefärbten Haaren und glänzenden grünen und roten Cocktailkleidern – Mode der sechziger Jahre – drehten sich auf dem Tanzparkett. Ihre Partner trugen altmodische Seidenhemden wie John Travolta. Braut und Bräutigam hatten sich umgezogen, schwangen in Partykleidung wild Hüften und Arme und johlten.

Das ruiniert beinahe alles, dachte Phillip Campbell.

Er hatte sie in Weiß gewollt.

Und jetzt tanzte sie da mit verschwitztem Haar mit roten Strähnen, mit Katzenaugenbrille, in einem knallengen grünen Kleid.

Diesmal bist du zu weit gegangen, Kathy.

Vierzig Tische, auf jedem in der Mitte als Dekoration das Abbild eines Rock'n'Roll-Idols, füllten die Große Halle des Museums. Ein glitzerndes Spruchband, das unter dem Glasdach hing, verkündete: *James und Kathy.*

Nach einem lauten Crescendo brach die Musik ab. Die verschwitzten Hochzeitsgäste fächerten sich Kühlung zu und drängten zurück an die Tische. Kellner in schwarzen Fräcken huschten umher und füllten Weingläser.

Die Braut ging zu einem glücklich lächelnden Paar in Abendrobe und Frack und umarmte sie. Mom und Dad. Phillip Campbell konnte die Augen nicht von ihr abwenden. Er sah, wie ihr Vater sie liebevoll betrachtete, als wollte er sagen: *Wir haben eine Menge durchgemacht, Liebling, aber jetzt wird alles gut. Jetzt gehörst du zum Club, Treuhandvermögen, Country Club und Enkel mit Löckchen.*

Der Bräutigam ging ebenfalls hinüber und flüsterte Kathy etwas ins Ohr. Sie drückte seinen Arm und warf ihm ein Lächeln zu, das gleichzeitig liebevoll und schüchtern war. Als er wegging, ließ sie ihn nicht gleich los, als wollte sie sagen: *Ich komme gleich nach.*

Der Bräutigam zog seinen Gürtel zurecht und verschwand aus der Halle. Zweimal schaute er zurück. Kathy winkte ihm zu.

Campbell beschloss, ihm in sicherem Abstand zu folgen. James Voskuhl schlenderte den breiten, hell erleuchteten Korridor vom Atrium hinunter. Ungefähr auf halbem Weg blieb er stehen, sah sich einmal vorsichtig um und ging durch eine Tür. Die Herrentoilette.

Der Mörder ging weiter. Außer ihm war niemand auf dem Korridor. Er spürte, wie in ihm ein nicht zu unterdrückender Drang aufstieg. Unwillkürlich glitten seine Finger in die Jackentasche und berührten den kalten Kolben der Waffe. Er legte den Sicherungshebel um. Er konnte nicht länger kontrollieren, was sich in seinem Kopf abspielte.

Geh hinein!, forderte ihn eine Stimme auf. *Tu es!*

Er betrat den schummrigen Raum. Bei den Waschbecken und Urinalen war niemand. Der Bräutigam war in einer der Kabinen. Beißender Geruch stieg Campbell in die Nase. Marihuana.

»Bist du das, Liebling?«, rief der Bräutigam.

Jeder Nerv in Campbells Körper ging in Habachtstellung. Er murmelte etwas kaum Hörbares.

»Beeil dich, Schatz, wenn du von dem Ding hier noch was abkriegen willst«, rief James Voskuhl.

Phillip Campbell stieß die Tür auf.

Der Bräutigam starrte ihn verblüfft an, ein Joint hing zwischen seinen Lippen. »He, Mann, wer zum Teufel sind Sie?«

»Ich bin der, der nutzlose Würmer wie dich kaltmacht.« Damit schoss er. Nur ein einziges Mal.

James Voskuhls Kopf schnellte zurück. Rot spritzte auf die Kacheln hinter ihm. Der Bräutigam schwankte einmal, dann sank er nach vorn in sich zusammen.

Das Echo des Schusses schien den ganzen Raum zu erschüttern. Kordit mischte sich in den Marihuanageruch.

Phillip Campbell überkam eine eigenartige Ruhe, eine Furchtlosigkeit. Er packte den Kopf des Bräutigams und setzte den Mann aufrecht hin. Dann wartete er.

Das Geräusch, als die Außentür sich öffnete und schloss und Lärm von dem etwas entfernten Fest hereindrang, durchfuhr ihn wie ein Blitz.

»Bist du das, Vosk?«, fragte eine Frauenstimme.

Sie war es – die Braut.

»Was rauchst du da drinnen – Teer?« Kathy kicherte. Sie ging zu den Waschbecken hinüber. Er hörte Wasser rauschen.

Campbell konnte sie durch einen Spalt in der Kabinenwand sehen. Sie stand am Waschbecken, mit der Brille in Form von Katzenaugen, und kämmte sich die Haare. Eine Vision kam über ihn. Ja, so würde er es hier gestalten. *So sollte die Polizei alles vorfinden.*

Es erforderte seine ganze Selbstbeherrschung, sich zurückzuhalten – sie zu ihm kommen zu lassen.

»Heb mir ja ein paar Züge auf, Mister«, rief die Braut.

Er sah, wie sie zur Kabine tänzelte. *So nahe jetzt. So unglaublich köstlich. Was für ein Moment.*

Als sie die Tür öffnete, war es ihr *Blick*, der ihm alles bedeutete.

Der Anblick von James, dem es rot aus dem Mund tropfte. Das plötzliche Erschrecken, als sie das Gesicht des Mörders erkannte. Die Waffe zielte genau auf ihre Augen.

»In Weiß mag ich dich lieber, Kathy.« Mehr sagte der Mörder nicht. Dann drückte er auf den Abzug – und ein grellweißer Blitz explodierte durch die grünen Katzenaugengläser.

52

Früh am Montagmorgen kam ich ins Büro. Ich war ein bisschen nervös wegen meines ersten Kontakts mit Raleigh nach unserem Tanz und dem gemeinsamen Abendessen. Ich fragte mich, wohin das führen würde. Da kam Paul Chin angerannt; er arbeitete bei meinem Sonderkommando. »Lindsay, im Verhörzimmer Vier ist eine Frau, die Sie sich selbst vornehmen sollten.«

Seit eine Beschreibung des mutmaßlichen Mörders gesendet worden war, riefen dauernd Leute an, die ihn angeblich gesehen hatten, aber diese Hinweise endeten stets in einer Sackgasse. Eine von Chins Aufgaben war es, diesen Hinweisen nachzugehen, ganz gleich, wie unwahrscheinlich sie klangen.

»Ist sie psychisch gestört, oder hat sie eine besondere Schwäche für die Polizei?«, fragte ich mit skeptischem Lächeln.

»Ich halte sie für echt«, antwortete Chin. »Sie war auf der ersten Hochzeit.«

Ich sprang beinahe aus dem Sessel und lief hinter ihm her. Vor dem Dienstraum sah ich Raleigh von draußen hereinkommen. *Chris.*

Einen Moment lang durchlief mich ein angenehmes Prickeln. Er war gegen elf Uhr abends gegangen, nachdem wir beide Flaschen geleert hatten. Beim Essen hatten wir über unsere unterschiedlichen Erfahrungen im Polizeidienst geplaudert, und über die Vor- und Nachteile, verheiratet oder Single zu sein.

Es war ein richtig schöner Abend gewesen. Nahm etwas den Druck von dem Fall. Ich hatte nicht einmal an die Anämie gedacht. Was mir ein bisschen Angst machte, war das innere Zittern, dass es doch mehr sein könnte. Ich hatte mich am Freitagabend dabei ertappt, wie ich ihn angeschaut hatte, während er mir beim Abwasch half. Wenn die Zeiten anders wären...

Raleigh brachte Kaffee und eine Zeitung. »Hallo«, sagte er, als er vor mir stand. »Hübsche Weste.«

»Chin hat eine Zeugin in Vier«, sagte ich. »Sie behauptet, ihn gesehen zu haben. Willst du mitkommen?«

In meiner Aufregung war ich schon weitergelaufen. Er legte die Zeitung auf den Tisch unserer Sekretärin und folgte mir die Treppe hinauf.

In dem engen Vernehmungszimmer saß eine gut gekleidete, attraktive Frau um die fünfzig. Chin stellte sie mir als Laurie Birnbaum vor. Sie schien nervös und angespannt zu sein.

Chin setzte sich neben sie. »Ms. Birnbaum, würden Sie Inspector Boxer erzählen, was Sie mir gerade gesagt haben?«

Sie hatte Angst. »Es war der Bart. Deshalb habe ich mich erinnert. Die ganze Woche hatte ich nicht daran gedacht. Es war so entsetzlich.«

»Sie waren bei der Hochzeit der Brandts?«, fragte ich.

»Ja, wir waren Gäste der Weils, der Familie der Braut«, antwortete sie. »Mein Mann arbeitet mit Chancellor Weil an der Universität.« Nervös trank sie einen Schluck Kaffee. »Es war ganz kurz, aber mir ist es bei seinem Anblick eiskalt über den Rücken gelaufen.«

Chin drückte auf den Knopf des tragbaren Tonbandgeräts.

»Bitte sprechen Sie weiter«, sagte ich beruhigend. Wieder fühlte ich mich *ihm* nahe – diesem Mistkerl mit dem roten Bart.

»Ich habe neben ihm gestanden. Er hatte so einen rötlich grauen Spitzbart – wie man es in Los Angeles oft sieht. Er sah älter aus, vielleicht fünfundvierzig, fünfzig, aber er hatte so was an sich. Ich erkläre das nicht richtig, oder?«

»Haben Sie mit ihm gesprochen?«, fragte ich und bemühte mich, ihr das Gefühl zu vermitteln, dass sie das zwar nicht jeden Tag machte, ich jedoch schon. Selbst meine männlichen Kollegen gaben zu, dass ich bei Fragen und Antworten weit und breit am besten war. Sie scherzten, das sei »typisch weiblich«.

»Ich war gerade von der Tanzfläche gekommen«, sagte sie. »Ich habe hochgeschaut – und da war er. Ich habe irgendetwas gesagt, ungefähr ›Schöne Feier… sind Sie ein Freund der Braut oder des Bräutigams?‹ Im ersten Moment sah er eigentlich ganz nett aus. Aber dann hat er mich so komisch angestarrt. Ich habe ihn für einen dieser arroganten Investment-Banker von der Brandt-Seite gehalten.«

»Was hat er zu Ihnen gesagt?«, fragte ich.

Sie massierte sich die Stirn im Bemühen, sich zu erinnern. »Er hat so ganz komisch gesagt, dass sie *Glück* hätten.«

»Wer hatte Glück?«

»Melanie und David. Vielleicht hatte ich gesagt: ›Sind sie nicht glücklich?‹ Ich habe die beiden gemeint. Sie sahen einfach hinreißend aus. Und da hat er gesagt: ›Ja, sie haben wirklich *Glück*.‹« Ein wenig verwirrt sah sie mich an. »Er hat sie noch etwas anderes genannt… *auserwählt*.«

»Auserwählt?«

»Ja. Er hat gesagt: ›Sie haben wirklich Glück… man könnte sogar sagen, sie sind auserwählt.‹«

»Sie sagen, er hätte einen Spitzbart gehabt?«

»Ja, das war ja so eigenartig. Der Bart hat ihn älter aussehen lassen, aber der Rest von ihm war jung.«

»Der Rest von ihm? Was meinen Sie damit?«

»Sein Gesicht. Seine Stimme. Ich weiß, das klingt seltsam, aber es war ja nur ein Moment, als ich vom Tanzparkett kam.«

Wir hatten alles gehört, was sie wusste. Größe, Haarfarbe. Was er angehabt hatte. Alles bestätigte die wenigen Details, die wir bereits hatten. Der Mörder war ein Mann, mit kurzem rotgrauem Spitzbart. Er hatte einen Smoking getragen. Das Smokingjackett hatte er in der Mandarin Suite zurückgelassen.

In mir begann ein Feuer zu lodern. Ich hatte das sichere Gefühl, dass Laurie Birnbaum glaubwürdig war. *Der Bart. Der Smoking.* Wir setzten sein Gesicht zusammen. »Gibt es noch irgendetwas, das Ihnen aufgefallen ist? Irgendein Körpermerkmal? Vielleicht eine bestimmte Geste?«

Sie schüttelte den Kopf. »Alles ging so schnell. Ich habe mich erst daran erinnert, als ich die Zeichnung von ihm im *Chronicle* gesehen habe.«

Ich warf Chin einen Blick zu, um ihm zu verstehen zu geben, dass er jetzt einen Zeichner holen sollte, um die Einzelheiten festzuhalten. Dann dankte ich Ms. Birnbaum und ging zurück an meinen Schreibtisch. Von ihr würden wir eine Phantomzeichnung bekommen und von Maryanne Perkins von Saks auch eine.

Die Ermittlungen in diesem Mordfall waren in eine neue Phase getreten. Sie war sehr heiß. Wir ließen die Braut-Boutique bei Saks observieren. Außerdem kontaktierten wir einen Namen nach dem anderen auf der Kundenliste, jeden, der in den vergangenen Monaten ein Brautkleid bestellt hatte.

Mein Herz hämmerte. Das Gesicht, das ich mir vorgestellt hatte, der rotbärtige Mann aus meinem Traum, nahm langsam Gestalt an. Ich hatte das Gefühl, dass wir ihn erfasst hatten.

Mein Telefon klingelte. »Boxer«, meldete ich mich und blätterte weiter die Namen der Braut-Boutique durch.

»Mein Name ist McBride«, sagte eine tiefe, dringlich klingende Stimme. »Ich bin Detective bei der Mordkommission von Cleveland.«

53

»Ich habe hier einen Mord, der genau ins Muster Ihrer Fälle passt«, erklärte McBride. »Schusswunden, Braut und Bräutigam, direkt zwischen die Augen.« Dann beschrieb er den schnellen und grotesken Tod von Kathy und James Voskuhl, ermordet bei ihrer Hochzeit in der Rock and Roll Hall of Fame in Cleveland. Diesmal hatte der Mörder nicht einmal gewartet, bis die Hochzeitsfeier vorüber war.

»Was für eine Waffe hat Ihr Typ in Napa benutzt?«, fragte McBride.

»Neun Millimeter«, antwortete ich.

»Gleiches Kaliber.«

Mit wurde ein bisschen schwindlig. *Cleveland?* Was zum Teufel machte Rotbart in Ohio? Wir hatten gerade den Durchbruch geschafft und herausgefunden, wo er seine Opfer ausspähte. Wusste er das? Und wenn ja – *woher?*

Das in Cleveland war entweder ein Trittbrettfahrer, was durchaus möglich war, oder der Fall hatte sich derartig ausgeweitet, dass er überall hinführen konnte.

»Haben Sie Fotos von den Leichen vorliegen, McBride?«, fragte ich.

»Allerdings«, antwortete der Detective. »Die Tatortfotos liegen direkt vor mir. Widerlich. Eindeutig sexuell, echt abartig.«

»Können Sie mir eine Vergrößerung der Hände zuschicken?«

»Okay, aber warum die Hände?«

»Was haben sie getragen, McBride?«

Ich hörte ihn mit den Fotos rascheln. »Sie meinen Ringe?«

»Gut geraten, Kollege. Ja.« Ich betete, dass es nicht so war wie bei unseren Fällen. Cleveland… das würde mein Gefühl zunichte machen, dass wir ihm dicht auf den Fersen waren. Tötete Rotbart jetzt im gesamten Land?

Eine Minute später bestätigte McBride genau das, was ich nicht hatte hören wollen. »Keine Trauringe.«

Dieser Mistkerl reiste umher. Wir observierten den Ort, wo er unserer Meinung nach auftauchen könnte, und in der Zwischenzeit war er zweitausend Meilen weit entfernt und hatte ein Paar bei der Hochzeitsfeier in Ohio ermordet. Scheiße, Scheiße, Scheiße.

»Sie haben gesagt, die Leichen wurden in sexuell verfänglicher Stellung aufgefunden?«, löcherte ich McBride.

Der Polizist in Cleveland zögerte. »Der Bräutigam wurde erschossen, als er auf der Toilette saß«, sagte er schließlich. »Dort haben wir ihn gefunden. Sitzend, mit gespreizten Beinen. Die Braut wurde auch dort erschossen, als sie hereinkam. An der Innenseite der Tür war genügend Gehirnmasse, um das zu beweisen. Aber als wir sie gefunden haben, kniete sie … und ihr Gesicht … äh …. war zwischen seinen Beinen.«

Ich schwieg und ließ das Bild vor mir auftauchen. Diesen grausamen, unmenschlichen Dreckskerl hasste ich jeden Tag mehr.

»Sie wissen schon … wie bei Fellatio«, brachte McBride über die Lippen. »Es gibt ein paar Dinge, nach denen meine Ermittler Sie gern fragen würden.«

»Fragen Sie mich selbst. Ich bin morgen bei Ihnen.«

54

Um halb sieben Uhr morgens waren Raleigh und ich unterwegs nach Cleveland. McBride holte uns selbst am Flughafen ab. Er sah überhaupt nicht so aus, wie ich ihn mir vorgestellt hatte. Kein dicklicher irischer Katholik in mittleren Jahren. Er war drahtig, gut gebaut, vielleicht achtunddreißig, und schwarz.

»Sie sind jünger, als ich gedacht habe.« Er lächelte mich an. Ich lächelte zurück. »Und Sie sind eindeutig weniger irisch.«

Auf dem Weg in die Stadt brachte er uns schnell auf den aktuellen Stand. »Der Bräutigam kommt aus Seattle. Hat irgendwas mit der Musikbranche zu tun. Hat mit Rockbands gearbeitet. Produzent… Marketing. Die Braut ist hier in Ohio aufgewachsen – Shaker Heights. Vater ist Firmenanwalt. Sie war ein hübscher Rotschopf mit Sommersprossen und Brille.«

Er nahm einen großen braunen Umschlag vom Armaturenbrett und warf ihn zu mir auf den Beifahrersitz. Er enthielt große Hochglanzfotos vom Tatort. Steif, grafisch; irgendwie ähnelten sie alten Fotos von Bandenverbrechen. Der Bräutigam saß mit überraschtem Gesichtsausdruck auf der Toilette. Seine Schädeldecke war weggeschossen. Die Braut kniete vornüber gebeugt zwischen seinen Beinen, in einer Lache aus ihrem und seinem Blut.

Beim Anblick des Paares packte mich eiskalte Furcht. Solange der Mörder sich in Nordkalifornien aufgehalten hatte, hatte ich das Gefühl, wir hätten ihn im Griff. Aber jetzt trieb er sein Unwesen überall.

Wir quetschten McBride aus: Weshalb die Opfer wohl in der Herrentoilette gewesen waren und welche Sicherheitsmaßnahmen es in der Hall of Fame gegeben hatte.

Jede Antwort überzeugte mich mehr davon, dass es sich um unseren Täter handelte. Aber was zum Teufel machte er hier in Ohio?

Am Lake Shore Boulevard verließen wir den Highway. Eine moderne Skyline ragte um uns herum auf. »Da ist es«, verkündete McBride.

Aus der Ferne sah ich die Rock and Roll Hall of Fame. Sie glitzerte wie ein unregelmäßig geschnittener Edelstein. Ein abartiger Mörder hatte an einem der berühmtesten Ort der Stadt zugeschlagen. Inzwischen war er vielleicht schon wieder in San Francisco. Oder in Chicago, New York, Topeka… und plante den nächsten grausigen Doppelmord. Vielleicht saß er aber auch in einem Hotelzimmer auf der anderen Seite des Platzes und beobachtete unsere Ankunft.

Rotbart konnte überall sein.

55

Es war das dritte Mal in zwei Wochen, dass ich den Schauplatz eines grauenvollen Doppelmords untersuchte.

McBride ging mit uns in den ersten Stock und durch ein gespenstisch menschenleeres Atrium auf einen Korridor, der zu einer Herrentoilette führte. Der Raum war mit gelbem Plastikband abgesperrt worden und wurde von Polizisten bewacht.

»Eine öffentliche Toilette«, sagte Raleigh. »Er wird mit jedem Mal widerlicher.«

Diesmal gab es keine Leichen, keine entsetzlichen Entdeckungen. Die Opfer waren längst in die Pathologie geschafft worden. An ihrer Stelle sah ich die Umrisse mit Band und Kreide. Dazu an den Wänden Schwarzweißfotos, bei deren Anblick sich einem der Magen umdrehte.

Ich sah vor mir, wie sich die Tat ereignet hatte. Wie der Bräutigam als Erster getötet wurde, sein Blut an die Wand hinter der Toilette spritzte. Wie Rotbart gewartet und die Braut überrascht hatte, als sie hereinkam. Dann hatte er Kathy Voskuhl in jener aufreizenden Stellung zwischen den Beinen ihres Mannes platziert. *Er hatte sie besudelt.*

»Wie sind die beiden mitten in ihrer Hochzeitsfeier hierher geraten?«, fragte Raleigh.

McBride deutete auf ein Tatortfoto an der Wand. »Wir haben

den Stummel von einem Joint neben James Voskuhl gefunden. Schätze, er ist hergekommen, um sich vollzudröhnen. Und die Braut ist vermutlich gekommen, um mitzurauchen.«

»Aber niemand hat etwas gesehen? Sie sind nicht mit jemandem von der Feier weggegangen?«

McBride schüttelte den Kopf.

Ich verspürte die gleiche siedend heiße Wut, die ich schon zweimal zuvor gefühlt hatte. Ich hasste diesen Mörder, diesen grausamen Traumzerstörer. Mit jeder Tat hasste ich ihn mehr. Dieser Dreckskerl spielte mit uns. Jeder Tatort war eine Erklärung. Jeder war erniedrigender.

»Wie waren die Sicherheitsvorkehrungen an diesem Abend?«, fragte ich.

McBride zuckte mit den Schultern. »Alle Ausgänge waren geschlossen, abgesehen vom Haupteingang. Am Empfang war ein Sicherheitsmann. Alle Hochzeitsgäste sind gleichzeitig eingetroffen. Mehrere private Sicherheitsleute haben sich rumgetrieben, aber wie üblich bei solchen Gelegenheiten, haben sie sich bedeckt gehalten.«

»Ich habe überall Kameras gesehen«, sagte Raleigh. »Es müssen Aufzeichnungen existieren.«

»Darauf hoffe ich«, antwortete McBride. »Ich mache Sie mit Andrew Sharp bekannt, dem Leiter des Sicherheitsdienstes. Das können wir gleich erledigen.«

Andrew Sharp war ein drahtiger, schlanker Mann mit kantigem Kinn und schmalen, farblosen Lippen. Er sah aus, als hätte er Angst. Vor einem Tag hatte er einen ziemlich lockeren Job gehabt, jetzt jedoch saßen ihm FBI und Polizei im Nacken. Es machte es auch nicht einfacher, das Ganze zwei Polizisten aus San Francisco erklären zu müssen. Er führte uns in sein Büro, zog eine Marlboro Light aus der Schachtel und schaute Raleigh an.

»In acht Minuten habe ich eine Besprechung mit dem Leitenden Direktor.«

Wir machten uns nicht die Mühe, Platz zu nehmen. »Ist Ihren Wachleuten irgendetwas Ungewöhnliches aufgefallen?«, fragte ich.

»Dreihundert Gäste, Madam Detective. Alle haben sich im Atrium am Eingang versammelt. Normalerweise mischen sich meine Leute nicht ein, sondern sorgen nur dafür, dass keiner, der zu viel getrunken hat, zu nahe an die Ausstellungsstücke geht.«

»Und wie ist der Täter rausgekommen?«

Er drehte sich heftig mit seinem Sessel und deutete auf den großen Plan des Museums. »Entweder hier am Haupteingang, wo Sie hereingekommen sind, oder durch den in der hinteren Veranda, den wir offen gelassen hatten. Er führt zum Lake Walk. Dort ist im Sommer ein Café. Meistens ist die Tür verschlossen, aber die Familien wollten sie offen haben.«

»Zwei Schüsse wurden abgefeuert«, sagte ich. »Niemand hat etwas gehört?«

»Es war doch eine Promi-Veranstaltung. Glauben Sie, diese Leute schätzen es, wenn meine Leute ständig mittendrin sind? Wir hatten zwei oder drei Männer dort, um sicherzustellen, dass keine übereifrigen Gäste in gesperrte Bereiche wandern. Und da hätte ich Wachen auf den Korridoren bei den Toiletten patrouillieren lassen sollen? Was sollten die Leute klauen? Toilettenpapier?«

»Was ist mit den Überwachungskameras?«, fragte Raleigh.

Sharp seufzte. »Wir haben selbstverständlich die Ausstellungsräume überwacht. Und die Hauptausgänge... und aus einiger Entfernung die gesamte Haupthalle. Aber nicht den Korridor, wo die Schüsse gefallen sind. Keine Kameras in den Klos. Während wir uns jetzt unterhalten, sieht sich die Polizei mit Mitgliedern der beiden Familien sämtliche Bänder an. Es würde die Sache verdammt erleichtern, wenn wir wüssten, wonach um alles auf der Welt wir suchen.«

Ich holte eine Kopie unseres Phantombildes von dem rotbärtigen Mann aus meiner Aktentasche. Man sah ein schmales Gesicht, ein hervorspringendes Kinn, zurückgekämmtes Haar und einen Spitzbart.

»Warum fangen wir nicht mit dem hier an?«

56

McBride musste wegen einer Pressebesprechung über die Ermittlungen zurück ins Büro. Ich musste herausfinden, weshalb der Mörder nach Cleveland gekommen war und welche – wenn überhaupt – Verbindungen es zu unseren Morden in San Francisco gab. Als Nächstes musste ich mit den Eltern der Braut reden.

Shaker Heights war eine Prominenten-Vorstadt und stand in voller sommerlicher Blumenpracht. In jeder Straße führten grüne Rasenflächen zu anmutigen, von Bäumen umstandenen Häusern. Einer von McBrides Männern fuhr mich hinaus, während Raleigh ins Lakefront Hilton ging, um sich mit der Familie des Bräutigams zu treffen.

Das Haus der Koguts war ein anheimelndes Gebäude aus rotem Backstein unter einem Baldachin aus hohen Eichen. Eine ältere Schwester der Braut machte mir die Tür auf. Sie stellte sich als Hillary Bloom vor und führte mich in ein Arbeitszimmer mit vielen Bildern, Büchern, einem Großbildfernseher; Kinderfotos der beiden Mädchen und Hochzeitsbildern. »Kathy war immer die Rebellin«, erklärte Hillary. »Ein Freigeist. Es hat eine Weile gedauert, bis sie sich gefunden hatte, aber jetzt kam sie gerade zur Ruhe. Sie hatte einen guten Job – Publizistin für eine Firma in Seattle. Dort hat sie auch James kennen gelernt. Ja, sie war endlich auf dem richtigen Weg.«

»Auf dem richtigen Weg? Und vorher?«, fragte ich.

»Wie gesagt, sie war ein Freigeist. Ja, das war Kathy.«

Ihre Eltern, Hugh und Christine Kogut, kamen herein. Zum dritten Mal begegnete ich Menschen, die vor Schock wie erstarrt waren, deren Leben zerstört war.

»Sie hatte dauernd irgendwelche Beziehungen«, räumte ihre Mutter nach einer Zeit ein. »Aber sie hat eben leidenschaftlich gern gelebt.«

»Sie war noch so jung«, sagte ihr Vater völlig gebrochen. »Vielleicht haben wir sie zu sehr verwöhnt. Sie wollte immer etwas Neues ausprobieren.«

Auf den Fotos – das widerspenstige Haar, die draufgängerischen Augen – konnte ich dieselbe Lebenslust sehen, die offenbar der Mörder bei seinen ersten beiden Opfern gesehen hatte. Es machte mich traurig, und ich fühlte mich niedergeschlagen.

»Wissen Sie, weshalb ich hier bin?«, fragte ich.

Der Vater nickte. »Um herauszufinden, ob es eine Verbindung zu diesen entsetzlichen Verbrechen im Westen gibt.«

»Gut, können Sie mir sagen, ob Kathy irgendeine Verbindung zu San Francisco hatte?«

Ich sah, wie ihre Gesichter sich verschlossen. Offenbar wussten sie etwas.

»Nach dem Studium hat sie eine Zeit lang dort gewohnt«, sagte Christine vorsichtig.

»Sie war in Los Angeles auf der Universität«, sagte Hugh. »Ein Jahr oder so hat sie dort gewohnt. Hat versucht, bei einem der dortigen Studios zu landen. Angefangen hat sie als Aushilfe bei Fox, dann hat sie diesen Publizistik-Job in San Francisco bekommen, für Musik. Es war ein sehr rasantes Leben. Partys, Werbeveranstaltungen und zweifellos noch ein paar viel üblere Sachen. Wir waren nicht glücklich, aber Kathy glaubte, es sei ihr großer Durchbruch.«

Sie hat in San Francisco gewohnt. Ich fragte, ob sie je von Melanie Weil oder Rebecca Passeneau gehört hätten.

Sie schüttelten die Köpfe.

»Gab es irgendeine Beziehung, die vielleicht hässlich geendet hat? Jemand, der ihr aus Eifersucht oder Besessenheit etwas antun wollte?«

»Kathys Beziehungen schienen immer auf Unbekümmertheit zu basieren«, sagte Hillary etwas spitz.

»Ich habe sie gewarnt.« Ihre Mutter schüttelte den Kopf. »Immer wollte sie alles nur nach ihrem Kopf machen.«

»Hat sie je jemand Besonderen erwähnt, während sie in San Francisco gewohnt hat?«

Alle schauten Hillary an. »Nein, niemand Besonderen.«

»Keiner, der irgendwie herausragt? Schließlich hat sie ziemlich lange dort gewohnt. Sie hat auch mit niemandem eine Beziehung weitergeführt, nachdem sie fortgezogen war?«

»Wenn ich mich recht erinnere, hat sie gesagt, dass sie noch ab und zu runterfährt«, sagte der Vater. »Geschäftlich.«

»Alte Gewohnheiten sind schwer abzulegen«, erklärte Hillary bissig und kniff die Lippen zusammen.

Es musste eine Verbindung geben. Irgendeinen Kontakt aus der Zeit, die sie dort verbracht hatte. *Irgendjemand* war schließlich hierher gekommen, um sie tot zu sehen.

»War jemand aus San Francisco zur Hochzeit eingeladen?«, fragte ich.

»Ja, eine Freundin«, antwortete der Vater.

»Merrill«, meinte die Mutter. »Merrill Cole, jetzt heißt sie Shortley. Ich glaube, sie wohnt im Hilton, falls sie noch da ist.«

Ich holte die Phantomzeichnung des mutmaßlichen Mörders heraus. »Das ist nur eine Skizze, aber kennen Sie diesen Mann? Ist er jemand, der Kathy kannte? Haben Sie irgendjemanden, der so ähnlich aussieht, bei der Hochzeit gesehen?«

Die Koguts schüttelten alle nacheinander den Kopf.

Ich stand auf, um zu gehen, und sagte ihnen, dass sie sich mit mir in Verbindung setzen sollten, falls ihnen irgendetwas einfiele, ganz gleich, wie unwichtig es ihnen vorkäme. Hillary brachte mich zur Tür.

»Da ist noch etwas«, sagte ich. Mir war klar, dass es ein Schuss ins Blaue war. »Hat Kathy vielleicht ihr Brautkleid in San Francisco gekauft?«

Hillary sah mich verständnislos an. »Nein, in einer Boutique in Seattle.«

Im ersten Moment war ich von dieser Antwort enttäuscht. Doch dann kam mir wie ein Blitz der Gedanke, dass das tatsächlich die Verbindung war, nach der ich suchte. Die ersten beiden Morde wurden von jemandem begangen, der seine Opfer von weitem ausspioniert hatte. Danach hatte er sich an ihre Fersen geheftet.

Aber dieses Opfer, Kathy, war auf andere Art und Weise ausgewählt worden.

Ich war mir sicher, dass ihr Mörder sie gekannt hatte.

57

Ich fuhr geradewegs zum Hilton an den Lake Shore Boulevard und erwischte Merrill Shortley beim Packen. Sie wollte gleich zum Flughafen fahren. Sie war elegant und modisch gekleidet, vielleicht siebenundzwanzig, mit schulterlangem kastanienbraunem Haar.

»Ein paar von uns waren die ganze Nacht auf«, sagte sie, um sich für ihr verquollenes Gesicht zu entschuldigen. »Ich würde gern bleiben, aber wer weiß, wann die Leiche endlich freigegeben wird. Ich habe einen einjährigen Sohn zu Hause.«

»Die Koguts haben mir gesagt, dass Sie in San Francisco wohnen.«

Sie setzte sich mir gegenüber aufs Bett. »Los Altos. Vor zwei Jahren bin ich dorthin gezogen, als ich geheiratet habe.«

»Ich muss alles über Kathy Koguts Zeit in San Francisco wissen«, erklärte ich. »Liebhaber. Beziehungskrisen. Jemand, der einen Grund haben könnte, das zu tun.«

»Sie glauben, dass sie diesen Irren *gekannt* hat?« Ihr Gesicht war angespannt.

»Möglicherweise, Merrill. Sie können uns helfen, das herauszufinden. Werden Sie uns helfen?«

»Kathy hatte ständig Männer«, sagte Merrill nach einer Pause. »Sie war in dieser Hinsicht immer sehr freizügig.«

»Wollen Sie damit sagen, dass sie mit allen möglichen Typen geschlafen hat?«

»Wenn Sie es so sehen wollen. Die Männer mochten sie. Damals war dort verdammt viel los. Musik, Film, alternatives Zeug. Alles, was ihr das Gefühl gab zu leben.«

Langsam wurde Kathys Bild deutlicher. »Schließt das auch Drogen ein?«

»Wie ich schon sagte, alles, was ihr das Gefühl gab zu leben. Ja, Kathy hat gelegentlich Drogen genommen.«

Merrill hatte das hübsche, aber harte Gesicht einer Frau, die viel erlebt und sich jetzt beruhigt hatte.

»Fällt Ihnen irgendjemand ein, der ihr vielleicht etwas antun wollte? Jemand, der übermäßig fasziniert von ihr war? Der vielleicht auch eifersüchtig war, als sie wegzog?«

Merrill dachte kurz nach, schüttelte dann jedoch den Kopf. »Nein, ich glaube nicht.«

»Standen Sie beide sich nahe?«

Sie nickte, doch gleichzeitig legte sich ein Schleier über ihre Augen.

»Weshalb ist sie aus San Francisco weggezogen?«

»Sie hat einen Superjob an Land gezogen. Sie muss geglaubt haben, endlich die Karriereleiter raufzukommen. Das hatten sich ihre Eltern immer gewünscht. Das ist so typisch Shaker Heights. Aber hören Sie, ich muss wirklich mein Flugzeug erwischen.«

»Wie stehen die Chancen, dass Kathy vor etwas weggelaufen ist?«

»Wenn man so ein Leben geführt hat wie wir beide, läuft man ständig vor irgendetwas weg.« Merrill Shortley zuckte mit den Schultern und sah mich gelangweilt an.

Merrill Shortleys Haltung, ihre Kälte, gefiel mir überhaupt nicht. Sie umgab sich mit der zynischen Aura einer schlimmen Vergangenheit. Und ich hegte den Verdacht, dass sie etwas zurückhielt. »Was haben *Sie* getan, Merrill? Den reichen Mann geheiratet, den König vom Silicon Valley?«

Sie schüttelte den Kopf und lächelte verkrampft. »Anlageberater.«

Ich beugte mich vor. »Sie erinnern sich also an niemand Besonderen? Jemand, mit dem sie eine Beziehung weitergeführt hat? Jemand, vor dem sie Angst hatte?«

»Was diese Jahre angeht, kann ich mich nur mit Mühe an irgendjemand Besonderen erinnern.«

»Sie war *Ihre Freundin*«, sagte ich. Meine Stimme wurde lauter. »Soll ich Ihnen zeigen, wie sie jetzt aussieht?«

Merrill stand auf, ging zur Frisierkommode und begann Toilettenartikel und Kosmetika in eine Ledertasche zu packen. Unvermittelt hielt sie inne, als sie sich im Spiegel sah. Dann schaute sie über die Schulter und fing meinen Blick auf.

»Vielleicht gab's da einen Typen, mit dem Kathy was hatte. Älter. Hohes Tier. Promi. Sie hat gesagt, ich würde ihn kennen, aber sie hat mir seinen Namen nicht verraten. Ich glaube, sie hat ihn durch ihren Job kennen gelernt. Wenn ich mich recht erinnere, war er verheiratet. Ich weiß nicht, wie die Sache ausgegangen ist. Oder wer Schluss gemacht hat. *Oder ob überhaupt je Schluss war.*«

Mein Adrenalin begann zu fließen. »Wer ist er, Merrill? Er könnte Ihre Freundin ermordet haben.«

Sie schüttelte den Kopf.

»Haben Sie den Mann je gesehen?«

Wieder Kopfschütteln.

Ich ließ nicht locker. »Sie sind die Einzige von damals, die sie zur Hochzeit eingeladen hat, und Sie haben ihn nie getroffen? Sie wissen nicht einmal seinen Namen?«

Sie schenkte mir ein kühles Lächeln. »Sie hat sich oft sehr bedeckt gehalten. Alles hat sie mir nicht erzählt. Pfadfinderehrenwort, Inspector. Ich nehme an, es ist jemand, der in der Öffentlichkeit stand.«

»Haben Sie sie in den vergangenen Jahren oft gesehen?«

Wieder schüttelte Merrill den Kopf. Sie war wirklich ein Miststück. Neureich im Silicon Valley.

»Ihr Vater hat mir gesagt, dass Kathy hin und wieder immer noch nach San Francisco gefahren ist. Geschäftlich.«

Merrill zuckte mit den Schultern. »Keine Ahnung. Hören Sie, ich muss wirklich los.«

Ich öffnete meine Tasche und holte ein Foto vom Tatort heraus. McBride hatte es mir gegeben. Man sah Kathy mit aufgerissenen Augen in einem blutigen Häufchen vor ihrem Mann kauern.

»Jemand, den sie *kannte*, hat das getan. Wollen Sie, dass man Sie am Flughafen festnimmt und als Hauptzeugin in Gewahrsam nimmt? Sie können den Anwalt Ihres Mannes anrufen, aber er wird zwei Tage brauchen, um Sie rauszuholen. Wie würde die Hightech-Meute auf diese Neuigkeit reagieren? Ich bin sicher, dass ich das in den *Chronicle* bekomme.«

Merrill wandte sich von mir ab. Ihr Kinn zitterte. »Ich weiß nicht, wer es war. Nur dass er älter war, verheiratet, irgendein Promi-Arsch. Abartig und nicht besonders zartfühlend. Kathy hat mir von gewissen Sexspielen erzählt, die er mit ihr ausgelebt hat. Aber sie hat immer verschwiegen, wer er war. Da hat sie total dichtgemacht. Den Rest müssen Sie allein rausfinden.«

»Und sie hat sich immer noch mit diesem Typen getroffen, richtig?« Langsam setzte ich die Puzzleteile zusammen. »Auch nachdem sie nach Seattle gezogen war. Und auch nachdem sie ihren Mann kennen gelernt hatte.«

Sie lächelte mich zaghaft an. »Genau, Inspector. Bis zum Schluss.«

»Was heißt bis zum Schluss?«

Merrill Shortley griff zum Telefon. »Hier ist vier-null-zwei. Ich reise ab. Ich bin in Eile.«

Sie stand auf, schlang eine Prada-Tasche über die Schulter und nahm einen teuer aussehenden Regenmantel über den Arm. Dann sah sie mich an und sagte trocken: »Bis zum bitteren Ende.«

58

»Kein Wunder, dass die Braut nicht Weiß getragen hat«, sagte Raleigh und runzelte die Stirn, als ich ihm von meiner Unterredung mit Merrill Shortley erzählte.

McBride hatte uns empfohlen, bei Nonni's zu Abend zu essen, einem italienischen Restaurant am See, nur ein paar Schritte von unserem Hotel entfernt.

Raleighs Befragung der Eltern des Bräutigams hatten nichts Neues ergeben. James Voskuhl war ein Möchtegernmusiker gewesen, der sich am Rande der Musikszene in Seattle herumgetrieben hatte, bis er mit mehreren viel versprechenden Bands ins Geschäft gekommen war. Von einer Verbindung zu San Francisco wussten die Eltern nichts.

»Der Mörder hat Kathy gekannt«, sagte ich. »Wie hätte er sie sonst hier finden können? Sie hatten eine Beziehung.«

»Bis zum Ende«, meinte Raleigh nachdenklich.

»Bis zum bitteren Ende«, erklärte ich. »Das heißt womöglich, bis hier in Cleveland. Die beiden waren keine Nonnen. Merrill hat gesagt, der Typ sei älter, verheiratet, sexuell abartig, ein Raubtier. Das passt zu den Morden. Jemand, den sie in San Francisco kannte, muss Rotbart gesehen haben. Jemand weiß Bescheid. Merrill behauptet, Kathy hätte ihren Liebhaber geschützt hat, möglicherweise, weil er ein Prominenter war.«

»Meinen Sie, diese Merrill Shortley könnte uns noch mehr erzählen?«

»Möglich. Oder die Familie. Ich habe das Gefühl, dass sie etwas zurückgehalten haben.«

Raleigh hatte einen 97er Chianti bestellt. Als der Wein kam, hob er das Glas. »Auf David und Melanie, Michael und Becky und James und Kathy.«

»Lassen Sie uns einen Toast auf sie ausbringen, wenn wir diesen Scheißkerl haben«, sagte ich.

Es war das erste Mal, dass wir in Cleveland allein waren, und plötzlich war ich nervös. Wir hatten den ganzen Abend vor uns, und ganz gleich, wie oft wir wieder vom Fall sprachen oder scherzhaft beteuerten, dass das hier »kein Rendezvous« sei, verspürte ich ein unbestimmtes Ziehen, diese Basssaite in meinem Inneren, die mir sagte, dass dies nicht der richtige Zeitpunkt sei, mit irgendjemandem etwas anzufangen, nicht einmal mit dem charmanten, gut aussehenden Chris Raleigh.

Doch warum hatte ich mich umgezogen und trug jetzt den hellblauen Pullover und schicke Hosen statt des Baumwollhemds und der Khakis, in denen ich den ganzen Tag herumgelaufen war?

Wir bestellten; ich Ossobuco, Spinat und einen Salat. Raleigh Kalbsschnitzel.

»Vielleicht war es jemand bei ihrem Job«, meinte Raleigh. »Oder in Zusammenhang mit dem Job.«

»Ich habe Jacobi gebeten, ihre Firma in Seattle zu überprüfen. Ihr Vater sagte, sie käme geschäftlich immer noch nach San Francisco. Ich möchte wissen, ob das stimmt.«

»Und wenn nicht?«

»Dann hat sie – oder die Familie – irgendetwas geheim gehalten.«

Er trank einen Schluck Wein. »Warum sollte sie diese Hochzeit durchziehen, wenn sie immer noch mit diesem Kerl rumgemacht hat?«

Ich zuckte mit den Schultern. »Alle haben behauptet, Kathy würde endlich sesshaft werden. Ich würde zu gern wissen, wie sie damals war, wenn das jetzt Sesshaftwerden bedeutet.« Ich musste mich unbedingt noch mal mit der Schwester unterhalten, mit Hillary. Ich erinnerte mich an etwas, das sie gesagt hatte. *Alte Gewohnheiten sind schwer abzulegen.* Ich hatte gedacht, sie hätte von Drogen und wilden Partys gesprochen. Hatte sie Rotbart gemeint?

»McBride hat gesagt, dass wir uns morgen Früh ein paar Videobänder aus dem Museum ansehen können.«

»Der Kerl war *dort*, Raleigh«, erklärte ich. Da war ich ganz sicher. »Er war an jenem Abend dort. Kathy hat ihren Mörder gekannt. Wir müssen nur herausfinden, wer er ist.«

Raleigh schenkte mir Wein ein. »Wir sind jetzt Partner, nicht wahr, Lindsay?«

»Klar«, antwortete ich, etwas überrascht von der Frage. »Merken Sie nicht, dass ich Ihnen vertraue?«

»Ich meine, wir haben gemeinsam drei Doppelmorde erlebt, die wir aufklären müssen. Ich habe Ihnen bei Mercer den Rücken gestärkt – ich habe Ihnen sogar nach dem Abendessen in Ihrer Wohnung beim Abwasch geholfen.«

»Na und?« Ich grinste. Doch er machte ein ernstes Gesicht. Ich versuchte zu ergründen, worauf er abzielte.

»Was meinen Sie, wäre es nicht an der Zeit, dass Sie mich Chris nennen?«

59

Nach dem Abendessen schlenderten Chris und ich an dem mit Bäumen gesäumten Seeufer entlang zurück zum Hotel. Eine kühle feuchte Brise blies mir ins Gesicht. Wir sprachen nicht viel. Auf meiner Haut prickelte wieder diese nervöse Ängstlichkeit.

Gelegentlich berührten sich unsere Arme. Er hatte das Jackett ausgezogen, sodass man die Umrisse seiner kräftigen Arme und Schultern sah. Nicht dass mir derartig oberflächliche Dinge wichtig wären.

»Es ist noch früh«, meinte er.

»Halb sechs unserer Zeit«, sagte ich. »Ich könnte Roth noch erwischen. Vielleicht sollte ich ihn auf den neuesten Stand bringen.«

Raleigh lächelte. »Sie haben schon Jacobi angerufen. Ich wette, er war in Roths Büro, noch ehe er aufgelegt hat.«

Beim Gehen hatte ich das Gefühl, als zöge mich eine unwiderstehliche Kraft zu ihm hin und stieß mich wieder zurück.

»Und überhaupt habe ich ausnahmsweise mal gar keine Lust, ihn anzurufen«, sagte ich.

»Und wozu haben Sie Lust?«, fragte Chris.

»Warum machen wir nicht einfach einen Spaziergang?«

»Die Indians spielen. Wollen wir uns einschleichen? Das fünfte Inning müsste gerade laufen.«

»Wir sind Bullen, Raleigh.«

»Ja, das wäre schlecht. Wollen sie stattdessen Tanzen gehen?«

»*Nein!*«, wehrte ich schärfer als beabsichtigt ab. »Ich will nicht tanzen.« Jedes Wort schien mit einer verborgenen elektrischen Botschaft aufgeladen zu sein. »Irgendwie fällt es mir schwer…« Ich schaute ihn an. »…daran zu denken, Sie *Chris* zu nennen.«

»Und mir fällt es immer schwerer, so zu tun, als wäre nichts zwischen uns«, sagte er und sah mir in die Augen.

169

»Ich weiß«, murmelte ich. »Aber ich kann einfach nicht.«

Es klang wirklich dämlich, aber, so sehr ich ihn auch begehrte… der Widerstand in meinem Innern war stärker.

»›Ich weiß, aber ich kann einfach nicht‹? Was soll das heißen?«

»Das heißt, ich habe auch Gefühle. Und ein Teil von mir will diesen Gefühlen nachgeben. Aber im Augenblick weiß ich nicht, ob ich dazu imstande bin. Es ist so kompliziert, Chris.« Jeder Nerv meines Körpers war in Alarmbereitschaft.

Wir gingen weiter. Die Brise vom See kühlte den Schweiß auf meinem Nacken.

»Sie meinen, es ist kompliziert, weil wir zusammenarbeiten?«

»Genau *das*«, log ich, obgleich ich schon ein paar Mal mit Kollegen ausgegangen war.

»*Das…* und was noch?«

Tausend Sehnsüchte in mir schrien mir zu nachzugeben. Es war verrückt, was mir durch den Kopf ging. Ich wollte, dass er mich berührte, andererseits aber auch wieder nicht. Wir waren allein am Seeufer. Ich weiß nicht, was ich getan hätte, wenn er mich in diesem Moment in die Arme genommen und geküsst hätte.

»Im Grunde will ich schon«, sagte ich, ergriff seine Hand und blickte in seine tiefblauen Augen.

»Du sagst mir nicht die ganze Wahrheit.«

Ich musste meine gesamte Willenskraft aufbieten, um ihm nicht alles zu gestehen. Ich weiß nicht, weshalb ich es nicht tat. Tief in meinem Inneren wollte etwas, dass er mich begehrte und dass er mich weiterhin für stark hielt. Ich spürte die Wärme seines Körpers und glaubte, dass auch er den warmen Strom fühlte, der von mir ausging. »Ich kann es jetzt einfach nicht«, sagte ich leise.

»Du weißt, dass ich nicht immer dein Partner sein werde, Lindsay.«

»Das weiß ich. Und vielleicht werde ich nicht immer imstande sein, nein zu sagen.«

Ich weiß nicht, ob ich erleichtert oder enttäuscht war, unser Hotel vor uns zu sehen. Irgendwie war ich froh, weil ich keine Entscheidung zu treffen brauchte – doch da verblüffte Chris Raleigh mich. Ohne Warnung beugte er sich zu mir und drückte seine Lippen auf meinen Mund. Der Kuss war so sanft, als wolle er liebevoll fragen: »Ist das in Ordnung?«

Ich genoss den Kuss und wehrte mich nicht. *Sanfte Hände … weiche Lippen.*

Es war nicht so, als hätte ich mir nicht schon vorgestellt, dass so etwas geschehen könnte. Jetzt aber war es aus heiterem Himmel passiert, und ich ließ es zu. Doch gerade, als ich mich ihm hingeben wollte, holte mich die Angst ein – die Angst vor der unausweichlichen Wahrheit.

Ich senkte den Kopf und löste mich langsam von ihm.

»Das war schön. Fand ich jedenfalls«, sagte Raleigh. Unsere Stirnen ruhten aneinander.

Ich nickte, sagte jedoch: »Ich kann nicht, Chris.«

»Warum verschließt du dich ständig, Lindsay?«, fragte er.

Ich wollte sagen: *Weil ich dich täusche.* Sag ihm alles. Doch ich fuhr fort zu täuschen, alles zu verschweigen, allerdings mit der größten Sehnsucht, die ich seit Jahren empfunden hatte.

»Ich will einfach nur Rotbart hinter Schloss und Riegel bringen«, antwortete ich.

60

Am nächsten Morgen hatte Detective McBride uns die Nachricht hinterlassen, wir sollten ihn in Sharps Büro in der Hall of Fame treffen. Wir fuhren sofort hin.

Die Videoaufzeichnungen hatten irgendetwas ergeben.

In einem spartanisch eingerichteten Konferenzraum saßen der Sicherheitschef des Museums, McBride und einige andere Angehörige der Polizei von Cleveland vor einem Großbildschirm auf einem Walnussschränkchen.

»Anfangs haben wir uns die Bänder mit den Familienmitgliedern einfach wahllos angesehen«, begann Sharp selbstgefällig. »Und haben bei jedem angehalten, der nicht bekannt aussah. Ihre Zeichnung hat geholfen, die Suche einzugrenzen.« Er schaute mich an.

Er deutete mit einem Leuchtzeiger auf den Bildschirm. »Die ersten Bilder, die sie sehen werden, zeigen den Haupteingang.«

Der Bildschirm wurde hell. Gewöhnliche Schwarzweiß-Überwachungsbänder. Es war so eigenartig, so unwirklich. Mehrere schrill gekleidete Gäste schienen gleichzeitig einzutreffen, viele ahmten mit ihrer Kleidung berühmte Rockmusiker nach. Einer war Elton John. Seine Begleiterin hatte sich das in unterschiedlichen Schattierungen gefärbte Haar toupiert wie Cyndi Lauper. Ich erkannte einen Chuck Berry, einen Michael Jackson, etliche Madonnas, Elvis und Elvis Costellos.

Im Schnellvorlauf schienen die Bilder wie einzeln bearbeitete Standaufnahmen vorbeizurucken. Ein älteres Paar traf ein, in normaler Abendkleidung. Hinter ihnen, fast von ihren Rücken verdeckt, kam ein Mann, der eindeutig kamerascheu war. Blitzschnell wandte er das Gesicht ab.

»*Da!*«, rief Sharp.

Ich sah ihn! Mein Herz schlug wie verrückt. Der gottverdammte Rotbart!

Es war ein grauenvolles, körniges Bild. Der Mann spürte die

Richtung der Kamera und eilte hastig vorbei. Vielleicht war er schon früher hier gewesen, um die Überwachungskameras auszuspionieren. Vielleicht war er aber auch nur gerissen genug, eine Direktaufnahme zu vermeiden. Was auch immer es war, er mischte sich unter die Menge und war verschwunden.

Wut ballte sich zu einem Knoten in meiner Brust. »Können Sie das zurückspulen und vergrößern?«, fragte ich Sharp. »Ich muss sein Gesicht sehen.«

Er senkte die Fernbedienung und vergrößerte den Bildausschnitt.

Ich stand auf. Ich starrte auf das teilweise verdeckte Gesicht des Mörders. Keine Augen, keine klaren Züge. Nur ein Profil im Schatten. Ein vorstehendes Kinn. Und die Umrisse eines Spitzbarts.

Ich hatte nicht den geringsten Zweifel, dass das der Mörder war. Ich kannte seinen Namen nicht und konnte sein Gesicht nur undeutlich erkennen. Doch das verschwommene Gesicht, das Claire und ich zusammengestellt hatten, stand jetzt vor mir.

»Ist das das Beste, was Sie zu bieten haben?«, fragte Raleigh.

Ein Mitarbeiter des Museums antwortete. »Vielleicht könnte ich es technisch etwas aufbereiten, aber im Moment haben wir nur dieses Band.«

»Wir kümmern uns später um ihn«, sagte Sharp.

Er ließ das Band schnell weiterlaufen und hielt es bei einer Weitwinkelaufnahme der Haupthalle an. Dann vergrößerte er die Aufnahme, bis wir denselben Mann im Smoking am Rand der Menge sahen. Er beobachtete alles. Doch bei der Vergrößerung wurde das Bild körnig und verlor seine Schärfe.

»Er vermeidet es absichtlich, in die Kameras zu schauen«, flüsterte ich Raleigh zu. »Er weiß, wo sie sind.«

»Wir haben diese Bilder beiden Familien gezeigt«, sagte Sharp. »Niemand kannte ihn. Keiner konnte ihn identifizieren. Ich meine, es besteht durchaus die Chance, dass er nicht der Mörder ist, aber wenn ich an Ihre Zeichnung denke…«

»Er ist es, ganz sicher«, erklärte ich entschieden. Meine Augen brannten sich in das grobkörnige Bild hinein. Außerdem war ich mir sicher, dass wir Kathy Voskuhls mysteriösen Liebhaber vor uns hatten.

61

Hillary wusste Bescheid, dessen war ich mir fast sicher. Aber weshalb sie etwas Wichtiges zurückhielt, das den Tod ihrer Schwester betraf, konnte ich mir nicht vorstellen. *Alte Gewohnheiten sind schwer abzulegen*, hatte sie gesagt.

Ich wollte es noch einmal bei ihr versuchen. Ich erwischte sie telefonisch im Haus der Familie in Shaker Heights.

»Ich hatte Gelegenheit, mit Merrill Shortley zu sprechen«, teilte ich ihr mit. »Jetzt muss ich nur noch ein paar Einzelheiten klären.«

»Ist Ihnen klar, dass dies eine sehr schwere Zeit für meine Familie ist, Inspector?«, fragte Hillary. »Wir haben Ihnen alles gesagt, was wir wissen.«

Ich wollte sie nicht zu sehr unter Druck setzen. Sie hatte auf grauenvolle Weise ihre Schwester verloren. Ihr Elternhaus war voll von Trauer und Schmerz. Und sie war nicht verpflichtet, mit mir zu reden.

»Merrill hat mir ein bisschen über Kathys Leben erzählt…«

»*Wir* haben Ihnen das alles auch schon gesagt«, antwortete sie abwehrend. »Und wir haben Ihnen auch gesagt, dass sie ruhiger geworden ist, nachdem sie James kennen gelernt hatte.«

»Deshalb möchte ich ja mit Ihnen sprechen. Merrill erinnerte sich, dass es doch jemanden gab, mit dem sie sich in San Francisco getroffen hat.«

»Ich dachte, wir hätten Ihnen bereits gesagt, dass Kathy mit vielen Männern ausgegangen ist.«

»Diese Beziehung hat aber länger gedauert. Er war älter, verheiratet, irgendein hohes Tier, vielleicht ein Prominenter.«

»Ich war nicht die Aufpasserin meiner Schwester«, erklärte Hillary spitz.

»Ich brauche einen Namen, Mrs. Bloom. Dieser Mann könnte ihr Mörder sein.«

»Ich fürchte, ich verstehe nicht ganz. Ich habe Ihnen doch alles gesagt, was ich weiß. Meine Schwester hat mir keine Herzensgeheimnisse anvertraut. Wir haben sehr unterschiedlich gelebt. Ich bin mir sicher, Sie haben bereits zwei und zwei zusammengezählt – es gab viel, was ich einfach nicht billigen konnte.«

»Bei unserem ersten Gespräch sagten Sie: ›Alte Gewohnheiten sind schwer abzulegen‹. Was für Gewohnheiten haben Sie damit gemeint?«

»Ich weiß nicht, was Sie meinen. Die Polizei von Cleveland bearbeitet diesen Fall, Inspector. Können wir sie nicht einfach ihre Arbeit machen lassen?«

»Ich bemühe mich, Ihnen zu helfen, Mrs. Bloom. Warum ist Kathy aus San Francisco weggezogen? Ich glaube, Sie kennen den Grund. Hat jemand sie misshandelt? Steckte sie in Schwierigkeiten?«

»Ich weiß zu schätzen, was Sie tun wollen, Inspector, aber ich muss jetzt Schluss machen.« Hillary klang verängstigt.

»Es wird alles herauskommen, Hillary. Das ist immer so. Ihr Adressbuch, die Telefonrechnung. Es geht nicht nur um Kathy. In Kalifornien gibt es noch vier weitere Opfer. Sie hatten ebenso große Hoffnungen für den Rest ihres Lebens wie Ihre Schwester. Und sie hätten es verdient, zu leben.«

»Ich habe keine Ahnung, wovon Sie reden.« Hatte ich ein leises Schluchzen gehört?

Ich hatte das Gefühl, eine letzte Chance zu haben. »Bei Mord

gibt es eine wirklich hässliche Wahrheit. Wenn ich beim Morddezernat eines gelernt habe, dann dass die Grenzen nicht eindeutig gezogen werden. Gestern waren Sie noch ein unschuldi-
ges Opfer, heute sind Sie Beteiligte. Dieser Mörder wird wieder
zuschlagen, und wenn er das tut, werden Sie das, was Sie mir
nicht gesagt haben, für den Rest Ihres Lebens bereuen.«

Betroffenes Schweigen am anderen Ende der Leitung. Ich
wusste, was das zu bedeuten hatte: Hillary Bloom rang mit
ihrem Gewissen.

Dann hörte ich ein Klicken. Sie hatte aufgelegt.

62

Unser Rückflug nach San Francisco ging um vier Uhr morgens.
Ich hasste, ja ich *hasste* es, ohne
einen Namen abzufliegen, vor
allem, weil ich das Gefühl hatte,
dass wir ganz nahe dran waren.

Ein Prominenter.

Abartige Sexspiele.

Warum schützten sie ihn?

Trotzdem hatten wir in den zwei Tagen viel geschafft. Für
mich stand fest, dass die drei Doppelmorde von ein und derselben Person begangen worden waren. Wir hatten eine viel versprechende Spur, die nach San Francisco führte, eine mögliche
Identifizierung. Hier war die Spur warm, zu Hause würde sie
heißer werden.

Die Ermittlungen würden vor Ort weiterlaufen. Cleveland
wollte die Polizei in Seattle ersuchen, die Wohnung der Braut
genau zu durchsuchen und zu versiegeln. Vielleicht würde
irgendetwas bei ihren persönlichen Unterlagen, ihr Adress-

buch, die E-Mails im Computer, verraten, wer ihr Geliebter in San Francisco war.

Während wir in Cleveland darauf warteten, an Bord des Flugzeugs zu gehen, fragte ich meine Mailbox ab. Eine Nachricht von Cindy und von Claire, die sich erkundigten, wie es in Cleveland gelaufen war, *in unserem Fall*. Reporter wollten meinen Kommentar zu dem Verbrechen in Cleveland. Dann hörte ich die heisere Stimme Merrill Shortleys. Sie hatte ihre Telefonnummer in Kalifornien hinterlassen.

Ich wählte so schnell ich konnte. Eine Haushälterin antwortete, und im Hintergrund hörte ich ein Baby weinen.

Als Merrill ans Telefon kam, merkte ich, dass ihre kühle Fassade Risse bekommen hatte. »Ich habe nachgedacht«, sagte sie. »Da ist noch etwas, das ich gestern nicht gesagt habe.«

»Ja? Freut mich, das zu hören.«

»Dieser Typ, von dem ich Ihnen erzählt habe, mit dem Kathy in San Francisco etwas hatte. Ich habe Ihnen die Wahrheit gesagt. Ich habe seinen Namen nie erfahren.«

»Okay, und weiter?«

»Aber es gab da ein paar Sachen … wie ich schon sagte, er hat sie nicht gut behandelt, wollte abartige Sexspiele, samt Kulissen und so, vielleicht auch ein paar Filme. Das Problem war, dass Kathy auf diese Spiele *gestanden hat*.«

Es folgte eine lange Pause, ehe Merrill weitersprach. »Na ja … ich glaube, dass er aber doch ein bisschen zu weit gegangen ist und sie zu Dingen gezwungen hat, die sie eigentlich nicht wollte. Ich erinnere mich an blaue Flecken in ihrem Gesicht und an den Beinen. Aber hauptsächlich war Kathys Geist gebrochen. Keine von uns hat damals einen Tom Cruise abgeschleppt, aber Kathy hatte zeitweise richtig Angst. Sie war ihm hörig.«

Ich verstand langsam, worauf das hinauslief. »Und deshalb ist sie weggezogen, richtig?«, fragte ich.

Merrill Shortley seufzte. »Ja, so ist es.«

»Aber weshalb hat sie dann von Seattle aus weiter Kontakt zu ihm gehalten? Sie sagten, sie habe mit ihm eine Beziehung bis zum bitteren Ende gehabt?«

»Ich habe nie behauptet, dass Kathy wusste, was gut für sie war«, sagte sie traurig.

Jetzt sah ich, wie Kathy Koguts Leben zu einer unausweichlichen Tragödie geworden war. Ich war mir sicher, dass sie aus San Francisco geflohen war, um diesem Mann zu entkommen. Doch sie hatte sich nicht lösen können.

Traf das auch auf die anderen ermordeten Bräute zu?

»Ich brauche einen Namen, Ms. Shortley. Wer auch immer es war, er könnte Ihre Freundin getötet haben. Es gibt vier weitere Opfer. Je länger er frei herumläuft, desto größer ist die Chance, dass er erneut zuschlägt.«

»Ich habe Ihnen doch gesagt, dass ich seinen Namen nicht kenne, Inspector.«

Ich hob die Stimme, um den Lärm im Terminal zu übertönen. »Merrill, jemand muss ihn kennen. Sie waren vier Jahre mit ihr zusammen, sie sind gemeinsam auf Partys gegangen.«

Merrill zögerte. »Auf ihre Weise war Kathy loyal. Sie hat nur gesagt, dass er ziemlich bekannt sei, ein Promi, den ich kennen würde. Sie hat ihn geschützt – oder vielleicht auch sich selbst.«

Meine Gedanken rasten zur Film- und Musikindustrie. Kathy war in einer üblen Szene gelandet, und sie hatte so tief dringesteckt, dass sie fortlief, wie alle Menschen, die sich in einer Falle sehen. Aber sie hatte nicht weit genug weglaufen können.

»Sie muss Ihnen doch noch etwas gesagt haben«, drängte ich. »Was er gemacht hat, wo er gewohnt hat – wo sie sich getroffen haben. Ihr wart doch wie Schwestern.« *Böse Schwestern.*

»Ich schwöre, ich weiß es nicht. Ich zermartere mir das Hirn.«

»Dann muss jemand anders Bescheid wissen. Wer? Sagen Sie es mir.«

Merrill Shortley stieß ein bitteres Lachen aus. »Fragen Sie ihre Schwester!«

Ehe wir einstiegen, rief ich McBride an und hinterließ eine ausführliche Nachricht auf seiner Mailbox. Kathys Geliebter sei wahrscheinlich ein Prominenter. Deshalb war sie weggezogen. Das Profil passte zur Methode unseres Mörders. Ihre Schwester Hillary könnte den Namen des Mörders wissen.

An Bord konnte ich nur daran denken, dass wir immer näher kamen. Raleigh saß neben mir. Beim Start lehnte ich mich an ihn und überließ mich völliger Erschöpfung.

All meine körperlichen Beschwerden schienen eine Million Meilen weit entfernt zu sein. Ich erinnerte mich an das, was ich zu Claire gesagt hatte: Dass mir die Suche nach diesem Mistkerl die Kraft verlieh, weiterzumachen. Der rotbärtige Mann aus meinem Traum würde nicht viel länger frei herumlaufen.

»Wir kriegen ihn«, sagte ich zu Raleigh. »Wir können nicht zulassen, dass er noch ein Brautpaar tötet.«

63

Um acht Uhr morgens saß ich an meinem Schreibtisch und rief in Cleveland an.

Es gab mehrere Möglichkeiten für mich, die Ermittlungen weiterzuführen. Hillary Bloom war die direkteste, vorausgesetzt, sie war imstande, mir den Namen zu nennen, wie Merrill angedeutet hatte. Es war klar, dass sie auf verquere Art und Weise versuchte, ihrer Familie den zusätzlichen Schmerz darüber zu ersparen, dass Kathy ein armes, höriges Sexualopfer war, das ihren zukünftigen Mann bis zum Eheversprechen vor dem Altar betrogen hatte.

Früher oder später würde ein Name auftauchen. Von Hillary oder aus Seattle.

Ehe ich etwas anderes tat, rief ich Medveds Praxis an und vereinbarte einen neuen Termin für die nächste Bluttransfusion, die ich abgesagt hatte. Ich sollte am selben Nachmittag um fünf Uhr kommen. Nach kurzem Warten sagte die Arzthelferin, der Doktor würde selbst mit mir sprechen.

Vielleicht bedeutete das gute Nachrichten. Ehrlich gesagt, fühlte ich mich tatsächlich ein bisschen kräftiger. Vielleicht schlug die Behandlung langsam an.

Es war schwierig, in San Francisco einfach weiterzumachen. Unsere besten Hinweise waren jetzt in Cleveland. Ich las Berichte über die Beweise, die Jacobi überprüft hatte, und setzte eine Besprechung mit der Sonderkommission für zehn Uhr an.

Die besten Hinweise, das Haar und die Braut-Boutique bei Saks, waren durch die Treffen mit Claire und Cindy zustande gekommen. Kurz vor Mittag konnte ich nicht widerstehen und rief Claire an.

»Was gibt es Neues?«, fragte sie aufgeregt. »Ich dachte, wir seien Partner.«

»Ich erzähl's dir«, antwortete ich. »Ruf Cindy an. Wir treffen uns zum Lunch.«

64

Wir drei saßen auf einer Bank an der Steinmauer im City Hall Park und aßen die Salat-Sandwiches, die wir in einem Laden in der Nähe gekauft hatten. *Der Club der Ermittlerinnen war wieder versammelt.*

»Du hattest Recht«, sagte ich zu Claire. Ich schob ihr ein Foto von den Überwachungskameras zu, auf dem Rotbart sich in Cleveland zur Hochzeit einschlich.

Sie betrachtete es ganz genau. Dann lächelte sie, weil sich ihre Annahme bestätigt hatte. »Ich habe doch nur gelesen, was dieser Dreckskerl zurückgelassen hat.«

»Schon möglich.« Ich zwinkerte ihr zu. »Aber ich wette, Righetti hätte es übersehen.«

»Das stimmt«, meinte sie mit einem leicht selbstzufriedenem Lächeln.

Es war ein strahlender, windiger Junitag. Die Luft duftete nach dem Salz des Pazifiks. Büroangestellte sonnten sich und standen plaudernd in Gruppen herum. Ich berichtete, was ich in Cleveland gefunden hatte, doch ich erwähnte mit keinem Wort, was sich am See zwischen Chris Raleigh und mir abgespielt hatte.

Nachdem ich mit Merrills schockierender Eröffnung geendet hatte, sagte Cindy: »Vielleicht hättest du dort bleiben sollen, Lindsay.«

Ich schüttelte den Kopf. »Es ist nicht mein Fall«, erklärte ich. »Ich bin nur als Beraterin hinzugezogen worden. Jetzt bin ich die Anlaufstelle von drei Gerichtsbarkeiten.«

»Glaubst du, Merrill Shortley hat noch mehr zu erzählen?«, erkundigte sich Claire.

»Das glaube ich nicht. Wenn sie mehr wüsste, hätte sie es mir gesagt.«

»Die Braut muss noch andere Freunde gehabt haben«, sagte Cindy. »Sie hat doch Öffentlichkeitsarbeit gemacht. Wenn dieser Typ prominent ist, hat sie ihn vielleicht durch ihren Job kennen gelernt.«

Ich nickte. »Das lasse ich gerade überprüfen. Außerdem durchsucht die Polizei in Seattle ihre Wohnung.«

»Wo genau hat sie dort gearbeitet?«, wollte Claire wissen.

»Die Firma heißt Bright Star Media. Offenbar hatte sie Verbindungen zur dortigen Musikszene.«

Cindy trank einen Schluck Eistee. »Warum lasst ihr mich nicht mal ran?«

»Du meinst, wie im Hyatt?«, sagte ich lächelnd.

Sie grinste. »Nein, eher wie in Napa. Komm schon… ich bin Reporterin und sitze den ganzen Tag mit Leuten zusammen, die gelernt haben, Schmutz über andere aufzuspüren.«

Ich kaute mein Sandwich. »Okay, von mir aus gern.«

»Kann ich in der Zwischenzeit bringen, was wir haben?«, fragte Cindy.

Vieles war geheim. Wenn es veröffentlicht wurde, würde es auf mich zurückfallen. »Du kannst die Ähnlichkeit der Methode bei dem Doppelmord in Cleveland bringen. Wie wir die Leichen gefunden haben. Den Hintergrund der Braut hier. Aber absolut *kein Wort* von Merrill Shortley.« Ich hoffte, dass der Mörder spüren würde, dass wir ihm auf den Fersen waren. Vielleicht würde es ihn dazu bringen, zweimal zu überlegen, ehe er erneut tötete.

Als Cindy zu einer Eisbude in der Nähe ging, um Eis zu holen, nahm Claire die Gelegenheit wahr, um mich zu fragen: »Und, wie fühlst du dich? Alles in Ordnung?«

Ich zuckte mit den Schultern. »Ein bisschen schwindlig ab und zu. Aber man hat mir gesagt, dass ich damit rechnen muss. Heute Nachmittag bekomme ich wieder eine Transfusion. Medved will selbst kommen.« Mehr sagte ich nicht, da Cindy zurückkam.

»Hier«, verkündete unsere junge Freundin strahlend. Sie trug drei Eisportionen.

Claire presste die Hand auf die Brust und tat so, als hätte sie einen Herzinfarkt. »Ich brauche Eis ebenso nötig wie Texas eine warme Brise im August.«

»Ich auch.« Ich lachte. Doch es war Mangoeis, und bei der heimtückischen Infektion, die mich im Innern angriff, schien es unnötige Vorsicht abzulehnen.

Claire nahm ihr Eis ebenfalls. »Du hast uns ganz bewusst

kein Wort darüber gesagt, was zwischen dir und Mr. Chris Raleigh in O-hi-o vorgegangen ist«, sagte sie genüsslich.

»Da gibt es nichts zu erzählen«, wehrte ich ab.

»Etwas ist ja interessant bei Bullen«, sagte Cindy. »Man sollte glauben, sie hätten gelernt zu lügen.«

»Schreibst du jetzt für die Klatschseite?«, fragte ich. Gegen meinen Willen wurde ich rot. Claires und Cindys Augen bohrten sich so neugierig in meine, dass jeder Widerstand zwecklos war.

Ich zog ein Knie hoch und stemmte es gegen die Mauer, wie im Yoga, und berichtete, wie es stand: der lange langsame Tanz in meiner Wohnung, was Claire zu der Bemerkung veranlasste: »Du tanzt nicht, Schätzchen, du *kochst.*« Ich schilderte die freudige Erwartung, neben ihm im Flugzeug zu sitzen, den nervösen Spaziergang am See und wie meine Zweifel, mein Zögern, meine inneren Konflikte mich zurückgehalten hatten.

»Ehrlich gesagt, habe ich jeden Funken Selbstbeherrschung gebraucht, um ihm am See nicht die Kleider vom Leibe zu reißen«, endete ich und lachte, weil es bestimmt komisch geklungen hatte.

»Aber Schatz, warum hast du es denn nicht getan?«, fragte Claire mit großen Augen. »Hätte dir vielleicht gut getan.«

»Ich weiß nicht«, antwortete ich und schüttelte den Kopf.

Aber ich wusste es genau, und obwohl Claire lächelte, wusste auch sie, weshalb. Sie drückte mir die Hand. Cindy schaute zu und hatte keine Ahnung, was los war.

»Ich würde den Versuch aufgeben, zwanzig Pfund abzunehmen, wenn ich dafür Cheerys Gesicht sehen könnte, wenn ihr beide verhaftet worden wärt, weil ihr es direkt in Mutter Natur getrieben habt.«

»Zwei Polizisten aus San Francisco«, begann Cindy mit der Stimme eines Nachrichtensprechers, »auf der Jagd nach dem Honeymoon-Mörder, wurden *au naturel* in den Büschen bei der Cleveland-Uferstraße erwischt.«

Wir erstickten fast vor Lachen. Es war ein herrliches Gefühl.

Cindy drohte mir mit dem Finger. »*Das* hätte ich drucken müssen, Lindsay.«

»Von jetzt an wird es im Einsatzwagen bestimmt ziemlich schwül werden«, frozzelte Claire.

»Ich glaube nicht, dass das Chris' Stil ist«, verteidigte ich ihn. »Ihr vergesst, der Mann liest *Schiffsmeldungen*.«

»Oh… jetzt sind wir also schon bei Chris, ja?« Claire verdrehte die Augen. »Und sei dir da nicht so sicher. Edmund spielt drei Instrumente, kennt alles von Bartok bis Keith Jarret, aber er hat schon Gelegenheiten an etlichen eigentlich unvorstellbaren Orten wahrgenommen.«

»Wo denn zum Beispiel?« Ich lachte verblüfft.

Scheu winkte Claire ab. »Ich will nur nicht, dass du denkst, dass ein Mann nicht jede Würde fallen lässt, wenn es dazu kommt, ganz gleich, wie vornehm er auch tut.«

»Nun komm schon, Claire. Du hast das Thema angeschnitten. Raus mit der Sprache.« Ich ließ nicht locker.

»Nun, sagen wir mal, die namenlosen Leichen waren nicht das einzig Steife auf unseren Untersuchungstischen.«

Beinahe wäre mir das Eis auf den Boden gefallen. »Du machst wohl Witze? Du? Und Edmund?«

Claires Schultern zuckten vor Begeisterung. »Und wenn ich euch das schon erzählt habe… wir haben mal eine Nummer in einer Parterreloge in der Symphonie geschoben, selbstverständlich nach der Probe.«

»Was macht ihr eigentlich? Rennt rum und markiert euer Revier wie Pudel?«, rief ich.

Claires breites Gesicht strahlte vor Entzücken. »Ach wisst ihr, das ist schon lange her. Aber wenn ich es mir recht überlege, war das in der Pathologie bei der Weihnachtsfeier… gar nicht so lange her.«

»Wenn wir hier schon seelischen Striptease spielen, habe ich auch etwas beizutragen«, sagte Cindy. »Als ich beim *Chronicle* angefangen habe, hatte ich was mit einem älteren Kollegen vom Feuilleton. Wir haben uns unten in der Bibliothek getroffen, ganz hinten in der Abteilung für Immobilien. Dort ist nie jemand hingegangen.«

Cindy zog eine verlegene Grimasse, doch Claire lachte zustimmend. Ich war erstaunt, was ich über die verborgene unterdrückte Seite eines Menschen erfahren hatte, den ich seit zehn Jahren kannte. Doch in mir stieg auch etwas Scham auf. *Ich hatte nichts zu erzählen.*

»So, und was hat Inspector Boxer uns mitzuteilen?«, fragte Claire und blickte mich scharf an.

Ich versuchte verzweifelt, mich an einen Moment zu erinnern, in dem ich etwas total Verrücktes getan hatte. Ich meine in Bezug auf Sex. Eigentlich hielt ich mich nicht für jemand, der sich übermäßig zurückhielt, aber so sehr ich mir auch den Kopf zerbrach, meine Leidenschaft hatte immer in einem Bett geendet.

Ich zuckte mit den Schultern und leeren Händen.

»Also, fang endlich an«, bohrte Claire nach. »Wenn ich mal meinen letzten Atemzug tue, werde ich nicht an die Diplome und Ehrungen denken, auch nicht an die Vorträge, die ich bei Konferenzen gehalten habe. Man hat im Leben nur wenige Gelegenheiten, mal die Sau rauszulassen, und die sollte man auf keinen Fall verpassen.«

Ein Hauch von Reue durchfuhr mich. In diesem Moment wusste ich nicht, was ich mehr wollte: einen Platz auf dieser Liste – oder den gottverdammten Namen von Rotbart. Wahrscheinlich beides.

65

Mehrere Stunden später saß ich in meinem Krankenkittel in der hämatologischen Klinik.

»Dr. Medved möchte mit Ihnen sprechen, ehe wir anfangen«, sagte Sara, meine Transfusionsschwester.

Mich beschlich ein ungutes Gefühl, als ich sie mit der Kanüle und den Schläuchen für meine Behandlung hantieren sah. Ehrlich gesagt, hatte ich mich gut gefühlt. Abgesehen von dem Zwischenfall in der vorigen Woche auf der Damentoilette keine starken Schmerzen oder Übelkeit.

Dr. Medved kam mit einem großen Umschlag unterm Arm herein. Sein Gesicht war freundlich, aber ausdruckslos.

Ich lächelte verkrampft. »Nur gute Neuigkeiten?«

Er setzte sich mir gegenüber auf eine Kommode. »Wie fühlen Sie sich, Lindsay?«

»Nicht so schlecht wie bei meinem ersten Besuch bei Ihnen.«

»Erschöpft?«

»Nur ein bisschen. So wie am Ende eines Tages.«

»Plötzliche Übelkeit? Schwindel?«

Ich gab zu, dass ich mich zweimal hatte übergeben müssen. Er notierte sich das auf dem Krankenblatt und blätterte in meiner Akte. »Ich sehe, wir haben bis jetzt vier Behandlungen mit komprimierten roten Blutkörperchen durchgeführt…«

Mein Herz raste immer schneller, je länger er brauchte. Schließlich legte er die Akte weg und sah mich an.

»Ich fürchte, Ihre Erythrozytenzahl hat sich weiter verringert, Lindsay. Hier können Sie den Trend sehen.«

Medved reichte mir ein Blatt. Er beugte sich vor und holte einen Stift aus der Brusttasche. Auf dem Blatt sah man eine Computergrafik. Er zog mit dem Stift die Linie nach. Die Linie führte nach unten. *Scheiße.*

Ich fühlte, wie mir die Enttäuschung alle Luft aus der Lunge presste. »Es wird schlimmer«, sagte ich.

»Ehrlich gesagt, ist das nicht der Trend, den wir uns erhofft hatten«, sagte Medved.

Ich hatte verdrängt, dass es so kommen könnte, hatte mich in den Fall vergraben, weil ich mir sicher gewesen war, dass die Werte sich verbessern würden. Diese Hoffnung basierte auf der Überzeugung, dass ich zu jung und zu energiegeladen sei, um ernstlich krank zu sein. Ich hatte eine wichtige Arbeit und ein Leben, das ich leben wollte.

Ich würde sterben, nicht wahr? O Gott.

»Und was geschieht nun?«, fragte ich. Ich konnte nur noch flüstern.

»Ich möchte mit den Behandlungen weitermachen«, antwortete Medved. »Sie sogar steigern. Manchmal dauert es eine Weile, ehe so eine Therapie greift.«

»Superhoher Test, ja?« Ich quälte mir ein Lachen ab.

Er nickte. »Von heute an möchte ich, dass Sie dreimal die Woche kommen. Und ich werde die Dosis um dreißig Prozent erhöhen.« Er rutschte von der Kommode. »Im Augenblick besteht kein akuter Anlass zur Beunruhigung«, sagte er mit etwas aufmunternderem Tonfall. »Sie können weiterarbeiten – wenn Sie sich dazu imstande fühlen.«

»Ich *muss* arbeiten«, erklärte ich Medved.

66

Benommen fuhr ich nach Hause. Eben bemühte ich mich noch darum, diesen verfluchten Fall zu lösen, im nächsten Moment kämpfte ich um mein Leben.

Ich wollte einen Namen. Jetzt noch mehr als zuvor. Und ich wollte mein Leben zurückhaben. Ich wollte alles: Glück, Erfolg, jemanden, mit dem ich das alles teilen konnte, und ein Kind. Und jetzt, nachdem ich Chris Raleigh kennen gelernt hatte, wusste ich, dass es möglich war, das alles zu bekommen. Wenn ich nur weiter durchhielt. Wenn ich die guten Zellen mit meiner Willenskraft in meinen Körper zwingen konnte.

Ich fuhr in meine Wohnung. Sweet Martha war außer Rand und Band, deshalb machte ich einen kurzen Spaziergang mit ihr. Danach lungerte ich missmutig herum und war hin- und hergerissen. Ich wollte mich gegen diesen Schlamassel zur Wehr setzen, gleich darauf jedoch übermannte mich Traurigkeit, dass ich das nicht konnte. Ich erwog, mir etwas zu kochen, vielleicht würde mich das ruhiger machen.

Also holte ich eine Zwiebel heraus und schnitt zwei grobe Scheiben ab. Dann wurde mir klar, wie verrückt das alles war. Ich musste mit jemandem reden. Am liebsten hätte ich laut gebrüllt: »Ich verdiene diese Scheiße nicht!«, und ich wollte, dass mich jemand hörte.

Ich dachte an Chris und seine tröstenden Arme. Seine Augen, sein Lächeln. Ich wünschte, ich könnte ihm alles erzählen. Er würde sofort kommen. Ich könnte meinen Kopf an seine Schulter lehnen.

Ich rief Claire an. Sie hörte schon an meinem ersten zitternden Wort, dass etwas Furchtbares geschehen war.

»Ich habe Angst.« Mehr sagte ich nicht.

Wir redeten eine Stunde lang. *Ich* redete.

Wie betäubt, in Panik vor dem nächsten Stadium der Krankheit, sprach ich mit Claire immer wieder alles durch. Dann erinnerte sie mich daran, was sie mir gesagt hatte, als ich ihr zum ersten Mal von der Anämie erzählt hatte. Dass der Wille, diesen Dreckskerl zu überführen, mir die Kraft gäbe weiterzukämpfen. Das unterschied mich von anderen, die einfach nur krank waren. Ich hatte ein ganz besonderes Ziel.

»Hat sich daran etwas geändert, Lindsay?«, fragte sie leise.

»Nein. Ich will ihn noch dringender kriegen als früher.«

»Dann hör mal zu. Wir machen Folgendes, du, ich und die kleine Cindy. Wir helfen dir bei diesem Kampf. Wir sind deine Verstärkung, Schatz. Versuch nur dies eine Mal, nicht alles allein zu erledigen.«

Nach einer Stunde hatte sie mich so weit beruhigt, dass wir Gute Nacht sagen konnten.

Ich rollte mich auf der Couch zusammen. Martha und ich kuschelten unter einer Decke und sahen uns den Film *Dave* an, einen meiner Lieblingsfilme. Wenn Sigourney Weaver am Schluss Kevin Kline in seinem neuen Wahlkampfbüro besucht, muss ich immer weinen.

Ich schlief ein und hoffte auf ein Happy End für mein eigenes Leben.

67

Am folgenden Morgen machte ich mich mit noch größerem Elan ans Werk als zuvor. Ich glaubte immer noch, dass wir ganz nahe dran waren, vielleicht nur noch einige Stunden vom Namen Rotbarts entfernt.

Ich setzte mich mit Roths Kontakt bei der Polizei von Seattle in Verbindung, einem gewissen Jim Heekin. Dieser sagte, sie gingen gerade die persönlichen Habseligkeiten der Braut durch, und sollte sich etwas ergeben, würde er mich sofort verständigen.

Von Infotech, wo Kathy Voskuhl in Seattle gearbeitet hatte, erhielten wir auch eine Antwort. Während ihrer dreijährigen Tätigkeit in der Buchhaltung waren keine Belege für Dienstreisen nach San Francisco eingereicht worden. Ihre Tätigkeit bestand darin, Kunden in Seattle zu betreuen. Falls sie öfters nach

San Francisco geflogen war, so war das ihr Privatvergnügen gewesen.

Schließlich rief ich McBride an. Die Koguts behaupteten immer noch, dass sie nicht mehr wüssten. Gestern jedoch hatte er sich mit dem Vater getroffen, der allmählich weich zu werden schien. Es war zum Wahnsinnigwerden, dass das verzweifelte Bemühen der Eltern, die Tugend ihrer Tochter zu schützen, ihr Urteilsvermögen trübte.

Vielleicht würde es mir als Frau gelingen, ihnen bei einem erneuten Versuch einen Stoß zu geben. Ich rief Christine Kogut an, die Mutter der Braut.

Als sie sich meldete, klang sie anders, distanziert, aber freier, als sei sie nicht mehr so quälend angespannt. Vielleicht hoffte ich das auch nur.

»Der Mörder Ihrer Tochter läuft immer noch frei herum«, sagte ich gleich zum Auftakt. Ich konnte nicht länger an mich halten. »Die Familien zweier anderer Paare leiden ebenfalls. Ich glaube, *Sie* wissen, wer Kathy etwas antun wollte. Bitte, Mrs. Kogut, helfen Sie mir, ihn hinter Gitter zu bringen.«

Ich hörte, wie sie tief durchatmete. Als sie wieder sprach, ließen Schuld und Scham ihre Stimme zittern. »Inspector, Sie ziehen ein Kind groß, aber es bleibt immer ein Teil von Ihnen. Sie lieben es so sehr und glauben, dass immer dieser Teil von Ihnen da sein wird, der nie vergeht.«

»Ich weiß«, sagte ich. Ich spürte, dass sie auf der Kippe stand. *Sie kannte seinen Namen!*

»Sie war so wunderschön … jeder hat sie geliebt. Ein Freigeist. Eines Tages würde ein anderer Freigeist sie zu dem Menschen formen, der sie sein sollte. Das haben wir gedacht. Wir haben unseren Kindern diese Freiheit gelassen. Mein Mann behauptet felsenfest, wir hätten Kathy immer bevorzugt. Vielleicht haben wir zu dieser Tragödie beigetragen.«

Ich sagte kein Wort. Ich wusste, wie es sich anfühlte, endlich preiszugeben, was man tief im Innern zurückgehalten hatte.

»Haben Sie Kinder, Inspector?«

»Noch nicht«, antwortete ich.

»Es ist so schwer zu glauben, dass ein Baby so viel Schmerz verursachen kann. Wir haben sie angefleht, sich von ihm zu befreien. Wir haben ihr sogar eine neue Stelle besorgt. Sie selbst dorthin gebracht. Wir dachten, wenn sie nur von ihm loskommt...«

Ich schwieg und ließ sie weitersprechen.

»Sie war krank, wie eine Drogensüchtige krank ist, Inspector. Sie konnte nicht aufhören. Aber trotzdem verstehe ich nicht, weshalb *er* ihr so wehgetan hat. Er hat ihr alles genommen, was rein an ihr war. Weshalb musste er Kathy so furchtbar wehtun?«

Sagen Sie mir seinen Namen. Wer ist er?

»Sie war fasziniert von dem, was er war. Wenn es um diesen Mann ging, schien sie keinerlei Selbstbeherrschung mehr zu besitzen. Sie hat uns bis zum bitteren Ende Schande gemacht. Aber selbst jetzt noch...«, sie senkte die Stimme, »...frage ich mich, wie jemand, der meine Tochter geliebt hat, sie umbringen konnte. Ich fürchte, ich kann das nicht glauben. Auch deshalb wollte ich es Ihnen nicht erzählen.«

»Erzählen Sie es mir jetzt«, sagte ich.

»Ich glaube, sie hat ihn bei der Premiere eines seiner Filme kennen gelernt. Er hat ihr erzählt, er hätte ein Gesicht wie ihres im Kopf gehabt, als er eine der Hauptpersonen des Films erfunden hätte. Seine *Heldin*.«

Und dann nannte Mrs. Kogut den Namen.

Ich war wie betäubt. Ich kannte den Namen. Ja, er war berühmt – dieser Rotbart.

68

Ich saß da und ließ im Kopf sämtliche möglichen Verbindungen herunterrattern. Langsam fügten sich die Teile zusammen. Er war einer der Partner vom Sparrow Ridge Vineyard, wo das *zweite* Paar abgeladen worden war. Er hatte Kathy Kogut mehrere Jahre lang in San Francisco gekannt. Er hatte ihr aufgelauert. Er war älter. Verheiratet.

Berühmt. Ein Promi.

Für sich allein bewies der Name noch nichts. Er hatte lediglich die letzte Braut gekannt. Doch laut der Beschreibungen von Merrill Shortley und der trauernden Christine Kogut neigte er zu Brutalität und hatte vielleicht auch ein Motiv, um diese grässlichen Morde zu begehen. In mir war die Überzeugung entstanden, dass er Rotbart war. Ich griff mir Raleigh.

»Was ist los?«, fragte er überrascht. »Wo brennt's denn?«

»Hier, jedenfalls gleich. Pass auf!« Ich schleppte ihn in Roths Büro. »Ich habe einen Namen«, verkündete ich.

Mit großen, überraschten Augen sahen sie mich an.

»Nicholas Jenks.«

»Der Schriftsteller?«, fragte Chris verblüfft.

Ich nickte. »Er war Kathy Koguts Geliebter hier in San Francisco. Ihre Mutter hat es mir endlich gestanden.« Dann erklärte ich ihnen die keineswegs zufälligen Verbindungen mit zumindest zwei der Opfer.

»Der Kerl ist… *berühmt*«, stieß Roth hervor. »Er hat diese Filme gemacht, Kassenschlager.«

»Genau darum geht's ja. Merrill Shortley hat gesagt, dass Kathy jemanden decken wollte. Dieser Kerl hat zwei Verbindungen, Sam.«

»Und ob der Verbindungen hat«, rief Roth. »Jenks und seine Frau sind zu allen großen Veranstaltungen eingeladen. Ich habe ein Foto von ihm mit dem Bürgermeister gesehen. Hat er nicht auch dazu beigetragen, dass die Giants hier bleiben konnten?«

Die Luft in Cheerys Büro wurde dick angesichts der möglichen Gefahren und Risiken.

»Sie hätten hören sollen, wie die Kogut ihn beschrieben hat, Sam«, sagte ich. »Wie ein Tier. Ein Raubtier. Ich glaube, wir werden herausfinden, dass er mit *allen drei Frauen* etwas hatte.«

»Ich glaube, Lindsay hat Recht, Sam«, meinte Chris.

Wir beobachteten, wie die Tatsachen langsam in Roths Verstand Fuß fassten. Nicholas Jenks war berühmt. Eine Person von nationaler Bedeutung. Sakrosankt. Das Gesicht des Lieutenants verzog sich, als hätte er auf eine verdorbene Muschel gebissen.

»Bis jetzt haben Sie keinerlei Beweise«, sagte er schließlich. »Nur Indizien.«

»Sein Name ist im Zusammenhang mit vier Toten aufgetaucht. Wir könnten ihn vorladen, wie jeden anderen auch. Wir könnten mit dem Staatsanwalt sprechen.«

Roth hielt die Hand hoch. Nicholas Jenks war einer der prominentesten Bürger San Franciscos. Ihn mit einer Mordanklage zu konfrontieren, war gefährlich. *Hoffentlich haben wir Recht.* Ich wusste nicht, was Cheery dachte. Endlich sah ich eine winzige Bewegung an seinem Hals, nur ein Schlucken, doch in Roths Sprache bedeutete das grünes Licht.

»Sprechen Sie mit der Staatsanwaltschaft«, schlug er vor. »Rufen Sie Jill Bernhardt an.« Dann wandte er sich an Raleigh. »Das *darf* nicht rausgehen, ehe wir etwas wirklich Stichhaltiges haben.«

Unglücklicherweise war die stellvertretende Bezirksstaatsanwältin Jill Bernhardt im Gericht beschäftigt. Ihre Sekretärin sagte, sie würde den ganzen Tag über zu tun haben. Schade. Ich kannte Jill ein wenig und mochte sie. Sie war eine harte Nuss und hatte einen brillanten Verstand. Sie besaß sogar ein Gewissen.

Ich trank mit Chris Raleigh eine Tasse Kaffee. Dabei überlegten wir die nächsten Schritte. Roth hatte Recht. Wir hatten nichts in der Hand, was eine Festnahme rechtfertigte. Eine direkte Konfrontation konnte gefährlich sein. Bei einem Typen wie diesem musste man ganz sicher sein. Er würde zurückschlagen.

Warren Jacobi schlurfte mit einem selbstgefälligen Grinsen herein. »Heute scheint es Champagner zu regnen«, meinte er.

Ich verstand es als eine zynische Bemerkung, die auf mich und Chris zielte.

»Seit Wochen bin ich mit dieser Scheiße keinen Schritt weitergekommen.« Er setzte sich, legte den Kopf schief und schaute Raleigh an. »Champagner-Scheiße ist doch der richtige Ausdruck, oder?«

»Keine Einwände«, sagte Raleigh.

»Und gestern kommt Jennings mit drei Läden zurück, die das betreffende Rülpswasser kistenweise verkauft haben«, fuhr Jacobi fort. »Ein Kunde ist dieser Steuerberater in San Mateo. Komischerweise steht sein Name in den Akten. Er hat zwei Jahre in Lampoc wegen Versicherungsbetrugs gebrummt. Das ist doch was, oder? Serienmorde, Versicherungsbetrug…«

»Vielleicht hat der Kerl was gegen Leute, die eine gemeinsame Steuererklärung abgeben«, meinte ich und lächelte Jacobi an.

Er blies die Backen auf. »Die andere Kundin ist eine Managerin bei 3Com, die für eine Orgie zum vierzigsten Geburtstag eingekauft hat. Dieser Clos du Mesnil ist ein echtes Sammlerstück. Französisch, wie man mir erklärt hat.«

Ich blickte ihn erwartungsvoll an. Wann würde er auf den Punkt kommen?

»Und jetzt der dritte Laden, und deshalb spreche ich von regnen… großes Auktionshaus, Butterfield and Butterfield. Hat vor drei Jahren zwei Kisten von dem Neunundachtziger verkauft. Zweitausendfünfhundert pro Kiste, plus Kommission. Privatsammler. Anfangs wollten sie mir den Namen nicht nennen, aber wir haben sie unter Druck gesetzt. Stellt sich heraus, dass er ein ganz Prominenter ist. Meine Frau ist zufällig ein Fan von ihm und hat jedes seiner Bücher gelesen.«

Raleigh und ich erstarrten. »Wer, Warren?«, drängte ich.

»Ich schätze, wenn ich der Sache nachgehe, kann ich ein Held werden und ein signiertes Buch nach Hause bringen. Schon mal *Löwenanteil* von Nicholas Jenks gelesen?«

69

Jacobis Worte trafen mich wie ein Stoß mit dem Ellbogen in den Solarplexus. Gleichzeitig waren damit für mich jegliche Zweifel ausgeräumt.

Kathy Kogut, Sparrow Ridge, Clos du Mesnil-Champagner. Jenks war jetzt mit allen drei Doppelmorden verknüpft.

Er war Rotbart.

Am liebsten wäre ich sofort losgestürmt und hätte Jenks zur Rede gestellt, doch ich wusste, dass ich das nicht tun konnte. Ich wollte dicht vor ihm stehen, in seine selbstgefälligen Augen schauen und ihn wissen lassen, dass ich Bescheid wusste. Gleichzeitig schnürte mir ein Druck in der Brust die Luft ab. Ich wusste nicht, ob das die Anämie war oder die Entladung meiner aufgestauten Wut. Was auch immer es war, ich musste hier raus.

»Ich muss los!«, sagte ich zu Raleigh. Ich hatte Angst.

Er schaute mir verblüfft nach, als ich hinausrannte.

»He, habe ich was Falsches gesagt?«, hörte ich Jacobi fragen.

Ich schnappte mir meine Jacke und meine Handtasche und lief die Stufen zur Straße hinunter. Mein Blut brodelte – wütend, anklagend, voller Furcht. Mir brach am ganzen Leib kalter Schweiß aus.

Es war ein kühler, klarer Tag. Ich ging sehr schnell, hatte jedoch keine Ahnung, wohin. Ich kam mir vor wie ein Tourist, der zum ersten Mal die Stadt erkundet. Schon bald rauschten Menschen und Geschäfte an mir vorbei, die nichts über mich wussten. Ich wollte mich ein paar Minuten lang verlieren. Starbucks, Kinko's, Empress Travel. Vertraute Namen huschten vorüber.

Ich fühlte mich von einem einzigen unbezwinglichen Wunsch getrieben: *Ich wollte ihm in die Augen schauen.*

An der Fifth fand ich mich plötzlich vor Borders Buchhandlung wieder. Ich ging hinein. Das Geschäft war weiträumig und hell, überall Regale und Tische mit bunten Büchern. Ich fragte nicht, sondern schaute mich nur um. Dann entdeckte ich auf einem Tisch, was ich suchte.

Löwenanteil. Ungefähr fünfzig Bücher – dick, leuchtend blau, einige gestapelt, einige aufgestellt.

Löwenanteil von Nicholas Jenks.

Meine Brust explodierte. Ich spürte den Zugriff unaussprechlichen, aber unbestreitbaren Rechts. Eine Mission, ein Ziel. Deshalb war ich Polizistin geworden. *Für genau diesen Moment.*

Ich hob ein Exemplar von Jenks' Buch auf und betrachtete den rückwärtigen Schutzumschlag. Ja, ich starrte den Mörder der Brautpaare an. Ich war mir ganz sicher. Das verriet mir der Schnitt von Nicholas Jenks' Gesicht, scharf, wie gemeißelt. Die blauen Augen, kalt und steril, beherrschend.

Und noch etwas.

Der rote Bart mit den grauen Strähnen.

Dritter Teil

Rotbart

70

Jill Bernhardt, die hart gesottene, gewiefte Stellvertretende Bezirksstaatsanwältin, die die »Honeymoon-Morde« bearbeitete, streifte ihre Schuhe ab und zog die Beine auf den Ledersessel hinter ihrem Schreibtisch. Sie heftete ihre scharfen blauen Augen fest auf mein Gesicht.

»Nur, dass wir uns richtig verstehen. Sie glauben, der Honeymoon-Mörder sei Nick Jenks?«, fragte sie.

»Ich bin mir ganz sicher«, antwortete ich.

Jill war dunkelhaarig und auf entwaffnende Weise attraktiv. Lockige pechschwarze Haare umrahmten ihr schmales ovales Gesicht. Sie war erfolgreich, mit vierunddreißig war sie in Bennett Sinclairs Büro auf der Überholspur.

Man brauchte über Jill nur zu wissen, dass sie in ihrem dritten Jahr bei der Staatsanwaltschaft den La-Frade-Fall vertreten hatte, als der alte Partner in der Kanzlei des Bürgermeisters wegen Amtsmissbrauchs, schwerer Korruption und unzulässiger Zeugeneinschüchterung verurteilt wurde. Niemand, der Bezirksstaatsanwalt eingeschlossen, wollte seine oder ihre Karriere torpedieren, indem er einen so einflussreichen Spendenbeschaffer auf die Anklagebank brachte. Jill überführte ihn und schickte ihn für zwanzig Jahre ins Gefängnis. Das brachte ihr eine Beförderung auf den Posten gleich nach Big Ben persönlich ein.

Raleigh und ich legten ihr schrittweise Nicholas Jenks' Verbindung zu den drei Doppelmorden dar: Der Champagner vom ersten Tatort, seine Beteiligung an den Sparrow Ridge Vineyards, seine unbeständige Beziehung zur dritten Braut, Kathy Voskuhl.

Jill legte den Kopf zurück und lachte. »Sie wollen diesen Kerl hinter Schloss und Riegel bringen, weil er jemandes Leben durcheinander gebracht hat? Nur zu. Versuchen Sie es beim *Examiner*. Hier, fürchte ich, brauchen wir Fakten.«

»Wir können ihn mit allen drei Doppelmorden in Verbindung bringen, Jill«, wandte ich ein.

Sie lächelte skeptisch, was so viel bedeutete, wie *Tut mir Leid, ein andermal.* »Die Champagnerverbindung könnte etwas bringen, *wenn* Sie ihn festgenagelt hätten. Doch das haben Sie nicht. Die Immobilienpartnerschaft ist ein tot geborenes Kind. Nichts verknüpft ihn direkt mit einem der Verbrechen. Ein Mann wie Nicholas Jenks, ein Promi mit guten Verbindungen – gegen den können Sie nicht einfach ohne stichhaltige Beweise Anklage erheben.«

Seufzend schob sie einen Aktenberg beiseite. »Ihr wollt den großen Fisch fangen, Leute? Dann besorgt euch erst mal eine dickere Angelrute.«

Mir fiel angesichts ihrer unerbittlichen Haltung gegenüber unserem Fall der Unterkiefer herab. »Das ist nicht mein erster Mordfall, Jill.«

Um ihr ausgeprägtes Kinn zeigte sich ein Zug von Entschlossenheit.

»Und das ist nicht gerade mein erster Fall mit Titelseiten-Potenzial.« Dann lächelte sie. »Tut mir Leid. Das ist einer von Bennetts Lieblingsausdrücken. Ich habe offenbar zu viel Zeit unter den Haien verbracht.«

»Wir reden von einem mehrfachen Mörder«, sagte Raleigh. Die Frustration in seinen Augen war immer deutlicher zu erkennen.

Jill zeigte diesen unerbittlichen Beweise-es-mir-Widerstand. Ich hatte mit ihr schon zweimal bei Mordfällen zusammengearbeitet und wusste, wie unermüdlich und gut vorbereitet sie war, wenn sie vor Gericht ging. Einmal hatte sie mich eingeladen, mit ihr zum Spinning zu gehen, als ich Zeugin war. Nach dreißig grässlichen Minuten gab ich schweißgebadet auf, während Jill ohne Pause ihr irres Tempo für die vollen fünfundvierzig Minuten beibehielt. Zwei Jahre nach dem Jurastudium in Stanford hatte sie einen aufstrebenden jüngeren Partner in einer der Spitzenfirmen der Stadt geheiratet. Mit einem großem Satz hatte sie eine ganze Abteilung karrieresüchtiger Staatsanwälte hinter sich gelassen und war zur rechten Hand des Distriktstaatsanwalts geworden. In einer Stadt von Erfolgsmenschen war Jill die Sorte Frau, der einfach alles gelang.

Ich reichte ihr das Foto der Überwachungskamera aus der Hall of Fame und dann Nicholas Jenks' Bild.

Sie betrachtete sie und zuckte dann mit den Schultern. »Wissen Sie, was ein Sachverständiger der Verteidigung damit machen würde? Es in der Luft zerreißen. Wenn die Polizei in Cleveland der Meinung ist, damit jemanden überführen zu können, nur zu.«

»Ich will ihn nicht an Cleveland verlieren«, sagte ich.

»Dann kommen Sie wieder, wenn Sie etwas haben, womit ich zu Big Ben gehen kann.«

»Wie wär's mit einem Durchsuchungsbefehl?«, schlug Raleigh vor. »Vielleicht finden wir heraus, dass eine Flasche von dem Champagner, den er gekauft hat, zu dem passt, den wir am ersten Tatort sichergestellt haben.«

»Ich könnte mit einem Richter sprechen«, meinte Jill. »Es muss irgendeinen geben, der glaubt, Jenks habe die Welt der Literatur genug geschädigt, dass man etwas dagegen unternehmen sollte. Aber ich glaube, das wäre ein Fehler.«

»Warum?«

»Irgendeine billige Crackhure können Sie allein aufgrund eines Verdachts verhaften. Aber wenn Sie Nicholas Jenks festnehmen, müssen Sie ihn schon formell anklagen. Damit lassen

Sie ihn wissen, dass Sie ihm auf den Fersen sind – und dann verbringen Sie mehr Zeit damit, gegen seine Anwälte und die Presse zu kämpfen, als damit, sich um Ihren Fall zu kümmern. Wenn er es ist, haben Sie nur einen einzigen Schuss, um das auszugraben, was Sie brauchen, um ihn zu überführen. Im Augenblick brauchen Sie mehr.«

»Claire hat in ihrem Labor ein Haar vom zweiten Mord, dem an den DeGeorges«, sagte ich. »Wir könnten Jenks zwingen, uns eine Probe seiner Barthaare zu geben.«

Jill schüttelte den Kopf. »Mit dem, was Sie haben, müsste er das freiwillig tun. Ganz zu schweigen davon, was Sie verlieren, falls Sie sich irren.«

»Sie meinen, indem wir die Suche auf ihn konzentrieren?«

»Ich habe das politisch gemeint. Sie kennen doch die Spielregeln, Lindsay.« Sie richtete ihre blauen Augen fest auf mich. Ich sah bereits die Schlagzeilen, die den Fall gegen uns ausschlachteten. Wie bei O. J. Simpson oder Jon Benet Ramsay. In beiden Fällen schien die Polizei fast ebenso vor Gericht zu stehen wie die Angeklagten, die mutmaßlichen Täter.

»Schauen Sie, wenn der Kerl schuldig ist, möchte ich ihn ebenso gern in Stücke reißen wie Sie«, erklärte Jill uns. »Aber Sie haben nur eine unglückliche Vorliebe für einen bestimmten Champagner und eine Augenzeugin nach dem dritten Wodka-Tonic. Cleveland hat wenigstens eine ehemalige Beziehung zu einem der Opfer und damit ein mögliches Motiv, aber bis jetzt reicht das weder hier noch dort für eine Anklage.«

Jill stand auf und strich ihren marineblauen Rock glatt. Dann beugte sie sich über den Schreibtisch. »Hören Sie, ich habe zwei der größten Schlagzeilen-Kandidaten in dieser Goldgräberstadt im Nacken, die jede meiner Bewegungen beobachten. Glauben Sie, der Bezirksstaatsanwalt und der Bürgermeister wollen diesen Fall aufgreifen?« Sie starrte mich an, ohne mit der Wimper zu zucken. »Wie sieht's mit dem Lackmustest aus: Sind Sie absolut sicher, dass er der Mörder ist, Lindsay?«

Jenks war in alle drei Fälle verstrickt. Ich hörte deutlich die verzweifelte Stimme Christine Koguts. Ich nickte so überzeugend, wie ich konnte. »Ja, er ist der Mörder.«

Sie stand auf und ging um den Schreibtisch herum. »Ich werde Sie dafür bezahlen lassen, wenn mir das hier jede Chance versaut, mit vierzig meine Memoiren gedruckt zu sehen«, sagte sie mit halbem Lächeln.

Durch den Sarkasmus hindurch sah ich ein gewisses Funkeln in Jill Bernhardts Augen, der gleiche entschlossene Blick wie damals, als wir beim Spinning waren. Es traf mich wie ein Donnerschlag.

»Okay, Lindsay, nehmen wir den Fall in Angriff.«

Ich hatte keine Ahnung, was in Jills Innerem vor sich ging. Macht? Der Drang, das Richtige zu tun? Irgendein manischer Leistungszwang? Was auch immer es war, ich glaubte, es war nicht weit entfernt von dem, was stets in mir gebrannt hatte.

Als ich ihr jetzt zuhörte, wie sie knapp und schlüssig vortrug, was wir für eine Verurteilung benötigten, kam mir ein verlockender Gedanke.

Ich überlegte, ob ich sie nicht mit Claire und Cindy zusammenbringen sollte.

71

An einem altmodischen Stahlschreibtisch in den schmuddligen Kellerräumen der Bibliothek des *Chronicle* ließ Cindy Thomas Artikel aus vier Jahren auf Microfiche durchlaufen. Es war schon spät. Nach zwanzig Uhr. Während sie so mutterseelenallein im Unterbauch des Gebäudes arbeitete, kam sie sich vor wie eine einsame Ägyptologin, die den

Staub von lange vergrabenen Tafeln mit Hieroglyphen kratzte. Jetzt war ihr klar, warum man diese Räume als die »Gräber« bezeichnete.

Doch sie hatte das Gefühl, auf der richtigen Spur zu sein. Der Staub löste sich von Geheimnissen, und schon bald würde ihr etwas Wichtiges offenbart werden.

Februar... März 1996. Der Film spulte mit hoher Geschwindigkeit ab, nur ein verwischter Schemen.

Ein Prominenter, hatte die Freundin der Braut in Cleveland gesagt. Cindy spulte den Film weiter. So verdiente man sich Storys. Lange Abende und Ellbogen.

Vor ein paar Stunden hatte sie die Public-Relations-Firma Bright Star Media angerufen, für die Kathy Kogut in San Francisco gearbeitet hatte. Die Leute dort hatten erst heute vom Tod der ehemaligen Mitarbeiterin erfahren. Cindy erkundigte sich nach irgendwelchen Dokumentarfilmen, an denen Bright Star möglicherweise beteiligt gewesen war. Sie war enttäuscht, als man ihr mitteilte, dass die Firma nichts mit Filmen zu tun hatte. Kathy hatte das Capitol und den Konzertpalast betreut.

Unbeirrt tippte Cindy den Namen Bright Star in die Datenbank des *Chronicle*. Dort waren die Themen sämtlicher Artikel und Rezensionen gespeichert, die während der letzten zehn Jahre dort erschienen waren. Zu ihrem Entzücken ergab die Suche mehrere Treffer.

Die Arbeit war äußerst mühsam und entmutigend. Die Artikel deckten einen Zeitraum von über fünf Jahren ab. Das war die Zeit, in der Kathy in San Francisco gewesen war. Jeder Artikel befand sich auf einer anderen Mikrofichekassette.

Immer wieder musste sie Verzeichnisse durchgehen. Drei Eintragungen auf einmal. Nach vier Versuchen reichte ihr die Nachtbibliothekarin das Klemmbrett mit den Worten: »Hier, Thomas, alles gehört Ihnen. Schuften Sie bis zum Umfallen.«

Es war Viertel nach zehn – seit über zwei Stunden hatte sie von niemandem einen Pieps gehört –, als sie endlich auf etwas

Interessantes stieß. Der Eintrag stammte vom 10. Februar 1995. Sparte *Kunst heute*. HIESIGE BAND SIERRA BRINGT NEUEN FILMHIT.

Cindy überflog den Text und ließ ihn schneller laufen. Pläne für ihr Album, eine Tour durch acht Städte. Zitate vom Leadsänger.

»Sierra wird das Lied morgen Abend bei der Premiere des Films Fadenkreuz *vortragen.«*

Cindy blieb fast das Herz stehen. Schnell stellte sie den *Kunst heute*-Artikel des nächsten Tages ein.

Sie nahm den Inhalt mit einem langen Atemzug auf: »… *Riesenerfolg im Capitol. Chris Wilcox, der Star, war dort.«* Ein Foto mit einer bildhübschen Schauspielerin. *»Bright Star… andere Plattenstars.«*

Ihre Augen huschten über die drei Begleitfotos. Unter jedem Bild stand in winziger Schrift der Name des Fotografen: *Sal Esposito. Eigentum des* Chronicle.

Fotos! Cindy sprang von ihrem Stuhl am Mikrofiche-Tisch auf und eilte zwischen den modrigen, drei Meter hohen Stapel gebündelter vergilbter Ausgaben hindurch. Auf der anderen Seite der Gräber war die Leichenhalle der Fotos des *Chronicle*. Reihen und Reihen unbenutzter Schnappschüsse.

Hier war sie noch nie gewesen und hatte daher keine Ahnung, wie alles geordnet war.

Unheimlich war es hier, vor allem so spät am Abend.

Dann stellte sie fest, dass die Reihen chronologisch geordnet waren. Sie folgte den Schildern am Ende jeder Reihe, bis sie Februar 1995 fand. Ihr Blick glitt über die aufgestapelten Plastikkästen, suchte den, der mit dem Datum ›10. April‹ gekennzeichnet war.

Als sie ihn fand, war er in der obersten Reihe. Wo auch sonst! Sie stieg auf eines der unteren Regalbretter, stellte sich auf die Zehenspitzen und zerrte den Ordner herunter.

Eilig setzte Cindy sich auf den staubigen Boden und blätterte hektisch die Klarsichthüllen durch. Wie im Traum gelangte sie zu der Hülle, auf der in großen schwarzen Buchstaben stand: *Fadenkreuz-Premiere – Esposito*. Das war's!

Es waren vier Kontaktbögen mit Hochglanzfotos in Schwarzweiß. Irgendjemand, wahrscheinlich der Reporter, hatte mit Kugelschreiber unter jedes Foto den Namen der betreffenden Person geschrieben.

Ihre Augen wurden starr, als sie auf das Foto stieß, auf das sie gehofft hatte. Vier Personen prosteten eingehakt in die Kamera. Sie erkannte Kathy Koguts Gesicht von den Fotos, die Lindsay mitgebracht hatte. Rotes, lockiges Haar. Modische Brille mit Intarsien.

Und neben ihr lächelte noch ein Gesicht in die Kamera, das sie kannte. Ihr stockte der Atem. Ihre Finger zitterten, als ihr klar wurde, dass sie schließlich die richtigen Hieroglyphen gefunden hatte.

Es war der gepflegte rötliche Bart. Das hinterhältige Lächeln der schmalen Lippen – als wüsste er, wohin all dies eines Tages führen würde.

Neben Kathy Kogut stand der Romanschriftsteller Nicholas Jenks.

72

Ich war völlig überrascht, als Cindy um halb elf Uhr abends vor meiner Tür stand. Mit vor Freude und Stolz weit aufgerissenen Augen platzte sie heraus: »Ich weiß, wer Kathy Koguts Geliebter war.«

»Nicholas Jenks«, sagte ich. »Komm rein, Cindy. *Platz*, Martha.« Die Hündin zupfte an meinem Giants-Nachthemd.

»O Gott«, klagte Cindy. »Ich hab mich so gefreut. Ich dachte, *ich* hätte es herausgefunden.«

Sie *hatte* es herausgefunden. Sie war schneller gewesen als McBride und Seattle, schneller als zwei Abteilungen gut ausgebildeter Kriminalbeamter und das FBI. Ich sah sie mit echter Bewunderung an. »Wie?«, fragte ich.

Cindy war zu aufgeregt, um sich zu setzen. Sie lief in meinem Wohnzimmer hin und her, während sie mir die einzelnen Schritte ihrer verblüffenden Entdeckung schilderte. Dann entfaltete sie die Kopie des Zeitungsfotos von Jenks und Kathy Kogut bei der Filmpremiere. Sie umrundete die Couch und hatte Mühe, nicht alles gleichzeitig herauszuprudeln. Bright Star... Sierra... *Fadenkreuz*... Sie war total überdreht. »Ich bin eine gute Reporterin, Lindsay.«

»Das weiß ich.« Ich lächelte sie an. »Aber du kannst nicht darüber *schreiben*.«

Cindy blieb stehen. Die plötzliche Erkenntnis, was sie übersehen hatte, traf sie wie eine Sahnetorte ins Gesicht.

»O Gott«, stöhnte sie. »Das ist, wie mit Brad Pitt zu duschen, ohne dass man ihn anfassen darf.« Sie schaute mich gequält lächelnd an, als triebe man ihr Nägel ins Herz.

»Cindy.« Ich nahm sie in die Arme. »Du hättest doch gar nicht nach ihm suchen können, wenn ich dir nicht alles über Cleveland erzählt hatte.« Ich ging in die Küche. »Willst du Tee?«, rief ich.

Sie ließ sich auf die Couch fallen, stöhnte laut und rief. »Ich möchte ein Bier. Nein, kein Bier. Bourbon.«

Ich deutete auf meine kleine Bar bei der Terrasse. Kurz darauf ließen wir uns nieder. Ich mit meinem üblichen Schlaftee, Cindy mit einem großen Wild Turkey. Martha hatte es sich zu unseren Füßen gemütlich gemacht.

»Ich bin stolz auf dich, Cindy«, sagte ich. »Du hast den Namen herausgefunden, und zwar schneller als zwei Polizeireviere. Wenn das alles vorbei ist, werde ich dafür sorgen, dass du in der Presse ausdrücklich erwähnt wirst.«

»Ich *bin* die Presse!«, rief Cindy und rang sich ein Lächeln ab. »Und was meinst du mit: ›Wenn das alles vorbei ist‹? Du hast ihn doch jetzt.«

»Noch nicht ganz.« Ich schüttelte den Kopf. Dann erklärte ich ihr, dass alles, was wir hatten, auch was sie noch nicht wusste – die Kellerei, der Champagner –, nur Indizien seien. Wir konnten ihn nicht einmal dazu zwingen, uns ein Haar zu geben.

»Und was müssen wir jetzt tun?«

»Nicholas Jenks das erste Verbrechen unleugbar nachweisen.«

Plötzlich begann sie zu betteln. »Ich muss das bringen, Lindsay.«

»Nein, auf keinen Fall. Nur Roth und Raleigh wissen Bescheid, und noch jemand …«

»Wer?«

»Jill Bernhardt.«

»Die Stellvertretende Staatsanwältin?«, fragte Cindy empört. »Das ist doch, als wollte man in einem Sieb den Pazifik überqueren. Der Laden besteht doch nur aus undichten Stellen.«

»Aber nicht Jill«, beteuerte ich. »Sie wird nichts davon weitergeben.«

»Wie kannst du dir da so sicher sein?«

»Weil Jill Bernhardt diesen Mistkerl ebenso gern hinter Schloss und Riegel bringen will wie wir«, erklärte ich.

»Das ist alles?«, stöhnte Cindy.

Ich trank einen Schluck Tee und sah ihr in die Augen. »Und weil ich sie eingeladen habe, unserem Club beizutreten.«

73

Am nächsten Tag trafen wir uns bei Susie's auf einen Drink. Es war Jills Einstand in unserer Gruppe.

Den ganzen Tag über vermochte ich mich auf nichts anderes zu konzentrieren, als auf die Vorstellung, Jenks mit dem zu konfrontieren, was wir wussten, und ihn festzunehmen. Ich wollte alles beschleunigen, eine Gegenüberstellung herbeiführen. Ich wollte ihn wissen lassen, dass wir ihn hatten. *Verdammter Rotbart.*

Während wir auf die Drinks warteten, berichtete ich über einige neue Entwicklungen. Die Durchsuchung von Kathy Koguts Wohnung in Seattle hatte Jenks' Namen und seine Telefonnummer im Telefonbuch der toten Braut zutage gefördert. Die Nachforschung der Telefongesellschaft hatte ergeben, dass sie ihn im vergangenen Monat dreimal angerufen hatte – das letzte Mal drei Tage vor der Hochzeit in Cleveland. Das bestätigte, was Merrill Shortley uns gesagt hatte.

»Bis zum bitteren Ende‹‹, zitierte Claire. »Unheimlich.«

Wir hatten Jenks' Foto, zusammen mit fünf anderen Personen, Maryanne Perkins bei Saks gezeigt. Wir brauchten unbedingt etwas, das ihn mit dem ersten Verbrechen verknüpfte. Sie hatte bei seinem Foto ein paar Sekunden lang innegehalten. »Das ist er«, hatte sie gesagt. Dann hatte sie noch mal nachgedacht. »Aber es ist schwer, ganz sicher zu sein. Alles ging so schnell, und er war weit weg.«

Die Vorstellung, wie ein Verteidiger sie ins Kreuzverhör nahm, gefiel mir ganz und gar nicht. Ich war nicht überrascht, als Jill mir zustimmte.

Sie brauchte nicht länger als eine Margarita, um sich nahtlos in unsere Gruppe einzufügen.

Claire war Jill ein paar Mal begegnet, als sie vor Gericht ausgesagt hatte. Sie hatten gelernt, sich gegenseitig zu respektieren, weil sie beide in ihren von Männern beherrschten Abteilungen eine steile Karriere geschafft hatten.

Wir fragten Jill aus, und sie erzählte uns, dass sie in Stanford Jura studiert hätte und ihr Vater ein Firmenanwalt in Dallas sei. Kein Interesse an Körperschaftsrecht. Das war was für ihren Mann Steve, der als Unternehmensberater für die Bank America tätig war. Sie wohnten in Burlingame – reiche, exklusive Wohngegend – und unternahmen Klettertouren in der Moab-Wüste. Keine Kinder. »Das passt jetzt einfach nicht«, meinte sie.

Jill schien die klassische Version eines rasanten, erfolgreichen Lebens zu führen. Gleichzeitig schien ihr aber etwas zu fehlen. Vielleicht war sie müde von der harten Arbeit und dem Tempo ihres Erfolgs.

Als unsere Drinks kamen, brachten Claire und ich einen Toast auf Cindys Geniestreich aus, Jenks' Namen so schnell herauszufinden und dabei noch zwei Polizeidezernate zu schlagen.

Claire hob ihr Glas. »Für einen Neuling bist du echt gut, Schätzchen. Aber du bist noch nicht Champion.«

Sie lächelte mich an.

»Also, ich habe nachgedacht«, sagte Jill und sah uns der Reihe nach an. »Ich weiß, ich kann mich bei Dinnerpartys behaupten und so… aber deshalb haben Sie mich doch nicht hierher eingeladen, richtig? Scheint so, als hätten wir hier alle Bereiche abgedeckt. Die Presse, die Polizei und die Gerichtsmedizin. Mich würde interessieren, was das für eine Gruppe ist.«

Ich antwortete, da ich sie eingeladen hatte. »Frauen, die auf den Karriereleitern emporklettern, alle im Bereich Verbrechensbekämpfung.«

»O ja, mit Weicheiern als Chefs«, fügte Cindy grinsend hinzu.

»Na, was das betrifft, bin ich qualifiziert«, sagte Jill. »Und es schadet nicht, das ihr alle anscheinend irgendwie mit dem Brautpaarfall zu tun habt.«

Ich hielt den Atem an. Jill konnte alles zunichte machen, wenn sie wollte, doch sie war mitgekommen. »Wir haben in gewisser Weise zusammengearbeitet«, gestand ich. »Außerhalb der offiziellen Ermittlungen.«

Bei weiteren Margaritas erklärte ich ihr, wie wir ursprünglich zusammengekommen und wie wir auf diesen Fall gestoßen waren, den wir lösen wollten, indem wir unser Wissen austauschten, sozusagen als freie Mitarbeiter. Wie es zu einer Art Bindung gekommen war. Wie sich das Ganze dann ein bisschen vertieft hatte.

Jill zog die Brauen hoch. »Gehe ich recht in der Annahme, dass die Ermittler über das alles Bescheid wissen?«

»Selbstverständlich«, erklärte ich. »Na ja, so ungefähr.« Ich sagte ihr, dass Cindy von uns nur das bekam, was die Polizei der gesamten Presse mitteilen würde, und wie aufregend es war, den offiziellen Dienstweg abzukürzen und den Fall voranzutreiben.

»Ich weiß, dass es etwas ganz anderes ist, wenn es offiziell wird«, sagte ich. »Falls Sie aber deshalb ein ungutes Gefühl haben…«

Wir hingen an ihren Lippen und warteten auf ihre Antwort. Loretta kam, und wir bestellten noch eine Runde. Wir warteten immer noch auf Jill.

»Wie wär's, wenn ich Ihnen einfach Bescheid sage, sobald ich ein ungutes Gefühl bekomme«, sagte sie schließlich und riss ihre blauen Augen weit auf. »In der Zwischenzeit braucht ihr aber sehr viel stichhaltigere Beweise, wenn wir den Fall vor Gericht bringen wollen.«

Wir drei atmeten erleichtert auf. Dann streckten wir unserem neuen Mitglied unsere halb leeren Gläser hin.

»Und, hat dieser Verein einen Namen?«, fragte Jill.

Wir schauten uns an und schüttelten den Kopf. »Wir sind so eine Art Club weiblicher Sherlock Holmes auf Mörderjagd«, sagte ich.

»Lindsay hat uns eingeschworen«, sagte Claire.

»Die Margarita-Soko? Das klingt gut«, meinte Jill begeistert.

»Böse Biester«, schlug Claire lachend vor.

»Eines Tages haben wir alle das Sagen«, meinte Cindy.

»Mordsweiber«, lautete ihr Vorschlag. »Das sind wir, und das tun wir.«

Wir blickten uns an. Wir waren kluge, attraktive Frauen, die sich nichts gefallen ließen. Wir würden das Sagen haben – eines Tages.

Die Kellnerin brachte unsere Drinks. Wir hoben vier Gläser und prosteten uns gegenseitig zu. »Auf uns!«

74

Auf dem Heimweg war ich richtig froh, dass ich Jill in die Gruppe gebracht hatte, doch es dauerte nicht lange, bis sich der Gedanke einschlich, dass ich immer noch etwas vor meinen Freunden *geheim* hielt.

Mein Piepser meldete sich.

»Was machst du gerade?«, fragte Raleigh, als ich ihn zurückrief.

»Ich war auf dem Heimweg. *Total fertig.*«

»Hast du Lust, dich ein bisschen zu unterhalten? Ich bin im Mahoney's.« Das Mahoney's war eine schummrige, stets gut besuchte Bar in der Nähe der Halle, wo üblicherweise Polizisten in ihrer Freizeit hingingen.

»Ich habe schon gegessen«, sagte ich.

»Komm trotzdem. Es geht um den Fall.«

Ich war nur wenige Minuten entfernt. Das Mahoney's war auf der Brannan Street. Um zur Potrero Street zu gelangen, musste ich direkt vorbeifahren.

Ich stellte fest, dass ich wieder nervös war. Ich hatte Angst, dass wir uns nicht mehr an die offiziellen Regeln hielten, die besagten, dass Partner sich nicht auf eine Beziehung einlassen durften. Und Menschen, deren Leben langsam verebbte, auch nicht. Mir war bewusst, dass alles möglich war, wenn ich die Dinge laufen lassen würde. Zwischen Chris Raleigh und mir war mehr, keine flüchtige Beziehung, bei der man eine Nacht miteinander verbrachte und am nächsten Tag alles ganz rational verdrängen konnte. So sehr ich ihn auch begehrte, ich musste mich zurückhalten. Ich hatte Angst, mich gehen zu lassen, ihm alles zu erzählen und ihn hineinzuziehen.

Ich war erleichtert, als ich sah, dass Raleigh vor der Bar auf mich wartete. Er kam zum Auto. Unwillkürlich stellte ich fest, dass er verdammt gut aussah – wie immer.

»Danke, dass ich nicht reingehen muss«, sagte ich.

Er beugte sich zum offenen Fenster herab. »Ich habe Nicholas Jenks mal unter die Lupe genommen«, sagte er.

»Und?«

»Der Kerl ist achtundvierzig, hat Jura studiert, aber das Studium nicht abgeschlossen. Hat schon im ersten Jahr angefangen, Romane zu schreiben. Die ersten beiden Bücher waren Ladenhüter. Dann kam dieser abartige Thriller *Fadenkreuz* und wurde ein Hit. Danach hat er die Juristerei endgültig an den Nagel gehängt.«

»Klingt wie eine gute Karriereentscheidung«, sagte ich und schob mir das Haar aus dem Gesicht.

»Da gibt es noch etwas, das du wissen solltest. Vor über fünf Jahren wurde die Polizei in sein Haus gerufen, wegen Ehestreitigkeiten.«

»Wer hat angerufen?«

»Seine Frau. Seine erste Frau.« Raleigh beugte sich näher herab. »Ich habe den Bericht rausgeholt. Die Polizisten, die hingefahren sind, haben sie als ziemlich schwer verletzt beschrieben. Zusammengeschlagen. Blutergüsse an den Armen und im Gesicht.«

Blitzartig kam mir ein Gedanke. Merrill Shortleys Worte über Kathys Geliebten. *Er liebte abartige Sexspiele.*

»Hat seine Frau Anzeige erstattet?«

Chris schüttelte den Kopf. »Nein, sie hat nichts unternommen. Seitdem ist er ganz groß rausgekommen. Sechs Bestseller. Filme, Fernsehen. Und eine neue Frau.«

»Das heißt, es gibt eine Verflossene, die vielleicht bereit ist, zu reden.«

Er machte ein zufriedenes Gesicht. »So, darf ich dich jetzt zum Essen einladen, Lindsay?«

Eine heiße Schweißperle brannte sich langsam einen Pfad über meinen Nacken. Ich wusste nicht, ob ich aussteigen oder sitzen bleiben sollte. »Chris, ich habe schon gegessen. Hatte eine Verabredung.«

»Jacobi?« Er grinste. Bei diesem Lächeln schmolz ich wie immer dahin.

»Eine Art Frauengruppe. Wir treffen uns einmal im Monat. Reden über unser Leben. Du weißt schon, Probleme mit der Kinderfrau, persönliche Fitnesstrainer, Landhäuser, Affären und solche Sachen.«

»Kenne ich jemanden davon?« Raleigh lächelte.

»Vielleicht mache ich dich eines Tages mit ihnen bekannt.«

Wir rührten uns nicht. Das Blut pochte in meiner Brust. Die Haare auf Raleighs Unterarm berührten sanft meinen Arm. Es machte mich wahnsinnig. Ich musste etwas sagen. »Warum hast du mich herbestellt, Chris?«

»Jenks«, antwortete er. »Ich habe dir noch nicht alles gesagt. Wir haben ihn in Sacramento auf Waffen überprüft.« In seinen Augen blitzte es. »Er hat mehrere registriert. Ein Browning-Jagdgewehr, Kaliber zweiundzwanzig, ein Renfield, dreißig-dreißig. Eine Remington, vierzigfünf.«

Er führte mich aufs Glatteis. Ich spürte, dass er auf eine Goldmine gestoßen war.

»Und dann noch eine Glock Special, Lindsay. Modell neunzehnneunzig. *Neun Millimeter*.«

Dieser Fakt schoss mir heiß durch die Adern.

Chris wurde ernst. »Er hat die passende Waffe, Lindsay. Wir müssen sie finden.«

Ich ballte eine Faust und schlug damit Chris triumphierend auf den Arm. Meine Gedanken überschlugen sich. Sparrow Ridge, die Telefonate, und jetzt die Glock Special. Das alles waren nur Indizien, aber sie passten.

»Was machst du morgen, Chris?«, fragte ich und lächelte.

»Bin völlig frei. Warum?«

»Ich glaube, es ist an der Zeit, dass wir mal von Angesicht zu Angesicht mit diesem Kerl reden.«

75

Hoch auf den Klippen über der Golden Gate Bridge stand Nummer 20 El Camino del Mar, eine Villa im spanischen Stil mit einem Eisentor, das die mit Terrakotta gepflasterte Einfahrt schützte.

Hier wohnte Rotbart – Nicholas Jenks.

Jenks' Heim war ein großzügig gebauter Bungalow, umgeben von sorgfältig gestutzten Hecken und blühenden Azaleen. In der kreisförmigen Einfahrt stand eine große Eisenstatue: Boteros *Madonna und Kind.*

»Offenbar bringen Romane viel ein.« Raleigh pfiff, als wir zur Vordertür gingen. Wir hatten mit Jenks' persönlichem Assistenten einen Termin für mittags vereinbart. Sam Roth hatte mich gewarnt, ihn nicht zu hart anzufassen.

Eine freundliche Haushälterin begrüßte uns an der Tür und führte uns in einen geräumigen Wohnraum, dessen Vorderseite verglast war. Dann teilte sie uns mit, dass Mr. Jenks gleich kommen würde. Der Raum schien direkt aus einer Designer-Zeitschrift zu stammen: Jacquardtapete, asiatische Sessel, ein Couchtisch aus Mahagoni, Regale mit Fotografien und Erinnerungsstücken. Direkt davor lag eine Terrasse, von der aus man auf den Pazifik blickte.

Ich hatte mein ganzes Leben in San Francisco verbracht, doch ich hatte nicht gewusst, dass man jeden Abend zu Hause eine so fantastische Aussicht haben konnte.

Während wir warteten, betrachtete ich die Fotos, die auf einem Seitentisch standen. Jenks mit einer Reihe bekannter Gesichter: Michael Douglas, der Geschäftsführer von Disney, Bill Walsh, der Footballspieler. Andere mit einer attraktiven Frau, wahrscheinlich seine neue Frau – strahlend, lächelnd, mit rötlich blondem Haar – an verschiedenen exotischen Orten, an Stränden, beim Skilaufen, auf einer Insel im Mittelmeer.

In einem Silberrahmen war ein großes Bild der beiden im Zentrum einer riesigen Rotunde, unter der Kuppel des Palace of Fine Arts. Es war ihr Hochzeitsfoto.

In diesem Moment trat Nicholas Jenks ein. Ich erkannte ihn auf Anhieb von den Fotos.

Er war schmächtiger, als ich ihn mir vorgestellt hatte. Sportlich, gut gebaut, nicht größer als einsfünfundsiebzig. Er trug ein weißes Hemd mit offenem Kragen über abgetragenen Jeans. Meine Augen wurden sofort von seinem rötlichen Bart mit den grauen Strähnen angezogen.

Rotbart, ich freue mich, dich endlich zu treffen.

»Tut mir Leid, dass ich Sie habe warten lassen«, sagte er mit fröhlichem Lächeln. »Aber ich werde sauer, wenn ich meine morgendlichen Seiten nicht schaffe.« Er streckte uns die Hand entgegen. Dabei sah er, dass ich immer noch das Hochzeitsfoto in der Hand hielt. »Ein bisschen Kulisse, wie in *Die Hochzeit des Figaro*, nicht wahr? Mir wäre ja eine kleine Zeremonie lieber gewesen, aber Chessy sagte, wenn sie mich in einen Smoking zwingen könnte, würde sie niemals an meiner Zuneigung zu ihr zweifeln.«

Ich war nicht daran interessiert, mich von diesem Mann bezaubern zu lassen, doch er war charmant und hatte alles sofort unter Kontrolle. Ich konnte sehen, was Frauen an ihm attraktiv finden mochten. Er deutete auf die Couch.

»Wir haben gehofft, Ihnen ein paar Fragen stellen zu dürfen«, sagte ich.

»Wegen der Morde an den Brautpaaren – mein Assistent hat es mir schon erzählt. Wahnsinnig… entsetzlich. Aber diese Handlungen, so unglaublich verzweifelt, schreien doch nach einem winzigen Quäntchen Mitgefühl.«

»Für die Opfer«, sagte ich und stellte sein Hochzeitsfoto zurück auf den Tisch.

»Alle haben immer Mitleid mit den Opfern«, sagte Jenks. »Aber eigentlich kommt es doch darauf an, was im Kopf des Mörders vor sich geht. Die meisten Menschen halten so etwas einfach für Racheakte. Die *krankhafteste* Art der Rache. Oder Unterwerfung, wie bei den meisten Vergewaltigungen. Aber ich bin mir da nicht so sicher.«

»Wie lautet denn Ihre Theorie, Mr. Jenks?«, fragte Chris. Er sagte es, als sei er ein Fan des Schriftstellers.

Jenks hielt eine Karaffe mit Eistee hoch. »Etwas zu trinken? Ich weiß, es ist heiß draußen, obwohl ich mich seit acht Uhr in meinem Arbeitszimmer vergraben habe.«

Wir schüttelten die Köpfe. Ich holte einen Aktenordner aus meiner Tasche und legte ihn auf den Schoß. Ich musste an Roths Warnung denken: »Mit Samthandschuhen. Jenks ist ein VIP. Sie nicht.«

Nicholas Jenks schenkte sich ein Glas Eistee ein und fuhr fort. »Aufgrund dessen, was ich gelesen habe, scheinen diese Morde eine Art Vergewaltigung zu sein. Vergewaltigung der Unschuld. Der Mörder begeht seine Tat auf eine Art, *die niemand vergeben kann*, beim heiligsten Ereignis in unserer Gesellschaft. Für mich bedeuten diese Morde die ultimative Reinigung.«

Ich ignorierte sein dämliches Geschwätz. »Mr. Jenks, leider

sind wir nicht gekommen, um ihren beruflichen Rat einzuholen. Ich habe ein paar Fragen in Zusammenhang mit diesen Morden, die ich Ihnen gern stellen würde.«

Jenks lehnte sich zurück und sah mich verblüfft an. »Das klingt ja schrecklich offiziell.«

»Das hängt von Ihnen ab«, sagte ich und holte einen tragbaren Kassettenrekorder aus der Tasche. »Macht es Ihnen etwas aus, wenn ich das Gerät einschalte?«

Er betrachtete mich misstrauisch, wedelte jedoch mit der Hand, als wäre es ihm völlig egal.

»Gut, Mr. Jenks, ich möchte gern mit diesen Morden beginnen. Wissen Sie irgendetwas über diese Verbrechen, abgesehen von dem, was Sie in den Zeitungen gelesen haben?«

»Wissen?« Jenks machte eine Pause und tat so, als dächte er nach. Dann schüttelte er den Kopf. »Nein, überhaupt nichts.«

»Sie haben gelesen, dass es einen dritten Doppelmord gegeben hat? Vorige Woche. In Cleveland.«

»Das habe ich gesehen. Ich lese täglich Zeitung.«

»Und haben Sie auch gelesen, wer die Opfer waren?«

»Sie kamen aus Seattle, richtig? Wenn ich mich recht erinnere, war er oder sie eine Art Konzert-Promoter.«

»Ja, der Bräutigam. James Voskuhl. Die Braut hat eine Zeit lang hier in San Francisco gelebt. Ihr Mädchenname war Kathy Kogut. Sagen diese Namen Ihnen irgendetwas?«

»Nein, sollten sie?«

»Also sind Sie keinem der beiden je begegnet? Ihr einziges Interesse an diesem Fall war lediglich – wie bei allen anderen – morbide Neugier.«

Er heftete den Blick auf mich. »Das ist richtig. Morbide Neugier ist mein Geschäft.«

Ich öffnete die Akte und holte das oberste Foto heraus. Er spielte mit uns, so wie er die ganze Zeit mit uns gespielt hatte, indem er Hinweise zurückgelassen hatte, die in eine Sackgasse führten.

Ich schob das Foto über den Tisch. »Das hier könnte Ihre Erinnerung auffrischen«, sagte ich. »Das ist Kathy Kogut, die Braut, die in Cleveland ermordet wurde. Ich glaube, der Mann neben ihr sind *Sie*.«

76

Langsam hob Rotbart das Foto auf und betrachtete es. »Ja, das bin ich«, erklärte er. »Aber die Dame erkenne ich nicht wieder, obwohl sie sehr schön ist. Darf ich fragen, woher Sie das Foto haben?«

»Die Premiere von *Fadenkreuz* in San Francisco.«

»Ah.« Er seufzte, als würde ihm jetzt etwas klar.

Ich sah, wie sich die Rädchen in seinem Gehirn fieberhaft drehten, als er nach der richtigen Antwort suchte. Er war tatsächlich gescheit und ein ziemlich guter Schauspieler.

»Bei solchen Anlässen treffe ich eine Menge Leute. Deshalb versuche ich auch, sie zu vermeiden. Sie sagen, das sei die junge Frau, die in Cleveland ermordet wurde?«

»Wir hatten gehofft, sie sei jemand, an den Sie sich erinnern würden«, antwortete ich.

Jenks schüttelte den Kopf. »Zu viele Fans, ich habe keine große Lust, sie kennen zu lernen, nicht mal die hübschen, Inspector.«

»Der Preis des Ruhmes, schätze ich.« Ich nahm das Foto wieder an mich, hielt es einen Moment lang hoch und legte es ihm dann erneut vor.

»Trotzdem muss ich noch mal auf diese Verehrerin zurückkommen. Ich bin neugierig, warum sie nicht *unter all diesen anderen Fans* für Sie in besonderer Erinnerung geblieben ist.« Ich holte die Kopie einer Telefonrechnung aus meiner Akte und reichte sie ihm. Mehrere Telefonnummern waren markiert. »Ist das Ihre Privatnummer?«

Jenks hielt das Blatt hoch. Seine Augen verengten sich. »Ja.«

»Sie hat Sie angerufen, Mr. Jenks. Dreimal, noch in den letzten Wochen. Einmal… *hier*, ich habe es für Sie mit einem Kreis versehen… dauerte das Gespräch zwölf Minuten, vorige Woche. Drei Tage bevor sie geheiratet hat und dann ermordet wurde.«

Jenks nahm das Foto wieder zur Hand. Diesmal war er anders: ernst, fast reumütig. »Die Wahrheit ist, Inspector, dass es mir *unendlich* Leid getan hat, als ich gehört habe, was geschehen ist. Im letzten Monat schien sie so voll Hoffnung zu sein, so voller Erwartung. Es war falsch von mir, Sie zu täuschen. Es war dumm. Ich *habe* Kathy gekannt. Ich habe sie an dem Abend kennen gelernt, als dieses Foto gemacht wurde. Manchmal sind meine Fans ziemlich leicht zu beeindrucken. Und attraktiv. Und manchmal bin auch ich, das muss ich leider gestehen, ein leicht zu beeindruckender Mann.«

Am liebsten wäre ich über den Tisch gesprungen und hätte Nichols Jenks das leicht zu beeindruckende Gesicht in Fetzen gerissen. Ich war mir sicher, dass er für sechs grässliche Morde verantwortlich war. Jetzt verhöhnte er uns und die Opfer. Verdammtes Schwein!

»Sie geben also zu, dass Sie eine Beziehung mit dieser Frau hatten«, sagte Raleigh.

»Nicht so, wie Sie mir unterstellen.« Jenks seufzte. »Kathy war eine Frau, die hoffte, ihre vagen künstlerischen Bestrebungen durch eine Bekanntschaft mit jemandem, der schöpferisch tätig war, zu verwirklichen. Sie wollte selbst schreiben. Es ist nicht gerade Gehirnchirurgie, aber ich nehme an, wenn es so verdammt leicht wäre, hätten wir alle ein Buch auf der Bestsellerliste.«

Keiner von uns reagierte darauf.

»Wir haben uns unterhalten, uns im Lauf der Jahre auch ein paar Mal getroffen, aber weiter ist es nie gegangen. Das ist die Wahrheit.«

»So eine Art Mentor?«, meinte Raleigh.

»Ja, das ist richtig. Eine gute Wortwahl.«

Ich vermochte mich nicht länger zu beherrschen. »Haben Sie vielleicht *rein zufällig* am vergangenen Samstag in Cleveland für Kathy den Mentor gespielt, als sie ermordet wurde, Mr. Jenks?«

Jenks zuckte mit keiner Wimper. »Es hätte sein können, Inspector, *wäre* ich dort gewesen. Ich war nicht dort.«

»Wo waren Sie am vergangenen Samstagabend?«

»Verstehe ich Sie richtig?«, sagte er eisig. »Wollen Sie behaupten, *ich* sei ein Verdächtiger für diese Verbrechen?«

»Kathy Kogut hat geredet, Mr. Jenks.« Ich funkelte ihn wütend an. »Mit ihrer Schwester. Mir ihren Freundinnen. Wir wissen, wie Sie sie behandelt haben. Wir wissen, dass sie San Francisco verlassen hat, um Ihrer Dominanz zu entfliehen. Wir wissen, dass diese Beziehung bis zum Abend ihrer Hochzeit bestanden hat.«

Ich ließ Jenks nicht aus den Augen. Im Zimmer gab es nichts außer mir und ihm.

»Ich war *nicht* in Cleveland«, erklärte er. »Ich habe den Abend hier verbracht.«

Ich zählte ihm sämtliche Indizien auf. Von der Flasche Clos du Mesnil im Hyatt bis zu seiner Beteiligung an dem Immobilien-Fond, dem Sparrow Crest Vineyards gehörte, ferner die Tatsache, dass zwei der Doppelmorde mit Neun-Millimeter-Waffen begangen wurden, und dass er eine solche besaß.

Er lachte mich aus. »Ich hoffe, Sie gründen Ihre Verdächtigungen nicht darauf. Den Champagner habe ich vor Jahren gekauft.« Er zuckte mit den Schultern. »Ich weiß nicht einmal, wo er ist. Wahrscheinlich in unserem Landhaus in Montana.«

»Ich nehme doch an, dass Sie das feststellen könnten«, sagte

Raleigh und erklärte, dass es ein Zeichen unseres Respekts sei, dass wir ihn bäten, ihn uns freiwillig auszuhändigen.

»Würde es Ihnen etwas ausmachen, uns eine Haarprobe Ihres Bartes zu überlassen?«, fragte ich.

»*Was?*« Er begegnete meinem Blick mit offenem Hohn. Ich konnte mir vorstellen, dass Melanie Brandt diesen Blick gesehen hatte, als er auf sie losgegangen war. Und Kathy Kogut, als er auf ihren Kopf gezielt hatte.

»Ich glaube, dieses faszinierende Gespräch ist jetzt zu Ende«, sagte Nicholas Jenks. Dann streckte er die Hände aus. »Es sei denn, Sie wollen mich festnehmen. Mein Lunch wartet.«

Ich nickte. »Wir werden der Sache nachgehen müssen. Wegen Ihres Alibis und wegen der Waffe.«

»Selbstverständlich«, sagte Jenks und erhob sich. »Und sollten Sie noch weitere Informationen brauchen, können Sie sich jederzeit an meinen Anwalt wenden.«

Ich legte das Foto zurück in den Ordner, dann standen Raleigh und ich auf. In diesem Moment betrat die attraktive Rotblonde von den Fotos das Zimmer.

Sie war unbestreitbar bildhübsch, mit sanften aquamarinblauen Augen, hellem Teint, langem, wehenden Haar. Sie war groß und hatte die Figur einer Tänzerin. Bekleidet war sie mit einer Radlerhose und einem Nike-T-Shirt.

»Chessy!«, rief Jenks. »Die Herrschaften kommen von der Polizei von San Francisco. Meine Frau.«

»Es tut mir Leid, Nicky«, entschuldigte sich Chessy Jenks. »Susan kommt rüber. Ich wusste nicht, dass du Gäste hast.«

»Sie wollen gerade gehen.«

Wir nickten steif und gingen zur Tür. »Falls Sie feststellen könnten, wo sich das befindet, worüber wir gesprochen haben, schicken wir jemanden vorbei, der es abholt«, sagte ich.

Er blickte durch mich hindurch, als wäre ich Luft.

Ich hasste es, gehen zu müssen, ohne ihn verhaften zu können, und ihn auch noch mit Samthandschuhen anfassen zu müssen. Doch wir waren noch einige Schritte von der Festnahme entfernt.

»Ach nein?«, sagte Chessy Jenks lächelnd. »Ist mein Mann endlich unter die Mörder gegangen?« Sie trat zu Jenks und schlang die Arme um ihn. »Ich habe ihm immer gesagt, dass das unvermeidlich sei, bei den ekligen, bösen Leuten, über die er schreibt.«

Wusste sie womöglich etwas?, überlegte ich. Sie lebte mit ihm zusammen, schlief mit ihm. Wie konnte sie nichts von dem bemerken, was in seinem Kopf vorging?

»Ich hoffe nicht, Mrs. Jenks«, sagte ich nur.

77

»Was hat sie damit gemeint?«, fragte Chessy Jenks ihren Mann verwirrt, nachdem die Polizisten das Haus verlassen hatten.

Jenks schüttelte sie ab. Er ging zu den großen Schiebetüren zur Terrasse über dem Pazifik.

»Idioten«, murmelte er. »Amateure. Was zum Teufel glauben die, mit wem sie es zu tun haben!«

Er spürte, wie ihm ein heißes Kribbeln über Schultern und den Rücken lief. Das waren doch blöde, minderhirnige Kakerlaken. Deshalb waren sie auch bei der Polizei. Wenn sie Hirn hätten, würden sie wie er hoch über dem Pazifik wohnen.

»Deshalb gibt es Erdlöcher«, sagte er geistesabwesend. »Damit Bullen sich dort wohlfühlen.«

Chessy nahm das Hochzeitsfoto und stellte es an seinen rechtmäßigen Platz. »Was hast du denn gemacht, Nick?«

Warum musste sie ihn immer so weit bringen? Warum wollte sie immer alles wissen?

Sie kam zu ihm und schaute ihn mit diesen klaren, geduldigen Augen an.

Wie immer loderte die Wut blitzschnell in ihm auf.

Es war ihm nicht bewusst, dass er sie geschlagen hatte.

Nur seine Hand schmerzte plötzlich, und Chessy lag auf dem Boden – der Bambustisch mit den Fotos war umgestürzt. Und sie hielt sich den Mund.

»Weißt du nicht, wann du mir aus dem Weg gehen sollst?«, brüllte er. »Brauchst du eine Straßenkarte?«

»Nick, nicht jetzt. Nicht hier«, stieß Chessy hervor.

»Was heißt das, nicht hier?«, brüllte er. Er wusste, dass er brüllte und die Beherrschung verlor, und dass das Personal ihn hören konnte.

»Bitte, Nick«, bat Chessy und stand auf. »Susan wird gleich hier sein. Wir gehen zum Lunch.«

Es war die Vorstellung, dass Chessy dachte, sie könne einfach dasitzen und über ihn urteilen, die ihn völlig durchdrehen ließ. Sah sie nicht, wer sie in Wirklichkeit war? Nur eine Blondine mit Sommersprossen, die er aus der Herde gefischt und in Gottes Gabe für Martha Stewart verwandelt hatte.

Er packte sie am Arm und hielt sein Gesicht dicht vor ihre schönen, angsterfüllten Augen. »Sag es!«

Der Arm, den er festhielt, zitterte. Aus ihrer Nase floss ein wenig Schleim. »Großer Gott, Nick ...«

Ja, das liebte er, diese Angst vor ihm, obwohl sie sie nie in der Öffentlichkeit zeigte.

»Ich habe gesagt: Sag es, Chessy.« Er drehte ihr den Arm auf den Rücken.

Sie atmete jetzt schwer, Schweiß brach unter dem T-Shirt aus. Ihre kleinen Brüste zeichneten sich darunter ab. Als sie ihn mit erbärmlichem Trotz anschaute, verdrehte er ihr den Arm noch stärker und grub die Finger in ihr Fleisch. Dann zerrte er sie so grob zum Schlafzimmer, dass sie mehrmals stolperte.

Im Schlafzimmer trat er die Tür mit dem Fuß zu.

Für wen hielt sich diese aufgeblasene Polizistin? Kam einfach her... und verdächtigte ihn. In diesem billigen Fummel. Was für ein beschissenes, unverschämtes Miststück.

Er zerrte Chessy in den Kleiderschrank. In *ihren*. Drinnen war es dunkel. Nur die Dunkelheit und ihr Schluchzen und der aufdringliche Duft ihres Parfüms. Er drückte sie gegen die Wand und rieb sich an ihrem Hinterteil.

Dann zog er Chessys Radlerhose herunter, samt ihrem Höschen. »Bitte!«, weinte sie. »Nicky?«

Er fand die vertraute Stelle, den Spalt zwischen ihren kleinen Hinterbacken. Er war sehr hart und er stieß tief in sie hinein.

Er stieß zu. »Sag es! Du weißt, was du tun musst, damit es aufhört. Sag es!«

»Wuff«, murmelte sie schließlich ganz leise.

Jetzt genoss sie es, wie immer. Es war nicht schlimm – es war gut. Alle wollten es und genossen es am Schluss. Er wählte sie alle so sorgfältig aus.

»Wuff«, wimmerte sie. »Wuff, wuff. Willst du das hören, Nick?«

Ja, das war ein Teil von dem, was er brauchte. Und von Chessy erwartete er nicht mehr.

»Es gefällt dir, Chessy«, flüsterte er. »Deshalb bist du hier.«

78

Wir observierten Jenks mit drei Einsatzwagen. Sollte er versuchen, die Waffe zu beseitigen, würden wir es erfahren. Wenn er versuchen würde, erneut zu morden, hofften wir, dass wir ihn aufhalten konnten. Ganz gleich, wie gerissen er sein mochte, konnte ich mir nicht vorstellen, wie er im Augenblick einen neuen Mord planen und ausführen sollte.

Ich wollte mit jemandem sprechen, der ihn kannte, der vielleicht bereit war zu reden. Raleigh hatte eine Ex-Frau erwähnt, mit einer Geschichte voller Gewalt in der Ehe. Mit ihr musste ich sprechen.

Es war nicht allzu schwierig, Joanna Jenks, jetzt Joanna Wade, aufzuspüren. Die Suche in den Polizeiakten förderte ihren Mädchennamen zutage, der damals vor etlichen Jahren bei einer Anzeige gegen ihren Mann wegen Gewalttätigkeit aufgeschrieben worden war. Eine Joanna Wade wohnte jetzt in der Filbert Street am Russian Hill.

Es war ein sehr schönes Kalksteinhaus auf dem steilsten Teil des Hügels. Ich klingelte und wies mich bei der Haushälterin aus, die mir die Tür öffnete. Sie teilte mir mit, dass Ms. Wade nicht zu Hause sei. »Schimnastik«, sagte sie. »Gold's Fitness-Studio auf Union.«

Ich fand das Fitness-Studio, gleich um die Ecke von einem Starbucks und einem Alfredson's Markt. Am Empfang teilte mir eine athletische Mitarbeiterin mit Pferdeschwanz mit, Joanna sei im Übungsraum C. Als ich fragte, wie Joanna Wade aussah, lachte sie. »Blond und knackiger Arsch.«

Ich ging weiter und schaute durch ein großes Fenster im Übungsraum C bei einer Tae-Bo-Stunde zu. Acht Frauen schwitzten in Lycrahosen und Sport-BHs und stießen wie bei Karate zu lauter Musik wild mit den Beinen um sich. Ich wusste, dass Tae-Bo die neueste Fitness-Masche war, ein absoluter Renner. Jede dieser Frauen sah aus, als könne sie einen widerspenstigen Verdächtigen gegen die Wand drücken und auf dem Weg zurück zum Revier den Einsatzwagen mühelos überrunden, und das ohne außer Atem zu kommen.

Die einzige Blondine war vorn. Schlank, der Körper wie gemeißelt, legte sie sich ungemein ins Zeug, ohne besonders zu schwitzen. Sie unterrichtete die anderen Frauen.

Ich wartete, bis die Stunde vorüber war und die meisten Frauen hinausgestürmt waren. Sie wischte sich den Schweiß vom Gesicht.

»Super Workout«, sagte ich, als sie auf mich zukam.

»Das beste in der ganzen Gegend. Wollen Sie mitmachen?«

»Vielleicht. Aber vorher würde ich Ihnen gern ein paar Fragen stellen.«

»Gehen Sie zu Diane beim Empfang. Sie kann Ihnen das ganze Paket erklären.«

»Ich habe nicht Tae-Bo gemeint.« Ich zeigte meine Marke. »Ich rede von Nicholas Jenks.«

Joanna starrte mich an und schleuderte den blonden Pferdeschwanz von den Schultern, um sich den Nacken zu kühlen. Sie lächelte boshaft. »Was hat er angestellt? Hat man ihn erwischt, wie er bei Stacey's eins seiner Bücher geklaut hat?«

»Können wir uns unterhalten?«, fragte ich.

Sie zuckte mit den Schultern und führte mich in den Umkleidebereich, der leer war. »Also, was könnte ich Ihnen über Nick erzählen, das Sie nicht von seinen Klappentexten erfahren können?«

»Ich weiß, dass das schon etliche Jahre zurückliegt«, sagte ich. »Aber Sie haben ihn einmal wegen Gewalttätigkeit angezeigt.«

»Hören Sie, falls es in Ihren Akten untergegangen ist: Ich habe die Anzeige damals zurückgezogen.«

Ich sah, wie die Erinnerung an damals Entsetzen in ihr aufsteigen ließ. »Schauen Sie«, sagte ich mit ehrlichem Mitgefühl. »Niemand will in alten Wunden herumstochern, Ms. Wade. Ich möchte nur mehr über Ihren Ex-Mann erfahren.«

»Macht er wieder seine alten Tricks?«

Ich sah, dass sie mich einzuschätzen versuchte. War ich eine Verbündete oder eine Feindin? Dann stieß sie einen ergebenen Seufzer aus und sah mir in die Augen.

»Falls Sie wegen Chessy hier sind – ich hätte sie warnen können, wenn er mich nicht auf so widerliche Weise abgeschoben hätte. Wie hat er gleich gesagt: ›Durch sie schreibe ich, Jo. Sie inspiriert mich.‹ Haben Sie je seine Bücher gelesen, Inspector? Sie brauchte ihn nicht zu inspirieren, indem sie sich abschuftete, während er ›sich selbst fand‹, richtig? Sie musste nicht seine Entwürfe lesen, seine Wutausbrüche ertragen, wenn er abgelehnt wurde, und ihm jede Nacht sagen, wie sehr sie an ihn glaubte. Wissen Sie, wo er sie kennen gelernt hat, Inspector? In der Maske bei *Entertainment Tonight*.«

»Was ich Sie eigentlich fragen möchte, Ms. Wade, ist: Wie gewalttätig ist Nicholas Jenks?«

Es folgte eine Pause. Sie senkte den Blick. Als sie wieder aufschaute, waren ihre Augen feucht, als würde sie gleich in Tränen ausbrechen.

»Nach all den Jahren kommen Sie her und zwingen mich, das alles noch mal durchzuleben. Was soll ich Ihnen denn sagen? Dass seine Mutter ihn nicht geliebt hat? Dass er ein abartiger, gefährlicher Mann ist? Das Leben mit Nick ... ist so hart. Er hält etwas in sich zurück, und Gott allein weiß, wann es rauskommt. Ich habe mich oft gefragt, weshalb? Was habe ich verbrochen? Ich war doch noch so jung.« Tränen standen in ihren Augen.

»Es tut mir Leid.« Ich hatte wirklich Mitleid mit ihr. Mit beiden Mrs. Jenks. Ich konnte es mir beim besten Willen nicht vorstellen, wie es war, aufzuwachen und festzustellen, mit jemandem wie ihm verheiratet zu sein.

»Ich muss diese Fragen stellen«, sagte ich. »Wie groß sind die Chancen, dass sich diese Dinge bei Ihrem Ex-Mann verstärkt haben? Ernster geworden sind?«

Sie schaute mich wie betäubt an. »Ist etwas mit Chessy, Inspector?«

»*Chessy* geht's gut«, versicherte ich ihr, doch ich wollte ihr klar machen, dass es andere gäbe, bei denen das nicht der Fall war.

Sie wartete kurz; als ich nicht weitersprach, lachte sie verbittert. »Dann reden wir wohl über etwas viel Wichtigeres als ein geklautes Buch?«

Ich nickte. Dann sagte ich, von Frau zu Frau: »Ich muss Ihnen eine überaus wichtige Frage stellen, Ms. Wade.«

79

Die Frage, die ich Joanne Wade stellte, lautete: »Ist Nicholas Jenks fähig, einen Mord zu begehen?«

Den Grund durfte ich ihr nicht nennen, doch das spielte keine Rolle. Joanna begriff sofort. Ich sah den Schock in ihren Augen. Nachdem sie sich beruhigt hatte, dachte sie lange nach.

Schließlich schaute sie mich an und fragte noch einmal: »Haben Sie seine Bücher gelesen, Inspector?«

»Eins. *Tödlicher Charme*. Knallhart.«

»Er lebt mit diesen Charakteren, verstehen Sie. Ich glaube, manchmal vergisst er, dass er damit nur seinen Lebensunterhalt verdient.«

Ich sah den selbstkritischen Ausdruck in ihren Augen und beugte mich näher zu ihr. »Ich will Ihnen nicht wehtun, aber ich muss es wissen.«

»Könnte er töten? Könnte er einen Mord begehen? Ich weiß, dass er imstande ist, einen anderen Menschen völlig zu erniedrigen. Das ist doch Mord, oder? Er ist das, was man einen sexuellen Sadisten nennt. Sein Vater hat seine Mutter im Wandschrank des Schlafzimmers verprügelt, als Aphrodisiakum. Er stürzt sich auf jede Schwäche. Ja, der berühmte Nicholas Jenks hat mich erniedrigt. Aber jetzt sage ich Ihnen, was das Schlimmste ist, das Allerschlimmste. Er hat *mich* verlassen, Inspector. Nicht ich ihn.«

Joanna lehnte sich zurück und schenkte mir eine Art mitleidiges Lächeln. »Ich habe Chessy ein paar Mal gesehen. Bei Wohltätigkeitsveranstaltungen. Wir haben uns sogar unterhalten. Er hat sich nicht geändert. Ihr ist klar, dass ich genau weiß, was sie durchmacht, aber das ist etwas, worüber wir nicht sprechen können. Ich sehe die Angst. Ich weiß, wie es ist. Wenn sie in den Spiegel schaut, erkennt sie die Person nicht mehr, die sie früher war.«

Mein Blut brodelte. Durch den harten Firnis erhaschte ich einen flüchtigen Blick auf die Frau, die Joanna Wade gewesen war: jung, nach Halt suchend, verwirrt. Ich berührte ihre Hand. Ich hatte meine Antwort. Dann schloss ich meinen Notizblock und wollte gerade aufstehen, als die Frau mir gegenüber mich überraschte.

»Ich habe gleich gedacht, dass er es war. Ich habe sofort an Nick gedacht, als ich von diesen schrecklichen Verbrechen gehört habe. Ich habe mich an sein Buch erinnert und mir gesagt: ›Er könnte es sein.‹«

»Welches Buch?«

»Das erste, das er geschrieben hat: *Immer eine Brautjungfer.* Ich dachte, deshalb seien Sie hergekommen, weil ihn das mit den Morden in Verbindung bringt.«

Ich starrte sie verwirrt an. »Was reden Sie denn da?«

»Ich erinnere mich kaum noch daran. Er hat es geschrieben, ehe wir uns kennen lernten. Ich hatte das Glück, für das zweite unveröffentlichte Manuskript in sein Leben zu kommen, was er, wie ich gehört habe, vor kurzem für zwei Millionen verkauft hat. Aber das andere Buch hatte ich völlig vergessen. Es handelt von einem Jurastudenten, der seine Frau mit seinem besten Freund erwischt. Er tötet beide. Am Schluss tobt er sich richtig aus.«

»Wie tobt er sich aus?«, fragte ich. Bei ihrer Antwort verschlug es mir den Atem.

»Er zieht los und ermordet Brautpaare. Ganz ähnlich wie das, was passiert ist.«

80

Das war ein Stück des Puzzles, das ich brauchte. Wenn Jenks sich diese Verbrechen ausgedacht und sie in einem frühen Buch aufgezeichnet hatte, würde es unwiderlegbares Wissen beweisen, das war kein schwaches Indiz mehr. Zusammen mit allem anderen, was wir hatten, konnten wir ihn dann definitiv festnehmen.

»Wo kann ich dieses Buch finden?«, fragte ich.

»Es war nicht besonders gut und wurde nie gedruckt«, antwortete Joanna Wade.

Jeder Nerv in meinem Körper stand aufrecht. »Haben Sie eine Kopie des Manuskripts?«

»Glauben Sie mir, wenn ich eine hätte, hätte ich sie schon vor Jahren verbrannt. Nick hatte einen Agenten in der Stadt, Greg Marks. Er hat ihn fallen gelassen, nachdem er Erfolg hatte. Wenn jemand es hat, dann Marks.«

Ich rief Greg Marks vom Auto aus an. Vor Freude summte ich vor mich hin. Ich war in Hochstimmung.

Die Zentrale verband mich, und nach viermaligem Klingeln ertönte ein Tonband: *Sie haben Greg Marks' Agentur erreicht…* Ich war tief enttäuscht. Verdammt, verdammt, verdammt!

Widerstrebend hinterließ ich die Nummer meines Piepsers. »Es ist äußerst dringend«, sagte ich. Gerade wollte ich ihm mitteilen, weshalb ich anrief, als eine Stimme das Band unterbrach. »Greg Marks hier.«

Ich erklärte ihm, dass ich ihn sofort sprechen müsse. Die Marina war nicht weit, ich könnte in zehn Minuten dort sein. »Ich habe einen Termin beim One Market um achtzehn Uhr fünfzehn«, antwortete der Agent schroff. »Aber wenn Sie gleich…«

»Bleiben Sie, wo Sie sind«, unterbrach ich ihn. »Es geht um eine Polizeiangelegenheit, und es ist wichtig. Wenn Sie jetzt weggehen, verhafte ich Sie.«

Greg Marks arbeitete im Loft eines braunen Backsteingebäudes, von wo aus man zum Teil die Brücke sah. Er öffnete die Tür, ein kleiner Mann mit beginnender Glatze, modisch gekleidet, mit einem Jacquardhemd, das bis zum Hals zugeknöpft war. Er musterte mich misstrauisch.

»Ich fürchte, Sie haben sich nicht gerade mein Lieblingsthema ausgesucht, Inspector. Nicholas Jenks ist seit über sechs Jahren nicht mehr mein Klient. Er hat mich an dem Tag verlassen, an dem *Fadenkreuz* es auf die Bestsellerliste des *Chronicle* geschafft hat.«

»Haben Sie noch Kontakt zu ihm?« Ich wollte sicher sein, dass Jenks alles, was ich ihn fragte, erfahren würde.

»Warum sollte ich? Um ihn daran zu erinnern, wie ich damals sein Babysitter war, als er kaum ein Adjektiv zusammen mit einem Substantiv benutzen konnte? Wie ich seine durchgeknallten Anrufe um Mitternacht ertragen und sein gigantisches Ego gestreichelt habe?«

»Ich komme wegen eines Buchs, das Jenks ganz früh geschrieben hat«, unterbrach ich ihn. »Ehe er groß rauskam. Ich habe mit seiner Ex-Frau gesprochen.«

»Mit Joanna?«, rief Marks verblüfft.

»Sie hat gesagt, er hätte ein Buch geschrieben, das nie veröffentlicht wurde. Sie glaubt, es hieß *Immer eine Brautjungfer.*«

Der Agent nickte. »Das war ein unausgegorener Erstling. Keine erzählerische Kraft. Ehrlich gesagt, ich habe es nie eingesandt.«

»Haben Sie eine Kopie davon?«

»Nein, ich habe ihm das Ding sofort zurückgeschickt, nachdem ich die letzte Seite umgeblättert hatte. Aber Jenks dürfte eine haben. Er hielt das Buch für ein Meisterstück an Spannung.«

»Ich hatte gehofft, ich müsste mich deshalb nicht an ihn wenden«, sagte ich, ohne ihm den Grund meines Interesses zu verraten. Ich beugte mich vor. »Wie bekomme ich eine Kopie des Romans in die Hände, ohne Jenks persönlich zu fragen?«

»Joanna hat es nicht aufgehoben?« Marks rieb sich mit dem Finger die Schläfe. »Jenks war immer paranoid, dass die Leute ihn bescheißen könnten. Vielleicht hat er das Copyright beantragt. Warum überprüfen Sie das nicht?«

Das musste ich mit jemandem durchsprechen.

Ich musste es mit den Mädels durchsprechen.

»Wollen Sie mal was wirklich Schlimmes über Jenks hören?«, fragte der Agent.

»Nicht unbedingt, aber schießen Sie los.«

»Also, er hatte diese Idee für ein Buch, das er immer schreiben wollte. Es geht um einen Romanschriftsteller, der besessen ist – so in der Art, wie Stephen King es so toll beschreibt. Um ein wirklich gutes Buch zu schreiben, ein atemberaubend gutes Buch, ermordet er selbst Menschen, um zu sehen, wie das ist. Willkommen in der grässlichen Gedankenwelt des Nicholas Jenks.«

81

Genau deshalb war ich Inspector bei der Mordkommission geworden. Ich raste zurück ins Büro. In meinem Kopf drehte sich alles. Wie konnte ich dieses verlorene Buch in die Hände bekommen? Da schlug die nächste Bombe ein.

Es war McBride.

»Sitzen Sie?«, fragte er, als würde er mir gleich den Gnadenstoß versetzen. »Nicholas Jenks war am Abend der Morde in der Hall of Fame hier in Cleveland. Dieser Mistkerl war hier.«

Jenks hatte mir ins Gesicht gelogen. Er hatte nicht einmal mit der Wimper gezuckt.

Jetzt stand fest, dass der nicht zu identifizierende Mann in der Hall of Fame doch er gewesen war. Er hatte kein Alibi.

McBride erklärte, wie seine Leute sämtliche Hotels abgeklappert hätten. Schließlich entdeckten sie, dass Jenks im Westin abgestiegen war. Erstaunlicherweise hatte er unter seinem richtigen Namen eingecheckt. Eine Angestellte an der Rezeption, die an jenem Abend gearbeitet hatte, erinnerte sich an ihn. Sie hatte Jenks auf Anhieb erkannt – sie war ein Fan.

In meinem Kopf überschlugen sich die möglichen Konsequenzen. Mehr brauchte McBride nicht. Sie hatten die vorausgehende Beziehung zum Opfer und einen möglichen Beweis für die Anwesenheit am Tatort. Jetzt würde man Jenks nach Cleveland überführen. Er hatte sogar bei einem Verhör gelogen.

»Morgen gehe ich wegen eines Haftbefehls zum Bezirksstaatsanwalt«, verkündete McBride. »Sobald ich den habe, will ich, dass Sie Nicholas Jenks festnehmen.«

Die Wahrheit traf mich wie ein Schlag mit einem Vorschlaghammer. Wir würden ihn an Cleveland verlieren. Alle Indizien, alle richtigen Mutmaßungen würden uns nicht helfen. Jetzt konnten wir uns nur noch in einem zweiten Verfahren an eine Verurteilung zu lebenslänglich anhängen. Die Familien der Opfer würden am Boden zerstört sein. *Mercer würde durchdrehen.*

Ich stand vor der absolut demoralisierenden Wahl: Entweder Jenks festnehmen und ihn für McBride warm halten, oder sofort selbst zuschlagen, mit einem keineswegs absolut wasserdichten Fall.

Ich sollte damit in die oberen Etagen gehen, sagte eine Stimme in meinem Kopf.

Doch die Stimme in meinem Herzen sagte: *Rede mit den Mädels darüber!*

82

Innerhalb einer Stunde hatte ich die drei zusammengetrommelt.

»Cleveland ist bereit, ihn zu verhaften«, erklärte ich ihnen. Dann ließ ich die Bombe wegen des Buchs fallen. *Immer eine Brautjungfer.*

»Du musst das finden!«, rief Jill. »Es ist das einzige Beweisstück, mit dem wir ihm eine Verbindung zu allen drei Verbrechen nachweisen können. Wenn es tatsächlich nicht gedruckt wurde, bedeutet das praktisch ein Exklusivwissen über die Morde. Vielleicht gibt es sogar Parallelen zu den tatsächlich begangenen Verbrechen. Finde das Buch, Lindsay, und wir bringen Jenks hinter Schloss und Riegel. Für immer!«

»Wie denn? Joanna Wade hat einen ehemaligen Agenten erwähnt. Ich bin zu ihm gegangen. *Nada.* Nichts. Er hat vorgeschlagen, beim Büro für Copyrights nachzufragen. Wo ist das?«

Cindy schüttelte den Kopf. »In Washington, glaube ich.«

»Das dauert mehrere Tage oder noch länger. So viel Zeit haben wir aber nicht.« Ich wandte mich an Jill. »Vielleicht ist jetzt der Zeitpunkt für eine Hausdurchsuchung und eine Festnahme gekommen. Stürzen wir uns auf Jenks. Wir brauchen die Waffe, und jetzt auch dieses Buch. Und wir brauchen sie sofort!«

»Wenn wir das machen, könnte das die gesamte Ermittlung gefährden«, gab Jill nervös zu bedenken.

»Jill, willst du ihn verlieren?«

»Weiß jemand davon?«, fragte sie.

Ich schüttelte den Kopf. »Nur die erste Mannschaft – ihr. Aber wenn Mercer Wind davon bekommt, wird er sich mit allem, was er hat, darauf stürzen. Kameras, Mikrofone, das FBI in den Kulissen.«

»Aber wenn wir uns irren, verklagt Jenks uns, und zwar nicht zu knapp«, meinte Jill. »Ich mag gar nicht daran denken.«

»Und Cleveland wartet und lässt uns wie einen Haufen Trottel aussehen«, sagte Claire.

Schließlich seufzte Jill. »In Ordnung… ich bin dabei, Lindsay, wenn du keine andere Möglichkeit siehst.«

Ich schaute die drei an, um sicher zu sein, dass die Entscheidung einstimmig war. »Kannst du mir noch vierundzwanzig Stunden Zeit lassen?«, platzte Cindy plötzlich heraus.

Ich war verwirrt. »Wozu?«

»Nur bis morgen. Und ich brauche Jenks' Sozialversicherungsnummer.«

Ich schüttelte den Kopf. »Du hast doch gehört, was ich über McBride gesagt habe. Und überhaupt, wozu?«

Sie hatte den gleichen Gesichtsausdruck wie neulich, als sie abends in meine Wohnung geplatzt war – und das Foto von Jenks und Kathy Kogut, der dritten Braut, geschwenkt hatte. »Gib mir nur bis morgen. Bitte!«

Dann stand sie auf und ging.

83 Am folgenden Morgen schob Cindy etwas zaghaft die Glastüren auf, die zum Büro der Schriftstellergilde von San Francisco führten. Sie hatte ein ähnliches Gefühl wie an jenem Tag im Grand Hyatt. Eine Frau in mittleren Jahren mit dem pedantischen Aussehen einer Bibliothekarin blickte sie fragend an. »Kann ich Ihnen helfen?«

Cindy holte tief Luft. »Ich muss ein Manuskript finden. Es wurde vor einigen Jahren geschrieben.«

Das Wort *Copyright* hatte ihr die Idee gegeben. Während des Studiums hatte sie Kurzgeschichten geschrieben. Sie waren kaum gut genug, um in der Literaturzeitung der Universität gedruckt zu werden, doch ihre Mutter hatte darauf bestanden.

»Sichere dir das Copyright!« Als sie sich danach erkundigte, stellte sich heraus, dass das Monate dauern und viel zu viel kosten würde. Ein Freund, der schon ein paar Sachen veröffentlicht hatte, hatte ihr einen anderen Weg gezeigt, wie sie sich die Rechte sichern konnte. Er erzählte ihr, dass alle Schriftsteller das taten. Wenn Nicholas Jenks sich in seinen Hungerjahren hatte absichern wollen, hatte er vielleicht denselben Weg gewählt.

»Es geht um eine Familienangelegenheit«, erklärte Cindy der Frau. »Mein Bruder hat diese Geschichte geschrieben, über drei Generationen. Aber wir haben keine Kopie davon.«

Die Frau schüttelte den Kopf. »Wir sind keine Bibliothek. Ich fürchte, dass alles, was wir hier haben, unter Verschluss ist. Wenn Sie etwas suchen, muss Ihr Bruder schon selbst kommen.«

»Das geht nicht«, sagte Cindy mit Trauermiene. »Nick ist tot.«

Die Frau wurde weicher und musterte sie etwas weniger förmlich. »Das tut mir Leid.«

»Seine Frau sagt, sie kann keine Kopie finden. Ich würde es gern unserem Dad zu seinem sechzigsten Geburtstag schenken.« Sie kam sich schuldig und blöd vor, so dreist zu lügen, doch alles hing davon ab, dieses Buch zu bekommen.

»Das geht hier alles auf dem Dienstweg«, erklärte die Frau feierlich. »Totenschein. Nachweis der Verwandtschaft. Ihr Familienanwalt kann Ihnen bestimmt helfen. Ich kann Sie nicht einfach reinlassen.«

Cindy dachte blitzschnell nach. Der Laden hier war nicht Microsoft! Wenn sie es geschafft hatte, im Grand Hyatt zum Tatort vorzudringen und Lindsay zum zweiten Schauplatz des Verbrechens zu folgen, sollte sie auch mit dieser Situation fertig werden. Alle zählten auf sie.

»Es muss doch einen Weg geben, dass Sie mich mal nachsehen lassen. *Bitte!*«

»Ich fürchte nein, meine Liebe. Nicht ohne irgendwelche Legitimation. Woher wissen Sie denn, dass er sich bei uns hat registrieren lassen?«

»Mein Schwägerin ist ganz sicher.«

»Gut, aber ich kann keine registrierten Dokumente herausgeben, nur weil jemand glaubt, sicher zu sein«, erklärte sie entschieden.

»Vielleicht könnten Sie wenigstens nachsehen, ob es überhaupt hier ist«, flehte Cindy.

Die dackelnasige Verteidigerin der freien Presse entspannte sich etwas. »Das könnte ich wohl tun. Haben Sie eine Ahnung, wann er es geschrieben hat?«

Cindy verspürte einen Adrenalinstoß. »Ja, ungefähr vor zehn Jahren.«

»Und der Name?«

»Ich glaube, es hieß *Immer eine Brautjungfer.*« Ihr lief es eiskalt über den Rücken, als sie das sagte.

»Ich meinte den Autor.«

»Jenks«, antwortete Cindy und hielt die Luft an. »Nicholas Jenks.«

Die Frau musterte sie misstrauisch. »Der Krimischriftsteller?«

Cindy schüttelte den Kopf und rang sich ein Lächeln ab. »Der Versicherungsvertreter«, sagte sie so ruhig wie möglich.

Die Frau sah sie etwas seltsam an, tippte den Namen jedoch ein. »Können Sie beweisen, dass Sie mit ihm verwandt sind?«

Cindy reichte ihr einen Zettel, auf dem Jenks' Sozialversicherungsnummer stand. »Das müsste bei der Registrierung stehen.«

»Das reicht nicht«, erklärte die Frau.

Cindy wühlte in ihrem Rucksack. Sie spürte, wie ihre Chance verrann. »Sagen Sie mir wenigstens, ob es hier ist. Dann komme ich wieder und bringe Ihnen alles, was Sie wollen.«

»Jenks«, murmelte die Frau skeptisch. »Sieht so aus, als hätte

Ihr Bruder mehr geschrieben, als Sie dachten. Er hat hier *drei* Manuskripte registrieren lassen.«

Cindy hätte am liebsten einen Freudenschrei ausgestoßen. »Ich suche nur nach dem mit dem Titel *Immer eine Brautjungfer.*«

Es kam ihr vor, als dauerte es mehrere Minuten, doch dann wich der eiserne Widerstand der Frau. »Ich weiß nicht, warum ich das mache, aber wenn Sie Ihre Geschichte verifizieren können, scheint dieses Manuskript hier zu liegen.«

Cindy war überglücklich. Das Manuskript war das letzte Stück, das sie brauchten, um den Mordfall zu knacken und Jenks ins Gefängnis zu bringen.

Jetzt musste sie es nur noch zu fassen kriegen.

84

»Ich habe es gefunden!«, rief Cindy atemlos ins Telefon. »*Immer eine Brautjungfer.*«

Ich schlug vor Begeisterung mit der Faust auf den Schreibtisch. Das bedeutete, dass wir tatsächlich zuschlagen konnten. »Und was steht drin, Cindy?«

»Ich habe es *gefunden*«, fuhr Cindy fort. »Ich habe es noch nicht in der Hand.« Sie erzählte mir von der Schriftstellergilde. Das Buch war dort, aber es würde einigen Zuredens bedürfen, es in die Finger zu bekommen.

Tatsächlich jedoch dauerte es nur knapp zwei Stunden, angefangen mit einem hektischen Telefonanruf bei Jill. Sie holte einen Richter aus dem Saal. Dieser unterzeichnete einen Gerichtsbeschluss, in dem verlangt wurde, Jenks' Manuskript *Immer eine Brautjungfer* herauszugeben.

Dann rasten Jill und ich zu Cindy. Unterwegs rief ich noch Claire an. Es schien mir nur recht und billig, dass wir alle dort waren.

Zwanzig Minuten später trafen Jill und ich Cindy und Claire vor einem tristen Gebäude an der Geary, wo die Schriftstellergilde ihre Büros hatte. Dann fuhren wir gemeinsam in den siebten Stock.

»Da bin ich wieder«, erklärte Cindy der verblüfften Frau am Empfang. »Und ich habe meine Legitimation mitgebracht.«

Sie beäugte uns misstrauisch. »Wer ist das? Ihre Kusinen?«

Ich zeigte ihr meine Polizeimarke und überreichte ihr den offiziellen, gestempelten Durchsuchungsbefehl.

»Was ist denn mit diesem Buch los?«, fragte die Frau. Sie merkte deutlich, dass die Sache nicht mehr in ihre Zuständigkeit fiel. Also ging sie nach hinten und kam mit einem Vorgesetzten zurück, der den Gerichtsbeschluss peinlich genau durchlas.

»Wir bewahren die Manuskripte nur bis zu acht Jahren auf«, sagte er leicht verunsichert. Dann verschwand er für einige Zeit, die uns wie eine Ewigkeit vorkam.

Wir saßen in dem spärlich eingerichteten Empfangsbereich und warteten wie aufgeregte werdende Väter. Was, wenn das Buch weggeworfen worden war? Zehn Jahre waren eine lange Zeit.

Endlich tauchte der Mann mit einem Bündel wieder auf, das in staubiges braunes Papier gewickelt war. »Hinter den Archivkästen«, sagte er mit selbstgefälligem Lächeln.

Unten in der Straße war ein Café. Wir setzten uns an einen Tisch ganz hinten und warteten gespannt. Ich legte das Manuskript auf den Tisch und entfernte das braune Packpapier.

Dann las ich den Titel. *Immer eine Brautjungfer – Roman – von Nicholas Jenks.*

Nervös klappte ich es auf und las die erste Seite. Der Erzähler reflektierte vom Gefängnis aus über seine Verbrechen. Er hieß Phillip Campbell.

Was ist das Schlimmste, was je ein Mensch getan hat?, begann der Roman.

85

Wir teilten das Buch in vier Abschnitte. Jede von uns überflog stumm ihren Teil und suchte nach Einzelheiten, nach Parallelen zu den tatsächlich begangenen Verbrechen.

Mein Teil handelte von dem Leben dieses Typen, Phillip Campbell. Seine perfekte Bilderbuchfrau, und wie er sie mit einem anderen Mann erwischte. Er tötete beide – und sein Leben veränderte sich für immer.

»Bingo!«, rief Jill plötzlich. Sie las laut vor und hielt die losen Blätter des Manuskripts wie Spielkarten.

Sie beschrieb eine Szene mit Phillip Campbell – »*Atem hämmerte in ihm, Stimmen dröhnten in seinem Kopf*« –, wie dieser durch die Korridore eines Hotels schlich. Das Grand Hyatt. Eine Braut und ein Bräutigam sind in einer Suite. Campbell bricht bei ihnen ein – er tötet sie, ohne nachzudenken.

»*Mit einer einzigen Handlung*«, las Jill aus dem Manuskript, »*hatte er den Gestank von Verrat weggewaschen und ihn durch ein frisches, bis dahin unvorstellbares Begehren ersetzt. Es machte ihm Freude zu töten.*«

Wir sahen uns an. Das war mehr als gespenstisch. Jenks war verrückt – aber war er auch schlau?

Als Nächste war Claire dran. Wieder war es eine Hochzeit. Diesmal spielte die Szene vor der Kirche. Braut und Bräutigam schreiten die Stufen herab, Reis wird geworfen, Glückwünsche, Applaus. Derselbe Mann, Phillip Campbell, wartet am Lenkrad der Limousine, die das Brautpaar wegfährt.

Verblüfft schauten wir uns an. So war der zweite Doppelmord begangen worden.

»Heilige Scheiße«, murmelte Jill.

Claire schüttelte nur den Kopf. Sie sah schockiert und traurig aus. Ich nehme an, das waren wir alle.

In meiner Brust baute sich ein lang unterdrückter Schrei der Genugtuung auf. Wir hatten es geschafft! Wir hatten die »Honeymoon-Morde« gelöst!

»Ich wüsste gern, wie es endet« meinte Cindy und blätterte zum Ende des Manuskripts.

»Na, wie schon?«, sagte Jill. »Mit einer Verhaftung.«

86

Ich fuhr mit Chris Raleigh zu Jenks' Haus hinauf. Unterwegs sprachen wir kaum. Wir waren beide voll Erwartung und Freude. Vor dem Tor trafen wir uns mit Charlie Clapper und seinem Team von der Spurensicherung. Sie würden Haus und Grundstück durchkämmen, sobald wir Jenks abgeführt hatten.

Wir klingelten. Mit jeder Sekunde, die wir warteten, schlug mein Herz schneller. Jeder Grund, weshalb ich zur Polizei gegangen war, wühlte in meiner Brust. Das war's!

Die Tür öffnete sich, dieselbe Haushälterin stand vor uns. Diesmal wurden ihre Augen groß, als sie die vielen Polizeifahrzeuge sah.

Ich zückte meine Marke und eilte an ihr vorbei. »Wir müssen mit Mr. Jenks sprechen.«

Wir fanden allein den Weg in das Wohnzimmer, wo wir uns erst vor zwei Tagen mit ihm getroffen hatten. Auf dem Korridor kam uns eine verblüffte Chessy Jenks entgegen. »Inspector«, stieß sie hervor, als sie mich erkannte. »Was ist denn los? Was machen die vielen Polizisten vor dem Haus?«

»Es tut mir Leid«, sagte ich und sah ihr in die Augen. Sie tat mir tatsächlich Leid. »Ist Ihr Mann zu Hause?«

»Nick!«, rief sie in Panik, als ihr klar wurde, weshalb wir gekommen waren. Dann lief sie los und versuchte, mich aufzuhalten. Dabei schrie sie: »Sie können nicht einfach so hereinkommen. Was fällt Ihnen ein. Das ist unser Haus.«

»Bitte, Mrs. Jenks«, beschwichtigte Raleigh.

Ich war viel zu aufgeregt, um stehen zu bleiben. Ich wollte Nicholas Jenks so dringend festnehmen, dass es wehtat. Eine Sekunde später erschien er. Er kam von dem Rasen hinter dem Haus, von dem aus man die herrliche Aussicht auf den Pazifik hatte.

»Ich dachte, ich hätte Ihnen gesagt, dass Sie sich an meinen Anwalt wenden sollen, falls Sie noch etwas von mir wollen«, sagte er eisig. In seinem weißen Hemd und den Leinenshorts wirkte er völlig ungerührt.

»Das können Sie ihm selbst sagen«, erklärte ich. Mein Herz raste. »Nicholas Jenks, ich verhafte Sie wegen der Morde an David und Melanie Brandt sowie an Michael und Rebecca DeGeorge und an James und Kathleen Voskuhl.«

Ich wollte, dass er jeden Namen hörte, wollte ihn an jeden Menschen erinnern, den er ermordet hatte. Ich wollte sehen, wie diese abgebrühte Gleichgültigkeit aus seinen Augen verschwand.

»Das ist doch Wahnsinn.« Jenks funkelte mich an. Seine grauen Augen bohrten sich in meine.

»Nick!«, rief seine Frau. »Wovon reden die denn? Warum sind sie in unserem Haus?«

»Wissen Sie überhaupt, was Sie tun?«, zischte er mich an. An seinem Hals traten die Adern hervor. »Ich habe Sie gefragt: *Wissen Sie, was Sie tun?*«

Ich antwortete nicht, sondern las ihm nur seine Rechte vor.

»Was Sie hier tun, ist der größte Fehler ihres armseligen kleinen Lebens«, tobte er.

»Was reden die denn?« Seine Frau war leichenblass. »Nick, bitte, sag mir, was los ist.«

»Halt's Maul!«, schrie Jenks sie an. Plötzlich fuhr er auf mich los; in seinen Augen loderte ein wildes Feuer. Er holte aus und wollte mir einen Faustschlag versetzen.

Ich trat ihm die Füße weg. Jenks fiel über ein Tischchen auf den Boden, überall stürzten Fotos um, Glas splitterte. Der Schriftsteller stöhnte laut vor Schmerzen.

Chessy Jenks schrie auf und stand wie gelähmt da. Chris Raleigh legte ihrem Mann Handschellen an und zerrte ihn auf die Beine.

»Ruf Sherman an!«, schrie Jenks seine Frau an. »Sag ihm, wo ich bin, was passiert ist.«

Raleigh und ich zerrten Jenks zu unserem Wagen hinaus. Er wehrte sich immer noch, und ich sah keinen Grund, ihn besonders zartfühlend zu behandeln.

»Wie lautet jetzt Ihre Theorie über Mörder?«, fragte ich ihn.

87

Nachdem die letzte Pressekonferenz geendet hatte, nachdem das letzte Blitzlicht erloschen war, nachdem ich zum hundertsten Mal berichtet hatte, wie wir uns auf Jenks eingeschossen hatten, und nachdem ein strahlender Chief Mercer im Dienstwagen mit Chauffeur weggefahren war, umarmte ich Claire, Cindy und Jill. Wir tranken zur Feier des Tages ein Bier. Danach wanderte ich zurück zur Hall of Justice.

Es war schon weit nach zwanzig Uhr, und nur das Gemurmel der Nachtschicht störte mein Alleinsein.

Ich saß an meinem Schreibtisch, genoss die wohlverdiente Ruhe im Dienstzimmer und versuchte mich daran zu erinnern, wann ich mich zum letzten Mal so *gut* gefühlt hatte.

Morgen würden wir anfangen, den Fall gegen Nicholas Jenks feinsäuberlich zusammenzutragen: ihn verhören, weitere Beweise sammeln, unzählige Protokolle schreiben. Aber wir hatten es geschafft. Wir hatten ihn gefasst, so wie ich es gehofft hatte. Ich hatte das Versprechen erfüllt, das ich Melanie Brandt in jener grauenvollen Nacht in der Mandarin Suite des Grand Hyatt gegeben hatte.

Ich war stolz auf mich. Wie sich die Anämie auch entwickeln würde, selbst wenn ich nie Lieutenant würde, *das* konnte mir niemand mehr nehmen!

Ich stand auf und ging zu der frei stehenden Tafel, auf der die Fälle standen, die wir bearbeiteten. Unter *Ungelöst* stand irgendwo ziemlich weit oben ihr Name: *Melanie Brandt*. Ich nahm den Lappen und wischte über den Namen, dann über den ihres Mannes, bis die blauen Kreideschlieren völlig verschwunden waren.

»Ich wette, das ist ein tolles Gefühl«, sagte Raleigh hinter mir.

Ich drehte mich um. Da stand er und sah sehr zufrieden mit sich aus.

»Was machst du denn so spät noch hier?«, fragte ich.

»Ich dachte, wir könnten Roths Schreibtisch aufräumen und ein paar Punkte sammeln«, antwortete er. »Was glaubst du denn, Lindsay? Ich bin hergekommen, um dich zu sehen.«

Wir standen in einer Ecke des Dienstzimmers. Niemand war in der Nähe. Er brauchte sich nicht zu bewegen. Ich ging zu ihm. Kein Grund, das zu leugnen.

Ich küsste ihn. Nicht wie zuvor, nicht nur, um Chris zu zeigen, dass ich an ihm interessiert war. Nein, ich küsste ihn so, wie ich ihn damals an dem Abend unter den Bäumen am See in

245

Cleveland hatte küssen wollen. Ich wollte ihm den Atem aus der Brust rauben und sagen: *Das wollte ich tun, seit ich dich zum ersten Mal gesehen habe.*

Als wir uns endlich voneinander lösten, wiederholte er lächelnd: »Wie gesagt, ich wette, das ist ein tolles Gefühl.«

Es war wirklich ein tolles Gefühl. Im Augenblick fühlte ich mich rundum gut. Es war aber auch ein Gefühl der Unausweichlichkeit.

»Was für Pläne hast du?« Ich lächelte ihn an.

»Wie genau willst du das wissen?«

»Im Moment – ganz genau. Heute Abend. Jedenfalls für die nächsten paar Stunden.«

»Ich hatte vor, auf Cheerys Schreibtisch ein bisschen Ordnung zu schaffen und dich zu fragen, ob ich dich nach Hause bringen soll.«

»Ich hole nur meine Handtasche.«

88

Ich erinnere mich nicht mehr, wie wir bis zu meiner Wohnung in Potrero gelangten. Ich erinnere mich nicht mehr, wie Chris und ich redeten und fuhren und ignorierten, was in unserem Innern an uns zerrte.

Kaum waren wir durch die Tür meiner Wohnung, gab es kein Halten mehr. Ich stürzte mich auf Chris, er stürzte sich auf mich. Wir kamen nur bis zum Teppich im Flur, wir küssten, streichelten, suchten nach Reißverschlüssen und Knöpfen und atmeten schwer.

Ich hatte vergessen, wie schön es war, so liebkost zu werden, in den Armen gehalten zu werden, von jemandem begehrt zu werden, den auch ich begehrte. Sobald wir uns berührt hatten, waren wir erfahren genug, um uns Zeit zu lassen. Wir wollten beide, dass es dauerte. Chris hatte, was ich mehr als alles andere brauchte: *sanfte Hände.*

Wie schön war es, ihn zu küssen; ich liebte seine Zärtlichkeit, dann seine raue Stärke, einfach die Tatsache, dass er sich um mein Vergnügen ebenso bemühte wie um sein eigenes. Man weiß das nie, bis man es ausprobiert – es war wunderschön mit Chris. Ich genoss jeden Moment.

Ich weiß, dass es ein Klischee ist, doch in dieser Nacht liebte ich diesen Mann, als wäre es das letzte Mal. Ich spürte Chris' wärmenden Strom, der mich elektrisierte – von meinem Schoß über die Schenkel bis in die Spitzen der Finger und Zehen. Seine Arme hielten mich zusammen, verhinderten, dass ich auseinander fiel. Ich empfand ihm gegenüber ein Vertrauen, das keine Fragen stellte.

Ich hielt nichts zurück. Ich gab mich Chris hin wie nie zuvor. Nicht nur mit dem Körper und dem Herzen, diese Dinge hätte ich zurückziehen können. Ich gab ihm meine Hoffnung, dass ich immer noch leben konnte.

Als ich einen Schrei ausstieß und mein gesamter Körper explodierte, meine Finger und Zehen steif vor Lust, flüsterte eine Stimme in mir etwas, von dem ich wusste, dass es wahr war:

Ich habe ihm alles gegeben, und er hat es mir zurückgegeben.

Schließlich löste sich Chris von mir. In uns beiden kribbelte noch die lodernde Leidenschaft.

»Und jetzt?«, stieß ich atemlos hervor.

Er schaute mich an und lächelte. »Ich möchte das Schlafzimmer sehen.«

89

Eine kühle Brise blies in mein Gesicht. O Gott, was für eine Nacht! Was für ein Tag! Was für eine Achterbahn!

Ich saß in einen Quilt gewickelt auf meiner Terrasse und schaute auf das Südende der Bucht. Nichts bewegte sich, nur die Lichter von San Leandro funkelten in der Ferne. Es war viertel vor zwei.

Im Schlafzimmer lag Chris und schlief. Er hatte sich etwas Ruhe verdient.

Ich konnte nicht schlafen. Mein Körper war zu lebendig. Er kribbelte wie ein fernes Ufer mit tausend flackernden Lichtern.

Unwillkürlich musste ich lächeln, als ich dachte: Es war *wirklich* ein herrlicher Tag gewesen. »Siebenundzwanzigster Juni«, sagte ich laut. »Ich werde dich nie vergessen.« Als Erstes hatten wir das Buch gefunden, dann Jenks festgenommen. Ich hatte mir nicht vorstellen können, dass sich das noch steigern ließe.

Doch es *hatte* sich gesteigert. Chris und ich hatten uns in dieser Nacht noch zweimal geliebt. Die vergangenen drei Stunden waren ein wunderschöner Tanz mit Berühren, Keuchen und Lieben gewesen. Ich wollte nicht, dass er seine Hände je wieder von mir nahm. Ich wollte nie wieder die Wärme seines Körpers vermissen. Es war ein ganz neues Gefühl. Zum ersten Mal hatte ich mich ganz hingegeben, nichts zurückgehalten, und das war sehr, sehr schön.

Jetzt jedoch, hier in der Dunkelheit, plagte mich eine anklagende Stimme. Ich log. Ich hatte nicht alles gegeben. Es gab die eine unausweichliche Wahrheit, die ich verbarg.

Ich hatte ihm nicht von der Anämie erzählt. Ich wusste nicht, wie. Ich konnte ihm doch nicht in dem Moment, in dem wir uns so lebendig gefühlt hatten, sagen, dass ich sterben würde. Dass mein Körper, gerade noch so bebend vor Leidenschaft, krank war. Innerhalb eines einzigen Tages schien sich alles in meinem Leben verändert zu haben. Ich wollte mich in die Lüfte emporschwingen. Ich verdiente es. Ich verdiente es, glücklich zu sein.

Aber Chris verdiente, Bescheid zu wissen.

Ich hörte ein Rascheln hinter mir. Es war Chris.

»Was machst du denn hier draußen?«, fragte er. Dann legte er mir von hinten die Hände auf Hals und Schultern.

Ich hielt die Knie umschlungen, der Quilt bedeckte kaum meine Brust. »Es wird schwierig, wieder zu dem zurückzukehren, was vorher war«, sagte ich und schmiegte meinen Kopf an ihn.

»Wer sagt denn etwas von zurückkehren?«

»Ich meine, als Partner. Dich im Büro zu sehen. Morgen müssen wir Jenks verhören. Ein großer Tag für uns beide.«

Seine Finger umschmeichelten meine Brüste, dann meinen Nacken. Er trieb mich in den Wahnsinn. »Es braucht dir nicht Leid zu tun«, sagte er. »Sobald der Fall abgeschlossen ist, gehe ich zurück. Ich bleibe nur für die Vernehmungen.«

»Chris«, sagte ich. Es lief mir eiskalt über den Rücken. Ich hatte mich bereits an ihn gewöhnt.

»Ich habe dir doch gesagt, wir würden nicht immer Partner bleiben.« Er beugte sich herab und atmete den Duft meines Haares ein. »Zumindest nicht *solche* Partner.«

»Und was für welche dann?«, fragte ich leise. Mein Nacken brannte lichterloh, wo seine Hände mich liebkosten. Oh, lass das weitergehen, irgendwohin, betete ich stumm. Lass es bis zum Mond gehen.

Konnte ich es ihm einfach sagen? Es war nicht mehr so, dass ich es nicht gekonnt hätte, aber nicht jetzt. Nicht hier. Ich wollte nicht, dass das aufhörte.

Ich ließ mich von ihm ins Schlafzimmer führen.

»Es wird immer besser«, flüsterte ich.

»Nicht wahr? Ich kann es gar nicht erwarten, was als Nächstes passiert.«

90

Am nächsten Tag hatte ich mich gerade an den Schreibtisch gesetzt und blätterte den *Chronicle* durch, um die Fortsetzung von Cindys Artikel über Jenks' Festnahme zu lesen, als das Telefon klingelte.

Es war Charlie Clapper von der Spurensicherung. Seine Leute hatten bis spät in die Nacht alles in Jenks' Haus peinlich genau durchsucht.

»Haben Sie etwas, das mir bei dem Fall hilft, Charlie?« Ich hoffte auf die Mordwaffe, vielleicht sogar auf die fehlenden Ringe. Etwas Greifbares, das Jenks' offenen Hohn zum Schmelzen bringen würde.

Der Leiter der Spurensicherung stieß einen müden Seufzer aus. »Ich glaube, Sie sollten herkommen und es sich ansehen.«

Ich griff mir meine Handtasche und die Schlüssel für den Dienstwagen. Auf dem Korridor traf ich Jacobi. »Es gibt Gerüchte, dass ich nicht mehr der Mann Ihrer Träume bin«, sagte er.

»Sie sollten nie glauben, was Sie im *Star* lesen«, entgegnete ich spöttisch.

»Richtig, oder was ich von der Nachtschicht höre.«

Ich blieb abrupt stehen. Jemand hatte Chris und mich gestern Abend gesehen. Durch meinen Kopf raste die heiße Eilmeldung, die durch die Gerüchteküche schwirrte. Ich war wütend, vor allem, weil ich rot wurde.

»Ganz locker bleiben«, sagte Jacobi. »Sie wissen doch, was passiert, wenn man einen Fall knackt. Und Sie *haben* den Fall geknackt.«

»Danke, Warren«, sagte ich. Es war einer der seltenen Momente, wo wir beide nichts zu verbergen hatten. Ich zwinkerte ihm zu und ging zur Treppe.

»Vergessen Sie aber nicht, dass es die Übereinstimmung bei

dem Champagner war, die Sie auf die richtige Spur geführt hat«, rief er mir hinterher.

»Ich werde daran denken. Ich bin Ihnen dankbar, Warren.«

Ich fuhr die Sixth bis zur Taylor und zur California zu Jenks' Haus in Sea Cliff. Als ich ankam, blockierten zwei Polizeiwagen die Straße, um die Meute der Medienleute in Schach zu halten. Ich fand Clapper. Er sah müde aus und war unrasiert. Er ruhte sich gerade ein paar Minuten am Esstisch aus.

»Haben Sie die Mordwaffe für mich gefunden?«, fragte ich.

»Nur das hier.« Er deutete auf einen Haufen Plastiktüten mit Waffen auf dem Fußboden.

Es waren Jagdgewehre, eine Minelli-Schrotflinte, ein Colt .45 Automatik. Keine Neun-Millimeter. Ich tat keinen Schritt, um sie mir anzusehen.

»Wir haben sein Arbeitszimmer durchsucht«, erklärte Clapper. »Nichts über irgendein Opfer. Keine Zeitungsausschnitte, keine Trophäen.«

»Ich hatte gehofft, Sie würden die fehlenden Ringe finden.«

»Sie wollen Ringe?« Müde schob Clapper sich hoch. »Seine Frau hat Ringe. Jede Menge. Ich kann sie Ihnen zeigen. Aber wir haben etwas gefunden. Folgen Sie mir.«

In der Küche stand auf dem Boden eine Kiste, mit dem gelben Schild *Beweisstück* drauf. Es war eine Kiste mit Champagner. Krug. Clos du Mesnil.

»Das wussten wir bereits«, sagte ich.

Er sah mich an, als hätte ich ihn durch eine allgemein bekannte Tatsache beleidigt. Dann nahm er eine Flasche aus der offenen Kiste.

»Überprüfen Sie die Nummern, Lindsay. Jede Flasche ist mit einer eigenen Nummer versehen. Schauen Sie. Hier: vier-zwei-drei-fünf-fünf-neun. Damit rinnt er bestimmt viel weicher durch die Kehle.« Er holte eine zusammengefaltete Tüte mit der Aufschrift *Eigentum der Polizei* aus der Brusttasche. »Die aus dem Hyatt war von derselben Lage. Dieselbe Nummer.« Er lächelte.

Die Flaschen trugen tatsächlich dieselben Nummern. Das war ein solider Beweis, der Jenks mit dem Ort verknüpfte, an dem David und Melanie Brandt ermordet worden waren. Es war keine Waffe, aber ein stichhaltiger Beweis, nicht bloß ein Indiz. Eine Woge der Erregung durchzuckte mich. Ich schlug dem blassen, schwergewichtigen Leiter der Spurensicherung freudig gegen die erhobene Hand.

»Aber ich hätte Sie nicht nur deswegen den ganzen Weg hergebeten«, sagte Charlie, beinahe als wollte er sich entschuldigen.

Clapper führte mich durch das exquisit eingerichtete Haus ins Schlafzimmer. Es hatte ein riesiges Panoramafenster, durch das man die Golden Gate Bridge sah. Er zeigte auf einen großen Wandschrank. Jenks'.

»Erinnern Sie sich an das blutige Jackett, das wir im Hotel gefunden haben?« Charlie kniete nieder. »Nun, jetzt haben wir den kompletten Smoking.«

Clapper griff hinter den Schuhständer im Schrank und holte eine zerknitterte Einkaufstüte von Nordstrom's hervor. »Ich wollte, dass Sie sehen, wie wir es gefunden haben.«

Aus der Tüte holte er eine zusammengeknüllte schwarze Smokinghose.

»Ich habe es bereits überprüft. Es ist die andere Hälfte zu dem Jackett im Hyatt. Derselbe Hersteller. Schauen Sie hinein, dieselbe Modellnummer.«

Ich hätte ebenso gut auf eine Million Dollar in bar oder eine Tonne gestohlenes Kokain starren können. Ich konnte die Augen nicht von der Hose wenden und stellte mir dabei vor, wie Jenks sich jetzt winden würde. Claire hatte Recht gehabt. Sie hatte von Anfang an Recht gehabt. Das Jackett stammte nicht vom Opfer. Es hatte immer Jenks gehört.

»Also, was meinen Sie, Inspector?« Charlie Clapper grinste. »Jetzt können Sie den Fall doch abschließen, oder? Ach ja«, sagte er beinahe geistesabwesend. »Wo hab ich es denn hingetan?«

Er klopfte seine Taschen ab. Schließlich fand er eine kleine Plastiktüte.

»Direkt aus dem Elektrorasierer von dem Wichser«, verkündete Charlie.

In der Tüte waren mehrere kurze rote Haare.

91

»Ich habe schon auf dich gewartet, Schätzchen«, sagte Claire. Sie nahm mich am Arm und führte mich ins Labor, in einen kleinen Raum, dessen Wandregale mit Chemikalien bestückt waren. Auf einer Arbeitsplatte aus Granit standen zwei Mikroskope nebeneinander.

»Charlie hat mir gesagt, was er gefunden hat«, sagte sie. »Der Champagner. Die *passenden* Hosen. Du hast ihn, Lindsay.«

»Wenn die identisch sind, schicken wir ihn in die Todeszelle.« Ich hielt ihr die Plastiktüte hin.

»Okay, lass mal sehen.« Sie lächelte. Dann öffnete sie einen gelben Umschlag mit der Aufschrift *Wichtiges Beweisstück* und nahm eine Petrischale wie die, welche ich nach den zweiten Morden gesehen hatte. Auf der Vorderseite stand mit dicken schwarzen Buchstaben: Rebecca DeGeorge, Nr. 62340.

Mit einer Pinzette legte sie das einzelne Haar, dass bei der zweiten Braut gefunden worden war, auf einen Objektträger und schob ihn unter das Mikroskop. Sie beugte sich vor, stellte das Objektiv ein und überraschte mich mit der Frage: »Und wie fühlst du dich, Mädchen?«

»Du meinst die Anämie?«

»Was denn sonst?«, knurrte sie und schaute ins Mikroskop.

Bei den sich überstürzenden Ereignissen, die zu Jenks' Festnahme geführt hatten, dachte ich jetzt zum ersten Mal seit Tagen wieder daran. »Ich habe vorige Woche mit Medved gesprochen. Meine Werte sind immer noch niedrig.«

Claire blickte auf. »Das tut mir Leid, Lindsay.«

Ich bemühte mich, zuversichtlich zu klingen, als ich ihr die weiteren Maßnahmen schilderte. Die erhöhte Dosis. Häufigere Transfusionen. Ich erwähnte die Möglichkeit einer Knochenmarkstransplantation.

Sie lächelte mich an. »Wir müssen einen Weg finden, ein bisschen Schwung in deine roten Blutkörperchen zu bringen.«

Ich errötete unwillkürlich.

»Was ist los?«, fragte Claire. »Was verheimlichst du? Was versuchst du, vergeblich zu verheimlichen?«

»Gar nichts.«

»Da spielt sich doch etwas ab – zwischen dir und Mr. Chris Raleigh. Darauf wette ich. He, du redest mit *mir!* Da kannst du dich nicht hinter einer Mauer des Schweigens verschanzen.«

Ich erzählte ihr alles. Den ersten Kuss im Büro, die quälend langsame Fahrt zu meiner Wohnung und der heiße Ausbruch der Leidenschaft gleich im Flur.

Claire packte mich an den Schultern. Ihre Augen strahlten, sie war ebenso aufgeregt wie ich. »Und?«

»Und?« Ich lachte. »Und… es war absoluter Wahnsinn. Es war… genau *richtig.*« Unvermittelt überlief mich ein kalter Schauer des Zweifels. »Ich weiß nicht, ob ich das Richtige tue, wenn man überlegt, was mit mir los ist.« Ich zögerte. »Ich könnte ihn lieben, Claire. Vielleicht tue ich das schon.«

Wir blickten einander stumm an. Mehr gab es nicht zu sagen.

»Na, dann wollen wir mal sehen, was wir hier haben«, sagte Claire und schaute wieder ins Mikroskop. »Haare von seinem Kinn.«

Die drei Haare aus Jenks' Rasierapparat lagen auf einem Objektträger. Claire schob ihn unters Mikroskop. Die beiden Mikroskope standen Seite an Seite.

Claire schaute hinein und stellte es scharf. Dann blickte sie ins erste Mikroskop, dann ins zweite, und wieder ins erste. »Hmmm«, murmelte sie.

Ich hielt den Atem an. »Was meinst du?«, fragte ich.

»Sieh selbst.«

Ich schaute hinein. Sofort erinnerte ich mich an das erste Haar, das aus Rebecca DeGeorges Vagina. Dick, rötlich grau, ein weißes Fädchen um den Haarschaft, wie eine zusammengerollte Schlange.

Dann sah ich mir die Haare aus Jenks' Rasierapparat an. Drei Haare, kürzer, abgeschnitten, doch jedes einzelne zeigte die rötliche Schattierung und die gleiche Fadenschlange am Haarschaft.

Ich war keine Expertin, aber für mich bestand kein Zweifel. *Die Haare waren absolut identisch.*

92

Nicholas Jenks saß in Untersuchungshaft in einer Zelle im neunten Stock der Hall of Justice. Heute sollte er zur Anklageerhebung geführt werden.

Sein Anwalt, Sherman Leff, war bei ihm und tat so, als sei das alles eine reine Formalität und die Waagschalen der Justitia ruhten auf den Schultern seines englischen Maßanzugs.

Jill Bernhardt begleitete Raleigh und mich. Jenks hatte keine Ahnung, was auf ihn zukam. Wir hatten den Champagner, die Smokinghose, identische Haare von seinem Bart. Wir hatten ihn in der Suite mit David und Melanie Brandt. Ich konnte es kaum erwarten, ihm die guten Nachrichten zu verkünden.

Ich setzte mich Jenks gegenüber und sah ihm ins Gesicht.

»Dies ist die stellvertretende Bezirksstaatsanwältin Jill Bernhardt«, sagte ich. »Sie wird Ihren Fall bearbeiten. Und sie wird Sie überführen.«

Er lächelte – das gleiche nette, zuversichtliche und herablassende Lächeln, als würde er uns in seinem Heim empfangen. Warum sieht er so zuversichtlich aus?, fragte ich mich.

»Wenn's recht ist, würde ich gern anfangen«, sagte Jill.

»Das ist Ihre Besprechung«, sagte Sherman Leff. »Ich habe keine Einwände.«

Jill holte Luft. »Mr. Jenks, in einer Stunde wird gegen Sie Anklage erhoben werden, wegen vorsätzlichen Mordes an David und Melanie Brandt am fünften Juni im Grand Hyatt Hotel. Kurz danach wird meiner Meinung nach ein Gericht in Cleveland das gleiche wegen der Morde an James und Katherine Voskuhl tun. Aufgrund der Beweise, welche soeben in der Gerichtsmedizin gefunden wurden, können Sie damit rechnen, dass ein Gericht in Napa sich anschließt. Wir haben erdrückende Beweise, die Sie mit allen drei Verbrechen in Verbindung bringen. Wir teilen Ihnen und Ihrem Anwalt unsere Untersuchungsergebnisse mit, in der Hoffnung, dass Ihre Reaktion auf diese Beweise der Stadt, den Angehörigen der Verstorbenen und Ihrer Familie die weitere Erniedrigung eines Prozesses erspart.«

Hier griff Sherman Leff ein. »Danke, Ms. Bernhardt. Nachdem dieser Tag offenbar unter dem Motto Rücksichtnahme steht, möchten wir damit anfangen, das tiefe Bedauern meines Mandanten wegen seines Gefühlsausbruchs gegen Inspector Boxer zum Zeitpunkt seiner Festnahme zum Ausdruck zu bringen. Sie verstehen sicher… der Schock, und dann ganz unerwartet eine solche Anklage, so vollkommen absurd, nachdem er Ihre Fragen so bereitwillig beantwortet hatte, und dann noch in seinem eigenen Haus… Ich bin sicher, Sie können verstehen, wie man da von den falschen Gefühlen übermannt werden kann.«

»Ich bedauere das zutiefst, Inspector«, sagte Jenks. »Mir ist klar, welchen Eindruck das hinterlassen muss. Ich war in Bezug auf meine Beziehung zu einer der Verstorbenen ein wenig zurückhaltend. Und nun scheinen Sie auch noch über dieses unselige Buch gestolpert zu sein.«

»Dessen Ausschluss als Beweismittel wir beantragen werden«, unterbrach ihn Leff. »Die Sicherstellung war ein unberechtigtes Eindringen in die Privatsphäre meines Mandanten.«

»Der Beschluss war absolut berechtigt«, erklärte Jill ruhig.

»Mit welcher Begründung?«

»Mit der Begründung, dass Ihr Mandant in Bezug auf seinen Aufenthaltsort während des Mordes an Kathy Voskuhl eine Falschaussage gemacht hat.«

Leff saß wie vom Donner gerührt da.

»Ihr Mandant *war* in Cleveland, Anwalt«, schleuderte ich ihm entgegen. Dann wandte ich mich an Jenks. »Sie sind unter Ihrem eigenen Namen im Westin Hotel abgestiegen. Sie sind zwei Nächte geblieben. Während dieser Zeit wurde der Doppelmord an den Voskuhls begangen. Sie haben behauptet, Sie seien zu Hause gewesen, Mr. Jenks. Aber Sie waren *dort*. Und Sie waren in der Hall of Fame.«

Jenks' Lächeln verschwand, seine Augen huschten im Raum umher. Er schluckte, ich sah den Knoten in seiner Kehle hinabgleiten. Er ging im Kopf seine Alibis und Lügen durch. Wie um Entschuldigung bittend, blickte er Leff an.

»Ich war wirklich dort«, gab er zu. »Ich habe es nicht gesagt. Rein zufällig war ich in Cleveland, um zu einer Lesergruppe dort zu sprechen. Das können Sie überprüfen – der Argosy Bookstore. Ich wusste nicht, wie ich es erklären sollte. Zusammen mit der Tatsache, dass ich Kathy kannte, schien es mir belastend zu sein. Aber eins möchte ich klarstellen: Sie irren sich wegen der Hochzeit. Ich war nicht einmal in der Nähe.«

Mein Blut begann zu kochen. Die Unverfrorenheit dieses Kerls war unfassbar. »Sie hatten eine Lesung? Wann, Mr. Jenks?«

»Samstagnachmittag. Um vier. Eine kleine Gruppe dortiger

Fans. Die Argosy-Leute waren sehr nett zu mir, als ich anfing zu schreiben.«

»Und danach?«

»Danach habe ich das getan, was ich immer tue. Ich bin zurück ins Hotel gefahren und habe geschrieben. Dann bin ich kurz schwimmen gegangen und habe früh zu Abend gegessen. Sie können meine Frau fragen. Ich verbringe die Abende immer allein, wenn ich unterwegs bin. Das steht auch im *People*-Magazin.«

Ich beugte mich über den Tisch. »Demnach war das alles ein bizarrer Zufall, richtig? Eine Frau wurde brutal ermordet. Sie haben geleugnet, seit Jahren mit ihr eine sexuelle Beziehung gehabt zu haben. Rein zufällig waren Sie in Cleveland. Was das betrifft, haben Sie ebenfalls gelogen. Rein zufällig hat die Überwachungskamera Ihr Bild am Tatort aufgezeichnet. So war's doch, Mr. Jenks?«

Leff legte die Hand auf Jenks' Arm, um ihn zu beruhigen.

»*Nein!*«, bellte Jenks aufgebracht. Seine Selbstbeherrschung schwand zusehends.

Doch sogleich wurde er ruhiger und wischte sich den Schweiß von der Stirn. »Ich habe wegen Chessy gelogen – um meine Ehe zu retten.« Er richtete sich auf dem Holzstuhl auf. Sein Alibi brach zusammen. »Ich bin nicht der perfekte Ehemann, Inspector. Ab und zu mache ich Fehler. Ich habe Sie wegen Kathy belogen. Das war falsch. Die Antwort auf Ihre Annahmen lautet: Ja, wir waren ein Liebespaar. Während der letzten drei Jahre haben wir uns in Abständen immer wieder getroffen, auch noch lange während ihrer Beziehung zu James. Es war blöd. Es war die verzweifelte Lust eines Narren. Aber es war *kein* Mord. Ich habe Kathy nicht umgebracht. Und ich habe auch die anderen nicht umgebracht!«

Jenks stand auf. Zum ersten Mal schien er Angst zu haben, Panik. Offenbar schien ihm langsam klar zu werden, was geschah.

Wieder beugte ich mich vor. »Eine Flasche Champagner wurde in der Suite im Hyatt zurückgelassen, wo die Brandts ermordet wurden. Sie gehörte zu der Lage, die Sie im November 1996 auf einer Auktion bei Butterfield and Butterfield gekauft haben.«

Leff erhob Einspruch. »Das wissen wir. Der unglückliche Zufall, dass mein Mandant den gleichen Champagner schätzt, überführt ihn aber nicht der Tat. Er kannte die Brandts nicht einmal. Diesen Champagner kann man schließlich überall kaufen.«

»Man könnte – ja. Aber die Registrierungsnummer auf der Flasche vom Hyatt ist identisch mit denen, die wir gestern im Haus Ihres Mandanten sichergestellt haben.«

»Jetzt wird das Ganze absurd«, sagte Jenks verärgert. »So einen Blödsinn würde ich in keinem Buch schreiben.«

»Hoffentlich gefällt Ihnen das hier besser.« Ich holte die Einkaufstüte von Nordstrom's unter dem Tisch hervor, in der die Smokinghose war. Diese warf ich vor aller Augen auf den Tisch. »Erkennen Sie das?«

»Eine Hose... was für Spielchen spielen wir jetzt?«

»Man hat sie gestern gefunden. In dieser Tüte. Hinten im Wandschrank Ihres Schlafzimmers.«

»Na und? Und Sie meinen, die gehört mir? Joseph Abboud. Könnte sein. Ich verstehe nicht, worauf Sie hinauswollen.«

»Ich will darauf hinaus, dass diese Hose zu dem Smokingjackett gehört, das wir in der Suite der Brandts gefunden haben. Es handelt sich um einen Anzug, Mr. Jenks.«

»Einen Anzug?«

»Es ist die Hose, die zu der Jacke gehört, die Sie in der Suite zurückgelassen haben. Dieselbe Marke. Dieselbe Modellnummer. Dieselbe Größe.«

Jetzt breitete sich Panik auf seinem Gesicht aus.

»Und falls alles das Ihrem üblichen Standard immer noch nicht genügen sollte«, sagte ich und blickte ihm in die Augen, »wie wär's damit? *Die Haarproben sind identisch.* Das Haar, das Sie in der Vagina der armen Becky DeGeorge zurückgelassen haben, und die Haare, die wir in Ihrem Haus sicherstellen konnten, sind identisch. Sie stammen von Ihnen, Sie Bestie. Sie haben sich selbst überführt.«

Jill beugte sich vor. »Sie wandern hinter Gitter, Jenks. Sie werden so lange sitzen, bis das letzte Gnadengesuch abgelehnt ist und man Ihnen eine Spritze in den Arm jagt.«

»Das ist doch Wahnsinn«, rief Jenks. Er beugte sich zu mir vor. Die Adern an seinem Hals traten hervor. »Du elendes Miststück! Du willst mir das anhängen, du beschissenes eiskaltes Luder! Ich habe niemanden umgebracht!«, brüllte er.

Plötzlich stellte ich fest, dass ich nicht mehr konnte. Es war nicht nur, dass ich sah, wie Jenks die Fassung verlor. Es war noch etwas anderes. Ich fühlte mich wie an den Sitz genagelt.

Ich *wusste* es, doch ich konnte nichts dagegen tun – es war die Anämie.

Mit letzter Kraft stand ich auf und ging zur Tür, doch in meinem Kopf drehte sich alles. Meine Beine knickten ein. *Nicht hier,* betete ich.

Dann spürte ich, wie Raleigh mich stützte. »Lindsay... alles in Ordnung?« Besorgt musterte er mich, ohne Verdacht zu schöpfen. Ich sah auch Jill.

Ich lehnte mich an die Wand und betete, dass meine Beine mich tragen würden. »Ich bin okay«, flüsterte ich und hielt mich an Raleighs Arm fest.

»Es ist nur, weil ich dieses Schwein so hasse«, sagte ich und verließ den Raum. Ich war sehr schwach und schwankte. Nur mit Mühe schaffte ich es bis zur Damentoilette.

Drinnen wurde mir übel, als versuche ein böser Geist, mir die Lunge herauszureißen. Ich schloss die Augen und beugte mich über das Waschbecken. Ich hustete. Meine Brust brannte. Ich zitterte am ganzen Leib und musste wieder husten.

Allmählich fühlte ich, wie der Anfall verging. Ich holte Luft, öffnete die Augen und schauderte.

Überall im Waschbecken war Blut.

93

Vier Stunden später fühlte ich mich im Bezirksgericht stark genug, um zuzusehen, wie Nicholas Jenks wegen Mordes angeklagt wurde.

Auf den Korridoren vor dem Sitzungssaal von Richter Stephen Bowen hatte sich eine aufgeregte Menschenenge versammelt. Fotografen schossen blind mit Kameras um sich, Reporter drängten sich, um einen Blick auf den mürrischen, erschütterten Bestsellerautor zu erhaschen.

Raleigh und ich quetschten uns durch die Menge und setzten uns hinter Jill in die erste Reihe. Meine Kraft war zurückgekehrt, der Aufruhr in meiner Brust hatte sich gelegt. *Ich wollte, dass Jenks mich hier sah.*

Ich sah Cindy in der Presseabteilung sitzen. Und hinten im Saal entdeckte ich Chancellor Weil und seine Frau.

Es war vorbei, noch ehe es richtig begonnen hatte. Man führte Jenks herein, seine Augen waren so hohl und tot wie Krater auf dem Mond. Ein Gerichtsdiener verlas die Anklagepunkte, der Angeklagte erhob sich. Dieser Dreckskerl plädierte auf nicht schuldig. Worüber wollten sie diskutieren – dass sämtliche Beweise nicht zulässig seien?

Leff, der vollendete Showman, war gegenüber Richter Bowen ungewöhnlich respektvoll, fast devot. Er plädierte dafür, seinen Klienten gegen Kaution auf freien Fuß zu setzen, aufgrund Jenks' Ansehen in der Gemeinde. Einen Moment lang machten die Leistungen des Mörders sogar mich schwankend.

Jill packte den Stier bei den Hörnern. Sie beschrieb detailliert die Bestialität der Morde. Sie vertrat den Standpunkt, dass der Angeklagte über die Mittel verfügte, sich abzusetzen, und auch nicht so fest verwurzelt war, als dass man eine Flucht ausschließen könne.

Ich spürte, wie ein Triumphgefühl in mir aufstieg, als der Richter mit dem Hammer zuschlug und verkündete: »Kaution abgelehnt.«

94

Jetzt feierten wir.

Es war das Ende eines Tages, auf den ich lange gewartet hatte. Ich traf mich mit den Mädels bei Susie's auf einen Drink.

Den hatten wir uns verdient. Nicholas Jenks war angeklagt worden. Keine Kaution. Kein Entgegenkommen des Gerichts. Wir vier hatten es geschafft.

»Auf den Club der Ermittlerinnen«, jubelte Cindy und hob das Bierglas.

»Nicht übel für eine Ansammlung durch ihr Geschlecht behinderter Beamtinnen«, pflichtete Claire ihr bei.

»Wie hat Jenks mich genannt?« Ich schüttelte den Kopf und lächelte. »Beschissenes eiskaltes Luder?«

»Das mit dem eiskalten Luder kann ich auch«, sagte Jill grinsend.

»Auf die eiskalten Luder dieser Welt«, brachte Cindy einen Toast aus. »Und auf die Männer, die uns nicht auftauen können.«

»Das gilt vielleicht für dich«, meinte Claire. »Edmund taut mich prima auf.« Wir lachten und stießen mit den Biergläsern an.

»Und trotzdem würde ich gern die Mordwaffe finden«, sagte ich und atmete tief aus. »Und ich möchte ihn für das zweite Verbrechen festnageln.«

»Wenn ich mit ihm fertig bin, brauchst du dir keine Gedanken mehr darüber zu machen, ob er für das zweite Verbrechen verurteilt wird«, sagte Jill.

»Habt ihr gesehen, wie Jill den Antrag auf Kaution seines Anwalts abgeschmettert hat?«, fragte Cindy bewundernd. »Habt ihr sein Gesicht gesehen?« Sie bildete mit den Fingern eine Schere. »Schnipp, schnapp! Direkt auf die Eier. Der Mann stand mit einem fünf Zentimeter großen Schwanz in seinem Anzug.« Cindys Engelsnäschen zuckte, als sie *schnipp, schnapp* sagte.

»Und trotzdem«, meinte ich. »Ohne Waffe muss noch an seinem Motiv gearbeitet werden.«

»Zum Teufel mit seinem Motiv, Kind!«, rief Claire. »Gib Ruhe.«

Jill teilte ihre Meinung. »Warum kann sein Motiv nicht einfach sein, dass er ein kranker Dreckskerl ist? Seit Jahren ist er einschlägig für sexuellen Sadismus bekannt. Er hat drei Frauen brutal misshandelt, und das ist nur das, was wir bis jetzt wissen. Ich bin sicher, dass sich noch mehr melden werden, wenn es zum Prozess kommt.«

»Du hast ihn doch gesehen, Lindsay«, sagte Jill. »Er ist wahnsinnig. Wenn seine kleine perfekte Welt erschüttert wird, dreht er durch. Heute Morgen hätte er dir am liebsten mit bloßen Händen den Hals umgedreht.« Sie grinste die anderen an. »Und Lindsay schaut ihn nur mit so einem Blick an, der besagt: *Verpiss dich, du Schwein!*«

Gerade wollten sie die Gläser zu meiner Ehre erheben – für die harte Bullenheldin, die immer das Ruhmesblatt tragen würde, dass sie Jenks festgenagelt hatte –, als mir klar wurde, dass ich es ohne sie nie geschafft hätte. Es waren nicht meine stählernen Nerven gewesen, die mich im Verhörraum übermannt hatten, sondern meine Krankheit hatte die Kraft aus mir herausgequetscht. Ich hatte es geheim gehalten, nicht einmal mit denen geteilt, die inzwischen meine besten Freunde geworden waren.

»Das war nicht wegen Jenks«, sagte ich.

»Hat aber so ausgesehen.«

»Ich meine nicht die Konfrontation. Ich meine, das was hinterher passiert ist.« Ich biss mir auf die Unterlippe. »Als ich beinahe zusammengeklappt bin, das war nicht wegen Jenks.«

Abgesehen von Claire lächelten sie immer noch, dann jedoch ließ sie der Ernst in meinem Blick aufhorchen.

Ich blickte in die Runde und erzählte ihnen von der Krankheit, die meine roten Blutkörperchen auffraß. Ich gestand auch, dass ich seit drei Wochen mit Transfusionen behandelt wurde. Und dass meine Blutwerte trotzdem schlechter wurden. Dass es mir schlechter ging.

Ich begann mit fester Stimme, weil die Krankheit bereits Teil meines Lebens geworden war, doch als ich zum Schluss kam, sprach ich leise und mit verängstigtem Tonfall. Nur mit Mühe hielt ich die Tränen zurück.

Jill und Cindy saßen wie vom Donner gerührt da, sie konnten es nicht fassen. Dann griffen drei Hände nach mir – Cindys, Jills und als letzte, aber als wärmste, Claires. Lange sagte keine etwas. Das war auch nicht nötig.

Schließlich gelang mir ein Lächeln. Ich schluckte die Tränen hinunter. »Ist das nicht typisch Bulle? Die Party vermiesen, wenn sie gerade richtig in Schwung ist?«

Das brach die Spannung und die plötzliche Trauerstimmung.

Sie sagten nicht: *Wir halten zu dir.* Auch nicht: *Das wird schon wieder.* Das war auch nicht nötig.

»Wir wollten doch feiern«, sagte ich.

Dann hörte ich Jills Stimme, aus heiterem Himmel, sehr ernst, eine Beichte. »Als ich ein kleines Mädchen war, war ich sehr krank«, gestand sie. »Zwischen vier und sieben war ich immer wieder im Krankenhaus und musste Schienen tragen. Das hat meine Eltern zerbrochen, ihre Ehe auch. Sobald es mir besser ging, haben sie sich getrennt. Deshalb habe ich wohl immer das Gefühl gehabt, ich müsse stärker und besser sein als alle anderen. Deshalb musste ich immer gewinnen.

Es hat in der Highschool angefangen«, fügte sie hinzu.

Ich war mir nicht sicher, was sie meinte.

»Ich wusste nicht, ob ich gut genug sein würde. Ich habe…«
Sie knöpfte die Manschetten ihrer Bluse auf und krempelte die Ärmel bis über die Ellbogen hoch. »Das hier habe ich außer Steve nie jemandem gezeigt.«

Ihre Arme waren von Narben bedeckt. Ich wusste, was das

für Narben waren: Selbstverstümmelung. Jill hatte sich selbst die Arme zerschnitten.

»Was ich sagen wollte, war: Du musst dagegen kämpfen. Man kämpft, man wehrt sich und kämpft… und jedes Mal, wenn man spürt, dass es stärker wird, muss man sich eben noch heftiger wehren.«

»Das versuche ich ja«, flüsterte ich mit erstickter Stimme. »Ich gebe mir wirklich Mühe.« Jetzt wusste ich, was Jill antrieb, was hinter diesem stählernen Blick lag. »Aber wie?«

Jill hielt meine Hände. In unseren Augen standen Tränen.

»Es ist wie mit Jenks, Lindsay«, sagte sie. »Du lässt die Krankheit einfach nicht gewinnen.«

95

In der kalten engen Zelle lief Nicholas Jenks aufgeregt hin und her. Er hatte das Gefühl, als explodiere Dynamit in seiner Brust. Er hatte nichts getan. Wie konnten sie seinen guten Namen vernichten, mit diesen bizarren Anschuldigungen auf ihn losgehen und ihn in sämtlichen Nachrichten durch den Dreck ziehen?

Es war dunkel und ihn fror. Die Pritsche in der Zelle war nicht mal gut genug für einen Mönch. Er trug immer noch die feuchten Sachen, die er getragen hatte, als sie ihn festgenommen hatten. Kalter, reueloser Schweiß brach auf seinen Handflächen aus.

Das würde diese kleine Bullenschlampe ihm teuer bezahlen! Auf die eine oder andere Weise würde er sie am Ende kriegen. Das war ein Versprechen.

Was unternahm eigentlich dieser beschissene Lackaffe von einem Anwalt? Wann würde Leff ihn hier rausholen?

Es war, als sei sämtliche Vernunft aus der Welt herausgesaugt worden.

Was zum Teufel ging hier vor?

So oder zumindest so ähnlich *sollte* Jenks sich fühlen, dachte Phillip Campbell. Das waren die Worte, die der Dreckskerl seiner Ansicht nach im Stillen sagen sollte.

Campbell saß vor dem Spiegel. *Zeit, dass du verschwindest. Dein Werk ist endlich vollbracht. Das letzte Kapitel ist geschrieben.*

Er tauchte ein Tuch in eine Schüssel mit warmem Wasser. Es war das allerletzte Mal, dass er die Rolle spielen musste.

Na, wie fühlst du dich, Nicholas?

Er zog die Nadeln heraus, die sein Haar hielten, und schüttelte seine Locken aus.

Wie fühlt es sich an, ein Gefangener zu sein, ein Opfer? Die gleiche Erniedrigung und Schande zu erleben, die du anderen zufügst?

Langsam wischte er sich das dunkle Make-up von den Augen, tupfte mit dem Tuch nach, bis der glatte helle Teint wieder zu sehen war.

Wie fühlt es sich an, hilflos und allein zu sein? In einem dunklen Loch eingesperrt zu sein? Sich verraten zu fühlen?

Phillip Campbell zupfte ein rötliches Barthaar nach dem anderen von seinem Kinn, bis ein neues Gesicht erschien.

Nicht imstande zu sein, im Spiegel den Menschen zu erkennen, der du einmal warst?

Er rieb sich das Gesicht, bis es vollständig sauber und glatt war. Dann knöpfte er das Hemd – Nicholas' Hemd – auf, und darunter erschien ein gut geformter weiblicher Körper: Brüste, lange, schöne Beine, muskulöse Arme.

Mit strahlenden Augen saß sie da, wie neu geboren.

Das ist einfach super.

Was für ein Gefühl ist es, Nicholas, so total im Arsch zu sein? Endlich hat das Blatt sich gewendet.

Sie vermochte den Gedanken nicht zu unterdrücken, dass es passend und komisch war, dass er letztendlich durch seinen eigenen abartigen Verstand in die Falle gegangen war. Es war mehr als komisch. Es war absolut brillant.

Wer lacht jetzt, Nick?

Vierter Teil

Die ganze Wahrheit

96

Am Abend nach der Anklageerhebung gegen Jenks hatte Chief Mercer durch einen seiner reichen Freunde die VIP-Loge im PacBell-Stadion bekommen. Er lud ein paar von uns zum Spiel der Giants ein, darunter Raleigh, mich und Cheery. Es war ein warmer Sommerabend. Sie spielten gegen die Cardinals. Mein Vater wäre entzückt gewesen.

Eigentlich wollte ich nicht gehen, weil ich nicht als der Cop zur Schau gestellt werden wollte, der Jenks gefasst hatte, aber Mercer bestand darauf. Außerdem spielte Mark McGwire mit, daher zog ich eine Windjacke an und fuhr mit.

Den ganzen Abend lang warfen Chris und ich uns heimliche Blicke zu. In der Loge herrschte eine besondere Energie, ein glühender Ring nur um ihn und mich.

Das Spiel war Hintergrundgeräusch. Im dritten Inning schlug Mighty Mac einen Ball gegen Gardner, der außer Sicht beinahe in der Bucht gelandet wäre. Das Stadion jubelte wie verrückt, sogar für einen der Cardinals. Im vierten erzielte Barry Bonds den Ausgleich mit einem eigenen Schlag.

Chris und ich waren nicht imstande, die Augen voneinander zu lassen. Wir hatten die Beine auf denselben Stuhl gelegt, wie Schulkinder, und ab und zu berührten sich unsere Waden. *Mein Gott, das war toller als das Baseballspiel.*

Schließlich zwinkerte er mir zu.

»Willst du was trinken?«, fragte er.

Er ging zur Kühlbox mit den Getränken, die oberhalb der Sitze stand, und ich folgte ihm. Die anderen schauten sich nicht um. Sobald wir außer Sicht waren, legte er die Hände auf meine Schenkel und küsste mich. Mir war, als ginge ich in Flammen auf. »Willst du noch bleiben?«

»Ich hab noch Bier«, scherzte ich.

Seine Hände streiften die Seiten meiner Brüste. Ich begann zu zittern. *Sanfte Hände.* Mein Atem wurde schneller. Auf meinem Nacken erschienen feine Schweißtröpfchen.

Wieder küsste Chris mich. Er zog mich an sich, und ich spürte den Herzschlag zwischen uns. Ich wusste nicht, ob es seiner oder meiner war.

»Ich kann nicht warten«, sagte er.

»Okay, hauen wir ab.«

»Nein.« Er schüttelte den Kopf. »Ich meinte, ich kann nicht *warten.*«

»O Gott«, stieß ich hervor. Mein ganzer Körper war bis zum Siedepunkt erhitzt. Ich schaute zu Cheery und den beiden Mill-Valley-Typen hinab. *Das ist doch verrückt, Lindsay.*

Aber in letzter Zeit war alles verrückt gewesen, die Dinge hatten sich überstürzt, waren außer Kontrolle geraten.

Es schien, als triebe jede Naturgewalt des Universums Chris und mich dazu, einen abgeschiedenen Platz zu finden. Zur VIP-Loge gehörte eine Toilette, die kaum groß genug war, um darin sein Make-up aufzufrischen. Uns war das egal.

Chris führte mich hinein, während die Menge in lautes Gebrüll ausbrach. Wir hatten kaum Platz. Ich konnte es nicht fassen, dass ich das hier tat. Er knöpfte meine Bluse auf, ich löste seinen Gürtel. Unsere Schenkel pressten sich aneinander.

Behutsam hob Chris mich hoch, drang in mich ein. Ich hatte das Gefühl, als sei eine Sternschnuppe in meinen Adern explodiert. Chris lehnte an der Wand. Ich war in seinen Handflächen, alles auf engstem Raum, doch wir fanden einen vollendeten Rhythmus.

Der Jubel der begeisterten Menge drang herein – vielleicht hatte McGwire einen Treffer gelandet, vielleicht hatte Bonds ihm einen abgenommen – was ging uns das an? Wir bewegten uns weiter im Takt, Chris und ich. Beide atmeten wir schwer. Mein Körper war schweißbedeckt. Ich konnte nicht aufhören. Chris machte weiter, ich klammerte mich an ihm fest, und einen Augenblick später rangen wir beide nach Luft.

Zwei heldenhafte Bullen, dachte ich.

So herrlich, so frei, so erregt hatte ich mich noch nie im Leben gefühlt. Chris ließ die Stirn auf meine Schulter sinken. Ich küsste seine Wange, seinen Hals.

Dann kam mir ein wirklich abartiger Gedanke. Ich fing an zu lachen, es war eine Mischung aus Gelächter und erschöpftem Seufzen. Hier klebten wir aneinander, total erschöpft, nur wenige Meter von meinem Chef entfernt. Wie eine kleine Idiotin kicherte ich. Man würde uns erwischen, weil ich so laut war.

»Was ist denn so komisch?«, flüsterte Chris.

Ich dachte an Claire und Cindy, und daran, was wir soeben getan hatten.

»Ich glaube, ich habe es gerade auf die Liste geschafft«, antwortete ich.

97

Am nächsten Tag bat Jenks um eine nochmalige Unterredung. Jill und ich gingen zu ihm in den neunten Stock. Wir fragten uns, was er wollte.

Diesmal gab es kein Katz-und-Maus-Spiel, keine schwachsinnigen Ausreden. Leff war dort, erhob sich jedoch sofort *demütig*, als wir eintraten.

»Mein Mandant möchte eine Erklärung abgeben«, sagte Leff, sobald wir uns gesetzt hatten.

Das ist es, dachte ich. Er will einen Handel abschließen. Er hat eingesehen, wie albern diese Spiel ist.

Doch er brachte etwas völlig Unerwartetes vor.

»Man hat mich reingelegt«, verkündete Jenks.

Es dauerte ungefähr eine halbe Sekunde, ehe Jills Blick gegen meinen prallte.

»Das muss ich noch mal hören«, sagte sie. »Was soll das?« Sie schaute erst Jenks an, dann Leff.

»Wir haben Ihrem Mandanten die Verbindung zu allen drei Tatorten nachgewiesen. Er war zur Zeit des letzten Doppelmordes in Cleveland. Er hat uns wegen seiner früheren Beziehung zu Kathy Kogut belogen, einem der letzten Opfer. Wir haben sein Buch, in dem verblüffend ähnliche Verbrechensmuster beschrieben werden. Wir haben festgestellt, dass sein Gesichtshaar identisch mit dem ist, das in der Vagina eines anderen Opfers gefunden wurde. Und er behauptet, *man habe ihn reingelegt?*«

»Ich behaupte, dass man mir die Verbrechen in die Schuhe geschoben hat«, erklärte Jenks mit kalkweißem Gesicht.

»Hören Sie, Mr. Jenks«, sagte Jill, sah jedoch immer noch Leff an. »Ich mache das jetzt seit acht Jahren. Ich habe gegen Hunderte von Kriminellen die Anklagen vorbereitet, persönlich fünfzig Mörder hinter Gitter gebracht. Ich habe noch nie so eine Überfülle von Beweismaterial gesehen, um einen Verdächtigen zu belasten. Unser Fall ist so absolut wasserdicht, dass er gar nicht absaufen kann.«

»Das ist mir klar.« Jenks seufzte. »Auch dass ich Ihnen allen Grund gegeben habe, meine Aussage für unglaubwürdig zu halten. Ich habe wegen meines Aufenthalts in Cleveland gelogen, und wegen meiner Beziehung zu Kathy. Für die anderen Verbrechen kann ich Ihnen kein Alibi liefern. Aber ich weiß auch, wie man jemandem ein Verbrechen in die Schuhe schiebt. Ich habe mehr solche Szenen geschildert als jeder andere. Darin bin ich Meister. Und ich kann Ihnen versichern, dass mich jemand reingelegt hat.«

Ungläubig schüttelte ich den Kopf. »Wer, Mr. Jenks?«

Jenks sah tatsächlich verängstigt aus. »Ich weiß es nicht.«

»Hasst irgendjemand Sie genug, um Ihnen das anzutun?« Es gelang Jill nicht, einen gewissen Spott zu unterdrücken. »Ich weiß nur wenig über Sie, aber ich könnte es mir durchaus vorstellen.« Sie wandte sich an Leff. »Freuen Sie sich schon darauf, diesen Fall vor Gericht zu vertreten?«

»Lassen Sie ihn bitte ausreden, Ms. Bernhardt«, bat der Anwalt.

»Schauen Sie«, meinte Jenks. »Ich weiß, was Sie von mir halten. Ich bin vieler Dinge schuldig. Selbstsucht, Grausamkeit, Ehebruch. Ich neige zu Wutausbrüchen, manchmal kann ich mich nicht beherrschen. Und bei Frauen... wahrscheinlich könnten Sie ein Dutzend finden, die helfen würden, mich für diese Morde zu verurteilen. Aber genauso klar ist auch, dass ich diese Menschen nicht umgebracht habe. Keinen von ihnen. Jemand versucht mir diese Morde anzuhängen. Das ist die Wahrheit. Jemand hat das brillant gedreht.«

98

»Kaufst du ihm diesen Scheiß ab?«, fragte Jill mich, während wir vor Jenks' Zelle auf den Lift warteten.

»Ich könnte mir vorstellen, dass er es irgendwie glaubt«, antwortete ich.

»Na hör mal! Da sollte er lieber auf geistige Unzurechnungsfähigkeit plädieren. Wenn Nicholas Jenks eine Liste der Leute aufstellt, die ihn reinlegen möchten, kann er gleich mit allen anfangen, die er je aufs Kreuz gelegt hat.«

Ich lachte und stimmte ihr zu, dass diese Liste ziemlich lang sein würde. Dann öffnete sich die Aufzugtür, und zu meiner Überraschung kam Chessy Jenks heraus, gekleidet in ein langes gelblich graues Sommerkleid. Sie war wirklich hübsch.

Unsere Augen begegneten sich für einen peinlichen, stummen Moment. Ich hatte ihren Mann festgenommen. Meine Leute von der Spurensicherung hatte ihr Haus auseinander genommen. Sie hätte allen Grund gehabt, mich voll Abscheu zu betrachten – doch das tat sie nicht.

»Ich bin hier, um meinen Mann zu besuchen«, sagte sie mit zitternder Stimme.

Steif machte ich sie mit Jill bekannt, dann wies ich ihr den Weg zum Besucherbereich. In diesem Augenblick wirkte sie ungemein verloren und verwirrt.

»Sherman sagt, es gibt viele Beweise«, sagte sie.

Ich nickte höflich. Ich weiß nicht, weshalb ich etwas für sie empfand, doch es tat mir irgendwie Leid, dass eine so junge, verletzbare Frau sich in ein solches Scheusal verliebt hatte.

»Nick hat es nicht getan, Inspector«, beteuerte Chessy Jenks.

Ihr Ausbruch verblüffte mich. »Es ist nur natürlich, dass eine Frau ihren Mann verteidigen will«, gab ich zu. »Wenn Sie ein konkretes Alibi haben...«

Sie schüttelte den Kopf. »Kein Alibi. Aber ich kenne Nick.«

Die Aufzugtür hatte sich wieder geschlossen, und Jill und ich mussten erneut warten. Wie in Krankenhäusern dauerte es Minuten, bis er hinabfuhr und wieder heraufkam. Chessy Jenks machte keinerlei Anstalten zu gehen.

»Mein Mann ist kein einfacher Mensch. Er kann sehr schwierig sein. Ich weiß, dass er sich Feinde gemacht hat. Ich weiß, wie er auf Sie losgegangen ist. Von außen betrachtet, ist es bestimmt nicht leicht zu glauben, dass er auch zärtlich und unglaublicher großzügig und liebevoll sein kann.«

»Ich will ja nicht gefühllos erscheinen, Mrs. Jenks«, mischte Jill sich ein. »Aber unter den gegebenen Umständen sollten Sie wirklich nicht mit uns reden.«

»Ich habe nichts zu verbergen«, erwiderte sie. Dann senkte sie die Augen. »Ich weiß schon, was Sie wissen.«

Ich war wie vor den Kopf geschlagen. *Ich weiß schon, was Sie wissen?*

»Ich habe mit Joanna gesprochen«, fuhr Chessy Jenks fort. »Sie hat mir gesagt, dass Sie bei ihr waren. Ich weiß, was sie Ihnen über ihn erzählt hat. Sie ist verbittert. Und das ist ihr gutes Recht. Aber sie kennt Nick nicht so wie ich.«

»Sie sollten sich die Beweise ansehen, Mrs. Jenks«, sagte ich zu ihr.

Sie schüttelte den Kopf. »Schusswaffen… vielleicht, Inspector – wenn das alles wäre. Aber ein Messer? Das ist geplanter Mord – dieses arme Brautpaar in Stücke schneiden. Nick kann nicht mal einen Fisch filetieren.«

Mein erster Gedanke war, dass sie jung und verblendet war. Wie hatte Jenks es beschrieben? *Leicht zu beeindrucken…* aber etwas kam mir komisch vor. »Sie sagen, Sie haben mit Joanna geredet?«

»Das habe ich, Inspector. Im vergangenen Jahr ziemlich oft. Ich hatte sie sogar zu uns eingeladen – natürlich nur, wenn Nick nicht zu Hause war. Ich weiß, dass sie nach der Scheidung verbittert war. Ich weiß, dass er ihr wehgetan hat. Aber wir sind so eine Art Selbsthilfegruppe.«

»Wusste Ihr Mann das?«, fragte ich.

Sie rang sich ein Lächeln ab. »Es hat ihm nichts ausgemacht. Er mag Joanna. Und, Inspector, sie liebt ihn immer noch.«

Der Aufzug kam, und wir verabschiedeten uns. Als sich die Tür schloss, sah ich Jill an. Ihre Augen waren groß, und sie hatte die Zunge in die Wange gesteckt.

»Bei dieser ganzen Scheißfamilie krieg ich 'ne Gänsehaut«, knurrte sie und schüttelte sich.

99

Sobald Medved das Sprechzimmer betrat, wusste ich Bescheid. Ich las es in seinem Gesicht. Er brauchte kein Wort zu sagen.

»Ich fürchte, ich kann nicht viel Positives sagen, Lindsay«, meinte er leise und sah mir in die Augen. »Die Zahl der roten Blutkörperchen nimmt weiterhin ab. Die Ohnmachtsanfälle, die Erschöpfung, Blut in der Brust. Die Krankheit schreitet fort.«

»Schreitet fort?«, flüsterte ich.

Medved nickte mit ernster Miene. »Drittes Stadium.«

Die Worte donnerten in meinem Kopf und brachten die Ängste vor den noch häufigeren Behandlungen, die ich so fürchtete. »Was ist der nächste Schritt?«, fragte ich leise.

»Wir können noch einen Monat warten«, antwortete Medved. »Ihr Wert ist jetzt zweitausendvierhundert. Wenn er weiter abnimmt, wird auch Ihre Kraft schwinden. Dann müssen Sie ins Krankenhaus.«

Ich verstand kaum, was er sagte. Ein Monat. Das war zu nahe. Zu schnell. Jetzt, nachdem Jenks festgenommen war, fing es gerade an gut zu laufen. Alles andere, alles was ich festhalten wollte, entwickelte sich auch zum Guten.

Ein Monat – vier elende Wochen.

Als ich ins Büro zurückkam, standen einige Kollegen da und grinsten. Auf meinem Schreibtisch stand ein wunderschöner Blumenstrauß. Wildblumen.

Ich roch an ihnen und sog den süßen, natürlichen Duft ein. Dann las ich die Karte. *Ich habe eine Hütte oben im Heavenly Valley, dort wachsen die in Mengen. Morgen ist Freitag. Nimm dir den Tag frei und lass uns hinfahren.*

Unterschrieben mit *Chris.*

Es klang genau nach dem, was ich nötig hatte. Die Berge. Chris. Ich musste ihm alles sagen, jetzt, wo die Wahrheit schon bald offenbar würde.

Mein Telefon klingelte. Es war Chris. »Und?« Kein Zweifel, irgendjemand im Büro spielte Cupido und hatte ihm gemeldet, dass ich gekommen war.

»Ich hab die Karte noch nicht aufgemacht.« Ich biss mir auf die Lippe. »Zu viele andere, die ich lesen muss.«

Ich hörte ein enttäuschtes Seufzen, ließ ihn einen Augenblick lang zappeln. »Aber falls du mich fragen willst, ob ich mit dir wegfahren will, lautet die Antwort: Liebend gern. Es klingt toll. Lass uns um acht losfahren.«

»Langschläferin«, sagte er. »Ich hatte gehofft, wir könnten dem morgendlichen Stoßverkehr zuvorkommen.«

»Ich habe heute Abend gemeint.«

Ich habe einen Monat, dachte ich. Bergluft, plätschernde Bäche und Wildblumen sind ein guter Anfang.

100

Die nächsten beiden Tage verbrachten wir wie in einem wunderschönen Traum.

Chris' aus Redwood gebaute Hütte auf dem Mason Ridge über dem Heavenly Valley war gemütlich und bezaubernd. Wir wanderten mit Sweet Martha durch den Wald, fuhren mit der Bahn zum Gipfel und marschierten den ganzen Weg zurück. Auf der Veranda grillten wir Schwertfisch.

Dazwischen liebten wir uns in seinem riesigen Bett, auf dem Schaffellteppich vor dem Holzofen, in der kalten Dusche vor der Hütte. Wir lachten und spielten und berührten uns wie Teenager und entdeckten die Liebe neu.

Doch ich war kein naives Schulmädchen. Ich wusste, was geschah. Ich spürte den steten, unleugbaren Strom in mir ansteigen wie einen Fluss, der über die Ufer zu treten drohte. Ich fühlte mich hilflos.

Chris versprach mir, dass der Samstag ein Tag werden würde, den ich nie vergessen würde.

Wir fuhren zum Lake Tahoe, zu einer malerischen Marina am kalifornischen Ufer. Er hatte ein Plattformboot gemietet, einen alten Holzkahn. Wir kauften Sandwiches und eine Flasche Chardonnay und fuhren mitten auf den See. Das Wasser war still und türkisfarben, der Himmel strahlend und wolkenlos. Die mit Schnee bedeckten Berggipfel umringten den See wie eine Krone.

Wir ankerten und waren in unserer ganz privaten Welt. Chris und ich zogen uns bis auf die Badesachen aus. Ich nahm an, wir würden uns in die Sonne legen, den Wein und die Aussicht genießen, aber Chris hatte so einen erwartungsvollen, waghalsigen Blick. Er ließ die Hand ins eiskalte Wasser hängen.

»Nie und nimmer«, sagte ich und schüttelte den Kopf. »Das hat höchstens zehn Grad.«

»Ja, aber es ist trockene Kälte«, scherzte er.

»Richtig, spring ruhig rein. Und fang mir einen Hecht, wenn du einen vorbeischwimmen siehst.«

Er kam mit gespielt drohender Miene auf mich zu. »Du kannst dir selbst einen fangen.«

»Kommt nicht in Frage.« Trotzig schüttelte ich den Kopf. Doch ich lachte. Während er näher kam, wich ich zum Heck des Bootes zurück.

Er legte die Arme um mich. Ich spürte das Kribbeln seiner Haut auf meiner. »Es ist eine Art Initiationsritus«, erklärte er.

»Ein Initiationsritual wofür?«

»Exklusiver Club. Jeder, der Mitglied werden will, muss ins Wasser springen.«

»Dann musst du auf mich verzichten.« Ich lachte und wand mich in seinen starken Armen. Mühelos hob er mich auf das Sitzkissen der Bank im Heck.

»Scheiße, Chris!«, rief ich, als er meine Hand ergriff.

»Geronimo wäre besser«, sagte er und riss mich mit. Ich schrie »*Du Mistkerl!*« Dann fielen wir in den See.

Das Wasser war eiskalt, aber ungemein belebend. Gemeinsam kamen wir wieder an die Oberfläche. Ich schrie ihm ins Gesicht: »*Verdammt noch mal!*« Dann küsste er mich, und urplötzlich war das Wasser nicht mehr kalt. Ich klammerte mich an ihn, zuerst wegen der Wärme, später, weil ich ihn nie wieder loslassen wollte. Ich vertraute ihm so sehr, dass es mir beinahe Angst einjagte. Das Wasser war zehn Grad kalt, doch ich stand in Flammen.

»Pass mal auf«, forderte ich ihn heraus und machte mich von ihm los. Eine orangerote Boje tanzte auf den Wellen knapp fünfzig Meter weit entfernt. »Wer zuerst bei der Boje ist«, rief ich und stieß mich von Chris ab. Mein Tempo überrumpelte ihn.

Er bemühte sich, mich mit gleichmäßigen, kräftigen Stößen einzuholen, doch ich ließ ihn weit hinter mir.

Bei der Boje verlangsamte ich das Tempo, damit er mich einholte.

Chris schaute mich völlig verblüfft an. »Wo hast du schwimmen gelernt?«

»South San Francisco YMCA, Champion der Division der Vierzehn-, Fünfzehn- und Sechzehnjährigen«, brüstete ich mich. »Mit mir konnte keiner mithalten. Sieht so aus, als wäre ich immer noch gut.«

Kurz danach steuerten wir das Boot in eine kleine schattige Bucht am Ufer. Chris machte den Motor aus und spannte ein Sonnensegel auf. Mit angehaltenem Atem krochen wir darunter, wo niemand uns sehen konnte.

Langsam ließ ich ihn meinen Badeanzug herabstreifen. Er leckte die Tropfen von meinen Armen und Brüsten. Dann kniete ich nieder und befreite ihn von seiner Badehose. Wir brauchten nicht zu sprechen. Unsere Körper sagten alles. Ich ließ mich zurücksinken und zog Chris über mich.

Noch nie hatte ich mich so mit einem anderen Menschen oder Ort verbunden gefühlt. Stumm wölbte ich mich ihm entgegen. Der See plätscherte leise an den Seiten des Bootes. Ich dachte, *wenn ich spreche, wird das alles verändern.*

Danach lag ich einfach da, Wärmeschauer durchliefen meinen Körper. Ich wollte, dass es nie endete, doch ich wusste, dass es enden musste. Die Realität kommt einem immer dazwischen, nicht wahr?

101

Irgendwann an diesem Abend begann ich zu weinen.

Ich hatte Spaghetti carbonara gemacht, und wir aßen im Mondschein auf dem Steg und tranken eine Flasche Pinot noir. Chris legte ein Cello-Konzert von Dvořák auf, doch dann gingen wir zu den Dixie Chicks über.

Während des Essens fragte Chris mich, wo und wie ich aufgewachsen war.

Ich führte das, was ich ihm bereits von meiner Mutter erzählt hatte, noch weiter aus, dass Dad uns verlassen hatte, als ich noch ein Kind war. Mom hatte zwanzig Jahre lang als Buchhalterin im Emporium gearbeitet. Ich hatte meine Schwester praktisch aufgezogen.

»Mom ist an Brustkrebs gestorben, als sie erst fünfzig war.« Die Ironie entging mir keineswegs.

»Was ist mit deinem Vater? Ich möchte alles über dich wissen.«

Ich trank einen Schluck Wein. Dann erzählte ich ihm, dass ich ihn nur zweimal gesehen hatte, seit ich dreizehn gewesen war. Bei der Beerdigung meiner Mutter. Und an dem Tag, als ich

Polizistin wurde. »Er saß ganz hinten, weit weg von allen anderen.« Plötzlich wurde mein Blut heiß vor lange begrabenen Gefühlen. »Was hat er da gemacht?« Ich schaute Chris mit feuchten Augen an. »Warum hat er es verdorben?«

»Möchtest du ihn manchmal sehen?«

Ich antwortete nicht. Etwas begann in meinem Kopf Form anzunehmen. Meine Gedanken schweiften ab. Die Tatsache, dass ich hier wahrscheinlich so glücklich war wie noch nie zuvor, dass jedoch dies alles auf einer Lüge beruhte, traf mich wie ein Schlag. Ich verdrängte den Druck dieser Gedanken. Allerdings nicht besonders erfolgreich.

Chris ergriff meine Hand. »Tut mir Leid, Lindsay. Ich hatte kein Recht...«

»Das ist es nicht«, flüsterte ich und drückte seine Hand. Ich wusste, dass es an der Zeit war, mich Chris vollkommen zu offenbaren. Aber ich hatte Angst; meine Lippen zitterten. Nur mit Mühe hielt ich die Tränen zurück.

»Ich muss dir etwas sagen«, flüsterte ich. »Was ziemlich Heftiges, Chris.«

Ich sah ihn so aufrichtig und vertrauensvoll an, wie es mir mit meinen verängstigten Augen möglich war. »Weißt du noch, wie ich in dem Besucherraum bei Jenks beinahe in Ohnmacht gefallen bin?«

Chris nickte. Jetzt wirkte auch er ein wenig besorgt. Auf seiner Stirn waren tiefe Falten.

»Alle dachten, ich hätte nur die Nerven verloren, aber das war es nicht. Ich bin krank, Chris. Vielleicht muss ich bald ins Krankenhaus.«

Ich sah, wie das Licht in seinen Augen plötzlich schwächer wurde. Er wollte etwas sagen, doch ich legte ihm den Zeigefinger auf die Lippen.

»Hör mir eine Minute lang zu, okay?«

»Okay. Tut mir Leid.«

Ich sprudelte alles über die Anämie heraus. Die Behandlung

schlug nicht an. Es bestand immer weniger Hoffnung. Medveds Warnung vor einigen Tagen. Ich war im dritten Stadium, es war sehr ernst. Als Nächstes stand vielleicht eine Knochenmarkstransplantation an.

Ich weinte nicht. Ich teilte ihm alles mit, wie ein Polizist. Ich wollte ihm Hoffnung geben, zeigen, dass ich kämpfte, zeigen, dass ich der starke Mensch war, den er liebte. Als ich fertig war, umklammerte ich seine Hände und holte abgrundtief Luft. »Die Wahrheit ist, Chris, dass ich vielleicht bald sterbe.«

Unsere Hände waren eng ineinander verschlungen. Unsere Augen tauchten in die des anderen. Enger hätten wir nicht verbunden sein können.

Dann strich er mir liebevoll über die Wange. Er sagte kein Wort, zog mich nur an sich. Die Kraft und die Weichheit seiner Hände ließen mich dahinschmelzen.

Und dann brach ich in Tränen aus. Er war ein guter Mensch. Vielleicht verlor ich ihn bald. Und ich weinte um all die Dinge, die wir wohl niemals tun würden.

Ich weinte und weinte, und bei jedem Schluchzen drückte er mich fester an sich. Dabei flüsterte er ständig: »Ist ja gut, Lindsay. Ist ja gut. Ist ja gut.«

»Ich hätte es dir sagen müssen«, stieß ich hervor.

»Ich verstehe, weshalb du es nicht getan hast. Seit wann weißt du es?«

»Seit dem Tag, an dem wir uns kennen gelernt haben. Ich schäme mich so.«

»Du brauchst dich doch nicht zu schämen«, beschwichtigte er mich. »Woher solltest du denn wissen, ob du mir trauen kannst?«

»Ich habe dir ziemlich schnell vertraut. Ich habe mir selbst nicht vertraut.«

»Aber jetzt tust du es«, flüsterte Chris.

102

Ich glaube, wir hielten uns die ganze Nacht lang eng umschlungen. Wir lachten ein wenig, weinten ein wenig. Ich kann mich nicht mal mehr daran erinnern, wie und wann ich in seinen Armen aufwachte.

Am folgenden Tag löste ich mich kaum aus seiner Umarmung. Angesichts all dessen, was mich bedrohte, was so ungewiss war, fühlte ich mich in seiner Nähe sicher. Ich wollte nie mehr fort.

Doch an diesem Wochenende geschah noch etwas, abgesehen von der Anämie, abgesehen von Chris und mir. In mein Gefühl der Sicherheit drängte sich ein quälender Gedanke.

Diesen Gedanken hatte etwas gesät, das Jacobi gesagt hatte.

Es war eine dieser hingeworfenen Bemerkungen, die man nicht gleich beachtet, die das Gehirn jedoch irgendwo speichert. Und zum unpassendsten Moment taucht sie wieder auf, stärker und logischer als zuvor.

Es war Sonntagabend. Das Wochenende war vorbei. Chris hatte mich heimgefahren. Obwohl es mir schwer fiel, ihn zu verlassen, musste ich doch eine Zeit lang allein sein, um Inventur des Wochenendes zu machen und meine nächsten Schritte zu überlegen.

Ich packte aus, kochte Tee und kuschelte mich mit Sweet Martha auf die Couch. Meine Gedanken wanderten zu den Morden.

Nicholas Jenks lag jetzt hinter mir. Jetzt blieben nur noch diese zahllosen Berichte. Die mussten geschrieben werden. Obgleich er immer noch lautstark beteuerte, dass man ihm die Verbrechen in die Schuhe schieben wollte. Doch das waren nur weitere Verrücktheiten, weitere Lügen.

Doch da schlichen sich Jacobis Worte in mein Gehirn.

»Den Fall geknackt«, hatte er am Dienstagmorgen gesagt. Dabei hatte er diesen eindringlichen, nervtötenden Ausdruck in den Augen gehabt. »Vergessen Sie aber nicht, dass es die Übereinstimmung beim Champagner war, die Sie auf die richtige Spur geführt hat«, hatte er mir hinterhergerufen. »Warum hat Jenks Ihrer Meinung nach den Champagner zurückgelassen?«

Ich hatte Jacobi nicht besonders aufmerksam zugehört. Jenks saß hinter Schloss und Riegel. Der Fall war unter Dach und Fach. Ich hatte an Chris und die vergangene Nacht gedacht. Auf der Treppe war ich noch einmal stehen geblieben und hatte mich zu ihm umgedreht. »Ich weiß es nicht, Warren«, hatte ich geantwortet. »Wir haben doch schon darüber gesprochen. Vielleicht in der Hitze des Gefechts.«

»Sie haben Recht.« Er hatte genickt. »Deshalb hat er auch die Jacke nicht zusammengeknüllt und mitgenommen.«

Ich hatte ihn angeschaut, als wollte ich ihn fragen: »Was soll das jetzt? Jenks hat eine saubere Smokingjacke gebraucht, um unerkannt aus dem Hotel zu kommen.« Die DNS-Analyse der Haare machte die Fragen ohnehin überflüssig.

»Haben Sie mal das ganze Buch gelesen?«, hatte er gefragt.

»Welches Buch?«

»Jenks' Buch. *Immer eine Brautjungfer.*«

»Die Teile, die wichtig waren«, antwortete ich. »Warum?«

»Ich weiß nicht, irgendwie lässt es mich nicht los. Wie gesagt, meine Frau ist ein Fan von ihm. Es lagen einige Kopien des Buchs herum, da habe ich eine mit nach Hause genommen. Es ist interessant, wie alles endet.«

Ich hatte ihn angeschaut und zu ergründen versucht, worauf er hinauswollte.

»Man hat diesem Phillip Campbell das Ganze in die Schuhe geschoben. Er kommt frei und kann alles einem anderen anhängen.«

Jetzt, mehrere Tage später, schlichen sich Jacobis Worte in meinen Kopf. *In die Schuhe geschoben. Er hängt alles einem anderen an.*

Das ist doch albern, sagte ich mir, dass ich diese wahnwitzige

Idee für würdig halte, überhaupt darüber nachzudenken. Alles war solide und unumstößlich.

»Ich bin doch ein Idiot«, sagte ich laut. »Jenks klammert sich an jede Geschichte, mit der er sich rausschwindeln kann.«

Ich stand auf, nahm den Tee mit ins Bad und wusch mir das Gesicht.

Morgen früh würde ich Cheery von meiner Krankheit erzählen. Ich hatte ein bisschen freie Zeit. Ja, ich würde den Stier bei den Hörnern packen. Jetzt war der Fall abgeschlossen. Das war der richtige Zeitpunkt. *Jetzt, nachdem der Fall abgeschlossen war.*

Ich ging ins Schlafzimmer und riss das Preisschild von dem T-Shirt, das Chris mir gekauft hatte. Darauf stand: *Ein kleines Stück vom Himmel.* Ich stieg ins Bett, und Martha kam zum Schmusen. Erinnerungen an das Wochenende schwebten mir durch den Kopf. Ich schloss die Augen. Ich konnte es kaum erwarten, den Mädels alles zu erzählen.

Dann traf mich ein Gedanke aus heiterem Himmel. Ich schoss hoch, als hätte ich einen Albtraum. »O nein! O Gott, nein!«, flüsterte ich.

Als Jenks mich in seinem Haus angegriffen hatte, hatte er mit der linken Hand ausgeholt.

Als er mir etwas zu trinken angeboten hatte, hatte er die Karaffe mit der linken Hand ergriffen.

Unmöglich, dachte ich. Das darf nicht wahr sein!

Claire war sich sicher, dass der Mörder David Brandts *Rechtshänder* gewesen war.

103

Jill, Claire und Cindy schauten mich an, als hätte ich den Verstand verloren.

Die Worte waren mir nur mühsam über die Lippen gekommen. »Was ist, wenn Jenks Recht hat? Wenn jemand versucht, ihm die Morde anzuhängen?«

»Ich kann nicht glauben, dass du das sagst!«, rief Cindy. »Du hast ihn gefunden. *Du* hast ihn überführt.«

»Ich weiß. Ich weiß, dass es verrückt klingt. Hoffentlich ist es verrückt. Bitte, hört mir zu!«

Ich berichtete von Jacobis Bemerkung über das Buch, dann meine blitzartige Erleuchtung, dass Jenks Linkshänder war.

»Beweist überhaupt nichts«, erklärte Jill.

»Ich kann die Wissenschaft nicht ignorieren«, sagte Claire kopfschüttelnd. »Wir haben seine verdammte DNS am Tatort gefunden.«

»Hört zu, ich will diesen Kerl ebenso einbuchten wir ihr«, protestierte ich. »Aber all die Beweise, die wir jetzt haben – na ja, es ist alles so *bilderbuchmäßig*. Die Jacke, der Champagner. In seinen Büchern beschreibt Jenks komplizierte Morde. Warum sollte er Hinweise zurücklassen?«

»Weil er ein abartiger Dreckskerl ist, Lindsay. Weil er ein arroganter Wichser ist, der mit allen drei Verbrechen zu tun hat.«

Jill nickte. »Er ist Schriftsteller. Wenn es darum geht, tatsächlich zu *handeln*, ist er ein Amateur. Er ist ein abgebrühtes Schwein.«

»Du hast seine Reaktion gesehen, Jill. Das war mehr als schlichte Verzweiflung. Ich habe Mörder in der Todeszelle gesehen, die immer noch leugnen. Das hier war anders. Als könnte er es einfach nicht *glauben*.«

Jill stand auf. Ihre eisblauen Augen schienen mich zu durchbohren. »Warum, Lindsay? Warum die plötzliche Kehrtwendung?«

Zum ersten Mal fühlte ich mich allein und getrennt von den Menschen, denen ich inzwischen am meisten vertraute. »Niemand kann diesen Mann mehr hassen als ich«, erklärte ich. »Ich habe ihn gejagt. Ich habe gesehen, was er den Frauen angetan hat.« Ich wandte mich an Claire. »Du hast gesagt, der Mörder sei Rechtshänder.«

»*Wahrscheinlich* Rechtshänder«, verbesserte sie mich.

»Und was ist, wenn er das Messer einfach in die andere Hand genommen hat?«, fragte Cindy.

»Cindy, wenn du jemand töten willst, der größer und stärker ist als du, würdest du dann mit dem Messer in der falschen Hand auf ihn losgehen?«

»Wahrscheinlich nicht«, mischte Jill sich ein. »Aber du darfst die Fakten nicht übersehen, Lindsay. Beweise und Gründe. Alles, was wir so mühsam zusammengetragen haben. Jetzt wirfst du mir einen Haufen Hypothesen vor. ›Jenks hält die Karaffe mit der linken Hand. Phillip Campbell schiebt am Schluss des Buches jemand anderem die Schuld in die Schuhe.‹ Schau, wir haben diesem Kerl drei Doppelmorde nachgewiesen. Ich muss mich auf dich verlassen können.« Ihr Kinn bebte. »Ich brauche dich als Zeugin.«

Ich hatte keine Ahnung, wie ich mich verteidigen sollte. Ich hatte Jenks ebenso festnageln wollen wie alle anderen. Doch jetzt war ich unsicher geworden und konnte den plötzlich aufgetauchten Zweifel nicht einfach wegschieben.

Hatten wir den richtigen Mann?

»Wir haben die Waffe immer noch nicht gefunden«, sagte ich zu Jill.

»Wir brauchen keine Waffe, Lindsay. Wir haben sein Haar *in* einem der Opfer.«

Plötzlich wurde uns bewusst, dass Gäste an anderen Tischen zu uns herüberschauten. Jill setzte sich wieder. Claire legte mir den Arm um die Schultern. Ich ließ mich gegen das Rückenpolster der Nische sinken.

»Wir haben die ganze Zeit hinter dir gestanden«, sagte Cindy leise. »Wir lassen dich jetzt nicht hängen.«

Jill schüttelte den Kopf. »Wollt ihr, dass ich ihn laufen lasse, während wir den Fall noch mal aufrollen, Leute? Wenn wir ihn nicht vor Gericht stellen, tut Cleveland es.«

»Ich will doch gar nicht, dass er frei kommt«, stammelte ich. »Ich will mir nur hundertprozentig sicher sein.«

»Ich *bin* mir sicher«, verkündete Jill mit blitzenden Augen.

Hilfe suchend schaute ich Claire an. Sogar sie musterte mich skeptisch. »Es gibt eine Menge sachlicher Indizien, die den Fall ziemlich klar machen.«

»Wenn das rauskommt, könnt ihr meine Karriere mit der Katzenstreu rausschmeißen«, sagte Jill. »Bennett will das Blut des Kerls an der Wand des Gerichtsgebäudes kleben sehen.«

Benommen sahen wir uns an. Es war, als starrten wir auf die Scherben einer kaputten, unersetzlichen Vase.

»Okay«, sagte Claire. »Angenommen, er war's nicht, wie gehen wir vor, um zu beweisen, wer es getan hat?«

Es war, als seien wir wieder ganz am Anfang – wieder beim ersten Verbrechen. Ich fühlte mich scheußlich.

»Was hat unseren Verdacht gegen Jenks bestätigt?«, fragte ich.

»Das Haar«, antwortete Claire.

»Nicht ganz. Wir mussten auf ihn kommen, ehe wir wussten, wem es gehörte.«

»Merrill Shortley«, sagte Jill. »*Jenks und Merrill?* Meint ihr?«

Ich schüttelte den Kopf. »Wir haben noch eine Sache gebraucht, ehe wir ihn festnehmen konnten.«

»*Immer eine Brautjungfer*«, sagte Cindy. »Seine erste Frau.«

Ich nickte langsam.

104

In den nächsten Tagen gingen wir alles noch mal durch, was wir über Joanna Wade wussten.

Als Erstes las ich nochmals das Protokoll der Anzeige, die sie gegen Jenks gemacht hatte. Dann schaute ich mir die Fotos von Joanna an, die auf dem Revier aufgenommen worden waren. Blutergüsse, geschwollenes Gesicht. Ich las das Protokoll des Polizisten vom Tatort. Wutausbruch, Beschimpfungen. Jenks war total ausgerastet und hatte wild um sich geschlagen. Er hatte sich gegen die Verhaftung gewehrt und musste gewaltsam abgeführt werden.

Zwei Polizisten vom Nordrevier hatten das Protokoll unterschrieben: Samuel Delgado und Anthony Fazziola.

Am folgenden Tag stattete ich Greg Marks, Jenks' ehemaligem Agenten, einen Besuch ab. Er war noch erstaunter über mein Erscheinen, als ich ihm sagte, dass ich wegen eines anderen Aspekts von Jenks' Vergangenheit gekommen sei.

»Joanna?«, fragte er amüsiert lächelnd. »Schlechte Menschenkenntnis, Inspector, aber noch schlechteres Timing.« Er erklärte mir, dass ihre Scheidung erst sechs Monate vor dem Erscheinen von *Fadenkreuz* rechtskräftig geworden war. Von dem Buch wurden allein im Hardcover fast eine Million Exemplare verkauft. »Da hat sie es die ganzen Hungerjahre mit Nicholas ausgehalten und wurde mit kaum mehr als dem Fahrgeld für ein Taxi abgespeist«, erklärte er kopfschüttelnd. »Die Abfindung war ein Almosen, verglichen mit dem, was sie bekommen hätte, wenn sie ein Jahr später geschieden worden wären.«

Was Marks mir erzählte, zeichnete ein ganz anderes Bild von der Frau, die ich im Fitness-Studio kennen gelernt hatte. Die schien alles hinter sich gelassen zu haben.

»Sie fühlte sich ausgenutzt, fallen gelassen wie ein alter Koffer. Joanna hatte ihm das Studium ermöglicht und sogar ihren

291

alten Job wieder aufgenommen, als er das Jurastudium an den Nagel gehängt und angefangen hat zu schreiben.«

»Und danach?«, fragte ich. »Hat sie ihn immer noch gehasst?«

»Ich glaube, sie hat versucht, ihn zu verklagen. Nachdem sie sich getrennt hatten, wollte sie sich ein Sicherungspfandrecht auf zukünftige Einnahmen zusprechen lassen. Nichterfüllung. Vertragsbruch. Alles, was ihr einfiel.«

Mir tat Joanna Wade Leid. Aber war sie zu *so* einer Rache fähig? Hatte der Hass sie so weit getrieben, sechs Menschen zu töten?

Am nächsten Tag holte ich mir eine Kopie der Scheidungsakten vom Bezirksgericht. Durch den üblichen Hickhack hindurch spürte ich, dass es ein besonders bitterer Fall war. Sie hatte Jenks auf drei Millionen Dollar seiner künftigen Einnahmen verklagt. Am Schluss waren ihr fünftausend pro Monat zugesprochen worden, mit möglicher Steigerung auf zehn, falls Jenks' Einnahmen bedeutend zunahmen.

Ich konnte nicht fassen, was für eine bizarre Veränderung in meinem Kopf Wurzeln zu schlagen begann.

Joanna war diejenige gewesen, die als Erste auf das Buch hingewiesen hatte. Die sich betrogen gefühlt hatte, verschmäht. Sie trug einen Hass in sich, der weit größer war, als sie preisgegeben hatte. Joanna, die Tae-Bo-Lehrerin, die kräftig genug war, um mit einem Mann fertig zu werden, der doppelt so groß war wie sie. Die mich über ihre Beziehung zu Chessy belogen hatte. Die sogar Zugang zu Jenks' Haus hatte.

Diese Gedanken schienen verrückt. Eigentlich grotesk... es war unmöglich.

Die Morde waren von einem Mann begangen worden. Von Nicholas Jenks.

105

Am nächsten Tag aßen Chris und ich einen Hotdog und eine Brezel vor dem Rathaus. Ich erzählte ihm von meinen Überlegungen.

Er schaute mich ganz ähnlich an wie die Mädels vor einigen Tagen. Schock, Verwirrung, Unglaube. Doch er reagierte nicht negativ.

»Sie könnte die ganze Sache geplant haben«, sagte ich. »Sie kannte das Buch. Sie hat es ausgegraben, damit wir es finden sollten. Sie kannte Jenks' Geschmack – in Sachen Champagner, in Sachen Kleidung. Sie wusste von seiner Beteiligung an Sparrow Ridge. Sie hatte sogar Zugang zu seinem Haus.«

»Das könnte ich akzeptieren«, meinte er. »Aber die Morde wurden von einem Mann begangen. Von Jenks, Lindsay. Wir haben ihn sogar auf Film.«

»Oder jemanden, der so zurechtgemacht war, dass er wie Jenks aussah. Kein Augenzeugenbericht ist wirklich überzeugend.«

»Lindsay, die DNS war identisch.«

»Ich habe mit den Polizisten gesprochen, die damals ins Haus kamen, als er Joanna zusammengeschlagen hat.« Ich ließ nicht locker. »Sie sagten, Jenks sei außer sich gewesen, aber sie sei gleich stark gewesen und hätte ihm tüchtig Kontra gegeben. Sie haben *sie* bändigen müssen, als sie ihn ins Auto schafften.«

»Sie hat die Anzeige zurückgezogen, Lindsay. Sie hatte es satt, misshandelt zu werden. Vielleicht hat sie nicht bekommen, was sie verdiente, aber sie hat die Scheidung eingereicht und ein neues Leben begonnen.«

»Das ist es ja gerade, Chris. *Sie* hat die Scheidung nicht eingereicht. Jenks hat sie verlassen. Sein Agent, Greg Marks, hat mir das gesagt. Sie hat alles für ihn geopfert. Er hat sie als den klassischen Fall von Abhängigkeit beschrieben.«

Ich sah, dass Chris nicht überzeugt war. Ich hatte einen Mann im Gefängnis, mit beinahe unstrittigen Beweisen gegen ihn.

Und jetzt kam ich und trennte alles wieder auf. Was war los mit mir?

Dann fiel mir aus heiterem Himmel noch etwas ein, das ich im Geist längst zu den Akten gelegt hatte. Laurie Birnbaum, ein Gast der Weils bei der Brandt-Hochzeit, hatte den Mann, den sie gesehen hatte, mit folgenden Worten beschrieben: »Durch den Bart wirkte er älter, aber der Rest von ihm war jung.«

Joanna Wade war mittelgroß, Rechtshänderin, Tae-Bo-Lehrerin und stark genug, um mit einem Mann fertig zu werden, der doppelt so groß war wie sie. Und Jenks' Neun-Millimeter-Waffe? Er behauptete, sie seit Jahren nicht mehr gesehen zu haben. *Im Haus in Montana.* Laut Registrierung hatte er die Waffe vor zehn Jahren gekauft, als er noch mit Joanna verheiratet gewesen war.

»Du solltest sie sehen«, sagte ich mit wachsender Überzeugung. »Sie ist kräftig genug, um mit uns allen fertig zu werden. Sie ist das eine Verbindungsstück, das alles wusste: Champagner, Kleidung, *Immer eine Brautjungfer.* Sie hat die Möglichkeiten, alles zusammenzuführen. Die Fotos, die Augenzeugen waren alle nicht überzeugend. Was ist, wenn sie es war, Chris?«

Ich hielt seine Hand. Die Möglichkeiten überschlugen sich in meinem Kopf. Da verspürte ich unvermittelt einen schrecklichen Druck in der Brust. Ich schob es auf den Schock darüber, was ich soeben dargelegt hatte, doch es traf mich mit der Wucht eines Expresszugs.

Schwindel, Übelkeit. Es schoss von der Brust in den Kopf.

»Lindsay?«, sagte Chris. Ich spürte seine stützende Hand an meiner Schulter.

»Mir ist irgendwie komisch«, stammelte ich. Ein Schweißausbruch folgte, ein Rauschen, dann schrecklicher Schwindel. Als würden ganze Armeen in meiner Brust marschieren und sich bekämpfen.

»*Lindsay?*«, fragte Chris noch einmal, diesmal ehrlich besorgt.

Ich lehnte mich an ihn. Das Gefühl machte mir furchtbare Angst. Ich fühlte mich vollkommen kraftlos, gleich darauf jedoch wieder stark. Klar im Kopf, dann wieder sehr schwindlig.

Ich sah Chris, dann wieder nicht.

Ich sah, wer die Bräute und Bräutigame getötet hatte. Dann verblassten die Bilder wieder.

Ich spürte, wie ich dem Pflaster entgegenfiel.

106

Als ich wieder zu mir kam, lag ich auf einer Holzbank in Chris' Armen. Er hielt mich fest, während meine Kräfte zurückkehrten.

Orenthaler hatte mich gewarnt. Es war Stadium drei. Sperrstunde in meinem Körper. Ich wusste nicht, was mich mehr ängstigte: die Chemotherapie und die Vorbereitung auf eine Knochenmarkstransplantation oder zu fühlen, wie meine Kraft von innen heraus aufgezehrt wurde.

Du darfst die Krankheit nicht gewinnen lassen!

»Es geht schon wieder«, sagte ich zu Chris. Meine Stimme wurde kräftiger. »Ich wusste, dass das irgendwann passieren würde.«

»Du versuchst zu viel auf einmal zu tun, Lindsay. Jetzt redest du davon, eine völlig neue Ermittlung einzuleiten.«

Ich holte tief Luft und nickte. »Ich brauche nur genügend Kraft, um das hier durchzuziehen.«

Wir blieben noch eine Zeit lang sitzen, bis wieder Farbe in mein Gesicht und die Kraft in die Gliedmaßen zurückkehrte. Chris hielt mich liebevoll im Arm und streichelte mich zärtlich. Wir müssen wie ein Liebespaar ausgesehen haben, das sich an einem sehr öffentlichen Ort ein privates Plätzchen geschaffen hatte.

Schließlich griff Chris das Thema wieder auf. »Lindsay, hältst du das alles wirklich für wahr, was du mir über Joanna erzählt hast?«

Vielleicht führten meine Überlegungen zu nichts. Sie hatte über ihre Trennung von Jenks nicht gelogen, auch nicht über ihre gegenwärtige Beziehung zu ihm und Chessy. Hatte sie ihren tiefen Hass verborgen? Sie hatte das Wissen und die Mittel.

»Ich glaube, der Mörder läuft noch frei rum«, sagte ich.

107

Ich beschloss, ein großes Risiko einzugehen. Wenn ich es vermasselte, konnte mein ganzer Fall platzen.

Ich beschloss, mit Jenks über meine Vermutungen zu sprechen.

Ich traf ihn in demselben Besucherzimmer. Begleitet wurde er von seinem Anwalt Leff. Er wollte sich nicht mit mir treffen, da er überzeugt war, es sei sinnlos, noch mal mit der Polizei zu sprechen. Und ich wollte ihm natürlich meine wahren Beweggründe nicht mitteilen und der Verteidigung Munition liefern, falls ich mich irrte.

Jenks machte ein mürrisches Gesicht und wirkte beinahe deprimiert. Die makellose, überlegene Erscheinung war einem nervösen, unrasierten Wrack gewichen.

»Was wollen Sie wissen?«, fragte er, fast ohne mir ins Gesicht zu schauen.

»Ich möchte wissen, ob Ihnen inzwischen jemand eingefallen ist, der Sie gern hier drin sehen würde«, fragte ich.

»Nageln Sie jetzt den Deckel auf meinen Sarg?«, fragte er mit freudlosem Lächeln.

»Sagen wir einfach, im Interesse meiner Pflicht gebe ich Ihnen eine letzte Chance, ihn wieder aufzudrücken.«

Jenks schnaubte skeptisch. »Sherman sagt, dass ich in Napa wegen zwei weiteren Morden angeklagt werden soll. Ist das nicht toll? Wenn Sie mir Ihre Hilfe anbieten wollen, halte ich es für besser, meine Unschuld selbst zu beweisen.«

»Ich bin nicht hergekommen, um Sie in eine Falle zu locken, Mr. Jenks. Ich bin gekommen, um zu hören, was Ihnen inzwischen eingefallen ist.«

Leff beugte sich zu Jenks und flüsterte ihm etwas ins Ohr. Er schien Jenks zum Sprechen zu ermutigen.

Der Gefangene blickte angewidert auf. »Jemand läuft da draußen rum, macht sich so zurecht, dass er aussieht wie ich, und kennt meinen ersten Roman. Diese Person will, dass ich leide. Ist das so schwierig zu kapieren?«

»Ich würde gern Namen hören«, sagte ich.

»Greg Marks.«

»Ihr ehemaliger Agent?«, fragte ich.

»Er hat das Gefühl, dass ich ihm meine Scheißkarriere verdanke. Ich habe ihn Millionen gekostet. Seit ich von ihm weggegangen bin, hat er keinen nennenswerten Klienten mehr bekommen. Und er neigt zu Gewalttätigkeit. Mark ist Mitglied in einem Club von Schusswaffenliebhabern.«

»Wie könnte er Ihre Kleidung in die Finger bekommen haben? Oder eine Haarprobe von Ihnen?«

»Finden Sie das raus. Sie sind die Polizei.«

»Wusste er, dass Sie an diesem Abend in Cleveland sein würden? Wusste er über Sie und Kathy Kogut Bescheid?«

»Nick weist lediglich darauf hin, dass es noch andere mögliche Täter geben könnte«, warf Leff ein.

Ich rutschte auf meinem Stuhl ein Stück vor. »Wer wusste sonst noch von dem Buch?«

Jenks verzog den Mund. »Es war nichts, mit dem ich herumgeprahlt habe. Mehrere alte Freunde. Meine erste Frau Joanna.«

»Hat jemand von denen einen Grund, Ihnen die Verbrechen in die Schuhe zu schieben?«

»Wie Sie wissen, gehörte unsere Scheidung nicht gerade in die Rubrik ›im gegenseitigen Einverständnis‹«, sagte Jenks und seufzte. »Zweifellos hat es eine Zeit gegeben, wo Joanna überglücklich gewesen wäre, mich allein auf einer verlassenen Straße zu sehen, wenn sie mit sechzig Meilen angebraust käme. Aber jetzt ist sie wieder auf die Beine gekommen, mit einem neuen Leben. Sie hat sogar Chessy kennen gelernt … ich glaube nicht. Nein, Joanna ist es nicht. Das können Sie mir glauben.«

Ich ignorierte die Bemerkung und musterte ihn scharf. »Sie haben gesagt, Ihre Ex-Frau sei in Ihrem Haus gewesen.«

»Vielleicht ein oder zwei Mal.«

»Demnach könnte sie Zugang zu gewissen Dingen haben. Vielleicht zum Champagner? Vielleicht zu dem, was in Ihrem Wandschrank war?«

Jenks schien die Möglichkeit kurz in Betracht zu ziehen. Dann verzog er den Mund zu einem abfälligen Lächeln. »Unmöglich. Nein, es ist nicht Joanna.«

»Woher wollen Sie das so genau wissen?«

Er schaute mich an, als äußerte er eine allseits bekannte Tatsache. »Joanna liebt mich. *Immer noch.* Warum sucht Sie sonst Ihrer Meinung nach die Bekanntschaft mit meiner neuen Frau? Weil sie die Aussicht vermisst? Weil sie keinen Ersatz für das findet, was ich ihr gegeben habe. Wie ich sie geliebt habe. Ohne mich ist sie leer.«

»Was meinen Sie?«, fuhr er fort. »Dass Joanna Haarproben von mir im Einweckglas aufbewahrt, seit wir geschieden sind?« Er strich sich durch den Bart. Sein Gesicht war etwas weicher geworden. »Jemand hat es auf mich abgesehen, aber es ist nicht Joanna. Sie war nur eine kleine Büromaus, als ich sie kennen gelernt habe. Sie konnte Ralph Lauren nicht von J. C. Penneys unterscheiden. Ich habe sie Selbstachtung gelehrt. Ich war ganz für sie da, und sie für mich. Sie hat alles für mich geopfert, sogar in zwei Jobs gearbeitet, als ich beschlossen habe, zu schreiben.«

Es war schwierig, sich Jenks anders als den skrupellosen Dreckskerl vorzustellen, der für diese schrecklichen Verbrechen verantwortlich war. Doch ich ließ nicht locker. »Sie sagten, der Smoking sei ein alter Anzug. Sie haben ihn nicht einmal erkannt. Und die Waffe, Mr. Jenks, die Neun-Millimeter-Schusswaffe? Sie haben behauptet, Sie hätten sie seit Jahren nicht gesehen, dass Sie glaubten, sie sei irgendwo in Ihrem Haus in Montana. Sind Sie sicher, dass das alles nicht schon seit langer Zeit sorgfältig geplant wurde?«

Ich sah, wie Jenks' Gesichtsausdruck sich veränderte, als er zu einer möglichen Schlussfolgerung gelangte.

»Sie haben gesagt, Joanna hätte einen zweiten Job angenommen, als Sie anfingen zu schreiben. Was für ein Job war das?«

Jenks starrte zur Decke hinauf, dann schien er sich zu erinnern.

»Sie hat bei Saks gearbeitet.«

108

Langsam und unausweichlich beschlich mich das Gefühl, im falschen Flugzeug zu sitzen und in die falsche Stadt zu fliegen.

Entgegen sämtlicher Logik wurde ich immer sicherer, dass Nicholas Jenks nicht der Mörder sein konnte. *O Mann!*

Ich musste mir überlegen, was ich als Nächstes tun sollte. Jenks in Handschellen war auf dem Titelbild sowohl des *Time*

Magazine und als auch von *Newsweek*. Am folgenden Tag wurde er in Napa wegen zwei weiteren Morden angeklagt. Vielleicht sollte ich in diesem falschen Flugzeug bleiben, die Stadt verlassen und mein Gesicht nie wieder in San Francisco zeigen.

Ich rief die Mädels zusammen. Ich legte ihnen das Mosaik vor, das sich langsam vor meinen Augen abzeichnete: der erbitterte Scheidungskrieg, Joannas Gefühl, dass er sie weggeworfen hatte; ihr direkter Zugang zu den Opfern durch ihre Kontakte bei Saks.

»Sie war Assistentin der Geschäftsführerin«, sagte ich ihnen. »Zufall?«

»Bring mir *Beweise*«, beharrte Jill. »Denn bis jetzt habe ich nur Beweise gegen Nick Jenks. Alle Beweise, die ich brauche.«

Ich hörte die Besorgnis und Frustration in ihrer Stimme. Das ganze Land beobachtete diesen Fall und jede ihrer Bewegungen. Wir hatten so hart gearbeitet, um Mercer und ihrem Chef Bennett Sinclair zu verkaufen, dass Jenks der Mörder war. Und jetzt – nach alledem – kam ich mit einer neuen Theorie und einer neuen Verdächtigen.

»Besorg mir einen Durchsuchungsbefehl für Joannas Haus«, sagte ich zu Jill. »Dort muss etwas sein. Die fehlenden Ringe, eine Waffe, Einzelheiten über die Opfer. Es ist die einzige Möglichkeit, Klarheit zu bekommen.«

»Eine Hausdurchsuchung? Auf welcher Grundlage? Verdacht auf neue Beweise? Das kann ich nicht machen, ohne dass der Fall wieder lang und breit aufgerollt wird. Wenn wir zeigen, dass wir nicht absolut sicher sind, wie kann ich dann die Geschworenen überzeugen?«

»Wir könnten überprüfen, wo sie gearbeitet hat«, schlug Cindy vor. »Feststellen, ob sie Zugang zu den Informationen über die Bräute hatte.«

»Das sind Indizienbeweise. Das ist Scheiße«, rief Jill. »Eine meiner Nachbarinnen arbeitet bei Saks. Vielleicht ist sie die Mörderin.«

»Du kannst das Ganze aber nicht durchziehen, wenn wir noch Zweifel haben«, widersprach Cindy.

»*Ihr* habt Zweifel«, sagte Jill. »Ich habe alles zusammen, was für eine bombensichere Verurteilung nötig ist. Für dich, Cindy, ist es eine Story, du folgst ihr, wo immer sie hinführt. Bei mir steht meine gesamte Karriere auf dem Spiel.«

Cindy sah sie verblüfft an. »Glaubst du etwa, dass ich nur wegen der Story hier bin? Glaubst du, dass ich auf jedem Hinweis wie auf glühenden Kohlen gesessen und rumgegreint habe, weil ich ihn nicht drucken durfte, nur weil ich mir für später die Rechte für ein Buch sichern wollte?«

»He, Mädels«, sagte Claire und legte beschwichtigend den Arm um Cindys Schultern. »Wir müssen zusammenhalten.«

Langsam wurden Jills blaue Augen ruhiger. Sie blickte Cindy an. »Es tut mir Leid«, sagte sie. »Es ist nur, dass Leff noch mehr Zweifel in den Köpfen der Geschworenen wecken wird, wenn etwas davon rauskommt.«

»Aber diese Zweifel sind doch berechtigt«, sagte Claire. »Wir können doch jetzt nicht aufhören, nur weil es eine schlechte Taktik ist. Es *könnte* sein, dass da draußen ein Mörder frei herumläuft. Ein mehrfacher Mörder.«

»Ordne eine Durchsuchung an. Komm schon, Jill«, sagte ich.

Ich hatte sie noch nie so erregt gesehen. Sie sollte alles, was sie in ihrer Karriere erreicht hatte, alles, wofür sie stand, jetzt aufs Spiel setzen. Sie schüttelte den Kopf. »Versuchen wir es mit Cindys Vorschlag. Wir fangen bei Saks an und überprüfen Joanna dort.«

»Danke, Jill«, sagte ich. »Du bist die Beste.«

Sie seufzte resigniert. »Stellen wir fest, ob sie mit jemandem Kontakt hatte, der zu diesen Namen Zugang hatte. Sobald wir eine Verbindung von Joanna zu diesen Namen haben, besorge ich dir, was du willst. Aber wenn du das nicht hast, stell dich darauf ein, Jenks zu rösten.«

Ich nahm über den Tisch hinweg ihre Hand. Sie drückte sie fest. Wir lächelten einander nervös an.

»Ganz persönlich hoffe ich, dass du lediglich mit einer heißen Klamotte zurückkommst, die im nächsten Weihnachtskatalog steht«, scherzte Jill.

Claire lachte laut. »Das wäre wenigstens keine totale Pleite, nicht wahr?«

109

Am nächsten Tag, dem Tag, an dem Jenks für die Morde an Rebecca und Michael DeGeorge angeklagt wurde, machte ich mich daran, einen neuen Mörder aufzuspüren.

Ich durfte Jenks nicht wissen lassen, dass wir Joanna so genau unter die Lupe nahmen. Ich wollte auch nicht, dass Joanna merkte, dass unser Verdacht sich auf sie richtete. Und ich wollte mich nicht Mercers oder Roths Zorn aussetzen.

Abgesehen von all diesen Problemen, war heute auch noch mein Medved-Tag. Scheiße, Scheiße, Scheiße. Nach dem Anfall mit Chris im Park hatte ich gleich einen Bluttest machen lassen. Medved hatte mich persönlich zurückgerufen und mich gebeten, sofort zu ihm zu kommen. Diese Dringlichkeit machte mir Angst. Wie beim ersten Mal bei Dr. Roy.

An diesem Nachmittag ließ Medved mich warten. Als er mich endlich hereinrief, war ein zweiter Arzt bei ihm – älter, mit weißem Haar und buschigen weißen Brauen. Er stellte sich als Dr. Robert Yatto vor.

Beim Anblick des neuen Arztes lief es mir eiskalt über den Rücken. Bestimmt war er nur hier, um über die Knochenmarkstransplantation zu sprechen.

»Dr. Yatto ist Leiter der Hämatologie am Moffett Hospital«, sagte Medved. »Ich habe ihn gebeten, sich Ihre letzte Probe anzusehen.«

Yatto lächelte. »Wie fühlen Sie sich, Lindsay?«

»Manchmal okay, manchmal unglaublich schwach«, antwortete ich. Ich spürte den Druck in der Brust. *Warum musste ich das mit einem neuen Arzt durchkauen?*

»Erzählen Sie mir von neulich.«

Ich tat mein Bestes, ihm den Schwindelanfall im Park zu schildern.

»Irgendwelche Blutauswürfe?«, fragte Yatto sachlich.

»Nein, in letzter Zeit nicht.«

»Erbrechen?«

»Seit letzter Woche nicht.«

Dr. Yatto stand auf und kam zu mir. »Sie gestatten?« Er nahm mein Gesicht in seine Hände. Ausdruckslos drückte er mit den Daumen in meine Wangen, zog meine Lider auseinander und betrachtete Pupillen und Bindehaut.

»Ich weiß, dass sich mein Zustand verschlimmert«, sagte ich.

Yatto ließ mein Gesicht los und nickte Medved zu. Dann lächelte Medved. Das war das erste Mal, seit ich zu ihm gekommen war.

»Es ist nicht schlimmer geworden, Lindsay. Deshalb habe ich Bob zur Konsultation hinzugezogen. Ihre Erythrozyten haben sich drastisch vermehrt. Auf zweitausendachthundert.«

Ich glaubte, mich verhört zu haben. War das kein Wunschtraum, der in meinem Kopf stattfand? »Aber die Anfälle... die Hitzewellen und plötzliche Kälteschauer? Neulich hatte ich das Gefühl, als fände in mir ein Krieg statt.«

»Es ist ein Krieg«, sagte Dr. Yatto. »Sie produzieren Zellen. Neulich hat sich nicht die Anämie gemeldet. Das waren Sie. So fühlt sich die Heilung an.«

Ich war wie vom Donner gerührt. Meine Kehle war trocken. »Würden Sie das noch mal wiederholen?«

»Es klappt, Lindsay«, sagte Medved. »Die Zahl Ihrer roten Blutkörperchen hat sich zweimal hintereinander vermehrt. Ich wollte es Ihnen nicht sagen, falls es sich als Irrtum erwiesen hätte, aber wie Dr. Yatto sagt: Sie produzieren neue Zellen.«

Ich wusste nicht, ob ich lachen oder weinen sollte. »Ist das auch wahr?«, stammelte ich. »Kann ich mich darauf verlassen?«

»Es ist *absolut* wahr«, beteuerte Medved und nickte.

Ich stand auf. Ich bebte am ganzen Körper, ich konnte es immer noch nicht glauben. Einen Moment lang schossen mir alle geheimen Hoffnungen und Freuden durch den Kopf, die ich mühsam unterdrückt hatte: die Chance auf eine Karriere, Laufen in der Marina Green, ein Leben mit Chris. So lange hatte ich Angst gehabt, ihnen Raum zu geben. Jetzt schienen sie aus mir herauszubrechen.

Medved beugte sich vor. »Sie sind nicht geheilt, Lindsay«, warnte er. »Wir setzen die Behandlungen zweimal pro Woche fort. Aber es besteht Hoffnung – mehr als Hoffnung. Das ist gut.«

»Ich weiß nicht, was ich sagen soll.« Mein Körper war wie betäubt. »Ich weiß nicht, was ich tun soll.«

»Wenn ich Sie wäre, würde ich mir das ins Gedächtnis rufen, was Sie am meisten vermisst haben, und es heute noch tun«, sagte Dr. Yatto.

Wie in einem Nebel wanderte ich aus der Praxis. Mit den Aufzug nach unten, durch die aseptische Empfangshalle in einen Innenhof mit Blumen, von dem aus man den Golden Gate Park sehen konnte.

Der Himmel war blauer, als ich ihn je gesehen hatte. Die Luft der Bucht süßer, kühler und reiner als je zuvor. Ich stand nur da und lauschte den wunderbaren Tönen meines eigenen Atems.

Etwas kroch zurück in mein Leben, das fort gewesen war, etwas, von dem ich geglaubt hatte, dass ich es nie wieder hegen könnte.

Hoffnung.

110

»Ich muss dir etwas sagen.« Ich hatte Chris sofort angerufen. Meine Stimme klang dringlich. »Können wir uns zum Lunch treffen?«

»Klar, gern. Wo?« Zweifellos dachte er, ich hätte etwas Wichtiges über den Fall herausgefunden.

»Casa Boxer«, sagte ich lächelnd.

»So dringend, ach was!« Chris lachte. »Offenbar habe ich einen schlechten Einfluss auf dich. Wann soll ich kommen?«

»Ich warte jetzt schon.«

Er brauchte nur fünfzehn Minuten, dann war er vor meiner Tür. Ich hatte auf dem Heimweg bei der Bäckerei angehalten und frische Zimtbrötchen gekauft. Dann öffnete ich eine Flasche Piper-Heidsieck, die ich für einen besonderen Anlass im Kühlschrank aufbewahrt hatte.

In sechs Jahren hatte ich niemals einen Fall mitten am Nachmittag vernachlässigt. Aber ich hatte kein schlechtes Gewissen, überhaupt nicht. Ich überlegte, was wohl die verrückteste Möglichkeit sei, ihm die gute Nachricht zu überbringen.

Ich hatte mich in ein Laken gewickelt, als ich Chris die Tür öffnete. Seine großen blauen Augen weiteten sich vor Überraschung.

»Ich muss den Ausweis verlangen.« Ich grinste.

»Hast du getrunken?«, fragte er.

»Nein, aber wir werden einen heben.« Ich zog ihn ins Schlafzimmer.

Beim Anblick des Champagners schüttelte er den Kopf. »Was willst du mir denn sagen?«

»Später.« Ich goss ihm ein Glas ein und machte mich daran, sein Hemd aufzuknöpfen. »Aber vertrau mir, es ist gut.«

»Hast du Geburtstag?«, fragte er lächelnd.

Ich ließ das Laken fallen. »Das würde ich nie nur für meinen Geburtstag tun.«

»Dann *mein* Geburtstag?«

»Keine Fragen. Ich sage dir alles später.«

»Du hast den Fall gelöst!«, rief er. »Es war tatsächlich Joanna. Du hast etwas gefunden, was den Fall geknackt hat.«

Ich legte ihm die Finger auf die Lippen. »Sag mir, dass du mich liebst.«

»Ich liebe dich.«

»Sag es mir noch mal, so wie in Heavenly. Sag mir, dass du mich nie verlassen wirst.«

Vielleicht dachte er, dass es die Anämie war, die aus mir sprach, irgendeine verrückte Hysterie, oder dass ich einfach Nähe brauchte. Er schloss mich in die Arme. »Ich werde dich nie verlassen, Lindsay. Ich bin hier.«

Ich zog ihm das Hemd aus – langsam, ganz langsam –, dann die Hosen. Er musste sich vorkommen wie ein Botenjunge, der plötzlich auf die Matte gezerrt wird. Er war hart wie ein Fels.

Ich hielt ihm das Glas mit dem Champagner an die Lippen, und wir tranken beide daraus.

»Okay, ich mach mit. Dürfte nicht allzu schwierig sein«, sagte er heiser.

Ich zog ihn aufs Bett, und für die Dauer der nächsten Stunde taten wir das, was ich am meisten auf der ganzen Welt vermisst hatte. Da war ich ganz sicher.

Wir waren noch mittendrin, als wir das erste erschreckende Rumpeln hörten.

Anfangs war es so seltsam, als das Bett sich schneller hob und senkte als wir. Dann kam aus allen Richtungen ein tiefes knirschendes Geräusch, als seien wir in einer Echokammer. Dann hörten wir Glas brechen – in meiner Küche, ein Bild fiel von der Wand. Da wusste ich – *wir* wussten Bescheid.

»Ein verfluchtes Erdbeben«, sagte ich.

Ich hatte schon viele erlebt – wie jeder, der hier lebte –, aber jedes Mal war es erschreckend und beängstigend. Man wusste ja nie, ob es nicht Das Große Beben war.

Es war nicht Das Große Beben. Das Zimmer wackelte, etwas Geschirr war zerbrochen. Draußen hörte ich Autos hupen und die ausgelösten Alarmanlagen. Das Ganze dauerte vielleicht zwanzig Sekunden – zwei, drei, vier vibrierende Stöße.

Ich lief zum Fenster. Die Stadt war immer noch da. Wir hörten ein dumpfes Rumpeln; es klang, als tauche ein gigantischer Buckelwal aus der Tiefe auf.

Dann trat Stille ein – unheimlich, als versuche die gesamte Stadt, das Gleichgewicht zu halten. Ich hörte noch mehr Sirenen heulen, dann schrien Menschen auf den Straßen.

»Meinst du, wir sollten runtergehen?«, fragte ich.

»Wahrscheinlich … wir sind Bullen.« Er nahm mich wieder in die Arme, und plötzliche kribbelte meine Haut wieder und wir verschmolzen. »Ach was, zum Teufel, wir sind beim Morddezernat.«

Wir küssten uns und wurden zu einer verschlungenen Form. Ich musste lachen. Die VIP-Loge beim Spiel der Giants. Jetzt ein Erdbeben. Diese Liste wird immer länger. Plötzlich meldete sich mein Piepser. Fluchend rollte ich hinüber und schaute darauf. Es war die Dienststelle.

»Code eins elf«, sagte ich zu Chris.

Notfall-Alarm.

»Scheiße«, murmelte ich. »Es ist doch nur ein Erdbeben.«

Ich setzte mich auf, zog die Decke über mich und griff zum Telefon neben dem Bett.

Roth hatte mich angepiepst. Roth piepste *niemals* jemanden an. *Was war los?* Ich hatte ihn gleich an der Strippe.

»Wo sind Sie?«, fragte er.

»Ich räume gerade ein bisschen Schutt beiseite«, sagte ich und lächelte Chris an.

»Kommen Sie her. Und zwar schnell«, schnauzte er mich an.

»Was ist los, Sam? Geht's um das Erdbeben?«

»Nein, schlimmer. Nicholas Jenks ist ausgebrochen.«

111

Nicholas Jenks saß mit Handschellen an den Sitz gefesselt im Polizeibus auf dem Rückweg von Napa. Mit leidenschaftslosen Augen betrachtete er den Polizisten gegenüber. Er schmiedete einen Plan. Wie viel würde es ihn wohl kosten, die Freiheit zu kaufen?

Eine Million? Zwei Millionen? Was brachte dieser Idiot schon nach Hause? Vierzig Riesen im Jahr?

Seiner Berechnung nach war dieser Polizist mit den stählernen Augen über jede Anfechtung erhaben. Sein Sinn für Pflichterfüllung stand außer Frage. Hätte er die Szene in einem Roman beschrieben, hätte er genau so einen Beamten zu sich ins Auto gesetzt.

Na schön, fünf Millionen. Er grinste. *Wenn* er das beschreiben würde. Diese Idee war für ihn kalte, bestrafende Ironie. Er *hatte* es geschrieben.

Jenks bewegte sich etwas in seinen Fesseln. Handschellen, Oberkörper an den Sitz geschnallt. Noch vor wenigen Minuten hatte er in dem roten Ziegelgebäude des Gerichts in Santa Rosa gestanden, während die Staatsanwältin in ihrem kleinen Liz-Claiborne-Kostümchen mit dem Finger auf ihn gezeigt hatte. Immer wieder hatte sie ihn beschuldigt, Dinge getan zu haben, die sich nur ein so kultiviertes Hirn wie seins ausdenken konnte.

Er konnte nur kalt vor sich hin starren, während sie ihn bezichtigte, dieses *Monster* zu sein. Er hätte sie gern in die Bibliothek der juristischen Fakultät eingeschlossen und ihr gezeigt, wozu er wirklich fähig war.

Jenks erhaschte durch das schmale Fenster in der Hecktür einen Blick auf den Himmel und die durch die Sonne braun verbrannten Hügel. Er bemühte sich, festzustellen, wo sie sich befanden. Novato. Gleich kam Marin.

Er presste das Gesicht an die stählerne Wand. *Er musste raus.* Wenn er es schreiben würde, gäbe es einen Weg.

Er schaute zum Aufsichtsbeamten. Na, wie ging die Geschichte weiter? Joe Friday? Was kam als Nächstes?

»Sind Sie verheiratet?«, fragte er.

Anfangs blickte der Mann durch ihn hindurch, dann nickte er.

»Kinder?«

»Zwei.« Dann lächelte er sogar ein bisschen.

Ganz gleich, wie sehr sie sich dagegen wehren wollten, sie waren immer fasziniert davon, mit dem Monster zu sprechen. Der Typ, der die jungen Paare getötet hat. Davon konnten sie ihren Frauen und Freunden erzählen und die mickrigen sechshundert pro Woche rechtfertigen, die sie nach Hause brachten. Er war eine Berühmtheit.

»Ihre Frau arbeitet?«, bohrte Jenks nach.

Der Polizist nickte. »Lehrerin. Wirtschaftskunde. Achte Klasse.«

Wirtschaftskunde, ach ja. Vielleicht kapierte er einen geschäftlichen Vorschlag.

»Meine Frau hat früher auch gearbeitet«, sagte Jenks. »Meine erste Frau. Einzelhandel. Meine jetzige Frau hat auch gearbeitet. Beim Fernsehen. Jetzt betätigt sie sich natürlich nur noch sportlich.«

Diese Bemerkung löste ein kurzes Lachen aus. Der verklemmte Mistkerl entspannte sich langsam.

Jenks sah einen Punkt in der Landschaft, den er erkannte. Zwanzig Minuten bis zur Golden Gate Bridge. Viel Zeit blieb nicht mehr.

Er schaute durchs Fenster auf den Streifenwagen, der ihnen folgte. Ein anderer war vor ihnen. Bittere Resignation ergriff ihn. Es gab keinen Weg in die Freiheit. Keine elegante Flucht. Das passierte nur in seinen Büchern. Dies hier war das Leben. Er saß in der Falle.

Da machte der Kleinbus unvermittelt einen heftigen Schlenker, Jenks wurde vorwärts geschleudert, direkt auf den Polizisten ihm gegenüber. Eine Sekunde lang fragte er sich, was geschehen sei, dann geriet der Wagen erneut außer Kontrolle. Er hörte ein dumpfes Rollen.

Ein Scheißerdbeben!

Jenks sah, wie der Streifenwagen vor ihnen zur Seite ausbrach, um einem entgegenkommenden Auto auszuweichen. Dann rutschte er von der Straße.

Ein Polizist schrie »Scheiße«, doch der Kleinbus, in dem Jenks saß, fuhr weiter.

In Panik versuchte Jenks sich an irgendetwas festzuhalten, als der Wagen sich aufbäumte und hin- und herschleuderte.

Der Streifenwagen, der ihnen folgte, machte einen Satz über eine plötzlich aufgetauchte Schwelle in der Fahrbahn und landete auf dem *Dach*. Der Fahrer des Kleinbusses schaute entsetzt zurück. Dann schrie der Polizist auf dem Beifahrersitz dem Fahrer zu anzuhalten.

Ein riesiger Truck kam direkt auf sie zu. Der Kleinbus wich aus. In diesem Moment wölbte sich die Fahrbahn erneut. Dann sausten sie durch die Luft.

Nicholas Jenks war sicher, dass er hier sterben würde. Hier sterben, ohne dass jemand je die Wahrheit erfahren würde.

Der Kleinbus knallte gegen die Pfosten einer Conoco-Tankstelle. Quietschend drehte er sich zweimal um die eigene Achse, ehe er ruckartig stehen blieb. Der Polizist Jenks gegenüber wurde gegen die Metallwand geschleudert. Stöhnend sah er Jenks an.

»Keine Bewegung!«, brüllte der Polizist ihn an.

Wie zum Teufel hätte er sich bewegen sollen? Er war immer noch am Sitz festgeschnallt.

Dann war ein grauenvoll knirschendes Geräusch zu vernehmen. Beide Männer schauten nach oben. Die hohe Straßenlaterne über der Tankstelle brach ab und sauste auf sie herab. Der Mast durchbrach die Tür des Busses und traf den Polizisten im Rücken. Wahrscheinlich war er auf der Stelle tot.

Jenks hatte den sicheren Tod vor Augen – der Rauch, die Schreie, das Knirschen von Metall.

Doch er starb nicht. Er war frei. Das Loch in der Seite des Busses... außerdem hatte der Aufprall seine Fesseln aus dem Sitz gerissen. Trotz der Handschellen konnte er sich durch das große Loch hinausschieben.

Auf der Straße rannten Leute umher und schrien in heller Panik. Autofahrer bogen von der Straße ab und hielten an. Manche waren benommen, andere sprangen aus den Fahrzeugen, um zu helfen.

Das war's! Wenn er jetzt nicht losrannte, würde er diesen Moment für den Rest seines Lebens immer wieder vor Augen haben.

Nicholas Jenks stand benommen und orientierungslos neben dem Kleinbus. Er sah keine Polizisten, nur verängstigte Menschen. Langsam humpelte er auf die Straße, wo das Chaos herrschte.

Ich bin frei!, jubelte er innerlich.

Und ich weiß, wer mir die Verbrechen anhängen will. Die Bullen werden das in einer Million Jahre nicht herausfinden.

112

Chris und ich brauchten ungefähr drei Minuten, um uns anzuziehen und ins Präsidium zu fahren. In der Aufregung war ich nicht dazu gekommen, ihm meine fantastischen Neuigkeiten zu erzählen.

Laut Katastrophenstandard war das Erdbeben nichts Besonderes gewesen – wenn man nicht gerade die vergangenen fünf Wochen damit zugebracht hatte, den berüchtigtsten Mörder des

Landes zu jagen. Die Schäden beschränkten sich hauptsächlich auf kaputte Schaufenster und Verkehrsunfälle nördlich der Stadt. Während wir uns durch die lärmende Pressemeute in der Eingangshalle des Präsidiums schoben, ging die wichtigste Meldung über das Erdbeben wie ein Lauffeuer um:

Der Mörder der Brautpaare war frei.

Nicholas Jenks war die Flucht aus dem Polizeibus gelungen, der ihn zurück ins Gefängnis bringen wollte, als der Bus bei Novato in einen Auffahrunfall verwickelt wurde, der durch das Erdbeben verursacht worden war. Der Polizist, der ihn bewachte, war tödlich verunglückt. Zwei weitere Beamte, darunter der Fahrer, mussten ins Krankenhaus eingeliefert werden.

Auf dem Korridor vor der Mordkommission wurde eine Kommandozentrale eingerichtet. Roth übernahm persönlich die Leitung. Überall wimmelte es von Würdenträgern der Stadt und natürlich von Presseleuten.

Jenks wurde sofort zur Fahndung ausgeschrieben, außerdem wurde seine Beschreibung und ein Foto an die Polizisten auf beiden Seiten der Brücke verteilt. Sämtliche Ausfahrten und Brückenzollstationen wurden überwacht. Der Verkehr rollte nur noch im Schritttempo. Flughäfen, Hotels und Mietwagenfirmen wurden alarmiert.

Da Chris und ich Nicholas Jenks ursprünglich aufgespürt hatten, befanden wir uns im Zentrum der Fahndung.

Wir ließen ab sofort sein Haus observieren. In der ganzen Gegend von Sea Cliff, vom Presidio bis nach Lands End, schwärmten Polizisten aus.

Bei derartigen Fahndungen sind die ersten sechs Stunden kritisch. Der Schlüssel war, Jenks in dem Gitternetz zu halten, wo er geflohen war, und jeden Kontakt zu einem möglichen Fluchthelfer zu unterbinden. Er verfügte über keinerlei Mittel – kein Geld, niemand, der ihn aufgenommen hätte. Jenks konnte nicht lange frei herumlaufen, es sei denn, er war viel erfindungsreicher, als ich gedacht hatte.

Die Flucht hatte mich wie betäubt zurückgelassen. Der Mann, den ich erfolgreich gejagt hatte, war frei. Doch der Konflikt blieb: *Jagten wir den Richtigen?*

Jeder hatte eine Theorie, wohin Jenks geflohen sein könnte – ins Weinland, nach Osten, nach Nevada. Ich hatte meine eigene Theorie. Ich glaubte nicht, dass er zu seinem Haus zurückkehren würde; dazu war er zu gerissen. Außerdem gab es da nichts zu holen. Ich fragte Roth, ob er mir Jacobi und Paul Chin leihen würde, um einer Vermutung nachzugehen.

Ich nahm Jacobi beiseite. »Warren, Sie müssen mir einen Riesengefallen tun.« Ich bat ihn, Joanna Wades Wohnung am Russian Hill zu observieren. Dann bat ich Chin, das Gleiche vor dem Haus von Jenks' früherem Agenten Greg Marks zu tun.

Wenn Jenks wirklich glaubte, dass ihm jemand die Verbrechen in die Schuhe schieben wollte, waren das die beiden Orte, wo er möglicherweise auftauchen würde.

Jacobi sah mich an, als würde ich ihn wieder auf Champagnerjagd schicken. »Was zum Teufel, Lindsay … warum?«

Es war unbedingt notwendig, dass er mir vertraute. »Weil es mir auch komisch vorgekommen ist, dass Jenks diese verfluchte Smokingjacke zurückgelassen hat. Ich glaube, er will sich an Joanna rächen. Bitte, vertrauen Sie mir.«

Nachdem Warren und Chin Posten bezogen hatten, konnte ich nicht mehr tun, als auf Anrufe zu warten. Sechs Stunden lief die Fahndung bereits, aber immer noch kein Zeichen von Nicholas Jenks.

113

Nach weiteren vier Stunden erblickte ich Jill, die sich energisch einen Weg durch die Menge vor meinem Büro bahnte. Sie sah aus, als wollte sie gleich jemanden umbringen – wahrscheinlich mich.

»Ich bin froh, dass du hier bist.« Ich nahm sie am Arm. »Bitte, vertrau mir, Jill.«

»Cindy ist unten«, sagte sie. »Komm, wir müssen reden.«

Wir schlichen uns hinaus und fanden Cindy inmitten einer Meute von Reportern, die sich auf jeden stürzten, der aus dem zweiten Stock herabkam. Wir riefen Claire an, und fünf Minuten später saßen wir alle um einen Tisch in einem Café am Ende des Blocks. Jenks' Flucht hatte all meine Spekulationen über den Haufen geworfen.

»Hältst du ihn immer noch für unschuldig?«, fragte Jill ohne Umschweife.

»Das hängt davon ab, wo er als Nächstes auftaucht.« Ich teilte ihnen mit, dass ich die Wohnungen von Joanna Wade und Greg Marks observieren ließ.

»Auch jetzt noch?« Jill schüttelte den Kopf und sah aus, als würde sie gleich explodieren. »Unschuldige fliehen nicht aus Polizeigewahrsam, Lindsay.«

»Wenn sie nicht glauben, dass das Justizsystem gerecht ist, könnte es durchaus sein, dass Unschuldige fliehen«, entgegnete ich.

Claire blickte nervös in die Runde. »Ladys, ich glaube, wir begeben uns hier auf sehr gefährliches Terrain, okay? Es ist eine Menschenjagd im Gange, um Jenks aufzufinden – man könnte ihn ohne Warnung erschießen –, und gleichzeitig reden wir darüber, gegen jemand anderen einen Fall aufzubauen. Wenn das rauskommt, werden Köpfe rollen. Ich blicke jetzt gerade auf einige dieser niedlichen Köpfe.«

»Wenn du das *wirklich* glaubst, Lindsay, dann musst du damit zu einem deiner Vorgesetzten gehen. Zu Roth oder Mercer«, belehrte mich Jill.

»Mercer ist nicht da. Und im Augenblick konzentrieren sich alle einzig und allein darauf, Jenks zu finden. Und überhaupt, wer zum Teufel würde das denn glauben? Wie du sagst, alles, was ich habe, ist ein Haufen Hypothesen.«

»Hast du Raleigh davon erzählt?«, wollte Claire wissen.

Ich nickte.

»Was meint er?«

»Im Moment kommt er nicht an dem Haar vorbei. Jenks' Flucht hat meine These auch nicht gerade untermauert.«

»Ich wusste doch, dass mir etwas an dem Typen gefällt.« Endlich brachte Jill ein dünnes Lächeln zuwege.

Hilfe suchend blickte ich Claire an.

»Es fällt schwer, deine Ansicht zu verteidigen, Lindsay.« Sie seufzte. »Allerdings sind deine Instinkte für gewöhnlich sehr gut.«

»Dann stürzt euch doch auf Joanna, wie Lindsay es vorgeschlagen hat«, sagte Cindy. Je länger ich mit ihr zu tun hatte, desto mehr mochte ich sie.

Plötzlich war die Angelegenheit in punkto Verantwortlichkeit sehr heikel geworden. Ich wandte mich an Claire. »Gibt es irgendwas, das wir womöglich übersehen haben und das auf Joanna hinweisen könnte?«

Sie schüttelte den Kopf. »Wir sind das alles durchgegangen. Alle Beweise zeigen mit dem Finger *direkt* auf Nicholas Jenks.«

»Claire, ich rede von etwas, das da war, direkt vor unserer Nase, das wir aber nicht gesehen haben.«

»Ich möchte dir ja gern helfen, Lindsay«, sagte Claire. »Aber, wie ich schon sagte, wir haben alles überprüft. Alles.«

»Es muss etwas geben. Etwas, das uns verrät, ob der Mörder weiblich oder männlich ist. Wenn Joanna es getan hat, ist sie nicht anders als irgendein anderer Mörder, den ich gejagt habe. Sie *muss* etwas zurückgelassen haben. Wir haben es nur nicht gesehen. Jenks hat etwas zurückgelassen – oder jemand an seiner Stelle – und wir haben ihn aufgespürt.«

»Und jetzt sollten wir nach ihm suchen«, sagte Jill mit ernster Miene. »Ehe wir mit Paar Nummer vier dasitzen.«

Ich fühlte mich allein, aber ich konnte einfach nicht aufgeben. Es wäre nicht richtig. »Bitte«, flehte ich Claire an. »Geh alles noch einmal durch. Ich bin überzeugt, dass wir den Falschen haben.«

114

Im schwachen Licht des Make-up-Spiegels saß der Mörder und war dabei, weiche blaue Augen in graue zu verwandeln. Zuvor jedoch trug sie eine Paste auf ihr Haar auf, bis alles Blond verschwunden war. Dann bürstete sie es hundertmal streng nach hinten, bis es jeglichen Glanz verloren hatte.

»Du hast mich dazu gezwungen«, sagte sie zu dem sich verwandelnden Gesicht. »Gezwungen, noch einmal aufzutreten. Aber ich hätte damit rechnen müssen. Du liebst Spiele, nicht wahr, Nick?«

Mit einem Wattebausch trug sie die Basis auf, eine klare, klebrige Salbe, die nach Klebstoff roch. Sie betupfte Schläfen und Kinn sowie die Stelle zwischen Oberlippe und Nase.

Dann presste sie mit einer Pinzette Haarsträhnen darauf. Rötlich graue Strähnen.

Das Gesicht war annähernd fertig. Aber die Augen... jeder konnte sehen, dass das noch ihre waren.

Sie holte aus einem Etui farbige Kontaktlinsen, befeuchtete sie und hob die Lider, um sie einzusetzen.

Sie blinzelte und war mit dem Resultat sehr zufrieden.

Die Ähnlichkeit war verschwunden. Die Verwandlung abgeschlossen. Jetzt waren ihre Augen stählern, leblos grau.

Die Farbe von Nicholas' Augen.

Sie war er.

115

Claires Anruf weckte mich aus dem Tiefschlaf.

»Komm sofort her«, befahl sie.

Ich blinzelte benommen auf den Wecker. Es war zehn nach fünf Uhr morgens. »*Wohin* soll ich kommen?«, fragte ich stöhnend.

»Ich bin im verdammten Labor. Die Wache am Vordereingang lässt dich rein. *Du musst sofort kommen.*«

Ich hörte die Dringlichkeit in ihrer Stimme und brauchte nur Sekunden, um hellwach zu sein. »Du bist im Labor?«

»Seit halb drei, Langschläferin. Es geht um Nicholas Jenks. Ich glaube, ich habe etwas gefunden. Lindsay, das ist der totale Wahnsinn.«

Um diese Zeit brauchte ich nicht länger als zehn Minuten, um zur Gerichtsmedizin zu gelangen. Ich parkte auf dem runden Platz vor dem Eingang zur Pathologie, der eigentlich nur für Dienstwagen bestimmt war, und stürmte los. Ich war ungekämmt und hatte nur schnell Jeans und Sweatshirt angezogen.

Der Wachmann drückte auf den Knopf und ließ mich hinein. Er hatte mich erwartet. Claire wartete am Eingang zum Labor auf mich.

»Okay«, sagte ich. »Meine Erwartungen sind himmelhoch.«

Sie antwortete nicht, öffnete nur wortlos die Labortür.

»Wir sind wieder im Hyatt«, begann sie. »Mord Nummer

eins. David Brandt will gerade die Tür öffnen. Tu so, als seiest du der Bräutigam«, sagte sie und legte mir die Hand auf die Schulter. »Ich bin der Mörder. Ich überrasche dich, als du die Tür aufmachst, und steche zu – *mit der rechten Hand*, obwohl das im Moment unwichtig ist.«

Sie stieß mir die Faust unter die linke Brust. »Du fällst jetzt hin, und da finden wir dich später – am Tatort.«

Ich nickte, um ihr zu verstehen zu geben, dass ich ihr bis jetzt folgen konnte.

»Und was finden wir um dich herum?«, fragte sie mit großen Augen.

Ich rief mir den Tatort ins Gedächtnis zurück. »Champagnerflasche, Smokingjacke.«

»Stimmt, aber das meine ich nicht.«

»Blut… jede Menge Blut.«

»Schon wärmer. Denk dran, er ist an einem elektromechanischen Herzkollaps gestorben. Wir haben angenommen, dass er sich schlichtweg zu Tode erschreckt hat.«

Ich blickte auf den Fußboden. Plötzlich sah ich es, als stünde ich neben der Leiche.

»Urin!«

»Richtig«, rief Claire. »Wir finden eine kleine Menge Urin. An seinen Schuhen, auf dem Fußboden. Ungefähr sechs Kubikzentimeter konnte ich retten. Es schien logisch zu sein, dass der Urin vom Bräutigam stammte – ausgeschieden als natürliche Reaktion auf plötzliche Angst oder Tod. Aber gestern Abend fiel mir ein, dass auch in Cleveland Urinspuren gefunden wurden. Und den aus dem Hyatt hatte ich nie untersucht. *Weshalb auch?* Ich bin immer davon ausgegangen, dass er von David Brandt stammte.

»Aber, wenn du hier zusammengekrümmt auf dem Fußboden liegst und ich, als Mörder, über dir stehe und der Fleck *hier* ist«, sagte sie und deutete auf eine Stelle auf dem Boden. »Von wem stammt dann wohl der verdammte Urin?«

Unsere Augen begegneten sich in einem dieser strahlenden Momente plötzlicher Erleuchtung.

»Vom Mörder«, sagte ich.

Claire lächelte ihre schlaue Schülerin an. »Die Annalen der forensischen Medizin sind voll von Beispielen, dass Mörder ›sich entleeren‹, wenn sie töten. Also ist pissen gar nicht so weit hergeholt. Deine Nerven sind kurz vorm Zerreißen. Und dann komme ich, pingelig bis ins kleinste Detail, und friere das Zeug ein, ohne zu wissen, wozu. Und jetzt kommt der Punkt, wo alles sich zusammenfügt: *Urin kann man testen.*«

»Auf was?«

»Auf das *Geschlecht*, Lindsay. Urin verrät das Geschlecht.«

»Großer Gott, Claire.« Ich konnte es nicht fassen.

Sie führte mich zu einem Labortisch, wo zwei Mikroskope und mehrere Chemikalien in Flaschen standen. Aus dem Chemieunterricht erkannte ich einen Apparat wieder, es war eine Zentrifuge.

»Der Urin bietet keine Leuchtsignale, aber es gibt gewisse Anzeichen. Als Erstes habe ich eine Probe mit KOH-Färbemittel in der Zentrifuge geschleudert, damit können wir Unreinheiten in Blutkulturen isolieren.« Sie forderte mich auf, ins erste Mikroskop zu blicken.

»Siehst du diese winzigen, fadenähnlichen Zweige mit Zellanhäufungen, wie Trauben? Das ist *candida albans.*«

Ich sah sie begriffsstutzig an.

»Hefezellen, Schätzchen. Dieser Urin weist große Ablagerungen von Hefe auf. Jungs haben so was nicht.«

Ich begann zu lächeln, doch ehe ich etwas sagen konnte, schleifte sie mich weiter. »Dann habe ich eine andere Probe unters Mikroskop gelegt und auf Dreitausend vergrößert. Schau dir das an.«

Ich blickte hinein.

»Siehst du diese dunklen halbmondförmigen Zellen da herumschwimmen?«, fragte Claire.

»Ja.«

»Rote Blutkörperchen. Jede Menge.«

Ich hob den Kopf vom Mikroskop und schaute sie an.

»Im Urin eines Mannes würde man die nicht sehen. Jedenfalls niemals in dieser Menge. Höchstens wenn er eine blutende Niere hat, doch daran leidet meines Wissens keiner unserer Hauptverdächtigen.«

»Oder wenn der Mörder gerade seine Periode hatte.« Ich schüttelte langsam den Kopf.

116

Ich starrte Claire an, während die Information in mein Hirn sickerte. Nicholas Jenks hatte die ganze Zeit die Wahrheit gesagt.

Er war nicht in der Suite gewesen, als an jenem Abend David und Melanie Brandt umgebracht wurden. Auch nicht in Napa. Wahrscheinlich nicht einmal in der Nähe der Hall of Fame in Cleveland. Ich hatte Jenks so sehr gehasst, dass ich nicht klar gesehen hatte. Keiner von uns hatte sich über die Tatsache hinwegsetzen können, dass wir Jenks als Schuldigen haben wollten.

Sämtliche Beweise – Haar, Jacke, Champagner – waren eine unglaubliche Irreführung gewesen. Jenks war ein Meister des verblüffenden Schlusses, doch irgendjemand hatte ihn weit übertroffen.

Ich legte die Arme um Claire und drückte sie. »Du bist die Größte.«

»Verdammt richtig, das bin ich. Ich weiß zwar nicht, was es beweist, aber die Person, die da am Tatort über diesem armen Jungen stand, war eine Frau«, sagte sie. »Und ich bin fast ebenso sicher, dass sie David Brandt den Todesstoß mit der rechten Hand beigebracht hat.«

In meinem Kopf drehte sich alles. Jenks lief frei herum. Hunderte von Cops jagten ihn – und er war unschuldig.

»Und?«, fragte Claire lächelnd.

»Das ist die zweitbeste Nachricht, die ich heute gehört habe«, meinte ich.

»*Zweitbeste?*«

Ich ergriff ihre Hand und erzählte ihr, was Medved mir mitgeteilt hatte. Wieder umarmten wir uns. Wir führten sogar einen kleinen Siegestanz auf. Dann mussten wir beide zurück an die Arbeit.

117

Von meinem Schreibtisch aus rief ich Jacobi über Funk an. Der arme Hund saß immer noch vor Joanna Wades Haus an der Ecke von Filbert und Hyde.

»Alles in Ordnung, Warren?«

»Na ja, eine Dusche und ein paar Stunden Schlaf würden mein Wohlbefinden ungemein steigern.«

»Sagen Sie mir, was los ist.«

»Ja, was ist los«, meinte Jacobi, als würde er widerwillig sein Logbuch aufschlagen. »Gestern Nachmittag, 16:15 Uhr, Zielperson kommt heraus, geht einen Block weiter ins Gold's Fitness-Studio. 18:10, Zielperson taucht wieder auf, geht einen Block zu Pasqua Coffee, kommt mit Plastiktüte heraus. Ich vermute Mandelgebäck. Geht in die Contempo Casuals Boutique, kommt ohne Gepäck heraus. Schätze, die neuen Herbstklamotten sind noch nicht eingetroffen, Boxer. Sie geht nach

Hause. Im zweiten Stock geht das Licht an. Ich weiß nicht, ob ich Hühnchen rieche – ich habe einen solchen Scheißhunger, ich könnte träumen. Gegen 22:25 gehen die Lichter aus. Danach tut sie, was ich gern tun würde. Warum haben Sie mich wie einen Anfänger hier postiert, Lindsay?«

»Weil Nicholas Jenks versuchen wird, mit seiner Ex-Frau Kontakt aufzunehmen. Er glaubt, dass sie ihm das alles in die Schuhe schiebt. Ich glaube, er weiß, dass Joanna die Morde begangen hat.«

»Wollen Sie mich aufmuntern, Boxer, meinem Leben eine Bedeutung geben?«

»Vielleicht. Und wie ist es damit: Ich halte sie ebenfalls für schuldig. Ich will sofort Bescheid wissen, wenn Jenks auftaucht.«

Chris Raleigh kam gegen acht Uhr und starrte mich erstaunt an, als er meine verquollenen Augen und die zerzausten Haare sah. »Du solltest es morgens mal mit einer Bürste versuchen.«

»Claire hat mich um zehn nach fünf angerufen. Ich war schon um halb sechs in der Gerichtsmedizin.«

»Warum denn zum Teufel?«, erkundigte er sich verblüfft.

»Das ist etwas schwierig zu erklären. Ich möchte, dass du ein paar Freundinnen von mir kennen lernst.«

»Freundinnen? Um acht Uhr morgens?«

»Ja.«

Er schaute mich völlig verwirrt an. »Irgendwie stehe ich auf dem Schlauch.«

»Chris.« Ich ergriff seinen Arm. »Ich glaube, wir haben den Fall gelöst.«

118

Eine Stunde später rief ich alle am Fall Jenks Beteiligten zusammen, hoffentlich zum letzten Mal.

Angeblich war Jenks mehrfach gesehen worden – in Tiburon, unten bei der Marina und südlich von der Market Street, inmitten einer Schar Penner. Beide Meldungen waren falsch. Er war uns entwischt. Je länger er frei herumlief, desto größer die Spekulation.

Wir versammelten uns in einem leeren Vernehmungszimmer, den das Dezernat für Sexualverbrechen gelegentlich benutzte. Claire schmuggelte Cindy von der Eingangshalle herauf. Dann riefen wir unten in Jills Büro an.

»Wie ich sehe, haben wir die Bestimmungen gelockert«, bemerkte Jill, als sie hereinkam und Chris erblickte.

Auch Chris schaute sie überrascht an. »Beachten Sie mich gar nicht, ich bin nur der Quoten-Mann.«

»Du erinnerst dich an Claire und an Jill Bernhardt von der Bezirksstaatsanwaltschaft«, sagte ich. »Cindy kennst du noch aus Napa. Das ist das Team.«

Langsam blickte Chris von einem Gesicht zum nächsten, bis seine Augen auf mir haften blieben. »Ihr habt unabhängig von der Sonderkommission an diesem Fall gearbeitet?«

»Keine Fragen, hören Sie nur zu«, befahl Jill und setzte sich auf einen Holzstuhl.

In dem engen Raum schauten alle auf mich. Ich blickte Claire an. »Möchtest du anfangen?«

Sie nickte und ließ die Augen über uns schweifen, als hielte sie ein Referat bei einer Medizinertagung. »Auf Lindsays Drängen hin habe ich mir vergangene Nacht die drei Fallakten nochmals genau angesehen. Ich habe nach etwas gesucht, das Joanna belasten könnte. Anfangs war nichts zu finden. Aufgrund des deutlichen Abwärtswinkels der Wunden des Opfers kam ich nur wieder zur selben Schlussfolgerung, dass der Täter Rechtshänder gewesen sein musste. Jenks dagegen ist *Linkshänder*. Aber das war keineswegs stichhaltig.

Dann kam mir plötzlich eine Eingebung. Eine Tatsache war mir bisher nicht aufgefallen. Am ersten und dritten Tatort hatte es Urinspuren gegeben. Da der Gerichtsmediziner in Cleveland und ich jeden Fall separat untersucht haben, hatten wir beide dieser Spur keine besondere Bedeutung beigemessen. Aber als ich mir die *Örtlichkeiten* dieser Ablagerungen nochmals vor Augen hielt, ergab das keinen Sinn. Deshalb bin ich heute Morgen – sehr früh am Morgen – ins Labor gerast und habe ein paar Tests durchgeführt.«

Keiner im Raum wagte laut zu atmen.

»Im Urin, den wir im Hyatt sichergestellt hatten, fanden sich große Heferückstände sowie atypisch viele rote Blutkörperchen. Diese Menge an roten Blutkörperchen tritt im Urin nur während der Menstruation auf. Diese Tatsache und die Hefe weisen meiner Meinung nach zweifellos darauf hin, dass der Urin von einer Frau stammt. Eine Frau hat David Brandt getötet, und ich habe keinen Zweifel, dass wir herausfinden werden, dass auch auf der Toilette in Cleveland eine Frau war.«

Jill sah sie wie vom Donner gerührt an. Cindy hatte die leuchtend roten Lippen zu einem ungläubigen Lächeln verzogen.

Raleigh schüttelte nur den Kopf.

»Jenks hat es nicht getan«, erklärte ich. »Es muss Joanna gewesen sein. Er hat sie misshandelt und sie wegen seiner neuen Frau Chessy sitzen lassen, gerade, als er den finanziellen Durchbruch schaffte. Joanna hat zweimal versucht, ihn gerichtlich zu höheren Zahlungen verurteilen zu lassen – ohne Erfolg. Sie musste sich mit einer Abfindung begnügen, die um ein Vielfaches geringer war, als das, was sie ein Jahr später bekommen hätte. Sie hat mitangesehen, wie er berühmt und reich wurde und ein scheinbar glückliches Leben führte.«

Chris machte ein erstauntes Gesicht. »Glaubst du wirklich, dass eine Frau so was durchziehen kann? Die ersten Opfer wurden erstochen, die zweiten zwanzig bis fünfundzwanzig Meter weit bis zu dem Ort geschleppt, wo sie abgeladen wurden.«

»Du hast sie nicht gesehen«, antwortete ich. »Sie wusste, wie sie Jenks reinlegen konnte. Sie kannte seinen Geschmack, seine Investitionen, und sie hatte Zugang zu seinen Sachen. Sie hat sogar bei Saks gearbeitet.«

»Sie war einer der wenigen Menschen, die von der Existenz des Manuskripts *Immer eine Brautjungfer* wussten«, trug Cindy bei.

Ich nickte Jill zu. »Sie hatte die Möglichkeiten, das Motiv und – da bin ich verdammt sicher – den Wunsch.«

Bedrückendes Schweigen füllte den Raum.

»Und wie wollt ihr jetzt weitermachen?«, fragte Chris. »Die Hälfte aller Polizisten sucht nach Jenks.«

»Ich möchte Mercer informieren und versuchen, Jenks zurückzubringen, ohne dass jemand ihn erschießt. Dann möchte ich Joanna unter die Lupe nehmen. Telefonanrufe, Kreditkarten. Wenn sie in Cleveland war, wird sich ein Hinweis finden. Ich glaube, du stimmst mir jetzt zu, dass wir genügend Material haben, um eine Durchsuchung zu rechtfertigen«, sagte ich zu Jill.

Jill nickte, anfangs zögernd, dann entschieden. »Es ist nur unglaublich, dass wir nach alledem jetzt diesen Mistkerl verteidigen müssen.«

Plötzlich klopfte jemand laut an die Scheibe in der Tür. Es war John Keresty, ein Inspector der Sonderkommission.

»Es geht um Jenks. Man hat ihn gesehen. Oben in Pacific Heights.«

119

Raleigh und ich sprangen beinahe gleichzeitig auf und rannten in die Kommandozentrale.

Angeblich war Jenks im Foyer eines kleinen Hotels gesehen worden. Es hieß El Drisco. Ein Page hatte ihn entdeckt, ohne Handschellen. Jetzt trieb er sich oben in Pacific Heights irgendwo auf den Straßen herum.

Warum dort? In Gedanken ging ich die Möglichkeiten durch. Dann wurde es mir klar.

Dort oben wohnte Greg Marks.

Ich verständigte Paul Chin über Funk, der immer noch die Wohnung des Agenten observierte. »Paul, aufgepasst«, sagte ich. »Jenks kommt wahrscheinlich in Ihre Richtung. Man hat ihn in Pacific Heights gesehen.«

Mein Handy meldete sich. Es war Jacobi. Alles passierte gleichzeitig.

»Boxer, ich habe einen Funkspruch aufgefangen, dass alle verfügbaren Einheiten Jenks oben in den Heights suchen sollen. Das ist ungefähr eine Meile von hier. Ich fahre hinauf.«

»Warren, *fahren Sie nicht weg!*«, brüllte ich ins Telefon. Ich hielt Joanna immer noch für die Mörderin. Ich konnte sie nicht ohne Observierung lassen, schon gar nicht, wenn Jenks frei herumlief. »Bleiben Sie auf Ihrem Posten.«

»Das hat Priorität«, widersprach Jacobi. »Außerdem passiert hier ohnehin nichts. Ich rufe über Funk eine Ablösung.«

»*Jacobi!*«, brüllte ich, doch er hatte bereits aufgelegt und war auf dem Weg zu den Heights. Ich sah Chris an. »Warren hat seinen Posten vor Joannas Wohnung verlassen.«

In diesem Moment rief mich unsere Sekretärin Karen. »Lindsay, ein Anruf für Sie auf Leitung eins.«

»Wir sind schon unterwegs«, rief ich zurück. Ich hatte meine Waffe umgeschnallt und griff mir die Autoschlüssel. »Wer ist es?«

»Er sagt, Sie möchten bestimmt mit ihm über den Fall Jenks sprechen«, sagte Karen. »Er sagt, er heißt Phillip Campbell.«

120

Ich erstarrte neben Raleigh. Dann raste ich zurück zu meinem Schreibtisch.

Ich gab Karen ein Zeichen durchzustellen. Gleichzeitig zischte ich Chris zu. »Anruf zurückverfolgen.«

Wie in Trance wartete ich. Sekunden konnten einen Unterschied ausmachen. Ich verspürte einen Druck in der Brust. Das Atmen fiel mir schwer. Dann hob ich ab.

»Sie wissen, wer hier ist«, erklärte Nicholas Jenks mit seiner arroganten Stimme.

»Ja, das weiß ich. Wo sind Sie?«

»Vergessen Sie's, Inspector. Ich habe nur angerufen, um Sie wissen zu lassen, dass ich keinen dieser Menschen getötet habe, ganz gleich, was passiert. Ich bin kein Mörder.«

»Das weiß ich«, sagte ich.

Er schien verblüfft zu sein. »Ach ja?«

Ich konnte Jenks nicht wissen lassen, wer es war. Nicht solange er frei herumlief. »Ich verspreche Ihnen, wir können beweisen, dass Sie es nicht waren. Sagen Sie mir, wo Sie sind.«

»He, wissen Sie was? Ich glaube Ihnen nicht«, erklärte Jenks. »Außerdem ist es zu spät. Ich habe Ihnen doch gesagt, dass ich das Ganze selbst in die Hände nehme. Ich werde diese Mordfälle für Sie lösen.«

Jenks konnte jeden Moment auflegen, dann hatten wir ihn verloren. Dies war meine einzige Chance. »Jenks, ich will mich mit Ihnen treffen. Wo immer Sie wollen.«

»Weshalb sollte ich mich mit Ihnen treffen wollen? Ich habe genug von Ihnen gesehen, das reicht mir für den Rest meines Lebens.«

»Weil ich weiß, wer es getan hat«, sagte ich.

Was er als Nächstes sagte, durchzuckte mich wie ein elektrischer Schlag.

»Ich auch.«

Dann legte er auf.

121

Sixth… Market… Taylor… die Straßen schossen vorbei.
Das Blaulicht auf Chris Raleighs Wagen blinkte wie verrückt.
Die Sirene heulte unablässig.

Ellis. Hyde.

Wir rasten die Larkin Street hinauf, dann über die Bodenschwellen des Nob Hill. In wenigen Minuten trafen wir am Russian Hill ein.

Joanna wohnte im obersten Geschoss eines Stadthauses an der Ecke von Filbert und Hyde. Wir warteten nicht mehr ab, bis sie einen Fehler machte. Jenks lief frei herum. Wahrscheinlich hatte er sie aufs Korn genommen. Jetzt ging es darum, weitere Morde zu verhindern.

Wir verlangsamten das Tempo und schalteten das Blaulicht aus, als wir durch die stillen Straßen am Hügel fuhren. Das Haus war für etwa fünfzehn Minuten unbewacht geblieben. Ich wusste nicht, ob Joanna noch oben war – und auch nicht, wo zum Teufel Jenks sich herumtrieb.

Chris hielt vor dem Haus. Wir überprüften unsere Waffen und überlegten, wie wir am besten vorgehen sollten.

Dann sah ich etwas, das mir die Luft aus der Lunge trieb.

Chris sah es ebenfalls. »O Gott, er ist da.«

Aus einer schmalen Seitenstraße, zwei Blocks entfernt, tauchte ein Mann mit Bart und ausgebeultem Sportsakko auf. Er schaute nach rechts und links, als er die Hauptstraße erreichte, dann marschierte er los.

Raleigh zückte die Waffe und griff nach der Tür. Ich betrachtete den Mann genauer und packte seinen Arm. Ich konnte es nicht fassen. »Warte, sieh genau hin, Chris.«

Mit offenem Mund starrten wir den Mann an. Ja, er hatte kurzes rötliches Haar und den rötlich grauen, unverwechselbaren Bart.

Doch es war nicht Jenks.

Die Gestalt war zierlicher. Das Haar war glatt zurückgekämmt, um zu verbergen, dass es eigentlich länger war und nicht kurz geschnitten. So viel vermochte ich zu erkennen.

Es war eine Frau.

»Das ist Joanna«, sagte ich.

»Und wo ist Jenks?«, wollte Chris wissen. »Das Ganze wird immer unheimlicher.«

Wir sahen zu, wie die Gestalt die Straße entlangmarschierte. Tausend Gedanken schwirrten mir durch den Kopf. Ja, es war wirklich unheimlich.

»Ich folge ihr«, schlug Chris vor. »Du gehst nach oben und überzeugst dich, dass sie es ist. Ich rufe über Funk Verstärkung. Los, Lindsay, geh!«

Im nächsten Moment war ich ausgestiegen und ging über die Straße zu Joannas Wohnung. Chris fuhr mit dem Taurus langsam hinter der Frau her.

Ich drückte wahllos auf Klingelknöpfe, bis eine verärgerte Frauenstimme antwortete. Ich wies mich aus. Eine grauhaarige Frau tauchte aus der Wohnung neben der Eingangstür auf. Sie erklärte mir, sie sei die Besitzerin des Hauses.

Ich zeigte ihr meine Dienstmarke und bat sie, gleich den

Wohnungsschlüssel zu holen. Dann forderte ich sie auf, zurück in ihre Wohnung zu gehen.

Ich zog meine Waffe und entsicherte sie. Auf meinem Gesicht und Hals bildete sich ein Film aus heißem Schweiß.

Dann stand ich vor Joannas Wohnung im zweiten Stock. Mein Herz hämmerte. *Vorsichtig, Lindsay!,* wies mich eine innere Stimme an. Plötzlich lief es mir eiskalt über den Rücken. Konnte Jenks da drinnen sein?

Während meiner Dienstzeit bei der Polizei war ich oft genug in heiklen Situationen gewesen, jedoch nie so schlimm wie hier. Ich steckte den Schlüssel ins Schloss und drehte ihn um. Als das Schloss knackte, stieß ich die Tür mit dem Fuß auf.

Vor mir lag Joanna Wades helle, moderne und elegant eingerichtete Wohnung.

»Ist jemand da?«, rief ich.

Keine Antwort.

Im Wohnzimmer war niemand. Auch nicht im Esszimmer oder in der Küche. Im Spülbecken stand ein Kaffeebecher. Der *Chronicle* lag da, die Modeseite aufgeschlagen.

Nirgends ein Zeichen, dass ich in der Wohnung einer Geisteskranken stand. Das machte mir Sorgen.

Ich ging weiter. Auf dem Couchtisch noch mehr Illustrierte – *Food and Wine, San Francisco.* Ein paar Bücher über Yoga-Positionen.

Das Bett im Schlafzimmer war ungemacht. Die ganze Wohnung wirkte harmlos und spannungsfrei.

Joanna Wade wohnte wie jede andere normale Frau. Sie las, trank in der Küche Kaffee, unterrichtete Yoga und bezahlte ihre Rechnungen. Mörder beschäftigen sich für gewöhnlich hauptsächlich mit ihren Opfern. Das alles ergab keinen Sinn.

Ich wandte mich zum Badezimmer.

»O verdammt!« Der Fall hatte eine letzte, unwiderrufliche Wendung genommen.

Auf dem Boden lag Joanna Wade.

Sie lehnte an der Wanne und schaute mich an – eigentlich nicht mich, sondern immer noch ihren Mörder. Ihre Augen waren geweitet und voll Entsetzen.

Er hatte ein Messer benutzt. Jenks? Wenn nicht er, wer dann?

»O Gott«, stieß ich hervor. In meinem Kopf drehte sich alles, und es *tat weh*. Ich lief zu ihr, doch ich konnte nichts mehr für sie tun. Alles hatte sich erneut gewandelt. Ich kniete über einer toten Frau, als mir plötzlich ein schrecklicher Gedanke kam.

Wen verfolgte Chris, wenn es nicht Joanna war?

122

Innerhalb weniger Minuten hielten zwei blauweiße Streifenwagen quietschend vor dem Haus. Ich schickte die Polizisten nach oben zu der toten Joanna. Meine Gedanken drehten sich jedoch nur um Chris. *Und um die Person, wer immer es sein mochte, die er verfolgte.*

Ich war zehn, vielleicht zwölf Minuten in Joannas Wohnung gewesen, ohne von ihm zu hören. Jetzt machte ich mir schreckliche Sorgen. Er folgte einem Mörder, und zwar einem Mörder, der soeben Joanna Wade umgebracht hatte.

Ich lief zu einem offenen Streifenwagen und gab über Funk an die Kommandozentrale durch, was sich ereignet hatte. In meinem Kopf fand ein erbitterter Kampf aller erdenklichen Zweifel statt. War es doch möglich, dass Jenks der Mörder war? Hatte Jill doch Recht gehabt? Hatte Jenks uns von Anfang an manipuliert? Hatte er alles arrangiert, sogar dass man ihn in den Pacific Heights gesehen hatte?

Aber wenn er es war, *weshalb* würde er jetzt töten? Hätte ich

Joannas Tod irgendwie verhindern können? Was zum Teufel ging hier vor? Wo war Chris, verdammt?

Mein Handy meldete sich. Endlich. Zu meiner Erleichterung war es Chris.

»Wo bist du?«, rief ich. »Du hast mir eine Heidenangst eingejagt. Tu mir das nie wieder an.«

»Ich bin unten bei der Marina. Die Verdächtige fährt einen blauen Saab.«

»Chris, sei vorsichtig. Es ist *nicht* Joanna. Joanna ist tot. Man hat sie in ihrer Wohnung brutal erstochen.«

»Tot?«, murmelte er. Ich spürte, wie er sich bemühte, alles zu begreifen. »Aber wer fährt dann den Saab vor mir?«

»Gib mir deine genaue Position durch.«

»Bay und North Point. Verdächtige Person hält gerade an. Jetzt steigt sie aus.«

Irgendwie klang das vertraut. Bay und North Point? Was befand sich da unten? Inmitten des großen Polizeiaufgebots, das inzwischen vor Joanna Wades Haus eingetroffen war, zermarterte ich mir das Hirn.

»Er hat das Auto verlassen, Lindsay, und setzt sich in Bewegung. Er läuft los.«

Da kam mir die Erleuchtung. Das Foto, das ich in Jenks' Haus betrachtet hatte. Die wunderschöne, unverwechselbare Kuppel im Mondschein. Der Palace of Fine Arts.

Dort hatte er geheiratet.

»Ich glaube, ich weiß, wohin er läuft«, rief ich. »Der Palace of Fine Arts.«

123

Ich schaltete die Sirene des Streifenwagens ein, in dem ich saß, und preschte los, in Richtung Presidio.

In weniger als sieben Minuten schaffte ich es mit extrem waghalsiger Fahrt über die Lombard zur Richardson bis zur Südspitze des Presidio. Vor mit erhob sich der majestätische Rundbau des Palace of Fine Arts über einem stillen, glitzernden See.

Ich sah Chris' blauen Taurus diagonal gegenüber der Südspitze des Parks stehen und hielt mit quietschenden Bremsen daneben. Nirgends konnte ich andere Polizisten entdecken.

Warum war die Verstärkung noch nicht da? Was zum Teufel spielte sich hier ab?

Ich entsicherte meine Dienstwaffe und machte mich auf den Weg in den Park, der unterhalb des riesigen Rundbaus lag. Warten kam überhaupt nicht in Frage.

Ich erschrak, als mir plötzlich mehrere Leute aus dem Park entgegengerannt kamen.

»Da schießt einer«, schrie jemand.

Plötzlich flogen meine Beine. »Alle raus! Ich bin von der Polizei!«, rief ich und rannte weiter.

»Da ist ein Irrer mit einer Pistole«, kreischte eine Frau.

Ich lief um den See herum, entlang den dicken Kolonnaden. Vor mir war kein Geräusch zu vernehmen. Auch keine Schüsse.

Mit gezückter Pistole lief ich weiter, bog um die Ecke, bis ich den Hauptbau sah. Riesige korinthische Säulen ragten über mir auf, gekrönt von Heldenreliefs.

Ich hörte Stimmen in der Ferne. Eine Frau sagte höhnisch: »Jetzt sind wir ganz allein, Nick. Nur du und ich. Stell dir nur vor. Ist das nicht romantisch?«

Dann antwortete ein Mann, Jenks: »Schau dich doch an. Du siehst einfach erbärmlich aus. Wie immer.«

Die Stimmen hallten aus dem riesigen Kuppelbau heraus.

Wo steckte Chris? Wo war unsere Verstärkung?

Die Kollegen hätten längst hier sein müssen. Ich hielt den Atem an und lauschte. Wann ertönte die erste Polizeisirene? Bei jedem Schritt, den ich tat, hörte ich das Echo über mir.

»Was willst du?«, rief Jenks.

»Ich will, dass du dich an sie erinnerst«, schrie die Frau. »An sämtliche Weiber, die du je gefickt hast.«

Immer noch kein Zeichen von Chris. Ich war halb tot vor Angst um ihn.

Ich beschloss, durch einen niedrigeren Säulengang weiter auf die Stimmen zuzugehen.

Kaum war ich um die Ecke gebogen, erblickte ich Chris. O mein Gott! Er saß da, gegen eine Säule gelehnt, und betrachtete alles.

Meine erste Reaktion war, ihm zuzurufen: »Chris, geh in Deckung. Sie werden dich sehen.« Es war wie eine dieser Szenen in Zeitlupe. Meine Augen waren schneller als mein Verstand.

Dann packten mich schreckliche Angst, Übelkeit und Schmerz.

Chris sah nicht zu, er ging nicht in Deckung.

Die Vorderseite seines Hemds war mit Blut getränkt.

Plötzlich war meine gesamte Polizeiausbildung vergessen. Ich wollte schreien, weinen. Mit letzter Kraft riss ich mich zusammen.

Die beiden großen Blutflecken auf Chris' Brust wurden größer. Meine Beine waren wie gelähmt. Irgendwie zwang ich mich, zu ihm zu gehen. Ich kniete nieder. Mein Herz raste.

Chris' Augen waren leer, sein Gesicht grau wie Granit. Ich tastete nach dem Puls und spürte einen kaum wahrnehmbaren Herzschlag.

»Ach, Chris!« Ich unterdrückte ein Schluchzen.

Als ich sprach, kehrte Leben in seine Augen zurück. Er schaute mich an. Seine Lippen öffneten sich zu einem schwachen Lächeln. Er atmete keuchend und rasselnd.

Meine Augen füllten sich mit Tränen. Ich versuchte, die Blutung zu stillen, indem ich auf die Löcher in seiner Brust drückte. »Chris, halt durch! Bitte, halt durch! Ich hole Hilfe.«

Er griff nach meinem Arm und versuchte zu sprechen, doch es kam nur ein schwaches Flüstern heraus.

»Bitte, sprich nicht.«

Ich rannte zurück zum Streifenwagen und betätigte mit zitternden Fingern das Funkgerät. Endlich hatte ich die Verbindung. »Polizist angeschossen! Polizist angeschossen!«, rief ich. »Vier-null-sechs. Ich wiederhole: Vier-null-sechs.« Das war das Alarmsignal für den gesamten Staat. »Polizist angeschossen, Palace of Fine Arts. Brauche sofort Notarzt und Verstärkung. Jenks möglicherweise am Tatort. Wiederhole: Vier-null-sechs. Notfall.«

Sobald die Vermittlung meinen Standort wiederholt und »Verstanden« gesagt hatte, warf ich das Funkgerät hin und rannte zurück.

Als ich Chris erreichte, atmete er immer noch, allerdings ganz schwach. Auf seinen Lippen hatte sich eine Blutblase gebildet. »Ich liebe dich, Chris«, flüsterte ich und drückte seine Hand.

Stimmen drangen aus dem Rundbau. Ich verstand sie nicht, doch es waren derselbe Mann und dieselbe Frau. Dann ertönte ein Schuss.

»Geh nur«, flüsterte Chris. »Ich halte durch.«

Unsere Hände berührten sich.

»Ich decke dir den Rücken«, murmelte er mit einem Lächeln. Dann schob er mich von sich.

Mit gezückter Waffe lief ich los. Allerdings blickte ich zweimal zurück. Chris hatte mich im Auge – *er deckte mir den Rücken.*

Geduckt rannte ich die nächste Säulenreihe entlang bis zum Hauptbau. Die Stimmen hallten jetzt lauter wider. Meine Augen waren wie gebannt.

Sie waren direkt gegenüber der Basilika. Jenks, in schlichtem weißen Hemd, hielt sich einen Arm, der blutete. Er war angeschossen worden.

Und ihm gegenüber stand, mit einer Pistole und als Mann verkleidet, Chessy Jenks.

124

Sie sah aus wie eine bizarre Karikatur der schönen Frau, die sie war. Ihr Haar war verfilzt und rötlich grau gefärbt. Ihr Gesicht wies immer noch Spuren der Maskierung auf, Koteletten und Strähnen des rötlich grauen Bartes.

Sie zielte mit der Pistole direkt auf Jenks. »Ich habe ein Geschenk für dich, Nick.«

»Ein Geschenk?«, fragte Jenks mit verzweifelter Stimme. »Wovon, zum Teufel, redest du?«

»Deshalb sind wir ja hier. Wir wollen unsere Eheversprechen erneuern.« Chessy holte einen kleinen Lederbeutel aus dem Sakko und warf ihn Jenks vor die Füße. »Los, mach ihn auf.«

Nicholas Jenks kniete schwerfällig nieder und nahm den Beutel. Er öffnete ihn. Der Inhalt ergoss sich in seine Hand. Seine Augen traten vor Entsetzen hervor.

Die sechs fehlenden Trauringe.

»Chessy, mein Gott«, stammelte er. »Du hast den Verstand verloren. Was willst du denn *damit*?« Er hielt einen Ring hoch. »Die bringen dich in die Todeszelle.«

»Nein, Nick«, erklärte Chessy und schüttelte den Kopf. »Ich will, dass du sie verschluckst. Beseitige die Beweise gegen mich.«

Jenks Gesicht zuckte angewidert. »*Was* soll ich tun?«

»Die Ringe hinunterschlucken. Jeder steht für einen Menschen, den du zerstört hast. Dessen Schönheit du vernichtet hast. Sie waren unschuldig – wie *ich*. Kleine Mädchen am Hochzeitstag. Du hast uns alle gemordet, Nick – mich, Kathy, Joanna. Und jetzt sollst du uns etwas zurückgeben. *Mit diesem Ring gelobe ich feierlich.*«

Jenks warf ihr einen wütenden Blick zu und schrie: »Das reicht, Chessy.«

»Ich sage, wenn es reicht. Du liebst doch Spiele, also spiel mit. Spiel *mein* Spiel. *Schluck sie runter!*« Sie verlieh der Aufforderung mit der Waffe Nachdruck. »Es hat auch gar keinen Sinn, sich einzureden, ich würde nicht abdrücken, Liebling.«

Jenks nahm einen Ring und hob ihn an die Lippen. Seine Hand zitterte heftig.

»Das war Melanie, Nicky. Du hättest sie gemocht. Sportlich... gute Skiläuferin... Taucherin. Dein Typ, richtig? Sie hat sich bis zum Schluss gewehrt. Aber du magst es nicht, wenn wir uns wehren, nicht wahr? Du möchtest immer die totale Kontrolle haben.«

Sie spannte die Pistole und zielte auf Jenks' Kopf.

Jenks steckte den Ring in den Mund. Mit angewidertem Gesichtsausdruck schluckte er ihn hinunter.

Chessy verlor die Nerven. Plötzlich schluchzte und zitterte sie. Länger konnte ich nicht warten.

»Polizei!«, schrie ich und trat vor, meine .38er mit beiden Händen ausgestreckt. Ich zielte direkt auf sie.

Sie wirbelte herum, schien jedoch keineswegs überrascht zu sein, mich zu sehen. Dann blickte sie wieder zu Jenks hinüber. »Er muss bestraft werden.«

»Es ist vorbei«, sagte ich und ging vorsichtig auf sie zu. »Bitte, Chessy, kein weiteres Blutvergießen.«

Als würde ihr jetzt plötzlich klar, was aus ihr geworden war, welche furchtbaren Taten sie begangen hatte, sah sie mich an. »Es tut mir Leid... Mir tut alles Leid, was passiert ist – aber das hier nicht!«

Dann drückte sie ab und schoss – auf Jenks.

Ich schoss ebenfalls – auf sie.

Chessys zierlicher Körper wurde nach hinten geschleudert und prallte gegen die Mauer. Dort sank sie zusammen. Ihre schönen Augen wurden riesig und ihr Unterkiefer fiel herab.

Ich sah, dass sie Jenks verfehlt hatte. Ungläubig starrte er sie an. Er hatte nicht geglaubt, dass sie fähig sein würde, auf ihn zu schießen, hatte nicht gedacht, dass sie ihn so abgrundtief hasste. Er hatte sich immer noch in dem Glauben gewiegt, dass er sie kontrollierte und dass sie ihn noch liebte.

Ich lief zu Chessy hinüber, doch es war zu spät. Ihre Augen waren bereits verschleiert. Blut strömte aus ihrer Brust. Ich hielt ihren Kopf. Wie schön sie war – wie Melanie, Rebecca, Kathy –, und jetzt war auch sie tot.

Nicholas Jenks atmete erleichtert auf. »Ich habe Ihnen doch gesagt, dass ich unschuldig bin.«

Verächtlich schaute ich ihn an. Acht Menschen waren tot. Die Hochzeitspaare, Joanna und jetzt seine Frau. *Ich habe Ihnen doch gesagt, dass ich unschuldig bin.* Dachte er das wirklich?

Ich holte aus und schlug ihm mit der Faust auf den Mund. Ich spürte, wie einige Zähne abbrachen. Dann fiel Jenks auf die Knie. »So viel für Ihre Unschuld, Jenks!«

125

Ich rannte. Dabei wurde mir bewusst, dass ich eigentlich nicht mehr genau wusste, was ich tat oder wo ich war. Irgendwie führten mich meine Instinkte zurück zu der Stelle, wo Chris angeschossen worden war.

Er saß immer noch an die Säule gelehnt da, in unveränderter Stellung. Er sah aus, als warte er auf meine Rückkehr.

Ich lief zu ihm und kniete nieder. Jetzt sah ich endlich Notarzt und Polizei eintreffen. Warum hatten sie so lange gebraucht?

»Was ist passiert?«, fragte Chris. Ich konnte ihn kaum noch verstehen.

»Ich habe sie erwischt, Chris. Chessy war die Mörderin.«

Es gelang ihm zu nicken. »Bin stolz auf dich, Liebes«, flüsterte er.

Dann lächelte Chris schwach und starb.

Ich hätte mir nie vorstellen können oder träumen lassen, dass Chris vor mir sterben würde. Es war ein grauenvoller, entsetzlicher Schock. Ich war diejenige, die krank war, die vom Tod gestreift worden war.

Ich legte den Kopf an seine Brust. Keine Bewegung, kein Atem – nur fürchterliche Stille. Alles schien zu unwirklich zu sein.

Dann bearbeiteten der Notarzt und seine Helfer Chris und taten alle möglichen heroischen, aber sinnlosen Dinge. Ich saß nur da und hielt seine Hand.

Ich fühlte mich ausgehöhlt, leer und war unendlich traurig. Ich schluchzte, doch ich musste ihm noch etwas sagen. Ich musste Chris noch dieses Letzte sagen.

»Medved hat gesagt, ich werde wieder gesund, Chris.«

126

Ich konnte nicht einmal in die Nähe meines Büros gehen. Man hatte mich für eine Woche beurlaubt. Ich wollte noch eine Woche unbezahlten Urlaub anhängen. Ich saß zu Hause, sah mir alte Filme auf Video an, ging zu meinen Transfusionen und joggte ab und zu unten bei der Marina.

Ich kochte sogar und setzte mich auf die Terrasse und schaute auf die Bucht hinaus, so wie mit Chris an seinem ersten Abend bei mir. Eines Abends betrank ich mich und fing an, mit meiner Pistole zu spielen. Sweet Martha redete mir diesen schwachsinnigen Plan aus. Mein Hund und die Tatsache, dass ich die Erinnerung an Chris verraten würde, wenn ich mich umbrachte. Das konnte ich nicht tun. Außerdem hätten die Mädels mir das nie verziehen.

Ich hatte das Gefühl, ein Loch im Herzen zu haben, größer und schmerzhafter als alles, was ich je empfunden hatte, sogar als die Anämie. Ich fühlte mich leer, abgeschnitten von jeder Verbindung oder Verpflichtung. Claire rief mich dreimal täglich an, doch ich konnte nicht lange sprechen, nicht einmal mit ihr.

»Es ist nicht deine Schuld, Lindsay. Du hättest nichts tun können«, tröstete sie mich.

»Das ist mir klar«, antwortete ich. Aber ich konnte mich nicht dazu bringen, wirklich zu glauben, dass es stimmte.

Meist versuchte ich, mir einzureden, dass ich immer noch irgendein Ziel vor Augen hätte. Die Morde an den Brautpaaren waren aufgeklärt. Nicholas Jenks nutzte seine Position als Prominenter schamlos aus und trat in allen möglichen Talkshows im Fernsehen auf. Die Anämie schien zurückzuweichen. Chris war tot. Ich versuchte, meine nächsten Schritte zu planen. Mir fiel jedoch nichts ein, was mir Freude machen würde.

Dann erinnerte ich mich an das, was ich zu Claire gesagt hatte, als meine Angst vor der Krankheit am größten gewesen war. *Diesen Kerl festzunageln war das eine klare Ziel, das mir die Kraft gab, weiterzumachen.*

Es ging nicht um richtig oder falsch. Nicht um Schuld und Unschuld. Es ging darum, worin ich gut war und was ich liebend gern tat.

Vier Tage nach der Schießerei ging ich zu Chris' Beerdigung. Sie fand draußen in Hayward in einer katholischen Kirche statt, wo er gewohnt hatte.

Ich nahm meinen Platz unter den Kollegen ein, zwischen Roth und Jacobi. Chief Mercer war in Uniform. Mein Herz schmerzte unsäglich. Ich wollte in Chris' Nähe sein. Ich wollte neben ihm liegen.

Ich sah, wie seine Ex-Frau und seine beiden Söhne um Fassung rangen. Ich musste daran denken, wie ungemein nahe ich ihren Leben gekommen war. Doch sie wussten das nicht.

Man feierte Chris als heldenhaften Polizisten.

Er vermarktete sich gut. Ich musste lächeln. Doch dann brach ich in Tränen aus.

Völlig unerwartet ergriff ausgerechnet Jacobi meine Hand und, was noch verblüffender war, ich drückte sie dankbar.

»Nur zu«, sagte er. »Weinen Sie sich ruhig aus.«

Später ging ich zu Chris' Ex-Frau Marion hinüber.

»Ich wollte mit Ihnen reden«, sagte ich. »Ich war bei ihm, als er gestorben ist.«

Sie schaute mich mit jenem zerbrechlichen Mut an, den nur eine andere Frau begreifen kann.

»Ich weiß, wer Sie sind«, sagte sie mit mitfühlendem Lächeln. »Sie sind wirklich hübsch. Chris hat mir erzählt, dass Sie hübsch sind – und klug.«

Ich lächelte und ergriff ihre Hand. Wir drückten beide kräftig zu.

»Er hat auch gesagt, dass Sie sehr tapfer sind.«

Ich spürte, wie sich meine Augen füllten. Dann nahm sie meinen Arm und sagte das, was ich am meisten hören wollte.

»Stellen Sie sich doch bitte zu uns, Lindsay.«

Das Dezernat beerdigte Chris wie einen Helden. Dudelsackweisen eröffneten die Zeremonie am Grab. Polizisten in blauer Uniform waren angetreten. Einundzwanzig Schuss Salut.

Als alles vorüber war und ich zum Auto zurückging, fragte ich mich, was in Gottes Namen ich als Nächstes tun sollte.

Am Friedhofstor entdeckte ich Cindy, Jill und Claire. Sie warteten auf mich.

»Warum fährst du nicht mit uns zurück?«, fragte Claire.

Meine Stimme brach. Ich vermochte kaum die Worte herauszustammeln. »Eigentlich hätte es mich treffen sollen, nicht ihn. Ich hätte als Erste sterben sollen«, sagte ich. Dann umarmten mich alle nacheinander.

Ich legte die Arme um alle und verschmolz in ihrer Umarmung, so tief ich konnte. Wir weinten alle vier. »Verlasst mich nie!«

»*Dich verlassen?*«, sagte Jill mit großen Augen.

»Keine von uns wird dich je verlassen«, versprach Cindy. »Wir sind ein Team, erinnerst du dich? Wir werden *immer* zusammen sein.«

Claire nahm meinen Arm. »Wir haben dich doch lieb, Süße«, flüsterte sie.

Dann schritten wir vier Arm in Arm aus dem Friedhof. Eine kühlende Brise blies uns ins Gesicht und trocknete unsere Tränen.

Um sechs Uhr abends ging ich wieder zum Dienst in der Hall of Justice.

Ich musste noch etwas sehr Wichtiges erledigen.

Im Foyer erblickt man fast als Erstes eine große Marmortafel. Darauf stehen die Namen und Daten sämtlicher Männer und Frauen, die die Uniform der Polizei von San Francisco getragen haben und in Erfüllung ihrer Pflicht gestorben sind. Heute arbeitete ein Steinmetz an der Tafel.

Es gibt ein ungeschriebenes Gesetz im Polizeidienst. Man zählt die Namen niemals. Doch heute Abend tat ich es. Es sind dreiundneunzig, angefangen mit James S. Coonts, 5. Oktober 1878, als die Polizei von San Francisco gegründet wurde.

Morgen wird es einer mehr sein: Christopher John Raleigh. Der Bürgermeister wird kommen und Mercer. Die Reporter für den Lokalteil. Marion und die Jungen. Sie werden seiner als Helden gedenken. Ich werde auch dort sein.

Aber heute Abend will ich keine Reden und Zeremonien. Ich

warte, bis der Mann fertig ist und den Marmorstaub mit einem Staubsauger entfernt. Dann gehe ich zur Tafel und streiche mit der Hand über den glatten Marmor. Über seinen Namen.

Christopher John Raleigh.

Der Steinmetz schaut mich an. Er sieht den Schmerz, der in meinen Augen aufsteigt.

»Sie haben ihn wohl gekannt, was?«, sagt er leise.

Ich nicke, und irgendwo aus der Tiefe meines Herzens kommt ein Lächeln herauf. *Ja, ich habe ihn gekannt.*

»Partner«, sage ich.

Epilog

Gnadenstoß

127

Im Laufe der Zeit habe ich gelernt, dass Mordermittlungen immer offene Fragen zurücklassen, die nach Antwort schreien. Immer.

Aber diesmal nicht.

Es war einen Monat, nachdem wir Chris beerdigt hatten. Ich war zu Hause und hatte gerade mein einsames Abendessen beendet und Sweet Martha gefüttert und ausgeführt, als es an der Tür klopfte – nur ein einziges Mal, laut und fordernd.

Ich hatte niemandem unten die Tür geöffnet, daher schaute ich erst durch den Spion, ehe ich aufmachte. Ich traute meinen Augen nicht. Es war Nicholas Jenks.

Er trug ein weißes Hemd, einen blauen Blazer und dunkelgraue Hosen. Er sah genauso arrogant und widerlich aus wie immer.

»Wollen Sie mich nicht reinlassen?«, fragte er und lächelte, als wollte er sagen: »Selbstverständlich lässt du mich rein. Du kannst mir doch nicht widerstehen, oder?«

»Nein, will ich nicht«, erwiderte ich und ging von der Tür weg. »Verzieh dich, Arschloch.«

Jenks klopfte noch mal. Ich blieb stehen. »Wir haben nichts zu bereden«, rief ich laut genug, damit er mich hören konnte.

»O doch!«, rief Jenks zurück. »Sie haben es vermasselt, Inspector. Und das würde ich Ihnen gern erklären.«

Ich erstarrte. Dann ging ich zurück zur Tür und öffnete. Mein Herz schlug schneller. *Sie haben es vermasselt.*

Er lächelte mich an, vielleicht lachte er mich auch aus. »Ich feiere«, erklärte er. »Ich bin ein Glückspilz! Raten Sie mal, weshalb.«

»Ach ja? Vielleicht weil Sie wieder Junggeselle sind?«

»Gut, das ist auch nicht schlecht. Aber ich habe soeben die Rechte für mein neuestes Buch für Nordamerika verkauft. Acht Millionen Dollar. Für die Filmrechte noch mal vier. Das Buch ist keine Fiktion, Lindsay. Raten Sie mal, welches Thema es hat. Nur zu!«

Ich hätte Jenks rasend gern einen Schlag versetzt. »Und diese Neuigkeiten wollen Sie ausgerechnet mir erzählen? Wie verdammt traurig für Sie.«

Jenks grinste mich nur an. »Eigentlich bin ich hergekommen, um Ihnen noch etwas anderes mitzuteilen. Und Sie sind der *einzige* Mensch, dem ich das sagen werde. Habe ich jetzt Ihre Aufmerksamkeit, Lindsay? Du hast es vermasselt, das Ganze war eine Riesenpleite, Baby.«

Er war so widerwärtig und unverschämt, dass er mir Angst einjagte. Ich wollte nicht mit ihm reden. Doch was meinte er mit ›Du hast es *vermasselt*‹?

»Ich würde Ihnen ja etwas zu trinken anbieten, aber ich hasse Sie abgrundtief.« Jetzt grinste ich.

Er hob die Hände und imitierte mein Grinsen. »Weißt du, genau so geht es mir in Bezug auf dich, Lindsay. Deshalb will ich es dir ja sagen, Lindsay, *nur dir!*« Er senkte die Stimme und flüsterte. »*Chessy hat nur getan, was ich ihr befohlen habe, bis zum Schluss.* Die Morde? Wir haben ein grausames, wunderbares Spiel gespielt. Tragisches Ehepaar mordet glückliche, unschuldige Brautpaare. Wir haben die Handlung eines Romans *ausgelebt*. Meines Romans. *Du hast es wirklich versaut, Lindsay.* Ich bin straffrei rausgekommen. Ich bin frei. Ich bin *so* frei. Und jetzt bin ich noch viel reicher als früher.«

Er starrte mich an. Dann brach er in Gelächter aus. Es war wohl das widerlichste Geräusch, das ich je im Leben gehört hatte.

»Es stimmt. Chessy hat alles getan, was ich von ihr wollte.

Alle haben das getan – deshalb habe ich sie ausgesucht. Ich habe mit ihnen ein Spiel gespielt, bei dem sie wie Hunde bellen mussten. Sie fanden das toll. Möchtest du es auch spielen, Lindsay? Wuff, wuff.«

Ich funkelte ihn an. »Kommen Sie sich nicht ein bisschen blöd vor, die alten Spiele Ihres Vaters zu spielen? Joanna hat mir davon erzählt.«

»Ich bin viel, viel weiter gegangen, als mein Vater es sich je hätte träumen lassen. Ich habe alles getan, Inspector, *und ich bin damit durchgekommen*. Ich habe jeden Mord geplant. Bekommen Sie jetzt nicht eine eiskalte Gänsehaut? Fühlen *Sie* sich jetzt nicht beschissen unzulänglich und blöd?«

Urplötzlich zog Jenks Plastikhandschuhe aus der Jackentasche und streifte sie über. *Was zum Teufel?*

»Auch heute läuft alles perfekt«, erklärte er. »Ich bin nicht hier, Lindsay. Ich bin mit dieser süßen kleinen verlogenen Nutte in Tahoe. Ich habe mir ein Alibi gekauft und bezahlt. Perfekte Verbrechen, Inspector – meine Spezialität.«

Ich wollte weglaufen, doch da zückte Jenks ein Messer. »Ich möchte spüren, wie das hier in dich eindringt, Lindsay. Tief hinein. Der Coup de grace, der Gnadenstoß.«

»Hilfe!«, schrie ich, doch da schlug er schon zu. Ich war schockiert, wie blitzschnell er sich bewegte und wie stark er war.

Ich knallte gegen die Wohnzimmerwand und verlor beinahe das Bewusstsein. Instinktiv stürzte sich Martha auf ihn. Ich hatte sie noch nie die Zähne fletschen sehen. Jenks holte aus und stach sie in die Schulter. Winselnd ging mein Hund zu Boden.

»Bleib weg, Martha!«, schrie ich.

Jenks riss mich hoch und zerrte mich ins Schlafzimmer. Dann schloss er die Tür.

»Eigentlich sollte noch ein Mord an einem Brautpaar stattfinden, während ich im Gefängnis war. Neue Beweise sollten langsam ans Tageslicht kommen. Dann würde klar werden, dass ich unschuldig war – dass man mich hereingelegt hatte. Danach wollte ich mein Buch schreiben! Aber Chessy hat meine Pläne durchkreuzt und sich gegen mich gewandt Ich habe sie nie mehr respektiert als jetzt, Lindsay. Beinahe hätte ich sie dafür geliebt. Zum ersten und einzigen Mal hat sie verdammten Mut bewiesen.«

Ich kroch von Jenks weg, doch er sah, dass ich nirgendwohin fliehen konnte. Mir war, als hätte ich mir eine Rippe gebrochen.

»Erst müssen Sie mich umbringen«, flüsterte ich mit heiserer Stimme.

»Aber gern, mit dem größten Vergnügen.« Er grinste widerwärtig.

Ich kroch zu meinem Bett, zu der Seite, die dem Fenster zur Bucht zugewandt war.

Jenks folgte mir.

»Halt, Jenks!«, rief ich, so laut ich konnte. »Stehen bleiben!«

Er blieb nicht stehen. Weshalb auch? Er schlug mit dem Messer wild um sich. O Gott, wie sehr genoss er diese Situation. Er lachte. Noch ein perfekter Mord.

Ich griff unters Bett, wo ich ein Holster befestigt hatte, in dem ein Revolver steckte. Mein Sicherheitssystem.

Ich hatte keine Zeit zu zielen, doch das war auch nicht nötig. Nicholas Jenks erstarrte, das Messer über der linken Schulter hoch in der Luft.

Ich schoss drei Mal. Jenks schrie auf, seine Augen traten ungläubig hervor, dann brach er tot auf mir zusammen.

»Geh zur Hölle«, flüsterte ich.

Als Erste rief ich Claire an, die Gerichtsmedizinerin, dann Cindy, die beste Polizeireporterin San Franciscos, und zuletzt Jill, meinen Rechtsbeistand.

Die Mädels kamen sofort herbeigestürzt.

Danksagung

Mein Dank gilt folgenden Menschen, deren harte Arbeit und Fachwissen mir geholfen haben, dieses Buch zu schreiben.

Dr. Greg Zorman, Chef der Neurochirurgie, Lakeland Hospital, Fort Lauderdale, Florida, den ich in Krisenzeiten gern an meiner Seite hätte.

Den reizenden und talentierten Damen Fen Galperin, Mary Jordan, Barbara Groszewski und Irene Markocki.

Psychospannung der Extraklasse: brillant konstruiert, glänzend geschrieben – ein Muss für jeden Thrillerfan!

432 Seiten. ISBN 978-3-7341-0623-1

Vor dem Haus der Pathologin Maura Isles wird eine Frau erschossen. Detective Jane Rizzoli glaubt zunächst, ihre Kollegin selbst sei das Opfer, bis Maura von einem Kongress zurückkehrt – erschöpft, aber lebendig. Schockiert erfährt Maura, die weder von einer Schwester noch von ihren leiblichen Eltern etwas weiß, dass es sich bei der Leiche um ihren Zwilling handelt.
Unterstützt von Detective Rick Ballard beginnt sie, nach ihrer Herkunft zu forschen. Und gerät dabei in einen blutigen Albtraum aus Habgier und Gewalt …